UMA MAGIA DESTILADA EM VENENO

JUDY I. LIN

UMA MAGIA DESTILADA EM VENENO

Tradução
Adriana Fidalgo

1ª edição

— Galera —
RIO DE JANEIRO
2022

REVISÃO
Laís Carvão

DIAGRAMAÇÃO
Abreu's System

CAPA
Sija Hong

TÍTULO ORIGINAL
A magic steeped in poison

CIP-BRASIL. CATALOGAÇÃO NA PUBLICAÇÃO
SINDICATO NACIONAL DOS EDITORES DE LIVROS, RJ

L715m

Lin, Judy I.
　　Uma magia destilada em veneno / Judy I. Lin ; tradução Adriana Fidalgo. - 1. ed. – Rio de Janeiro : Galera Record, 2022.

　　Tradução de: A magic steeped in poison
　　ISBN 978-65-5981-187-8

　　1. Ficção taiwanesa-canadense. I. Fidalgo, Adriana. II. Título.

22-78873
　　　　　　　　　　　　　　　　　　　　CDD: 819.13
　　　　　　　　　　　　　　　　　　　　CDU: 82-3(71)

Meri Gleice Rodrigues de Souza – Bibliotecária – CRB-7/6439

Copyright © 2022 by Judy I. Lin

Publicado mediante acordo com Feiwel & Friends, um selo da Macmillan Publishing Group, LLC.

Todos os direitos reservados.
Proibida a reprodução, no todo ou em parte, através de quaisquer meios.
Os direitos morais da autora foram assegurados.

Texto revisado segundo o novo Acordo Ortográfico da Língua Portuguesa.

Direitos exclusivos de publicação em língua portuguesa somente para o Brasil adquiridos pela
EDITORA GALERA RECORD LTDA.
Rua Argentina, 120 – Rio de Janeiro, RJ – 20921-380 – Tel.: (21) 2585-2000,
que se reserva a propriedade literária desta tradução.

Impresso no Brasil

ISBN 978-65-59-81187-8

Seja um leitor preferencial Record.
Cadastre-se e receba informações sobre nossos
lançamentos e nossas promoções.

Atendimento e venda direta ao leitor:
sac@record.com.br

PARA LYRA.
Você é o princípio de tudo.

GLOSSÁRIO

Termo	Chinês	Pronúncia	Significado
dān	丹	dān	Medicina contida em comprimido ou pó, em geral associada ao aprimoramento de propriedades mágicas.
fù pén zi			Chá preparado com tradicional framboesa chinesa.
jīncán	金蠶	jīn cán	Pupa de um bicho-da-seda de ouro desenvolvida a partir de criaturas peçonhentas, resultando em veneno potente.
Piya	埤雅	pí yǎ	Uma ave venenosa citada na mitologia.
shénnóng-shī	神農師	shén nóng shī	Mestre de Magia Shénnóng.
shénnóng-tú	神農徒	shén nóng tú	Aprendiz de Magia Shénnóng.
tū bāo zi			Em chinês, termo pejorativo para se referir a pessoas do interior, semelhante ao "caipira" em português.
Yǐ lí cè hǎi ù			Sinto muito" em vietnamita.
yù shù lín fēng			Em chinês, alguém bonito, alto e imponente.

Nota ao leitor: Os termos sem tradução em chinês e guia de pronúncia foram anexados pela editora ao glossário original da autora.

Guia de Pronúncia — Nomes de Personagem

Nome	Nome Chinês	Pronúncia
A'bing	阿炳	Ā Bǐng
Chen Shao	陳邵	Chén Shào
Fang Mingwen	方明雯	Fāng Míng Wén
Gao Ruyi	高如意	Gāo Rú Yì
Hu Chengzi	胡承志	Hú Chéng Zhì
Li Ying-Zen	李瑩貞	Lǐ Yíng Zhēn
Li (Xu) Kang	李(許)康	Lǐ (Xǔ) Kāng
Li Wenyi	林文義	Lin Wén Yì
Li Guoming	劉國銘	Liú Guó Míng
Luo Lian	羅蓮	Luó Lián
Qing'er	〝兒	Qīng ér
Pequeno Wu	小吳	Xiǎo Wú
Wu Yiting	吳依霆	Wú Yī Tíng
Yang Rouzi (Governanta Yang)	楊柔紫	Yáng Róu Zǐ
Zhan Ning	張寧	Zhāng Níng
Zhang Shu	張舒	Zhāng Shū

Lugares Dignos de Nota

Nome do Lugar	Nome Chinês	Pronúncia	Localização
Ānhé (Província)	安和(省)	an hé (shěng)	Província costeira e agrícola do sudeste.
Dàxī	大熙	dà xī	O Vasto e Brilhante Império.
Hánxiá (Academia)	函霞(寺)	hán xiá (sì)	Academia dedicada à Carpa Azul e aos estudos de agricultura, criação de animais e chá.

Huá (Prefeitura)	華(州)	huá (zhōu)	Prefeitura, fica a oeste da capital.
Jia (Cidade)	佳(都)	Jiā (dū)	Capital de Dàxī.
Kallah (Província)	冂冂(省)	kǎ lā (shěng)	Província de pastagens do noroeste.
Língyǎ (Mosteiro)	陵雅(寺)	líng yǎ (sì)	Mosteiro, túmulo dos antigos imperadores. Localizado dentro de Jia.
Lǜzhou (Prefeitura)	綠(洲)	lǜ (zhōu)	Prefeitura do nordeste, composta de uma península e um grupo de ilhas, também conhecida como as Ilhas Esmeralda.
Nánjiāng (Cidade)	南江(冂)	nán jiāng (zhèn)	Cidade na margem sul do Rio Jade.
Sù (Província)	溯(省)	sù (shěng)	Província agrícola do sudoeste.
Wǔlín (Academia)	武林(寺)	wǔ lín (sì)	Academia consagrada ao Tigre Preto e aos estudos de estratégia militar e artes marciais.
Xīnyì (Vila)	辛藝(村)	xīn yì (cūn)	Aldeia natal de Ning.
Yěliǔ (Academia)	野柳(寺)	yě liǔ (sì)	Academia dedicada à Tartaruga Esmeralda e aos estudos da justiça e dos ritos.
Yún (Província)	雲(省)	yún (shěng)	Província montanhosa do norte.

Ingredientes Medicinais Chineses Mencionados

Nome do Ingrediente	Nome Chinês	Pronúncia Chinesa	Nome Científico ou Comum
artemísia	艾草	ài cǎo	Folha da *Artemisia argyi*.
árvore de flores de seda	絨花樹	róng huā shù	Casca da árvore *Albizia julibrissin*.
árvore guarda--chuva	傘樹	sǎn shù	Casca da árvore *Schefflera actinophylla*.
ásaro	細辛	xì xīn	Raiz de *Asarum sieboldii* (gengibre selvagem).
benjoim	安息香	ān xí xiāng	Resina obtida da casca da árvore e usada como incenso e perfume.
cabeça de corvo	烏頭	wū tóu	Raiz de *Aconitum carmichaelii*.
cogumelos roxo e carmesim	紫/赤芝	zǐ/chì zhī	Vários fungos do gênero *Ganoderma*, como *Ganoderma sinense* e *Ganoderma lingzhi*.
dāngguī	當歸	dāng guī	Raiz de *Angelica sinensis*.
folhas de chá/ flor de camélia	茶葉/花	chá yè/huā	Folhas e flores da árvore *Camellia sinensis*.
fù pén zǐ	覆盆子	fù pen zǐ	Folha de *Rubus idaeus* (framboesa).
raiz dourada	紅景天	hóng jǐng tiān	Raiz de *Rhodiola rosea* (também conhecida como roseira).

huáng qí	黄耆	huáng qí	Raiz de *Astragalus propinquus*.
hú huáng lián	胡黄連	hú huáng lián	Raiz de *Picrorhiza scrophulariiflora*.
kūnbù	昆布	kūn bù	Alga marinha.
lí lú	藜蘆	lí lú	Raiz de *Veratrum nigrum*.
pó de pérola	珍珠粉	zhēn zhū fěn	Pérola ou concha de *Pteria martensii* (ostra) moídas.
raiz de alcaçuz	甘草	gān cǎo	Raiz de *Glycyrrhiza uralensis*.
raiz de peônia branca	白芍	bái sháo	Raiz de *Paeonia sterniana*.
yù jīn	郁金	yù jīn	Raiz de *Curcuma aromatica* (açafrão-da-terra).

Capítulo Um

Dizem que se pode reconhecer um verdadeiro shénnóng-shī pelas mãos: palmas manchadas de terra, dedos marcados por espinhos, uma permanente crosta de solo e sangue escurecendo a meia-lua das unhas.

Eu costumava olhar para as minhas mãos com orgulho.

Agora, tudo o que consigo pensar quando faço isso é: *Essas são as mãos que enterraram a minha mãe.*

Nossa casa está sombria e silenciosa enquanto atravesso os cômodos feito uma ladra. Vasculhando caixas e gavetas, remexendo as coisas que meu pai escondia para não ser lembrado da própria dor. Desvio de cadeiras e cestos, varais e jarros, com passos cuidadosos. Através das paredes, posso ouvir Shu tossindo baixinho, se revirando na cama. Ela piorou nos últimos dias. Logo o veneno a levará, como fez com nossa mãe.

Por isso devo partir esta noite, antes que meu pai tente me impedir e eu fique presa aqui por culpa e medo até ser tarde demais. Toco o pergaminho escondido nas dobras da túnica para me certificar de que ainda está ali.

Encontro o que estou procurando nos fundos da despensa: a caixa de shénnóng-shī da mamãe, escondida em um armário de canto. Lembranças se esgueiram sob a tampa com um suspiro, como se estivessem à minha espera na escuridão perfumada de chá. Corro os dedos por cada entalhe na madeira, tocando cada compartimento, relembrando como repetíamos várias vezes os nomes dos itens ali guardados. A caixa é um mapa da minha mãe. Seus ensinamentos, suas histórias, sua magia.

Mas a visão evoca outras memórias.

Uma xícara de chá quebrada. Uma mancha escura no piso.

Fecho a tampa depressa.

Dentro do mesmo armário, encontro outros jarros, etiquetados com sua meticulosa caligrafia. Minhas mãos tremem levemente quando abro o frasco com as folhas de chá do verão anterior. A última colheita em que ajudei minha mãe, percorrendo as trilhas do jardim, arrancando as folhas dos galhos acessíveis.

Conforme inspiro o aroma das folhas torradas, a fragrância se torna amarga na minha língua. Sou lembrada de como minhas últimas tentativas de usar magia resultaram em lágrimas e fracasso, e no juramento de nunca mais tocar naquelas ferramentas. Mas aquilo foi antes de o pergaminho aparecer na soleira da nossa porta. Fracassar não é mais uma opção.

Os ignorantes com frequência reduzem o shénnóng-shī ao papel de hábil artista, capaz de primorosamente preparar e servir aquela simples bebida. Um shénnóng-shī treinado é versado no básico, claro — os sabores adequados à cada ocasião específica, o formato e o material corretos da xícara em que o chá é servido. Mas os verdadeiros portadores da magia Shénnóng possuem habilidades únicas. Alguns preparam chás para emoções — compaixão, esperança, amor. Outros conseguem imbuir o corpo com energia ou encorajar quem bebe a se lembrar de algo há muito esquecido. Eles ultrapassam os limites do corpo e mergulham na alma.

Usando a luz bruxuleante do braseiro como guia, pego a bandeja e os potes que a acompanham — um para a infusão e outro para deixar a bebida descansar. Acima do burburinho da água em ebulição, ouço um estalo no cômodo ao lado. Petrificada, temo pela comprida sombra na parede, acompanhada pela fúria do meu pai.

Mas é apenas o ruído de seus roncos. Solto um suspiro discreto e volto a atenção aos meus utensílios. Usando pinças de madeira, pego as bolotas de folhas de chá e as coloco na vasilha. Com um cuidadoso movimento de pulso, a água quente se derrama sobre a erva. As folhas se desdobram lentamente, revelando seus segredos.

O mais poderoso shénnóng-shī pode ver o futuro se desenrolar, tremulando no vapor de uma xícara bem servida. Certa vez, minha mãe preparou fù pén zi das folhas secas de um arbusto de framboesa para uma gestante da vila. O vapor se ergueu azulado na brisa da manhã, tomando a forma de quatro agulhas cintilantes. A partir do sinal, ela concluiu corretamente que a criança nasceria morta.

Ouço sua voz enquanto as folhas se expandem na água. Como ela costumava nos contar que a névoa vestia as penas brancas das asas da Guardiã da Montanha, a deusa que se transforma em pássaro ao anoitecer. Ela é a Senhora do Sul, que deixou cair de seu bico uma única folha dentro da xícara do Primeiro Imperador e abençoou o homem com o prazer do chá.

Quando eu era criança, Shu e eu seguíamos nossos pais pelos jardins e pomares carregando cestas. Muitas vezes pensei ter sentido o roçar daquelas penas na pele. Às vezes parávamos para ouvir, conforme a deusa nos guiava até um ninho onde filhotes chilreavam ou nos avisava de temporais que poderiam apodrecer as raízes se não fôssemos diligentes ao arar a terra.

Despejo o líquido dourado do infusor para o decantador. Minha mãe jamais permitiu que esquecêssemos os bons e velhos costumes, anteriores à conquista dos clãs, anteriores à ascensão e à queda de impérios. Estavam presentes em cada xícara de chá que preparava, um ritual executado com reverência. E no modo como conhecia cada ingrediente que integrava seu chá: da origem da água, o perfume da madeira que alimentou o fogo e a vasilha em que a água foi aquecida, até às folhas arrancadas por seus dedos, mergulhadas em uma xícara moldada por suas próprias mãos e cozidas em seu próprio forno. Destilados em um líquido contido na palma das mãos, ofertado como uma bênção.

Aqui estou. Beba e fique bem.

Eu me inclino e aspiro o doce aroma de maçã. Ouço o preguiçoso zumbido de abelhas em meio às flores do campo. Uma sensação de conforto me envolve, me acolhe em seu calor. Minhas pálpebras começam a pesar, mas o momento se dissipa quando algo irrompe em meu campo de visão.

Todo o meu corpo formiga em estado de alerta.

Um farfalhar de asas pretas à direita. Um corvo, planando através da fumaça escura antes de desaparecer.

É preciso uma vida de treino para aprender a ler o chá como um mestre, e eu já havia me resignado à posição de aprendiz de médico. Fora decidido no ano passado, já que minha irmã não podia ver sangue e meu pai precisava de outro par de mãos firmes.

A dúvida se esgueira em minhas veias quando meus dedos apertam o pergaminho outra vez. Um convite destinado a outra pessoa... À verdadeira aprendiz da minha mãe.

Mas mamãe está morta. E, no momento, apenas uma de nós está forte o bastante para viajar.

Eu me obrigo a me concentrar. Inspiro, então expiro. No rastro do meu hálito, o vapor oscila. Nada de visões. Um filete de chá é transferido para uma pequena xícara, e dou apenas um gole. A bebida desce pela minha garganta com o doce sabor do otimismo, a promessa de um verão eterno...

Coragem arde brilhante e forte em meu peito, quente como a pedra de um rio ao sol.

Confiança agita meus membros. Ombros para trás e me sinto preparada, como um gato prestes a dar o bote. A tensão em meu âmago relaxa ligeiramente. A magia ainda está ali. Os deuses não a levaram embora como castigo por minha negligência.

O som de um violento acesso de tosse perturba minha concentração. Derrubo um dos potes, entornando chá na bandeja enquanto corro até o quarto ao lado.

Minha irmã luta para se levantar com braços trêmulos, a tosse sacudindo sua silhueta delicada. Ela tateia em busca da bacia que fica ao lado da cama, e eu a entrego a ela. Sangue respinga na madeira, sangue demais, repetidas vezes. Depois de uma eternidade, o ofegar enfim cede, e ela treme em meus braços.

— Frio — sussurra ela.

Eu me acomodo ao seu lado na cama e ajeito as cobertas à nossa volta. Ela agarra minha túnica e inspira. Eu a seguro enquanto sua respiração se acalma e as linhas de tensão ao redor da boca desaparecem.

Nós tentamos de tudo, meu pai e eu, para tratar de Shu sem a perícia da mamãe. Eu, me esforçando para lembrar aquelas lições da infância, e meu pai, um médico experiente, formado no colégio imperial. Ele sabe consertar ossos e suturar cortes, tratar ferimentos externos. Embora esteja familiarizado com alguns remédios da clínica médica, sempre recorreu à arte de minha mãe para os problemas mais complexos. Era o que fazia a parceria deles funcionar tão bem.

Papai usou cada gota de conhecimento de que dispõe, até mesmo engoliu o próprio orgulho e mandou uma carta de ajuda ao colégio. Tentou todos os antídotos a seu alcance. Mas conheço a verdade sombria da qual nos esquivamos.

Minha irmã está morrendo.

Os tônicos e tinturas agem como uma represa para estancar o veneno, mas um dia ele vai transbordar. Não há nada que possamos fazer para impedir.

E fui eu quem falhou com ela.

No escuro, luto contra meus pensamentos e minha preocupação. Não quero abandoná-la, mas não há outro modo de avançar. O pergaminho é a única resposta. Entregue por procissão real na residência de cada shénnóng-shī de Dàxī. Shu era a única em casa quando o recebemos. Eu estava na vila com papai, atendendo um de seus pacientes. Mais tarde naquela noite, ela o desenrolou para mim na privacidade de nosso quarto. O tecido cintilou então, fiado com ouro. O dragão ondulou no verso, o bordado tão delicado que a criatura parecia capaz de ganhar vida e dançar ao nosso redor, com labaredas em seu encalço.

— Isto chegou para nós hoje — contou ela, com uma intensidade que raras vezes vi em minha dócil irmã. — Um comboio imperial com um decreto da princesa.

As palavras que praticamente decorei: *Por Decreto Imperial, a Princesa Li Ying-Zhen lhe dá as boas-vindas para uma celebração em memória da imperatriz viúva, a ser homenageada com um festival em busca de uma estrela em ascensão. Todos os shénnóng-tú estão convidados para o desafio, e o próximo shénnóng-shī a servir na corte será escolhido. O vencedor da competição receberá um favor da princesa em pessoa.*

As palavras cantam para mim como um apelo.

Um shénnóng-shī não era admitido na corte havia uma geração, e ser o escolhido seria a mais alta honraria. Permitiria a um shénnóng--tú pular os testes e se tornar mestre. Riquezas seriam oferecidas à sua casa, sua vila seria enaltecida. Mas é a esperança de um favor que me seduz. Eu poderia exigir que minha irmã fosse tratada pelos melhores médicos do reino, aqueles que mediam o pulso do próprio imperador.

Sinto um nó na garganta quando olho para Shu agora, dormindo profundamente ao meu lado. Se pudesse extrair o veneno e ingeri-lo eu mesma, eu o faria de bom grado. Faria qualquer coisa para aliviar seu sofrimento.

Preparei a fatídica xícara para mamãe e Shu a partir do típico tijolo de chá prensado distribuído a todos os súditos do imperador para o Festival da Lua. Por um instante, quando a água fervente penetrou no bloco de folhas, pensei ter visto uma cobra, branca e reluzente, serpenteando no ar. Quando golpeei o vapor, ela desapareceu. Deveria ter pensado melhor antes de ignorar aquilo.

No entanto, pouco tempo depois, os lábios da minha mãe ficaram pretos. A serpente havia sido um presságio, um aviso da deusa. Não lhe dei ouvidos. Mesmo em meio ao que deveria ter sido uma dor imensa, mesmo enquanto o veneno rasgava suas entranhas, mamãe fez um tônico que forçou minha irmã a vomitar e salvou sua vida.

Pelo menos, por um tempo.

Saio da cama com cuidado para não perturbar o sono de Shu. Não demoro a empacotar o restante das minhas coisas. Enfio as roupas em um saco, junto com o único objeto de valor que possuo: um cordão que ganhei no meu aniversário de 10 anos, que vou vender a fim de conseguir algumas moedas para a viagem até a capital.

— Ning. — O sussurro de Shu rompe a noite. Parece que ela não estava dormindo afinal. Sinto um aperto no peito ao ver seu rosto pálido. Ela lembra uma das criaturas selvagens das fábulas da mamãe...

Olhos brilhantes e ariscos, cabelos emaranhados na frente, corça em pele de gente.

Ajoelho ao seu lado enquanto suas mãos encontram as minhas, segurando algo pequeno embrulhado em tecido. A ponta afiada de um alfinete espeta a palma da minha mão. Desenrolo o lenço, em seguida ergo o objeto para o luar e vejo o grampo de cabelo cravejado de pedras de um dos clientes agradecidos da mamãe — uma preciosa lembrança da capital. Um tesouro que ela havia destinado a Shu, como destinara o cordão a mim.

— Leve isso com você — diz minha irmã — para que se sinta bonita no palácio. Tão bonita quanto ela era.

Abro a boca para falar, mas ela silencia meus protestos com um meneio de cabeça.

— Você deve partir esta noite. — Sua voz ganha um tom severo, como se fosse ela a irmã mais velha e eu, a caçula. — Não vá se entupir de tarteletes de castanha.

Solto uma risada alta e a engulo, sorvendo as lágrimas em um só fôlego. E se eu voltar e ela tiver partido?

— Acredito em você — assegura, ecoando a ferocidade da noite anterior, quando me convenceu de que eu tinha de ir à capital e deixá-la para trás. — Pela manhã, vou contar ao papai que você foi visitar nossa tia. Isso vai lhe dar algum tempo antes que ele perceba sua ausência.

Aperto sua mão com força. Não tenho certeza se consigo falar. Nem mesmo tenho certeza do que falaria.

— Não deixe que o Príncipe Exilado a encontre no escuro — sussurra ela.

Uma história de criança, um conto de fadas com o qual crescemos. O Príncipe Exilado e sua ilha de criminosos e bandidos. O que ela quer dizer é: *Tenha cuidado.*

Pouso os lábios na testa da minha irmã e saio porta afora.

Capítulo Dois

Com o chá da coragem ainda percorrendo meu corpo, avanço mais rápido que o normal pela noite enevoada. A lua é um disco pálido que ilumina meu caminho, me guiando até a estrada principal.

Mamãe costumava dizer que há uma linda mulher vivendo na lua, sequestrada pelo marido celestial que cobiçava sua beleza na Terra. Ele construiu um palácio de cristal e lhe deu um coelho como companhia, na esperança de que a solidão a fizesse ansiar por sua presença. Mas ela era mais esperta, e roubou o elixir da imortalidade que ele havia preparado para si. Os deuses lhe ofereceram um lugar entre eles, mas ela escolheu permanecer no palácio, tendo se acostumado ao silêncio.

Eles lhe deram o título de Deusa da Lua e a batizaram Ning, por sua tranquilidade. Ainda me lembro da voz suave da minha mãe me contando histórias enquanto acariciava meus cabelos. Do amor que me envolvia quando ela me explicava a origem do meu nome.

Com sua voz como guia, meus pés me levam até um pequeno bosque de pomelos no limite do nosso pomar, onde toco as folhas enceradas. Aquelas árvores foram cultivadas pela mamãe desde a semente. Ela pegou Shu e eu no colo e nos rodopiou quando elas enfim floresceram e deram frutos, sua alegria nos envolvendo e nos fazendo rir. Ela está enterrada ali, entre as árvores. Prendo a respiração quando noto um cintilar de branco entre os botões verdes. A primeira flor da estação, mal desabrochada.

A flor favorita da mamãe. Um sinal de que sua alma ainda permanece ali, velando por nós.

Um vento repentino sopra e agita as árvores. As folhas roçam em meus cabelos, como se sentissem a tristeza em mim e quisessem me oferecer conforto.

Passo o polegar pelo colar que uso junto ao pescoço — os relevos e fendas do símbolo significam eternidade, o equilíbrio cósmico. As três almas dentro de cada um de nós, separadas de nosso corpo quando morremos. Uma retorna à terra, outra ao ar, e a última alma cai na roda da vida. Pressiono os lábios contra a conta lisa e dura no centro do nó.

O luto tem um gosto amargo e duradouro, mas tão suave que às vezes se veste de doçura.

Mãe, aqui é onde mais sinto sua falta.

Sussurro um juramento: voltar com a cura para a doença de Shu.

Com as mãos entrelaçadas sobre o coração, faço uma reverência, uma promessa aos mortos e aos vivos, e deixo para trás o lar da minha infância.

Chego à estrada principal, que me leva para perto da vila adormecida. Olho para trás uma única vez, para admirar a noite suavizando sob nossos jardins. Mesmo na escuridão, a bruma espirala no topo das árvores de chá, atenuando sua cor. Um oscilante mar de verde e branco.

Então ouço algo... um curioso farfalhar, como de um pássaro. Hesito. Há movimento na cobertura de telhas de um prédio próximo, abaixo da borda inclinada. Reconheço o formato das vigas: é o armazém de chá nos limites da cidade. Prendendo o fôlego, escuto. Não é nenhum pássaro. É o sussurro de sapatos deslizando pelo telhado.

Uma sombra se materializa no chão diante de mim, caída de cima... agachada e furtiva. Um intruso.

Não há nenhuma boa razão para se esgueirar pelo armazém do governador. A menos que se queira ser desmembrado por quatro cavalos, esticado em direções opostas. Ou... que se tenha o poder de desafiá-lo com a força de três homens, a habilidade de pular do telhado em um único movimento e a capacidade de abrir caminho a golpes de espada por uma multidão de soldados.

O Sombra.

O povo havia emitido alertas sobre o Sombra, a figura misteriosa que se dizia estar por trás da onda de envenenamentos de chá pelo império. Sabe-se que bandidos espreitam perto das fronteiras de Dàxī, assaltando caravanas e ferindo quem cruza seu caminho. Mas existe um certo fora da lei que não se enquadra na lista de gangues conhecidas pelo Ministério da Justiça. Um fora da lei capaz de encontrar tesouros escondidos e expor segredos, deixando uma trilha de corpos em seu rastro.

O vislumbre de uma asa de corvo no vapor sobre a xícara de chá... Era um presságio, afinal.

Algo passa zunindo sobre minha cabeça e cai aos meus pés com um baque surdo. Um palavrão ecoa acima de mim e os passos aceleram, se afastando. É o xingamento que desperta meu interesse: se é o célebre Sombra, então ele parece terrivelmente humano. Curiosidade e suspeita lutam dentro de mim, e muito depressa a faísca se transforma em labaredas.

Pego o objeto do chão e minha unha fura o fino papel de embrulho. Por baixo, sinto algo familiar: galhos delgados compactados em um bloco sólido, emitindo um cheiro de terra. Um tijolo de chá. Viro o pacote, e o lacre vermelho me salta aos olhos em um aviso. O governador nos assegurou que todos os tijolos envenenados haviam sido confiscados, marcados para serem destruídos.

Sigo o som dos pés no telhado, a apreensão embrulhando meu estômago a cada passo, transformando medo em raiva. Raiva pela morte da minha mãe, pela dor constante de Shu.

Endireito os ombros, e um rugido irrompe da minha garganta conforme o poder do chá percorre meu corpo, encorajando minha audácia. Largo meus pertences e os apoio na parede lateral do armazém. Aperto o tijolo de chá nas mãos. Os pedaços se esfarelam até virar pó, então se espalham em uma trilha às minhas costas quando me forço a correr. A raiva é boa. Parece real, um alívio bem-vindo para minha habitual impotência. Minha mente se estreita até se concentrar num só ponto: não posso deixá-lo escapar com o veneno. Não quando significa a possibilidade de outra garota enterrar sua mãe.

Disparo pela esquina, descartando toda pretensão de furtividade. Apenas a velocidade importa agora.

Meus olhos distinguem um borrão escuro atravessando o ar, aterrissando a não mais de vinte passos à frente. Ele está de costas para mim, e não penso duas vezes: cruzo a distância em dois fôlegos e me lanço sobre ele com toda minha fúria.

Caímos no chão, e meu peso o desequilibra. Minhas mãos tentam agarrar qualquer coisa e se fecham ao redor de tecido, mesmo quando o impacto lança uma onda de dor em meu ombro. Ele já está se desvencilhando, se contorcendo sob meu aperto. Dou uma cotovelada em suas costelas, arrancando um suspiro ofegante — conhecimento que adquiri auxiliando meu pai a imobilizar um homem adulto enquanto colocava seus ossos no lugar.

Pena que o ladrão não é um dos pacientes do papai, em geral enfraquecidos pela doença ou delirantes de dor.

Ele reage com rapidez, agarrando meu pulso e torcendo-o em uma direção não natural. Solto um grito e afrouxo os dedos. Em um movimento fluido, ele fica de pé, antes mesmo que eu consiga afastar os cabelos dos olhos.

Com menos graciosidade, luto para me levantar também, então nos avaliamos. A lua brilha alta sobre nossas cabeças, iluminando a ambos. O corpo do bandido é esguio, uma cabeça mais alto do que eu. A escuridão lhe cobre as feições, uma figura oriunda de pesadelos, e um pedaço de madeira esconde a parte superior de seu rosto. Chifres se erguem em um cenho franzido. Parece o Deus dos Demônios, capaz de decepar a cabeça do mais terrível dos fantasmas com um único golpe de espada.

Uma máscara, escondendo o rosto do horror que assola Dàxī.

Ele pega o saco derrubado durante a luta e o prende ao ombro com um nó. Por trás da máscara, seu olhar é fulminante, e a boca, uma linha fina.

A liberdade está atrás de mim, nas docas ao longe, onde os estivadores descarregam as mercadorias. Ele pode roubar um barco ou desaparecer por um dos becos. O outro caminho leva até a vila e à grande probabilidade de ser preso por uma das patrulhas.

Ele avança na minha direção e tenta usar a força bruta para me afastar. Mas eu me abaixo e me lanço em suas pernas na tentativa de desequilibrá-lo. Ele desvia e me empurra, mas consigo puxar o saco quando ele passa por mim, fazendo-o tropeçar.

Ele dá meia-volta e chuta meu joelho. Minha perna se dobra e caio sobre um dos braços, sentindo uma dor lancinante no flanco esquerdo. Um outro pontapé me joga no chão. Aquele ladrão sabe onde golpear. E não sou páreo para ele.

Ele tenta fugir outra vez, mas me viro de bruços e me atraco a suas pernas, forçando-o a me rebocar. Não posso deixar que fuja com o veneno. Tomo fôlego para gritar, mas antes de emitir qualquer som, um soco ágil atinge minha têmpora. Caio para trás, a dor explodindo em minha cabeça como fogos de artifício.

Tento cambalear atrás dele, mas não consigo recuperar o fôlego. Minha visão oscila, e os prédios parecem balançar como árvores. Eu me apoio na parede, olho para cima a tempo de ver uma silhueta sombria saltar de alguns barris empilhados e aterrissar no telhado.

O ladrão desaparece noite adentro, sem deixar sequer uma prova da presença de alguém. Exceto pelo sangue empapando meus cabelos e o zumbido ainda ecoando em meus ouvidos.

Capítulo Três

Caminho — mancando, o tornozelo e o rosto latejando de dor — até que a mais sutil sugestão de aurora rompe o horizonte e um fazendeiro passa por mim em sua carroça. Ele me olha de cima a baixo e me oferece um lugar na caçamba. Tiro um cochilo entre sacos de painço e arroz, com um pato grasnante como companhia. O pato segue indignado com o trajeto acidentado até chegarmos à cidade de Nánjiāng, que fica na margem sul do Rio Jade, a várias horas a cavalo de Sù. Teria levado quase um dia se eu tivesse precisado andar.

Vendo meu cordão em uma loja de penhores para pagar a viagem de balsa até a capital. Outra lembrança da minha mãe, agora perdida. Mas é apenas quando embarco naquela tarde, cercada pela multidão, que uma súbita fisgada de solidão me aflige. No meu canto da província de Sù, conheço todos os aldeões de vista e a maioria pelo nome, e eles também me conhecem. Ali, não sou mais a filha voluntariosa do Dr. Zhang. É como se eu vestisse o rosto de outra pessoa.

Eu me retiro para o fundo da balsa e me sento, abraçando meus pertences. Ao meu redor, pessoas riem e socializam umas com as outras. O ar está repleto da música de artistas itinerantes tocando em troca de moedas. Mas continuo ansiosa, com medo de que as mentiras de Shu não tenham funcionado e que eu seja descoberta antes que a balsa deixe o cais.

Sinto a inevitável desaprovação do meu pai como um peso ao redor do pescoço. Ele jamais me entendeu, apesar de dividirmos um teto. Nunca teria permitido que eu partisse para a competição. Teria encontrado um motivo para me desencorajar da tola empreitada: sou muito jovem e inexperiente para viajar sozinha, Shu está muito doente para deixá-la aos cuidados de outra pessoa, ele não poderia deixar a vila por causa da obrigação com seus pacientes...

Uma garota começa a dançar na minha frente, uma pausa agradável em minhas preocupações. Os elegantes e amplos gestos de braço são acompanhados pelo doce som de sua voz. Palmas deleitadas irrompem da audiência quando reconhecem "A Balada da Pequena Pedinte".

É uma história sobre luto. Uma menina órfã sem nome. Uma cidade mergulhada na guerra. Ela vaga pelas ruas, faminta e sozinha.

A emoção toma o semblante dos meus companheiros de viagem quando as notas da música se entrelaçam ao seu redor. Os movimentos sinuosos da dançarina, o suave balanço do barco, a saudade naquelas palavras... Tudo se funde em um gosto amargo no fundo da minha garganta.

Minha irmã sempre foi a calorosa, pronta a sorrir desde o instante de seu nascimento, enquanto eu sou irascível e inquieta, mais à vontade entre plantas do que entre pessoas. Seria acertado dizer que os aldeões toleravam minha presença, mas amavam Shu. Ela poderia facilmente ter me deixado para trás, cercada pela adoração de todos. No entanto, jamais se esqueceu de mim. Sempre dividia o que ganhava e me defendia de palavras cruéis.

É minha vez de protegê-la.

Apoio a cabeça nas mãos.

A voz da garota se ergue em um crescendo acima da multidão: *"Eu me afastei tanto de casa..."*

— Aqui.

Algo é colocado em minha mão, e meus olhos se abrem para ver a expressão preocupada de uma mulher. Ela está com uma bebê aninhada ao colo, enrolada em um tecido grosso. Seus grandes olhos escuros parecem gentis.

— Se comer alguma coisa, seu estômago vai se acalmar — explica.

Baixo o olhar para o que ela me deu. Um pedaço de porco seco, oleoso e avermelhado. Quando o aproximo do nariz, o cheiro imediatamente me deixa com água na boca. Dou uma mordida tímida e sinto a carne ao mesmo tempo doce e salgada, e um bocado dura. Roer aquilo me distrai da melodia triste, me dá algo em que me concentrar, até que pareço pensar com mais objetividade.

— Obrigada — murmuro, limpando a gordura com a túnica. — Estava delicioso.

— Primeira vez em uma balsa? — pergunta ela, dando batidinhas rítmicas nas costas da bebê.

Sem esperar minha resposta, ela continua:

— Eu me lembro da minha primeira viagem para Jia. Como me senti oprimida! A quantidade absurda de pessoas! Fiquei constrangida porque vomitei tantas vezes por sobre a amurada que mal conseguia ficar de pé.

— Você parece uma viajante experiente agora — comento. Há algo na mulher que me lembra minha mãe. Ela também teria ajudado uma estranha sem hesitar.

A mulher sorri.

— Eu era uma jovem recém-casada na época. E, sem saber, pensei estar mareada quando, na verdade, estava grávida do irmão desta aqui. — Seu olhar se voltou carinhosamente para dois passageiros parados a alguns passos, um alto, outro baixo: um homem e um menino que parece ter uns 6 anos.

— Agora seus filhos vão crescer para se tornar viajantes experientes também — brinco.

Ela ri.

— Toda primavera, viajamos até Jia para limpar os túmulos dos ancestrais do meu marido e visitar os que se mudaram para a capital. Mas estou feliz que ele tenha sido designado para uma cidade provinciana, longe das intrigas de Jia. É uma vida mais simples. A que sonhei para meu filho e minha filha.

A capital foi onde meus pais se conheceram muito tempo atrás. Mamãe voltou para nossa vila grávida, ao lado de um estranho que se tornaria seu marido. Ao longo dos anos, ela citou a cidade de passagem. Um comentário melancólico sobre o som da cítara, uma observação ligeira sobre as glicínias que cobriam a parede oriental do palácio.

Shu e eu costumávamos perguntar a ela: *Por que não podemos voltar, mamãe?* Nós nos sentávamos em seu colo e implorávamos por mais histórias sobre a beleza da capital. Ela nos respondia que não havia mais nada para ela por lá, não em comparação com nossa família. Mas nossa família desmoronou sem sua presença para nos unir, e agora estou partindo para salvar o que restou.

A mulher beija o cabelo ralo na cabeça da bebê, em seguida a aninha em seu colo de mãe. Aquela mulher leva a vida que meu pai deseja para mim: satisfeita com comida na mesa e um lar confortável, um marido provedor. Mas meus pais haviam visto as maravilhas de Jia e vivido no coração vibrante da capital, sem desejar outra coisa além do que os aguardava em sua terra, ao passo que eu conhecia apenas nossa vila e os campos ao redor.

A viagem de balsa passa como um sonho peculiar. Minha companheira, Lifen, me recebe como parte da família. Balanço a neném no joelho, impeço o menino de se debruçar sobre a amurada. Eles se recusam a aceitar qualquer pagamento pela comida e bebida que compartilham comigo, e meu coração se emociona com tamanha gentileza.

No caminho, passamos por várias cidades, pegando e deixando passageiros. A jornada é barulhenta, pois os músicos continuam a tocar, e os vendedores apregoam as mercadorias de cestas que carregam nas costas ou cabeça.

À noite, eu me reclino na amurada e observo o redemoinho de estrelas acima. *Não se engane*, disse mamãe certa vez. *As estrelas não são tão serenas quanto parecem. Os astrônomos são incumbidos de decifrar seus caminhos celestiais, profecias que preveem a ascensão e a ruína de famílias de prestígio e de reinos. Elas queimam com tanta ferocidade quanto nosso sol.*

— Eu sonhava ser um observador de estrelas. — Uma voz interrompe meus devaneios. O marido de Lifen, o oficial Yao, senta-se pesadamente ao meu lado no convés e me passa uma taça de argila com vinho de painço. Tomo um gole e o líquido terroso me queima as entranhas, aquecendo meu peito. — Não tinha aptidão. Então quis ser poeta. Compus comoventes garranchos sobre o Príncipe Exilado e sua ilha isolada.

Solto uma risada, imaginando-o mais jovem e mais solene, pincel em mãos.

— E?

— Às vezes a vida tem um jeito de frustrar nossos sonhos — observa ele, olhando não para mim, mas para o reflexo bruxuleante da luz na água.

O calor do vinho me encoraja a anunciar:

— Não vou permitir.

Ele ri, satisfeito e relaxado, como se não acreditasse em mim. Quando Lifen mencionou que o marido trabalhava para o governo, desconfiei dele a princípio. Mas apesar de nossas breves conversas, logo me dei conta de que ele é muito diferente do governador encarregado da minha vila.

Estremeço ao me lembrar do governador Wang. O homem formidável cujo casaco preto sempre drapeja ao seu redor como uma nuvem sombria. O governador nunca pede: só sabe tirar, exigir e apertar até que a última sobra possa ser espremida do povo sob sua jurisdição. Dizem que ele arrastou o cão de alguém até a estrada e o açoitou até a morte, à vista de todos. Dizem que riu enquanto a criatura uivava, punição pela incapacidade do dono de pagar os tributos mensais.

O governador Wang desenvolveu um interesse especial pelo meu pai ao longo dos anos, como se o visse como sua nêmesis. Com frequência, os aldeões recorrem a papai para pedir leniência aos oficiais em tempos difíceis. Ele tem testemunhado com os próprios olhos o sofrimento do povo. No entanto, ainda obedece aos caprichos do governador. Talvez seja por isso que acho difícil entendê-lo. É o tipo mais imperdoável de lealdade. Em especial quando, bem no fundo, sei que o governador Wang poderia ter feito mais para impedir os envenenamentos — e, ainda mais no fundo, às vezes suspeito de que esteja por trás deles.

Fico sentada ali com o oficial Yao em um silêncio confortável, compartilhando goles de vinho de painço, até que sinto minhas mãos e bochechas aquecidas, formigando.

Quando a última gota é servida, brindamos e esvaziamos os copos. Ele suspira.

— O bom de envelhecer é que você percebe que tudo é um ciclo — comenta, com um tom sonhador na voz. — As coisas mudam, mas também voltam ao que costumavam ser. As estrelas seguem seu curso, o rebanho sempre encontra a pastora. De certo modo, é reconfortante. Torna tudo menos solitário.

Ele me dá um tapinha no ombro e se levanta, me deixando com meus pensamentos.

Observo a água. Jamais pensei no assunto até agora, mas ele está certo. Eu *estou* solitária, não apenas nostálgica. Sempre me senti assim, como se meu lugar não fosse a vila. Às vezes, tarde da noite, quando Shu está repousando tranquilamente e o sono me escapa, pensamentos perversos me assaltam, criam raízes e se recusam a murchar. Sussurram coisas terríveis... Que meu pai preferia que fosse eu, e não Shu, que estivesse doente. Que minha família seria mais feliz se eu sumisse.

Meu pai existe na órbita de sua imaginação, cada um de nós interpretando os próprios papéis de como um bom doutor e suas boas filhas deveriam se comportar. Sempre acreditou que, se eu falasse somente as palavras certas, se agisse do modo apropriado, não traria vergonha para nossa casa tantas vezes.

Até mesmo quando mamãe estava viva, até mesmo quando eu vivia feliz nos jardins com minha família, sempre me senti como um satélite ao redor deles, ocupando o mesmo espaço, mas traçando minha própria órbita invisível, sem ideia de para onde me levaria.

Talvez eu esteja prestes a descobrir.

Capítulo Quatro

Com a caixa de shénnóng-shī da minha mãe às costas e as pernas dormentes depois de um sono agitado a bordo da balsa, na manhã seguinte finalmente chego ao caos do portão ocidental do palácio. Corri até ali depois do desembarque e de apenas uma despedida apressada de Lifen e sua família. Não houve tempo sequer para mais do que um vislumbre ou outro da cidade em si — preciso ser admitida no palácio antes do horário no pergaminho ou o portão se fechará para mim.

Uma multidão se aglomera na rua perto do portão, esticando o pescoço em busca de uma visão melhor. Sinto o entusiasmo pulsar na minha garganta quando a turba me carrega para mais perto da entrada. Os guardas esperam à porta com um oficial de baixa patente e aparência estarrecida, que parece irritado com a tarefa que lhe foi confiada. Ele admite apenas aqueles que trazem um convite em mãos.

É óbvio que alguns shénnóng-shī já são conhecidos na capital: eles acompanham os aprendizes ao portão, e até mesmo o oficial faz uma reverência, lhes permitindo a passagem sem conferir o pergaminho. Algumas pessoas na multidão gritam seus nomes, aplaudindo. Minha mãe jamais teve aquele tipo de reconhecimento na vila, e me magoa ver como ela deveria ter sido reverenciada em vez de subestimada.

A mudança é lenta, ela costumava dizer. A imperatriz viúva reconhecia aquilo. Foi ela que elevou os shénnóng-shī à corte, estabelecendo sua arte como terapêutica, do mesmo campo da medicina. Ela encorajou o aprendizado, dos boticários de vila até os médicos imperiais de mais alto gabarito. A união de tradições, o antigo e o novo. Mas, em nossa província, a magia Shénnóng ainda é encarada com desconfiança — principalmente se praticada por uma mulher.

O oficial passa o olhar pelo pergaminho antes de gesticular para que eu entre. Aqueles de nós admitidos estão reunidos em um pequeno pátio. Tenho um vislumbre do palácio através de uma porta deixada ligeiramente aberta. Um borrão de vegetação na entrada, arbustos ornamentais e árvores decorativas. O brilho polido de uma balaustrada ladeando um caminho. Chegar tão longe e ter o acesso negado... Nem consigo imaginar como deve ser.

— Sua atenção, por favor! — Outro oficial da corte sobe em um palanque improvisado no meio do pátio. — Há cento e dez shénnóng-shī reconhecidos no *Livro do Chá*. Para assegurar que são, de fato, um shénnóng-tú sob sua tutela e aptos a entrar no palácio, todos passarão por um teste simples de suas habilidades.

Murmúrios se espalham pela multidão enquanto nos encaramos, inseguros.

— Se fizerem uma fila — avisa o oficial —, poderemos começar.

Faz sentido testar aqueles que podem ter conseguido o pergaminho por meios ilícitos, como eu. Minhas palmas ficam úmidas. Discretamente, tento limpá-las na frente da túnica.

Uma garota baixa, com uma trança comprida enrolada na cabeça, esbarra em mim. Ela sussurra um pedido de desculpas e uma pergunta:

— O que acha que vão nos perguntar?

— Não sei.

Fico na ponta dos pés para tentar ver. Os competidores formam uma fila a partir de uma tenda ao lado de um segundo portão, e o que acontece ali dentro está protegido dos olhares.

— Afaste-se — ordena com desdém um dos rapazes que perambulam por ali. Ele veste uma túnica cor de âmbar, com um detalhado bordado em linha azul no colarinho e nas mangas, ao que alguém deve ter dedicado horas de trabalho. — Um par de tǔ bāo zi.

Eu o encaro, fervilhando com o insulto. Com a insinuação de que somos tão pobres que devemos recorrer a nos alimentar com terra para sobreviver.

A garota ao meu lado se retesa e sibila para ele:

— O que disse? — pergunta.

O rapaz apenas ri.

— A gatinha de Yún acha que tem garras.

Um olhar rápido para os guardas ao redor do perímetro me lembra de que não devo começar uma briga, mesmo quando nada me agradaria mais do que jogá-lo na lama, que é o seu lugar. Eu me aproximo da garota, de cabeça baixa.

— Você é da província de Yún? — pergunto em um sussurro, puxando assunto para não dar um murro naquele rosto arrogante. Sei pouco sobre Yún, a não ser que as mulheres de lá em geral usam o cabelo em uma trança comprida sobre o ombro ou enrolada na cabeça.

A garota balança a cabeça e revira os olhos.

— Na verdade, sou das "paupérrimas" planícies de Kallah.

Reparo na tez acobreada, um sinal de que passa mais tempo sob o sol do que à sombra.

— Meu nome é Ning. Da "retrógrada" província de Sù.

— Sou Lian. Tigresa do Norte — rosna, então sua ferocidade se dissolve em risinhos. Solto uma risada também, feliz de não ser a única competidora a ter vindo de longe para participar do torneio.

Não demora muito para alcançarmos o início da fila. Eu me abaixo e passo pela abertura na tenda primeiro. Do lado de dentro, um homem com uma túnica de aparência oficial está sentado atrás de uma mesa, com um guarda de cada lado. Na parede acima de sua cabeça estão pendurados a flâmula de Dàxī e o estandarte do grande dragão imperial.

— Mostre-nos seus pertences. — O oficial gesticula e os guardas avançam.

— Esperem! — Tento protestar, mas eles tiram a caixa das minhas costas e tomam o saco que contém os poucos itens que possuo.

— Precisamos fazer isso para garantir a segurança da família real — explica o oficial, com um desinteresse monótono na voz.

— Com certeza isso já é demais. — Aperto a trouxa de roupa nos braços enquanto eles continuam a vasculhar minhas peças íntimas. Sinto o rosto corar quando enfio tudo de volta no saco de maneira apressada. — Todo mundo é paranoico assim na capital?

O guarda mais novo me lança um olhar curioso.

— Não ouviu as notícias? Houve um aumento nas tentativas de assassinato no mês passado. Alguém teve a pachorra de atacar a princesa à luz do dia, em pleno Festival de Primavera!

— Você! — Ribomba a voz do oficial. — Não conversamos com os competidores.

— Desculpe. — O guarda abaixa a cabeça e recai sobre um dos joelhos.

O oficial resmunga algo que não soa muito amigável e acena para que outro guarda abra a caixa de shénnóng-shī da minha mãe. Sinto um nó no estômago ao pensar em outra pessoa tocando um bem tão precioso, mas não posso impedir um representante do imperador.

O baú de sequoia lindamente talhado é envernizado com esmero e brilha mesmo sob a pouca iluminação da tenda. A tampa é presa por uma tira de couro, que se abre para revelar nove divisões. Três ladeando o compartimento central, então dois nichos compridos, acima e abaixo. Os mais longos guardam as xícaras de chá de porcelana da minha mãe e os utensílios de bambu, enquanto os menores contêm uma série de ingredientes.

— Onde você aprendeu a arte? — questiona o oficial, verificando o pergaminho que deve listar os detalhes dos nomes gravados no *Livro do Chá*.

— Sou aprendiz da minha mãe, Wu Yiting. Ela é a shénnóng-shī de Xīnyì, vila da província de Sù.

A única coisa que me permitirá passar no teste é a distância entre minha vila e Jia, e o fato de que minha irmã é muito jovem para ter sido nomeada como shénnóng-tú oficial da mamãe.

— Veremos se é verdade. — É a única coisa que o oficial diz ao pegar uma das xícaras e examiná-la com um olhar minucioso. — Já mandamos alguns impostores para as masmorras da cidade por fingirem ser um shénnóng-tú. Uma infração grave.

Cerro os punhos, esperando minha farsa ser descoberta.

Abrindo um dos frascos, ele examina a substância e belisca as pétalas no interior, cheirando o resíduo nos dedos.

— Diga-me o que é isso.

— Madressilva — respondo.

Então tem início um cuidadoso exame de cada item da caixa. Respondo o melhor que posso, classificando cada ingrediente como flor ou erva. Sù é uma província agrícola, com terra fértil adequada ao cultivo de arroz, mas o clima não é ideal para os tipos mais valiosos de chá que florescem nas terras altas. Em vez disso, minha mãe catalogou diferentes espécies de flor para acentuar o chá e lhe conferir sabor, e usava suas propriedades medicinais para tratar doenças sazonais.

O oficial franze o cenho quando pega algo verde, rolando-o entre os dedos. Uma flor fresca. Botões brancos em cachos. Quase deixo escapar uma exclamação e mordo a língua para me calar.

— E isso? — Ele ergue o botão até a altura dos olhos e o examina.

— É uma flor de pomelo. — Espero que ele não perceba o tremor em minha voz. — Conhecida por seu perfume pungente.

Apenas os poucos botões em seus dedos preenchem o pequeno espaço com uma essência floral quase sufocante. Não sei como a flor que deixei intocada em Sù me seguiu todo o caminho até a capital, mas, de algum modo, acredito ser minha mãe ainda velando por mim.

O oficial me observa, em seguida larga a flor de volta na caixa.

— Acredito que é quem diz ser.

Respiro aliviada quando ele carimba meu convite com o selo real.

— Segundo Guarda Chen? — O jovem imediatamente se coloca em posição de sentido. — Marque a caixa com o nome da jovem e a leve para o depósito destinado aos participantes.

— Sim, senhor. — Ele faz uma reverência e tenta arrancar a caixa das minhas mãos.

Mais uma vez protesto, meus dedos relutantes em soltá-la. Prefiro usar trapos na competição do que ter de dar a caixa a um estranho.

— Vamos manter seus itens em segurança — avisa o oficial, com indiferença. — O risco de envenenamento é muito alto para permitir que todos entrem no palácio com seus pertences.

— Mas... minhas xícaras... — balbucio debilmente, e solto a caixa.

— Siga-o, antes que eu mude de ideia — alerta o oficial com um meneio de cabeça. — Tenho muita gente para interrogar hoje.

Com uma breve mesura, disparo atrás do guarda, sentindo um aperto no estômago.

— Não se preocupe — sussurra ele, de posse da minha caixa, quando a aba da tenda se fecha atrás de nós. — Vou me certificar de que isto fique em segurança.

E, então, os portões se abrem diante de mim e sou conduzida para dentro.

O palácio é uma visão, um incrível cenário digno de admiração. Pisco diversas vezes para me assegurar de que é real. É ainda mais grandioso do que as mansões que avistei da balsa quando nos aproximávamos da capital. Colunas laqueadas largas demais para meus braços sustentam amplos telhados de ladrilho roxo. Mal posso distinguir as sensações de medo, entusiasmo e fascínio borbulhando dentro de mim conforme seguimos arrastando os pés atrás dos guardas. Eles reclamam se nos demoramos muito tempo em um só lugar, mas há muito com o que se maravilhar.

Um jardim de pedras, dispostas em perfeita simetria.

Um reluzente lago de carpas, lampejos de laranja, branco e dourado sob a superfície ondulante.

Graciosas cerejeiras de galhos escuros carregadas de cintilantes flores branco e rosa.

Os perfumes inebriantes de flores e incenso rodopiam no ar dos pavilhões exteriores pelos quais somos guiados. Seguimos os guardas por labirintos de pontes de madeira e plataformas de pedra até chegarmos aos nossos alojamentos. Todas as jovens, apenas onze no total, ficarão hospedadas no mesmo lugar. A maioria dos competidores são homens, muitos deles mais velhos, prestes a se habilitar, aos 26 anos, para participar dos testes de shénnóng-shī da Academia Hánxiá. Fico feliz ao ver que Lian também foi aceita no palácio, e logo decidimos dividir um quarto.

O guarda de semblante severo nos instrui a permanecer naquela ala do palácio durante a competição. Nada de vagar pelos salões e atrapalhar os criados, nada de conluios com oficiais da corte para obter informações sobre as preferências dos juízes, nada de sair às escondidas pelo portão dos fundos para conseguir, de forma ilícita, ingredientes sofisticados.

No interior dos aposentos cada parede é forrada com arte em detalhes incríveis. Pergaminhos de caligrafia expostos junto de elaboradas pinturas de florestas de bambu serenas ou de damas graciosamente retratadas ao lado de orquídeas. Paredes de prateleiras decorativas abrigam frágeis vasos ou esculturas de madeira. Até mesmo os incensários são obras de arte: estatuetas de macacos em diferentes poses.

Com cuidado, toco em uma xilogravura, maravilhada com os detalhes capturados no minúsculo olho de um beija-flor. Lian sacode as cobertas ao meu lado, e a trilha de flores bordadas de uma ponta à outra da colcha de seda chama minha atenção pelas cores vívidas. Sinto um nó na garganta quando me lembro de Shu, que ama bordar e passa horas costurando cada ponto no lugar para formar pétalas como aquelas. Ela deveria estar na cama ao meu lado, conversando sobre tudo o que vimos e tudo o que ainda iríamos viver.

Não nos dão muito tempo para nos acomodar antes de nos chamarem para o corredor na frente do nosso pavilhão. Ao soar do gongo da meia-hora, duas jovens criadas nos guiam até a primeira etapa da competição. Depois de atravessar outro labirinto de corredores e pátios, chegamos a um prédio esplêndido, com colunas de pedra preta esculpidas com motivos marinhos. Peixes saltam de palácios aquáticos e caranguejos se esgueiram às voltas em padrões deslumbrantes. As portas têm a altura de dois homens e se abrem para uma enorme câmara. As paredes são cobertas de painéis de madeira, cuja manutenção deve ser cara devido à umidade da capital.

Plataformas suspensas à direita e à esquerda já estão repletas de mesas ocupadas por hóspedes. Murmúrios e nomes sussurrados soam ao meu redor, especulações sobre a identidade dos juízes selecionados para supervisionar a competição. No extremo oposto do salão, há um tablado, com dois homens sentados em posição de destaque e um assento vago no centro, à espera do ocupante final.

— Quem são aqueles oficiais? — pergunto a Lian em um sussurro, enquanto somos empurradas pela multidão. Damos os braços uma à outra para evitar que sejamos separadas na confusão de participantes, todos abrindo caminho em busca de uma visão melhor. Nossos pés deslizam pelo piso de madeira, polido até brilhar como um espelho.

— O da esquerda é o Ministro de Ritos, Song Ling — responde ela.

Pelo pouco que conheço da corte, sei que aquele é um dos homens de posição mais elevada no reino. Os quatro ministros supervisionam a Corte de Oficiais, que aconselha o imperador na administração de Dàxī.

— O da direita — continua — é o Estimado Qian. — Aquele nome eu reconheço de uma das lições da mamãe: ele foi o shénnóng-shī que a imperatriz viúva reconheceu como tal quando era regente. O longo cabelo grisalho e a barba esvoaçante o faziam parecer um dos filósofos das histórias clássicas. — A princesa deve tê-lo chamado de volta da academia para assistir à competição. A última notícia que meu mentor teve dele é de que havia ido até Yěliŭ para estudar alguns textos antigos.

Havia presumido que Lian, por ser de uma província mais afastada, como eu, estaria menos atenta às intrigas da corte. Mas, aparentemente, minha nova amiga também tem contatos no palácio. Antes que eu possa fazer mais perguntas, os arautos pedem silêncio, e ajoelhamos.

O Ministro Song se levanta para falar:

— Saudações aos shénnóng-tú de nosso vasto império. Vocês são parte das comemorações em homenagem à falecida Imperatriz Viúva Wuyang e seu legado. A Grã-Senhora encarava a arte do chá com grande respeito. Está presente em nossa cultura, em nossa ancestralidade. É um presente dos próprios deuses.

O ministro discursa sobre as virtudes do chá até minhas pernas ficarem dormentes após tanto tempo ajoelhada. Finalmente, somos autorizados a nos levantar.

— Sua Alteza Imperial, a Princesa Ying-Zhen! — anuncia o arauto.

A princesa entra pela porta lateral, a postura ereta, os movimentos serenos. Uma aia vem ao seu lado, mão sobre o punho da espada. Relembro das palavras do guarda, sobre as tentativas de assassinato que seguem a jovem mulher, e estremeço.

Muito embora o traje cerimonial possa sobrecarregar seus ombros, a princesa não dá qualquer indicação de sofrer com aquele peso. O manto é tingido de um tom de púrpura tão escuro que parece preto. Quando se move, a túnica drapeja em seu rastro, e o tecido cintila e ondula, revelando picos de montanha e rios sinuosos em fios de prata. A princesa veste o reino às suas costas.

Quando vira para nos encarar, consigo ver, mesmo à distância, que sua pele brilha como pérola. A boca é um ponto vermelho brilhante, como uma pétala de flor. Sentando-se na cadeira entre o ministro e o shénnóng-shī, anuncia:

— Aguardo ansiosamente pelo que vão apresentar aqui. — Mesmo sentada, sua voz ecoa pelo salão, com a confiança de quem sabe que será ouvida. — A competição começará esta noite, no Pátio do Futuro Promissor. Como o Imperador Ascendente disse certa vez, os fazendeiros são a espinha dorsal do país, e nossa comida conforta a alma. A cada um de vocês será designado um prato típico de sua província. Gostaria que preparassem um chá que seria o acompanhamento perfeito para sua refeição.

"Mas... — Aqueles lábios se curvam em um sorriso. — Nós nos empenhamos em fazer de cada teste o mais justo possível. Todos vocês receberão três yuan de prata e duas horas no mercado para comprar os chás e acompanhamentos. Aquele que for flagrado gastando mais do que a quantia cedida ou que não voltar a tempo será desclassificado."

Resmungos percorrem a multidão, sem dúvida daqueles com dinheiro para comprar chás mais sofisticados, que assim teriam conseguido vantagem sobre os demais.

— O primeiro teste será aberto ao público, de modo que todos possam testemunhar a beleza da arte Shénnóng. — Seu olhar atento nos contempla, e a mensagem implícita é clara: *Confio que não vão me desapontar.*

A princesa se levanta para ir embora. Parece régia, equilibrada, intimidante, mais velha do que seus 19 anos.

— Glória à princesa! — saúda um dos arautos, a voz retumbando pelo salão como um gongo.

— Glória à princesa! — Aqueles sentados erguem suas taças em um brinde. Aqueles de nós de pé se ajoelham e se curvam em vez disso, encostando a testa no chão, mantendo a postura até ela deixar o cômodo.

Que comece a competição.

Capítulo Cinco

Somos levados diretamente às cozinhas para começar as preparações de imediato. A Governanta Yang é uma mulher de expressão severa, com o cabelo escuro já grisalho preso em um coque austero. Observando nosso grupo, ela solta um muxoxo indiferente.

— As cozinhas imperiais serviram príncipes e altos oficiais de terras distantes. — Ela gesticula na direção de duas criadas, cada uma com uma cesta cheia de fichas vermelhas. — Não desorganizem os produtos da minha cozinha.

Uma após a outra, fichas são oferecidas, cada uma gravada com nosso nome e o prato com o qual devemos harmonizar o chá. Mãos ansiosas disparam para recebê-las.

Meu prato é bolinho de arroz pegajoso, um simples prato camponês, e um dos meus favoritos. Arroz glutinoso com amendoim enrolado em folhas de bambu. É algo que os lavradores podem carregar para o almoço, amarrados com barbante às faixas de cintura.

— Bolo de arroz? — bufa Lian, enquanto me mostra sua ficha. — Típico.

— Você tem algum problema com a tarefa? — A governanta se aproxima de nós, ameaçadora, e Lian balbucia uma negativa. Nós duas nos afastamos, apressadas, antes que ela possa exigir um castigo.

Já fora das cozinhas, Lian começa a listar uma variedade de pratos regionais de Kallah que as cozinheiras poderiam ter escolhido, e é o bastante para que meu estômago comece a roncar. Peixe cozido em molho picante e azedo, doce de leite grelhado no espeto, pato besuntado com mel e assado até dourar.

Lian deve ter soado tão empolgada que até mesmo a sentinela à porta entra na conversa.

— Eu gosto mesmo é de pòsū, frito e crocante, recheado com presunto e açúcar. — Ele fecha os olhos, como se saboreasse a iguaria em sua mente. — Tem gosto de lar.

Lian parece encantada.

— Achei que já tivesse conhecido todos de Kallah no palácio.

O jovem abre um sorriso radiante em resposta, exibindo os dentes brancos.

— Fui transferido há poucos meses.

— Prazer em conhecê-lo, irmão. — Lian leva a mão ao peito e faz uma mesura. O guarda se curva em resposta, espelhando sua postura.

O som do gongo da meia hora ecoa pelo ar, uma lembrança da urgência de nossa tarefa. Com uma rápida despedida ao novo conhecido de Lian, corremos para alcançar os outros competidores.

A cidade se abre diante de nós quando deixamos o palácio. Lian atravessa as ruas confiante, a trança balançando, e eu a sigo. Quando nos deparamos com um mercado, ela finalmente diminui o passo.

Assimilo a energia vibrante ao meu redor a fim de me revigorar para a prova adiante. Damas requebram em longos vestidos diáfanos, suas criadas logo atrás, carregando as compras. Passamos por lojas de tecido, com belos rolos de seda e algodão expostos para venda. Discretamente, toco algumas peças, apenas para desfrutar da sensação suntuosa contra a pele, tão diferente dos materiais caseiros aos quais estou acostumada. Outra viela parece abrigar apenas lojas pequenas, com uma variedade de tintas e pincéis para caligrafia e pintura. Uma parte de mim anseia por admirá-los mais tempo, por estudar as curvas amplas e pinceladas firmes em pergaminhos ou as paisagens com tufos de nuvens sobre picos íngremes, os barcos de bambu navegando serenamente.

Ao observar tudo aquilo, vejo Shu em toda parte. Minha irmã teria amado o traje verde-claro usado pela jovem nobre que vasculhava uma barraca de escovas: a cor lembrava os primeiros botões da primavera. Em vez de se demorar na loja de caligrafia, seu interesse teria sido despertado pelos bordados em bastidores, retratando garças empoleiradas em galhos de pinheiro branco. Teria se encantado com o brilho das penas e os minúsculos detalhes das agulhas do pinho. Estou determinada a trazê-la aqui um dia para que possa ver pessoalmente.

Desvio os olhos de uma banca de flores bordadas e percebo que perdi Lian na multidão, e um pânico súbito me invade.

Estou sozinha naquela cidade enorme.

As peças de prata pesam no alforje escondido na minha saia. Jamais carreguei tanto dinheiro, e lembro dos sermões do papai sobre os muitos ladrões e degenerados da capital, prontos a tirar vantagem de jovens mulheres. Mas respiro fundo e forço meu coração a se acalmar. Cheguei a Jia por conta própria e posso provar àqueles rapazes, e a mim mesma, que não sou qualquer tǔ bão zi de Sù.

Passo por casas com portões imponentes e tento não ficar boquiaberta com as vigas enfeitadas que sustentam seus telhados. Ao atravessar um pequeno portão de pedra, entro em um mercado de vendedores de frutas. Grandes cestas empilhadas com montes delas: frutas-do-dragão rosadas, cunquates dourados, ameixas verdes e roxas. O aroma das frutas amadurecendo sob o sol cálido da tarde é inebriante, e uma delas pode ser o ingrediente que procuro para complementar meu prato.

Seguro uma ameixa macia que escolhi de um cesto quando noto um garoto se adiantar e pegar um pedaço de fruta que caiu no chão. Ele o enfia na boca e o morde com tanto gosto que o sumo lhe escorre pelo queixo. Não consigo evitar um sorriso diante daquela exuberância.

— Ladrão! — Um guarda agarra o menino pelos ombros e o sacode, atraindo a atenção das pessoas ao redor.

— A fruta estava no chão! — exclama o garoto. Ele tenta fugir, mas o guarda lhe dá uma joelhada nas costas, derrubando-o no chão de terra.

Meu prazer logo se dissipa. Já tinha visto os tipos de castigo de que os soldados eram capazes. Vira homens adultos com as costas reduzidas a uma massa sangrenta. O menino é apenas uma criança, e meu pai não está ali para intervir. Preciso ajudá-lo eu mesma.

Puxo o braço do garoto e o coloco de pé, com a intenção de fugir correndo. A reação do guarda é mais rápida do que imaginei, e ele agarra o outro braço do menino, que acaba preso entre nós.

— Quem é você? — pergunta o guarda.

— Ele é meu irmão! — No desespero, a mentira escapa com facilidade. — O que aprontou desta vez?

— Roubou uma fruta da minha barraca — intervém o vendedor, balançando o punho. — Ele tem sorte de eu não exigir que cortem sua mão!

Quase engasgo com o absurdo daquela acusação, imaginando o Ministro da Justiça atendendo aos caprichos de um mercador. Mas me contenho, lembrando que preciso retornar à tarefa da competição.

— Somos viajantes, meus bons senhores, dos campos de Sù. Meu irmão está apenas cansado e com fome, mas podemos pagar! — Com a mão livre, procuro uma moeda no bolso.

— Isso é verdade? — O guarda sacode o garoto outra vez, exigindo uma resposta. Também aperto seu braço com mais força, cravando as unhas na pele, até que o garoto é obrigado a me encarar.

Entre no jogo, tento dizer com um mero olhar.

Ele assente, aterrorizado, lágrimas já escorrendo em seu rosto.

— Ah, deixe o menino em paz! — grita um dos homens mais compreensivos na multidão. — Ele é só uma criança.

Outros frequentadores do mercado assentem em concordância. O ânimo da multidão dá uma guinada, de saborear o espetáculo para mostrar compaixão pelo garoto choroso, então começam a jogar os cobres no feirante, indignados.

Não consigo evitar um sorriso quando o rosto do vendedor enrubesce, mas não fica constrangido o bastante para controlar a própria ganância pelas moedas cintilantes. Ele dispensa o guarda com um gesto enquanto os dedos procuram o brilho dos cobres no chão.

Puxo o menino para um canto e falo com ele, baixinho, depositando algumas das minhas moedas de cobre em sua mão.

— Saia do mercado o mais rápido que puder, e não se meta em mais confusão.

O garoto assente, limpando as lágrimas e o muco do rosto com a manga antes de sair em disparada.

Lembro a mim mesma que devo ouvir meu próprio conselho e sair dali antes de cometer outro erro. Quando começo a me virar para deixar o mercado, flagro outro garoto — mais velho, da minha idade

43

— sorrindo com malícia para mim. Parece rico, pelo acabamento de seu manto... O filho de um mercador, talvez, ou até de sangue nobre. Ele sorri como se compartilhássemos uma piada. Sinto uma pontada de irritação e lhe dou as costas. Não poderíamos ser mais diferentes, ele e eu. No entanto, ele finge que entende.

O gongo de uma hora toca, o tempo passando rápido demais para o meu gosto. Peço a um dos vendedores informações de como chegar ao distrito das casas de chá e ele me aponta um beco lateral deserto, garantindo se tratar de um atalho.

O beco tem apenas um punhado de lojas, seguidas por portas fechadas. Atravesso a viela apressada, concentrada no destino, até que um ruído arrastado acima me distrai. Diminuo o passo e ergo o olhar, estreitando os olhos para a curva alta dos telhados. Mas tudo o que vejo é o clarão do sol atrás das telhas.

Uma sombra passa sobre mim rapidamente.

Apenas um truque de luz, tento me acalmar.

Olho para cima mais uma vez. Ainda nada. Mas a lembrança da luta com o bandido mascarado cruza minha mente.

Somente quando estou quase no fim do beco é que noto uma silhueta me observando de trás de um vendedor.

Movimento. Um borrão preto.

Começo a correr, na esperança de ter uma visão melhor. Não é o ladrão. Não pode ser.

Quando viro na rua seguinte, leva apenas um segundo, então consigo mais um vislumbre: a parte de trás da cabeça, avançando com rapidez pela multidão. Corro em ziguezague entre os pedestres, mas a figura se mantém alguns passos à frente, até que esqueci quantas voltas dei.

A figura não está em lugar nenhum.

E estou completa e irremediavelmente perdida.

Pânico martela meu peito novamente. Não deveria ter deixado a curiosidade interferir. Depressa, imploro a outra pessoa por mais informações, decorando-as. Mas quando viro a esquina, uma sombra recai sobre mim mais uma vez.

Não deixe que o Príncipe Exilado a encontre no escuro.

Dou um passo para trás, recuando até tocar um corpo sólido... E um braço me envolve por trás.

Capítulo Seis

Reajo por instinto, pisando com o calcanhar no pé do meu captor. O aperto em minha túnica afrouxa, e me lanço para a frente, subitamente livre.

— Espere! — chama uma voz às minhas costas. — Só um instante!

Eu me viro e vejo o rapaz de antes — o garoto rico que sorriu para mim no mercado —, pulando num pé só.

— Por favor, não me faça correr atrás de você — pede, com uma risada contida.

Eu o avalio: o cabelo escuro bagunçado na altura dos ombros, a pele reluzente ressaltando os ângulos da face, o brilho nos olhos, aquele sorriso peculiar. Mamãe diria se tratar de um yù shù lín fēng. Confiante como árvores de jade ao vento. Alguém de tirar o fôlego.

— Duvido que esteja quebrado — retruco, incapaz de oferecer falsa simpatia. — Por que está me seguindo?

O estranho apoia o pé no chão com cuidado e faz uma careta quando coloca o peso sobre ele.

— Queria chamar sua atenção, mas você estava com a cabeça nas nuvens.

— De onde venho, não é costume agarrar garotas em becos escondidos — rebato.

— Sim, lamento por isso. — Ele afasta o cabelo dos olhos, com uma expressão pesarosa. — Eu... eu vi o que fez pelo menino.

Avalio seu semblante. Ele parece sincero. Ele parece... bonito. Como um dos garotos com quem Shu flertava na vila. Mas, como aprendi, não se pode confiar nas aparências, e a dor no pé é de sua total responsabilidade.

— O que quer de mim?

— Você mentiu pelo menino — responde, se aproximando, a expressão se tornando séria. — Foi... corajoso. Inesperado. Você não é daqui, é?

— Como sabe?

— Você fala com o sotaque das províncias do sul, as palavras soam do fundo da garganta. Algum lugar rio acima, talvez? Além do mais, o povo de Jia não costuma se esforçar para defender ladrões. São cínicos demais para gestos de bondade. Você deve ser recém-chegada. E, bem... parece perdida. Tem perambulado por aí há um bom tempo.

É óbvio que pareço uma forasteira, como se a capital não fosse o meu lugar. Todos os moradores da cidade estariam tão ansiosos assim para os exporem?

Ele faz outra careta.

— Não foi o que quis dizer.

Percebi que as emoções devem estar estampadas em meu rosto. Shu costumava zombar de mim. *Feche a boca*, dizia, sorrindo, *parece um galo indignado*. Ela é a única que eu deixava me tratar assim.

— Só quero oferecer ajuda.

Encaro-o, desconfiada.

— E com o que você sequer poderia me ajudar?

— Conheço a cidade. Se está querendo ir a algum lugar ou se está procurando alguma coisa, posso levá-la ao local certo. Jia não é muito segura para viajantes solitários. Não ouviu as histórias? O Sombra pode estar à solta, tentando pegar você.

Sei que está brincando, mas um arrepio percorre meu corpo com aquela ideia, com a lembrança dos segredos por trás da máscara.

Uma suspeita fugaz passa por minha mente. Por que ele me seguiu desde o mercado?

Poderia ele ser o Sombra, aquele com quem lutei na saída de Sù?

Mas não, aqueles pensamentos são irracionais. Observo a sofisticação da túnica de seda e o brilho das joias cravejadas em seu cinto. Este estranho não é nenhum bandido e, certamente, jamais esteve em um lugar como Sù.

O garoto sorri, e a luz do sol faz seus olhos faiscarem. Algo dentro de mim se agita em resposta. Algo não exatamente desagradável.

Preciso mesmo de ajuda para encontrar o caminho, e ele talvez seja capaz de me ajudar a encontrar o chá de que preciso mais depressa do que eu sozinha, vagando perdida pela cidade.

— Aonde está indo? — pergunta ele. — Estudar para um exame acadêmico? Vai se juntar a uma trupe mambembe? Aterrorizar a guarda da cidade?

Cada opção é mais absurda do que a anterior, até que não consigo evitar e solto uma gargalhada. Mas aquilo me lembra do meu objetivo, e meu humor se torna sombrio outra vez.

— Estou aqui para a competição — respondo, ríspida.

O garoto arregala os olhos.

— Você é uma shénnóng-tú? Não parece ter idade suficiente para participar dos testes.

— O dom pode se manifestar em qualquer idade — rebato, ofendida. É uma garantia que muitos shénnóng-shī dão aos aprendizes. Cada shénnóng-tú começa por uma afinidade com magia, mas alguns são simplesmente prodígios na arte. Se for inato, o talento vai se revelar cedo, como mamãe costumava dizer. Ela adorava contar a história de quando me encontrou revirando a terra, com não mais de 3 anos, apontando os locais onde o solo pulsava, certa de quais plantas floresceriam ali. Mas sempre a ignorei, constrangida, acreditando ser um exagero.

— O que precisa encontrar? — Ele esfrega as mãos. — Conheço as melhores lojas da cidade.

— Preciso de uma casa de chá — admito, decidindo confiar naquele estranho, se aquilo me aproximar de meu objetivo. — Com a melhor seleção de ervas.

— Não deveria me surpreender com tal pedido vindo de uma shénnóng-tú — comenta. — Deve ficar a noroeste daqui. Posso lhe mostrar alguns dos meus locais favoritos no caminho.

Com rapidez, calculo o tempo que me resta para reunir os itens e voltar ao palácio, e decido ser um acordo aceitável.

— Meu benfeitor tem um nome?

— Pode me chamar do que quiser — responde, com uma mesura que parece encantadora e zombeteira ao mesmo tempo. — Malandro? Trapaceiro?

Ele está se comportando como os garotos da vila às vezes fazem diante de Shu, na esperança de chamar sua atenção. Ninguém nunca agiu assim comigo.

Acho aquilo... perturbador.

Balanço a cabeça.

— Bo então. Pode me chamar de Bo. — Um sorriso acompanha a declaração. Um apelido comum para garotos, pouco provável que seja seu nome verdadeiro. Mas não me importo. É melhor não saber. Afasta a tentação de pesquisar o nome dos filhos de ministros quando nos separarmos. — E você? Defensora dos indefesos?

— Pode me chamar de... Mei. — Este é um jogo para dois. O tom provocante da minha voz me faz soar como outra pessoa. Confiante. Sedutora, até.

Bo estreita os olhos e ri.

— Justo.

— Você cresceu aqui? — pergunto, enquanto o sigo por algumas ruelas até nos depararmos com uma praça fervilhante.

— Ah! — exclama ele, sem responder minha pergunta. — Não vejo um desses há anos! — Suas feições revelam uma expressão de genuíno prazer juvenil, quase intolerável em sua doçura, como se o verdadeiro Bo tivesse infiltrado a própria fachada, feito o sol rompendo as nuvens pelo mais breve instante, derramando seu calor sobre mim.

Eu me apresso em segui-lo e o alcanço em frente a uma barraca com uma bancada de mármore branco. O artista levanta a tampa de um pote borbulhante de açúcar derretido e esboça o contorno de uma carpa na superfície. Com alguns rodopios e arestas, completa os detalhes, dando à carpa longos barbilhos e escamas em ziguezague. Ele a prende em um palito de madeira com mais açúcar e, com um sopro refrescante, a coisa toda é erguida. O freguês satisfeito grita de contentamento e abana a doce escultura no ar, onde parece balançar na crista de ondas invisíveis.

— Você precisa experimentar isso! — Bo se vira para mim, com grande exuberância. Noto, pela primeira vez, que apesar dos ângulos auspiciosos do maxilar e da testa, uma pequena lacuna separa seus dentes da frente. — Costumava economizar meus cobres para gastar aqui sempre que tínhamos permissão para visitar o mercado.

Bo está tão empolgado quanto as outras crianças assistindo à exibição, e não quero perturbá-lo com uma recusa. O artista encoraja cada um de nós a tirar uma folha de papel bem enrolada de uma garrafa, revelando que tipo de criatura maravilhosa desenhará em seguida.

Nós nos sentamos nos degraus da botica para nos maravilhar com as esculturas douradas, quase bonitas demais para comer. Meu tigre de caramelo ruge em meio ao bote, enquanto o dragão na mão de Bo serpenteia sinuosamente em direção ao céu. A doçura do açúcar de malte formiga ao derreter na minha língua.

— Poderia comer isto o dia todo — confesso, e ele cai na gargalhada em resposta e aprovação.

— Quando era criança, uma vez enfiei tanto doce na boca que passei mal — revela.

— Como foi... ser criado no palácio? — pergunto.

— Foi... — Então ele hesita, olhando para mim de esguelha. — Inteligente, de fato. Não vou cair em seus truques.

Sorrio de volta, feliz por ele quase ter se traído.

— Você cresceu aqui mesmo, em Jia. Dentro ou muito perto do palácio, e, no entanto, não gosta de tocar no assunto.

— Cresci na casa de um soldado. — Bo mordisca a cauda do dragão, e o açúcar deixa seus lábios brilhantes. — Meu pai era muito disciplinado. Doces eram um mimo permitido apenas no Festival de Ano Novo.

— Meu pai também, mas mamãe amava doces, então contrabandeava guloseimas para nós. — De algum modo, iguarias da casa da minha tia apareciam lá em casa para Shu e eu devorarmos de modo furtivo quando papai estava longe. *A língua precisa de um pouco de doçura*, dizia ela. *Isso ensina o coração a amar.*

Bo esfrega as mãos nas coxas.

— Adoraria saber se minha mãe gostava de doces — comenta com o olhar perdido. — Ela morreu quando eu era muito pequeno.

Olho para ele e penso naqueles últimos meses sem minha mãe. Como teria sido viver sem sua paciente orientação. Como seria não apenas viver em um mundo privado de sua risada, mas jamais sequer tê-la ouvido.

Porém, quando ele me encara, sua expressão é franca, sem tristeza. Bo se levanta e estende a mão para mim, sorrindo quando a aceito.

— Só coisas boas hoje — declara.

E com doçura ainda nos lábios e dedos, eu o sigo.

Pelo olhar de Bo, Jia é um lugar capaz de emocionar uma criança. Ele é um guia atencioso enquanto desbravamos o centro da cidade a caminho da casa de chá. Eu me flagro andando devagar, querendo saborear a jornada, mas eventualmente Bo, fiel à palavra dada, nos leva ao distrito onde se encontram as casas de chá.

Eu me pergunto como meus pais podiam ter saído daquele lugar, tão cheio de cor e luz... Muito mais do que minha mãe jamais me contou.

Há lanternas penduradas nas entradas com o nome do estabelecimento desenhado em caligrafia. Lótus. Peônia. Magnólia. Flores parecem ser um tema comum.

Ao lado da porta da Casa do Lótus, uma barraca coberta está cercada de crianças. Paramos e observamos quando a cortina se abre e marionetes de papel chegam ao palco sob um estrondoso aplauso.

— Era uma vez um imperador que morreu da doença do suor na flor da idade, deixando dois príncipes muito jovens para governar — começa o narrador oculto. — Mas sua mãe, agora a imperatriz viúva, saiu de seu palácio e se sentou atrás do príncipe mais velho, na corte. Guiou sua mão e o ensinou a ser sábio e justo. Quando completou 22 anos, ele se tornou digno do trono, e aos 32, organizou uma grande caçada para celebrar seu décimo ano de reinado.

Um cervo branco dispara pelo palco e o imperador o persegue, a cavalo. Mas uma flecha perdida cruza seu caminho e acerta o monarca no ombro. Várias crianças na audiência deixam escapar uma exclamação, e me assusto tanto que agarro a manga da camisa de Bo.

Ele ri.

— Calma aí. Marionetes podem ser letais.

Eu o empurro de leve, surpresa com o quanto me sinto confortável ao seu lado, mesmo há pouco tempo em sua companhia. Como se tivéssemos nos conhecido em outra vida.

— No coração da floresta — continua o narrador —, um acidente desse tipo poderia ter lhe custado a vida, mas o imperador teve sorte, e uma shénnóng-shī morava ali perto.

À menção da shénnóng-shī, o olhar de Bo dispara até mim por um breve instante, querendo estudar minha reação, em seguida se volta para as marionetes.

— A shénnóng-shī cuidou do ferimento, extraiu a infecção e lhe revelou seu futuro.

A marionete da shénnóng-shī tem cabelos longos e esvoaçantes, feitos de fios de seda. Sinto um nó na garganta ao assistir.

O grupo de crianças se une em coro... É uma profecia que todo menino e menina de Dàxī conhece:

— Seu herdeiro lhe trará grande tristeza e grande alegria. Ele trilhará um caminho de estrelas, mas sombras o seguirão.

— O imperador zombou do presságio, pois a imperatriz ainda não dera nenhum herdeiro para sua linhagem. Mas alguns meses depois, sua filha, a princesa, nasceu.

Quando a apresentação termina e a multidão começa a se dispersar, digo a Bo:

— A princesa é tão linda quanto dizem. Sempre pensei que os poetas e artistas tendiam a exagerar, mas ela é como a descreveram.

A deslumbrante figura daquela manhã ainda está fresca em minha mente. A princesa é agora a regente, enquanto o imperador está confinado em seus aposentos devido a uma grave doença. Seria esta a grande tristeza de que fala a profecia?

— É mesmo? Estou mais interessado em saber se realmente sobreviveu a uma centena de tentativas de assassinato — comenta Bo. — Alguns dizem que a princesa tem um talismã que a protege do mal, ou uma pedra que cura todas as doenças, presente da misteriosa shénnóng-shī que salvou a vida do seu pai.

Uma pedra que cura todas as doenças. Paro de repente, fazendo com que uma garota esbarre em mim, mas não dou atenção a ela e a seus resmungos. Bo percebe que não estou ao seu lado e olha para trás, para mim, atônito.

— V... Você... — Faço uma pausa, pigarreando. — Você viu essa pedra? — Se a princesa tem uma tal cura-tudo, então é um sinal. Tenho de vencer a competição.

A expressão de Bo fica séria.

— Devo avisá-la. Precisa tomar cuidado quando fizer perguntas sobre a Princesa Zhen.

— Por quê?

— Ela não é exatamente... querida por todos. Muitos a culpam pela inquietação que se espalha pelo reino. Doença, pobreza, atos cruéis cometidos por representantes do imperador e... outros rumores.

Conheço os rumores a que se refere. Ouvimos sussurros mesmo em nossa província rural. Sobre a desastrosa gestão das inundações no norte. Sobre a princesa ser muito jovem para agir como regente. Dúvidas sobre quem está, de fato, por trás do trono. Palavras perigosas demais para proferir na capital.

— Rumores? Quer dizer... o veneno?

Bo franze o cenho.

— Você faz muitas perguntas, não é?

— E você evita muitas respostas.

— Isso é verdade. — Mais uma vez, ele abre um sorriso desarmante, o momento de seriedade sumindo com a mesma rapidez que surgiu. — A Casa da Azálea é a que estamos procurando, e fica do outro lado da rua.

Perdida em pensamentos — sobre os rumores, a princesa e o favor que vou pedir a ela —, quase sou atropelada por uma carruagem. Bo agarra meu braço e me desvia do perigo, lançando nós dois contra a lateral de um prédio. Por um instante, meu corpo está colado ao dele e, em vez de afastá-lo, eu me pego me aninhando em seu calor. Seu quadril contra o meu, suas mãos em meus braços...

— Cuidado, pequena sagaz — sussurra ele ao meu ouvido, o hálito roçando meus cabelos. Estremeço outra vez, agora por uma razão completamente diferente.

Bo está muito perto. Eu me afasto de um pulo, colocando alguma distância entre nós. Lembrando a mim mesma que logo retornarei ao palácio, e nunca mais nos veremos.

Na área de compras da Casa da Azálea, sou imediatamente abordada por uma das vendedoras, que me estimula a tocar, cheirar e provar a variedade de folhas de chá. Há frascos e potes e gavetas com diferentes tipos de chá, do chão ao teto. O competente quadro de funcionários responde a todas as minhas perguntas com profissionalismo, e a senhora supervisionando a vitrine rapidamente completa minha transação. Com a tarefa concluída, o pacote embrulhado e enfiado debaixo do braço, sinto a tensão em meus ombros aliviar um pouco.

Antes que possa agradecer a Bo e me despedir para retornar ao palácio, ele segura meu braço.

— Permita-me convidá-la para uma xícara de chá ao menos — insiste ele. — Um pedido de desculpas por assustá-la hoje, e para provar que o povo de Jia é mais hospitaleiro do que testemunhou.

Antes que eu consiga protestar, ele me guia até a parte aberta da casa, onde fregueses podem se deliciar com guloseimas servidas com a variedade de chás disponíveis na loja. A maioria das casas de chá são estabelecimentos barulhentos, com tantas mesas redondas quanto o proprietário consiga acomodar no salão. Os atendentes precisam navegar por corredores estreitos, com pesadas bandejas tomadas de bules de chá fumegante e seus acompanhamentos. Já nos primeiros passos, posso afirmar que a Casa da Azálea atende a uma clientela diferenciada.

O espaço é separado por belos biombos de seda e vasos de plantas. Música ecoa no ambiente, mas em cada nicho há uma ilusão de privacidade. Somos levados até uma mesa com vista para o Rio Jade, onde os barcos de passeio dos ricos e as balsas dos cidadãos comuns estão à deriva.

Frutas cristalizadas e sementes de melancia defumadas já se encontram na mesa, e Bo coloca um punhado de cada na boca assim que nos acomodamos. Meus olhos estão ocupados demais para me juntar a ele por enquanto, distraídos pelo vaso decorado ao lado, feito de porcelana branca, pintado com a figura de uma mulher tocando alaúde.

Uma criada vestida nos mais suaves tons de azul, com uma faixa cor-de-rosa, pousa a bandeja laqueada com utensílios para o preparo do chá diante de nós. Bo escolhe o Chave de Ouro, um chá tão raro e valioso que o lucro da venda de apenas um punhado poderia alimentar minha família por um ano. Mais uma vez, sinto uma pontada de algo parecido com raiva e melancolia.

Uma funcionária despeja carvão aceso em um braseiro à minha direita, e outra pousa um bule sobre ele, já fumegante.

— Nossa competente Ming o servirá hoje, honorável freguês? — A primeira criada faz uma reverência, os olhos disparando para mim. Seus lábios se comprimem de leve, mas sei que indicam reprovação, provavelmente por meu aspecto descuidado ou meu comportamento decisivamente imodesto. — Ou vai usar sua própria criada?

— Ela não é... — Bo começa, mas eu me levanto e sorrio para a garota.

— Vou auxiliá-lo a partir de agora — declaro. — Deixe-nos.

Ela me encara, então desvia o olhar para o "honorável freguês" ao meu lado, que apenas dá de ombros. Abre a boca para protestar, mas então uma criada pousa o recipiente do Chave de Ouro diante de nós.

Bo olha para a vasilha com curiosidade, e faço o possível para não a pegar com avidez. Alguns filamentos pretos repousam no fundo da tigela verde, esculpida em forma de folha. Uso a pinça e passo os fios para a tigela de infusão.

— É o que fará na competição? — pergunta Bo.

— Não sei. — Vou participar sem um mentor e sem anos de treinamento. Minha mão treme e luto para firmá-la.

— Vou pensar em você quando fizerem os anúncios — Bo revela, com um sorriso, e sinto outra revirada no estômago. Uma que tento justificar, e me ocupo em servir o chá. *É somente por causa da minha própria solidão, minha primeira viagem para longe de casa.*

Pegamos nossas respectivas xícaras e, levantando a cabeça, bebemos... E, de alguma forma, o mundo sai do eixo. Vapor se ergue das xícaras e paira entre nós, obscurecendo nossos rostos. Os ruídos da casa de chá desaparecem até sermos só nós dois, sentados um diante do outro. Tudo ao redor oscila, como em um sonho. O ar tem o perfume das camélias, como um passeio entre árvores de chá no outono, em meio aos botões brancos.

Ouço a voz sussurrada da minha mãe. *Se algum dia você visitar a capital, me traga apenas alguns filamentos do Chave de Ouro. É meu sonho prová-lo.*

A julgar pela surpresa em seu semblante, quase acredito que Bo também podia ouvi-la.

Bo estende a mão à frente, como se compelido por uma força externa. Consigo ver pontinhos pretos no centro de suas pupilas, me atraindo. Como se tivessem vontade própria, minhas próprias mãos se erguem e se estendem até ele.

Nossos dedos se tocam, e sinto como se minha mão tivesse mergulhado em uma piscina de água quente, o calor subindo pelo braço. Nossos dedos se entrelaçam, as mãos unidas cintilam com uma estranha luminosidade.

— Mei... — sussurra ele, com fascínio ofegante.

Não sou eu, protesta uma voz dentro de mim, mas como posso explicar o que conjurei?

Um ardor se acende no centro do meu peito, lembranças sendo arrancadas de mim, cada vez mais depressa. Mamãe ensinando minha irmã e eu a servir o chá com mãos firmes. Shu de joelhos, vomitando sangue. Um soluço rasga minha garganta.

Posso sentir a sutil atração dos poderes do chá, como se este nos unisse. Bo estremece, e de repente me dou conta de que consegue sentir a culpa e o luto corroendo minhas entranhas, mesmo que não entenda os motivos. Ele estende a outra mão e toca minha bochecha; o calor de sua palma me faz estremecer.

Bo acaricia meu lábio com o polegar, o mais tênue dos gestos, e sinto faíscas em seu rastro. É uma conexão muito íntima, muito detalhes de mim mesma sendo revelados de uma só vez. Eu me encolho, mas ele simplesmente afasta a mão do meu rosto para envolver meus dedos entre os seus.

Fique, implora, mudo. *Mostre mais.*

Mas ele não sabe, não até ser tarde demais. O Chave de Ouro é um chá de segredos, e sei — muito embora não consiga explicar como ou por que — que agora está tentando me mostrar os de Bo, assim como lhe expôs os meus. Temo o que o chá vai revelar, mas, apesar do medo, não me afasto. O desejo de conexão dentro de mim, a ânsia de me render ao encantamento, é tudo muito forte.

Enquanto Bo e eu nos entreolhamos deslumbrados, as mãos ainda entrelaçadas com força, sua camisa começa a brilhar. Uma brisa sopra ao nosso redor, e solto uma exclamação quando sua camisa se abre um pouco, expondo parte do peito, onde noto algo parecido com uma cicatriz. Não, uma impressão circular no formato de uma flor vermelha, quase do tamanho da minha mão. No centro, há um ideograma que não reconheço, escrito com as linhas retas da caligrafia tradicional. Ouço o chiado do ferro em brasa, como se tivesse tocado meu próprio peito, sinto o cheiro do metal queimando a pele, e uma visão que mais parece uma memória me domina, de como eu — não, Bo — luta contra os homens que o seguram. Os homens que fizeram aquilo com ele.

Uma marca.

Tanta perda. Tanto arrancado de Bo...

O que ele perdeu, não compreendo, mas a maré virou. A magia estende seus dedos para Bo, a fim de desfazer os nós de seu interior, de destrinchá-lo, como fez comigo.

E, então, Bo se afasta da mesa e, simples assim, nossa conexão se rompe, como um barbante partido.

O mundo retorna em uma onda súbita, o ruído dos fregueses da casa de chá nos envolve novamente, muito alto para os meus ouvidos. O banco de Bo cai no chão ao seu lado com um baque. Noto que sua camisa não está mais aberta e me pergunto se alguma vez chegou a estar.

— Você consegue espreitar mentes. — Sua respiração está ofegante, e há um novo brilho em seus olhos. Medo. — O que quer de mim?

Eu me recolho a um lugar de calma, imóvel como as árvores congeladas no inverno. Rumores sobre os shénnóng-shī se multiplicam, pois são poucos em número, e nem todos compreendem suas habilidades. Há alguns que os chamariam de feiticeiros, preferindo o serviço de médicos, e rotulando nossas habilidades como superstição, misticismo ou pior. Poderia perder a cabeça. Em especial se aquele garoto estiver ligado a uma família poderosa.

— Foi você quem veio até mim — respondo, lembrando a ele, ciente de que cada palavra pode ser a última. — Você me encontrou. Você falou comigo. Você *me* procurou. Quem é você, Bo? Quem é você de verdade?

Bo olha para trás de mim, para além de mim, qualquer lugar, exceto meu rosto. Encaro seu pescoço enquanto espero uma explicação.

— Acho que nossa barganha está paga — observa ele. — Obrigado pela companhia.

Em um piscar de olhos, ele vai embora, e estou sozinha outra vez.

Capítulo Sete

Volto ao palácio, pronta para deixar a tarde peculiar para trás, como um sonho que é melhor esquecer. Lian me cumprimenta em nosso alojamento com um aperto de mãos e profusos pedidos de desculpas por ter me perdido no mercado. Abro a boca para contar o que aconteceu, mas volto a fechá-la quando os criados chegam a fim de pegar nossos ingredientes para o preparo da competição daquela noite. Ainda me faltam palavras para descrever o que aconteceu. Por onde começar?

A noite se tingiu de um violeta intenso quando nos separamos em duas fileiras e atravessamos longos corredores iluminados por tochas na direção do Pátio do Futuro Promissor. Conforme nos aproximamos do jardim, é possível ouvir o barulho da multidão de espectadores.

Soldados impedem nossa visão além do portão. A luz das tochas reflete nas armaduras e escudos vermelhos, lançando um tom sinistro nas paredes. Quando se afastam para permitir nossa entrada, há apenas um único caminho para cruzarmos, ombro a ombro. Acompanhamos a fileira de soldados até chegar a uma escadaria que nos conduz para cima.

Ao chegarmos ao primeiro patamar, somos orientados a nos separar — uma fila para a direita, outra para a esquerda. Nos acomodamos nos espaços entre as fileiras de mesas pretas, cada uma delas com uma almofada para nos ajoelharmos. No centro de cada mesa, há uma caixa de madeira com nosso nome escrito na tampa.

É nesse momento que espreito a multidão, e, de súbito, minhas entranhas se reviram em protesto. Quase cambaleio com a profusão de gente diante de mim. Um borrão de rostos, iluminados pelas lanternas penduradas sobre a cabeça dos espectadores. Mais numerosos que todos os aldeões de minha vila somados. Em volta do perímetro, mais soldados de vermelho montam guarda, os rostos escondidos por elmos.

O palco à frente continua até outro conjunto de degraus, que leva a uma plataforma com mesas vazias, à espera dos juízes. Por trás, ergue-se o Salão Nobre, um esplendor da arquitetura de Dàxī, construído nos tempos do Imperador Ascendido. Um sino toca e a multidão cai em silêncio, obedecendo à ordem. Um arauto vestido em um roxo resplandecente aparece no alto dos degraus para fazer o anúncio.

— Bem-vindos a todos reunidos para as celebrações em honra da Imperatriz Viúva Wuyang. Que seu nome possa ecoar nos céus por muito tempo. A princesa espera que todos tenham apreciado o banquete oferecido hoje. — Ele faz uma breve pausa. — O imperador lamenta não poder comparecer. Ele aguardará ansiosamente o resultado em seus aposentos, e vai abençoar pessoalmente o vencedor quando chegar a hora.

Berros e batidas de pés se erguem da multidão, exigindo a presença do imperador, uma explicação do motivo pelo qual ele não fará uma aparição. O arauto ergue o braço para silenciar a algazarra antes de voltar a falar:

— Nossos competidores e honoráveis juízes! O Ministro dos Ritos, Song Ling. O Marquês Kuang, da província de Ānhé, de onde se originam nossos mais preciosos chás. A Anciã Guo, da venerável Academia Hánxiá, e... o Grão-Chanceler Zhou.

Quando anunciados, os juízes descem os degraus da sacada do Salão Nobre até a plataforma elevada. Meu olhar recai sobre a imponente figura do chanceler, o cabelo preso em um rabo de cavalo austero, vestido com uma túnica cerimonial escura e desprovida de bordados. Ele é conhecido pelas origens humildes, como alguém que ascendeu devido à inteligência astuta e às notas altas nos exames imperiais. O chanceler observa a multidão com olhos sagazes e expressão indecifrável.

— Por fim, damos as boas-vindas a Sua Alteza Imperial, a Princesa Li Ying-Zhen!

A princesa surge na sacada ao som de aplausos, mas há também alguns poucos assovios e vaias. Lembro-me do que Bo disse: ela não é querida por todos, e o povo está cada vez mais inquieto.

Lentamente, a princesa desce. Sua túnica, a cauda cascateando pelos degraus, é ainda mais elegante do que a que usou na cerimônia de boas-vindas. Centenas de garças bordadas alçam voo de seus ombros, sobre um céu de meia-noite desbotando até o azul mais pálido. O cabelo está preso no alto da cabeça, enfeitado com grampos cravejados de pedras no formato de pássaros que cintilam na luz. Ela ocupa seu lugar no centro da mesa, e os demais juízes a emolduram.

O Ministro Song se levanta, e sua voz retumbante atravessa a multidão.

— O que os competidores diante de vocês não sabem é que nossos juízes já analisaram sua escolha de ingredientes. E consideraram metade deles dignos de participar da primeira etapa.

Sobressaltados com aquela súbita reviravolta, nos entreolhamos, confusos.

— Vocês vão erguer a tampa da caixa — continua o ministro. — Se virem seu prato e o chá no interior, então continuam hoje. Se sua caixa estiver vazia, por favor, saiam imediatamente.

Ouvem-se murmúrios e exclamações — tanto do palco quanto da multidão —, e fico paralisada. Aquele pode ser o fim. Antes mesmo de eu ter tido a chance de preparar uma única xícara.

Estendo as mãos trêmulas. Ao meu redor, pessoas gritam de alegria ou desespero. Alguns dos aprendizes mais jovens estão chorando enquanto os soldados os acompanham escada abaixo. Fecho os olhos, temendo o vazio que posso encontrar ali dentro. Respirando fundo, levanto a tampa e baixo o olhar.

Há um prato em minha caixa.

Lágrimas brotam dos meus olhos quando observo os dois bolinhos de arroz, roliços e brilhantes, sobre uma folha de bananeira cuidadosamente cortada em triângulo, e uma pitada de amendoim moído por cima. Os bolinhos são em tamanho menor, feitos para serem saboreados em uma única mordida. Apesar da tensão do momento, tudo em que consigo pensar é como as matriarcas da vila teriam reclamado. Que perda de tempo fazer algo tão pequeno!

Olho ao redor e absorvo o fato de que, em um piscar de olhos, fomos de mais de cinquenta competidores para vinte e poucos. O caminho adiante continua íngreme, mas dei o primeiro passo.

Encontro o olhar de Lian, que também passou na prova. Não posso dizer o mesmo para muitas das garotas hospedadas em nosso alojamento. Consigo ver algumas delas deixando o palco, cabisbaixas.

Agora, na plataforma dos juízes, criados em libré vermelha começam a organizar o próximo passo da competição. Um pequeno braseiro cheio de carvão é posicionado à esquerda da mesa posta e um pote cheio de água é colocado sobre ele para ferver. Então, finalmente, uma fileira de xícaras de chá, totalizando cinco — uma para cada degustador. Não consigo ver o material dos utensílios, mesmo quando estreito os olhos. Saberei quando chegar a minha vez.

Assim como um lutador de artes marciais, cada sistema de crenças segue um estilo próprio, que o shénnóng-shī acredita produzir a melhor xícara de chá. Mas o resultado depende do praticante e das regras da competição. Em testes anteriores para determinar se um aprendiz poderia se tornar digno da posição de shénnóng-shī, havia rumores de que uma etapa envolvia identificar uma seleção de folhas de chá, todas não rotuladas: os aprendizes tinham de distinguir os chás apenas pelo aroma. Em outra etapa, todos os shénnóng-tú eram vendados antes de preparar o chá, a fim de testar a firmeza da mão. Todos os testes eram conduzidos em segredo, o conhecimento passado de professor para aluno. Agora, estamos à vista de todos.

Um jovem shénnóng-tú chamado Chen Shao é o primeiro, e eu o reconheço como um dos que nos insultaram diante dos portões. Com a arrogante confiança de um homem que durante toda a vida esteve seguro de seu lugar, ele joga o manto para trás com um floreio antes de se ajoelhar. Quando você ouve, desde que sai do ventre, que pode fazer qualquer coisa, por que sequer hesitaria? Se escutasse, desde o nascimento, que o mundo deve se curvar a você, acharia natural ser destinado à grandeza.

A multidão assiste a cada movimento seu com expectativa.

— Que prato trouxe para nós hoje? — pergunta a Anciã Guo.

Shao faz uma mesura de modo cortês antes de responder:

— Sou do Distrito Ocidental de Jia, consagrado por nossas artes, cultura e famosas casas de chá. Meu prato para vocês hoje é uma entrada de camarão cristal e cebolinha.

Shao ergue um pedaço com seus hashis: camarão rosa salpicado de verde e envolto em uma película translúcida feita de arroz. Dá uma mordida, mastiga e prova antes de prosseguir.

Muito embora Shao pareça incrivelmente prepotente, tenho de admitir que é de fato mágico observá-lo preparar uma xícara de chá. A água atinge uma fervura suave, em seguida ele a usa para enxaguar seus utensílios. De acordo com a tradição, cada passo do preparo do chá tem um nome, segundo a história milenar de um dos antigos deuses. Uma história que minha mãe me ensinou desde que fui capaz de segurar uma xícara.

Quando a água escorre pela lateral dos potes, forma gotas que cintilam como escamas de prata. *Dragão Sacode o Orvalho da Manhã ao Despertar.*

Com cuidado, Shao despeja certa quantidade de folhas de chá no primeiro bule, em seguida rodopia a água ali dentro, cada movimento exagerado para a audiência. *Dragão Circula a Residência Real.*

Com um rápido movimento do pulso, ele gira a água três vezes, depois a despeja na bandeja de uma grande altura, arrancando exclamações da plateia. O líquido pinga na bacia abaixo, nenhuma gota desperdiçada. *Ondas Agitadas Anunciam Seu Desprazer.*

Shao enche o primeiro bule com água quente, agora permitindo que o chá descanse.

De cabeça baixa, ele espera, e é quando os criados entram, entregando a cada um dos juízes um prato de camarão cristal.

Quando é chegada a hora, Shao enxagua o segundo bule mais uma vez, e, enquanto ainda está fumegante, enche-o com a infusão de chá. Em seguida, o chá é cuidadosamente servido nas cinco xícaras, sem derramar. *O Dragão Entra no Palácio e o Usurpador é Expulso.*

Admiro a precisão de movimentos e o modo como o chá dourado o obedece.

— Vejam! Vejam! — Aqueles mais próximos do palco se acotovelam, gritando enquanto assistem à performance. O vapor de todas as cinco xícaras se une para formar a silhueta rápida e ondulante de um dragão antes de se dissipar, demonstrando o talento de Shao para a magia de ilusão.

Alguns criados logo se aproximam para levar uma das pequenas xícaras a cada juiz.

As opiniões são unânimes. Cada juiz joga uma peça de madeira no piso abaixo para ser recolhida por um atendente e pendurada em um gancho à vista de todos. Quatro placas roxas o declaram *Excelente*.

— Não esperaria menos do aprendiz do Estimado Qian. — A princesa sorri em aprovação, e reprimo um revirar de olhos. É claro que Shao é um herdeiro. Já na dianteira, favorito porque segue os passos de um renomado mentor. — Diga-me, é verdade que teve de passar por testes, cada um mais árduo que o anterior, a fim de ganhar tal posição?

— Espero que a princesa não me peça para revelar os segredos de meu mestre — responde Shao, com uma ponta de sedução. A plateia ri, em seguida explode em aplausos, escandalizada e intrigada com aquele jovem atrevido e bem-apessoado.

A competição continua, e fico tão fascinada com a variedade de chás e técnicas que quase esqueço da náusea me embrulhando o estômago.

Chá branco para limpar o paladar e acompanhar os doces típicos da província de Yún, onde os riachos do alto da montanha alimentam folhas tenras que proporcionam notas de hortelã. Um chá capaz de atrair a chuva do céu.

Chá preto tostado com um rico sabor terroso para neutralizar o picante dos caldos, preferência do povo do município de Huá, um distrito a oeste de Jia.

A consistência de um bolinho de aipim frito é suavizada pelo chá verde ligeiramente perfumado com flores. Ambas as especialidades de uma cidade do sul, apelidada de Cidade do Jasmim.

Todos os diferentes povos e culinárias homenageados têm sua chance. Cada vez que uma região é anunciada, seus representantes na plateia aplaudem. Posso ver, então, a astúcia da competição. Se a princesa pretende melhorar os ânimos da população, como Bo insinuou, com certeza foi bem-sucedida, encantando seus olhos e se certificando de que cada recanto de Dàxī seja visto e reconhecido. O público parece absorto, e suas reações, puras: vaiam os que não gostam e aplaudem seus competidores prediletos.

Quando Lian é chamada, tento lhe lançar um sorriso encorajador, mas seus olhos estão concentrados na tarefa adiante. Ela abandonou sua disposição alegre. Ao chegar à mesa, de cabeça baixa, inicia o ritual. Mas suas mãos tremem tanto que o prato que pega da bandeja escorrega e se choca com um ruído contra os bules. Estremeço.

— Desastrada! — zomba um estranho sem rosto no meio da multidão. Lian se levanta de um pulo e faz uma reverência.

— Lamento, lamento, Vossas Excelências.

— Sou um mero ministro, indigno de tal título — diz o Ministro Song com rispidez, mas sem malícia, e os espectadores riem. — Qual é o seu nome, criança?

— Eu me chamo Lian — responde ela. — Das planícies de Kallah. — Ela se apresenta no modo de seu povo, sem sobrenome, e o rosto do marquês se contrai em resposta.

— Não tenha pressa. — O Ministro Song faz um gesto discreto. — Por favor, recomece.

Como muitos dos outros, Lian prepara o chá sem dar uma palavra. Ouve-se apenas o tilintar do bule quando é posto sobre a madeira, o leve clangor dos pratos, porém mais gentil agora.

Os juízes pegam os impecáveis rolinhos brancos com seus hashis e dão uma mordida hesitante.

— Qual é o seu prato? — pergunta a anciã. — Jamais provei algo assim.

— São bolos de arroz — responde Lian. — Enrolados em açúcar mascavo e amendoins.

— Tem um sabor... bastante peculiar. — A Anciã Guo deixa metade da porção no prato, intocada.

A técnica de Lian é única, mesmo entre as variações de outras províncias. Sua escolha de chá é um tijolo, em geral considerado uma variedade inferior de chá, uma mistura de caules e folhas descartadas.

Depois de cortar um pedaço do chá prensado, ela o coloca no bule. À tigela, adiciona uma gama de ingredientes que não consigo identificar de onde estou sentada.

A princesa se inclina para a frente, os olhos brilhantes sob a luz da lanterna, observando cada movimento de Lian. Quando os criados se aproximam dos juízes com as xícaras, um perfume de canela paira no ar.

— Fale de cada ingrediente. — O Ministro Song levanta a xícara e abana o vapor na direção do nariz.

— Chá, para representar o amargo da vida — explica Lian, com a voz fraca. Em seguida pigarreia, continuando num tom um pouco mais alto. — Cubos de açúcar vermelho e nozes para doçura. Pois, dentro de todos nós, há uma faísca. Pimentão em grão e gengibre para despertar o fogo interior.

Quando as tigelas são colocadas diante dos juízes, observo suas expressões. A Anciã Guo é, definitivamente, uma tradicionalista — mal toca a xícara antes de pousá-la outra vez. O Ministro Song parece ser mais receptivo, saboreando cada gole com cuidado. O marquês franze o nariz, em desagrado, bebericando de sua xícara às pressas, como se ansioso para passar ao próximo competidor. As feições estoicas do chanceler nada revelam. A princesa parece contemplativa, observando os restos em sua xícara.

Cerro os punhos em meu colo, ávida para protestar contra aquele desprezo, para lhes dizer que há outras maneiras de representar Shénnóng além de uma cerimônia extravagante. Mas até mesmo eu sei que preciso manter a cabeça baixa e ficar quieta. Em vez disso, prendo a respiração por Lian enquanto os juízes chegam ao veredito.

Dois símbolos vermelhos para *Não*, enquanto o Ministro Song apresenta um roxo, de forma afirmativa. Surpreendentemente, o chanceler também concede uma placa roxa, com um aceno de cabeça na direção de Lian.

— Não de todo um paladar desagradável — comenta ele. — Um sutil uso de magia para revigorar a mente.

A decisão cabe à princesa. Ela esvazia o que resta na xícara e sorri.

— O chá permanece no palato, uma evolução adorável — observa ela, secando a boca com o guardanapo de modo delicado. Ela deposita um símbolo roxo. — E você também deve permanecer na competição.

— Obrigada! — Lian faz uma mesura profunda, sua felicidade evidente. A plateia, encantada com sua sinceridade, bate palmas e grita por ela.

Também não consigo me conter e irrompo em aplausos.

Até me dar conta de que é minha vez.

Capítulo Oito

Não se pode comungar com os deuses em silêncio.

Mamãe sempre nos ensinou: a arte Shénnóng é um diálogo. Para ela, não um entre meditação e silêncio ou entre tradição e rigidez. É uma dança entre pessoas, uma comunhão entre o corpo e além dele. Para compreender as aflições de um benfeitor ou as necessidades da pessoa amada, vocês devem ser próximos.

Pagar tributo a Shénnóng é uma experiência íntima, um vínculo.

Percebo que não é algo que já a vira conduzir em público, diante de uma multidão de curiosos. Ela não *se apresentava*.

Estremeço enquanto caminho na direção da plataforma dos juízes. Não apenas porque estou nervosa, mas também porque me sinto como uma árvore despida de suas folhas, nua e exposta, prestes a realizar algo íntimo diante de tanta gente. Recordo aquele instante na casa de chá, quando vivenciei a conexão com Bo. Consegui uma vez, e o farei de novo. Mamãe sempre me disse que eu tinha o dom. Bruto e inexplorado, mas meu para rejeitar e meu para aceitar. O dom não me deixará com facilidade.

Ainda sou filha da minha mãe.

Pigarreio a fim de erguer minha voz para todos ouvirem.

— Sou de Sù, Alteza. — Eu me dirijo diretamente à princesa; apenas o sutil arquear de uma sobrancelha indica sua surpresa. Minha irmã entenderia que falo para conter o tremor em meu corpo, mas percebo, tarde demais, que talvez tenha sido muito ousada, alheia às formalidades da capital. Só me resta seguir em frente, apesar do erro. — O renomado Poeta Bai certa vez compôs um poema sobre minha província.

Burburinhos se erguem da multidão, mas não lhes dou atenção enquanto começo a tirar as tampas dos potes, pousando-as na bandeja de ébano.

— As figuras trabalham nas colinas distantes.

Pesco da lata as bolotas de folhas de chá, deixando-as cair no fundo da xícara, uma a uma. Conjuro a imagem de Shu e eu aos tombos pela montanha, além da plantação de chá da nossa casa, rindo mesmo quando as cestas de folhas recém-colhidas rolam conosco, espalhando nosso esforço nos cabelos e nas roupas. Chá, para mim, é lar, é alegria, é família.

— Névoa, desfocando-as à distância.

A água se acomoda sobre o chá, vapor se ergue e umedece minhas bochechas enquanto me inclino sobre ele. Por um instante, sinto as lágrimas que permito cair apenas na privacidade da noite. Pela visão periférica vejo a expressão da princesa se suavizar. Sinto uma memória melancólica, evocada pelo poder do chá.

— O chá é servido enquanto me reclino.

Mexo o chá e o despejo no decantador, o líquido desaparecendo abaixo enquanto imagino o poeta observando minha terra natal através de uma janela.

— Meus dedos, sujos de tinta.

Em vez de usar pinças, seleciono três pétalas de jasmim-do-imperador com os próprios dedos e as deixo cair em cada xícara. A mão da Anciã Guo se abre ligeiramente, como se pegasse ela mesma as flores, se lembrando de quando também costumava dançar entre as pétalas, ainda menina.

— Não mais abençoados que o perfume aromático das plantas.

Estas são apenas mãos humanas, outro ensinamento que mamãe costumava repetir. Quando alguém menciona um dos meus erros, como o incêndio que certa vez consumiu nossos campos ou quando atravesso o caminho da fúria do governador Wang e pioro as coisas. *Mãos humanas cometem erros, Ning, mas são as mãos que os deuses nos deram. Nós as usamos para nos redimir, para fazer coisas boas.*

É a essência daquela infusão. O sabor de ser humano. De cometer erros. De ser jovem outra vez. O lembrete de que, às vezes, somos o obreiro e, às vezes, somos aquele que descansa.

O último passo é a maneira de servir. O chá que escolhi mal foi processado sob o sol, guardando a maior parte do sabor nas folhas. Um leve vestígio de verde sobrevive, acariciando as bordas das pétalas da flor. O resultado me lembra crescimento, a busca da luz...

— Como ela *ousa*?!

Não tenho tempo de admirar meu trabalho antes que uma pontada de dor percorra minha mão quando a xícara de chá mais perto de mim se estilhaça. Fico atordoada demais para reagir. Exclamações são ouvidas quando o Marquês Kuang se levanta, apontando um dedo acusador em minha direção.

O vapor se dissipa, e as lembranças que cultivei com tanto esmero se dispersam. O chanceler Zhou pisca, o cenho franzido em confusão, como se despertasse de um agradável devaneio. O assombro no rosto da Anciã Guo se recompõe em uma máscara cautelosa.

— Está zombando desta competição? — rosna o marquês, cuspindo gotículas de saliva. — Ela ousa citar o Revolucionário Bai? Está nos chamando de indulgentes e mimados?!

Trêmula de medo por dentro, baixo o olhar para os pés, sem querer que mais uma vez meu rosto traia facilmente minhas emoções. Meus pensamentos-não-tão-respeitáveis sobre a nobreza, com seus corações sensíveis e peles translúcidas.

— Honrado senhor — digo cuidadosamente. — As palavras do Poeta Bai simplesmente sugerem que o chá é uma bebida tanto para plebeus quanto para poetas. Pode ser apreciado tanto pelo mais simples dos fazendeiros quanto pelos mais altos escalões da corte, digno de sua nobre posição.

Engulo em seco. O poema sempre me pareceu especial. Jamais me ocorreu que fora escrito por um revolucionário. Mas agora me lembro das histórias sobre a decapitação do Poeta Bai e percebo a possibilidade de ter cometido um grave erro.

— Esta... esta xícara de chá mostra minha... minha alegria em servi-los hoje — gaguejo. Tudo o que consigo ouvir é a voz do meu pai me censurando, me dizendo que cometi outro erro.

Há um burburinho na multidão à minha direita, vozes se sobrepondo umas às outras.

— Deixe-a em paz! — grita alguém.

Outra voz se une à primeira.

— O que ela diz é verdade!

A tensão no ar se intensifica, como um pote de água fervente prestes a transbordar.

— Meu querido marquês. — É o grão-chanceler quem decide falar, rodeando a mesa e pousando a mão no braço do nobre. Ele parece calmo, bem-humorado até. Muito embora o Chanceler Zhou se incline, como se as palavras se destinassem somente a seus pares, a voz soa alto o bastante para todos ouvirem. — Não entende? Devemos louvar a imperatriz viúva. Pois podemos dizer ao mundo que até mesmo nossos camponeses podem declamar poesia!

Risos cortam a plateia, a agitação cedendo aos poucos. Todos os olhos estão no marquês e no chanceler. O marquês ainda está visivelmente furioso, mas o chanceler é todo sorrisos, ansioso para devolver à competição um clima mais festivo. Mas da minha perspectiva, posso ver o modo como sua mão aperta o braço do marquês. Um aviso para que não insista.

Estou aliviada que o Chanceler Zhou pareça estar do meu lado. Talvez eu saia ilesa da situação.

Mas tão logo deixo escapar um suspiro, um silvo rompe a escuridão, seguido de um baque.

Uma flecha cravada no centro da mesa dos juízes.

Cambaleio para trás enquanto exclamações e gritos enchem o ar, seguidos pelo som de botas marchando no chão. Um borrão de movimento à minha direita e o roçar de tecido no meu braço. Um manto roxo drapeja no ar, e, à distância, a guarda-costas da princesa se lança na multidão com um olhar feroz. Se a pessoa que disparou a flecha ainda estiver presente, ela a encontrará.

Em um piscar de olhos, há soldados por toda parte ao meu redor, e uma mistura de metal e suor me invade as narinas.

— Protejam a princesa! — alguém grita.

As palavras casuais de Bo retornam a mim: *Uma centena de tentativas de assassinato...*

Uma sombra sobrevoa nossas cabeças, saltando da multidão para o palco em uma pirueta. Então, o lampejo de uma lâmina.

Procuro abrigo e vejo o rosto pálido da princesa quando constata a nova ameaça. Mas a figura que pulou em sua direção vira o corpo para encarar o assovio de várias outras flechas, uma ágil serpente rodopiando em um turbilhão, protegendo-a das pontas afiadas.

Quem quer que seja, não é o criminoso. Ele a está defendendo da ameaça desconhecida.

Sua espada cintila como um peixe prateado em meio a um riacho caudaloso, e as flechas caem no chão, inofensivas.

Mais caos irrompe ao redor conforme os espectadores reagem, cientes do que aconteceu. Alguns aplaudem o valente salvador da princesa, enquanto outros tentam fugir. Pouco antes de os guardas afastarem o misterioso herói e forçá-lo para fora da plataforma, seu capuz cai e a luz bruxuleante de uma lanterna ilumina seu rosto.

Meu coração vacila.

É Bo.

Atrás dele, o vento açoita a túnica da princesa enquanto ela é escoltada escada acima pelos guardas, as garças bordadas esvoaçando no ar como se alçando voo, brilhando na luz.

O chanceler cambaleia, com sangue pingando do ombro. Ele grita alguma coisa em meio à comoção, mas tudo o que posso ver é o movimento de sua boca.

Alguém me empurra. Tento me manter pequena, encolhida, fora do caminho. Não há lugar seguro. Enquanto me agarro à mesa, não posso deixar de notar duas das minhas xícaras caídas, o conteúdo derramado, reduzido a manchas na madeira.

Assim como minhas esperanças na competição. Arruinadas.

Capítulo Nove

Não sei como voltei ao alojamento. Eu me lembro dos vultos lançando sombras nas paredes do pátio, borrões de rostos e corpos, soldados formando uma muralha ao redor de mim e dos outros competidores. E, então, atravesso nosso portão aos tropeços.

Lian chama meu nome, os lábios franzidos, o olhar ansioso.

— Você está sangrando — observa ela.

Vejo o corte na minha mão, o fino filete de sangue, mas não o sinto.

— Você acha... acha que fracassei? — pergunto.

— Não pense nisso agora — responde Lian, tentando soar tranquilizadora. — Você vai descobrir pela manhã.

Achei que seria impossível dormir, mas acordo com a luz da manhã se infiltrando pelas persianas abertas e uma criada colocando uma bacia de água sobre a penteadeira.

— Você foi convocada para a próxima reunião — avisa, com uma reverência, antes de me deixar à vontade para me tornar apresentável. Consigo dispensar apenas um rápido olhar de cobiça para o café da manhã servido no salão principal. Uma tigela quente de congee borbulhante, pequenos pratos de picles de pepino salpicados de pimenta, galinha desfiada regada com óleo de gergelim. Meu estômago ronca em protesto, mas perco a fome quando vejo soldados pela fresta do portão da frente do nosso alojamento.

Somos escoltadas para o encontro com os outros competidores, e uma aura sombria paira no ar, um contraste gritante com o clima de celebração do dia anterior. Enquanto atravessamos às pressas os longos corredores, observo a refinada armadura dos guardas. À meia-luz, os detalhes ficam obscurecidos, mas em plena luz do dia, posso ver a elegância, os arabescos gravados na placa das costas. Um tigre, o símbolo do Ministério da Guerra.

Recordo, inquieta, os pesadelos que me perturbaram o sono na noite anterior. Estava cercada por soldados zombeteiros, mantidos à distância somente pelo longo cajado que eu segurava. Quando se aproximaram de modo ameaçador, golpeei e minha pontaria se mostrou certeira, apenas para me dar conta, horrorizada, de que não havia nada sob os elmos. Eles não tinham cabeça.

Esbarro em Lian, sem perceber que havíamos parado na frente de um pavilhão. Ela me ampara e me lança um olhar preocupado. Consigo esboçar um sorriso, erguendo a mão enfaixada e articulando meus agradecimentos pela ajuda na noite anterior. Ela assente em resposta.

Eu me recomponho e olho ao redor para observar outro jardim bem-cuidado, formado por uma coleção de árvores em miniatura e esculturas de pedra. Não esperamos muito antes que o arauto anuncie a entrada do Ministro Song, que surge em trajes brancos distintos. Nos ajoelhamos, o cascalho do caminho se cravando em nossos joelhos. Ele se dirige a nós com uma expressão severa, as mãos cruzadas às costas.

— Sei que tem havido muita especulação sobre os eventos da noite passada, mas a competição deve continuar. Nós nos recusamos a ser intimidados por aqueles que acreditam que o grande imperador vai se acovardar diante das tentativas de disrupção e desarmonia. — Suas narinas se dilatam enquanto ele prossegue com o discurso, como se fosse incapaz de conceber uma ideia tão desagradável. — O Ministro da Justiça vai investigar a identidade dos assassinos que ousaram atacar a princesa, e, para a segurança de Sua Alteza, a competição vai recomeçar em alguns dias. Até então, todos os competidores permanecerão no palácio. Espero total cooperação de vocês com os oficiais da agência de investigação.

Talvez fosse o efeito da luz, mas poderia jurar que, por um segundo, os olhos do ministro encontram os meus com censura.

— Para os poucos de vocês que ainda não foram julgados, a princesa, em sua misericórdia, lhes garantiu passagem para a próxima fase da competição, devido às circunstâncias. Não desperdicem a oportunidade.

Ouvem-se resmungos de um punhado de competidores, mas são rapidamente calados por um olhar incisivo do ministro.

Curvamos a cabeça e murmuramos nossa concordância, dezessete vozes em uma só réplica. Depois de nos levantarmos, eu me junto aos outros shénnóng-tú, refletindo sobre a sorte de ter a chance de passar para a fase seguinte, mesmo com meu deslize, mas, então, um dos guardas me segura pelo braço.

— Sua presença é requisitada. — A voz é baixa, mas ainda assim chama a atenção de alguns dos outros competidores, que se afastam apressadamente, como se o guarda fosse começar a agarrá-los também caso se demorassem. Abomino a expressão em seus rostos, aquela mistura de pena e repulsa.

O guarda aperta meu cotovelo enquanto me guia de volta. Meu estômago vazio se contrai de preocupação quando percebo que o grão--chanceler tomou o lugar do Ministro Song no pavilhão. Sou conduzida pelos degraus de pedra até parar à sua frente, incerta sobre o que devo falar ou o que devo fazer com as mãos.

O Chanceler Zhou observa a água além da barreira, e acompanho seu olhar. Os lírios d'água ainda não floresceram, mas suas folhas se espalham pela superfície: um apinhado de vermelho-púrpura e verde vibrante, sinal de que a natureza continua a despertar com o avanço da estação.

Endireito a postura para espelhar a dele. Se for desligada da competição, ao menos posso sair com dignidade.

— Zhang Ning — anuncia ele, a voz dura como granito. — Está ciente de que suas... *escolhas* na noite passada trazem consequências?

Os segundos atravessam minha mente como flechas disparadas na noite. As implicações das palavras do poeta. A xícara estilhaçada.

— Não sabia — sussurro. Arrependimento se espalha por meus braços e pernas, me fazendo desejar que pudesse virar pó na sua frente.

Se pelo menos tivesse coragem de encará-lo, rebelde, de me admitir uma revolucionária. Mas não sou nada além de covardia. — Não fiz por mal.

Zhou suspira e esfrega o queixo com o polegar.

— Não vou mentir, criança. Daqui em diante, seu caminho nessa competição será difícil. Você despertou a ira do Marquês de Ānhé. Se dependesse dele, você já estaria fora.

Minha esperança naufraga, pesada como pedra. Serei mandada de volta a Sù. Tenho certeza.

— Tem sorte que a princesa demonstrou interesse em ver mais de suas habilidades. — O chanceler se vira para me encarar com um olhar intenso. — Também vejo potencial em você.

Caio de joelhos, as pernas bambas de medo e alívio.

— O senhor é muito gentil com alguém indigna como eu — sussurro.

— Por favor, levante-se. — Ele segura meu braço e me ajuda a levantar, mas suas palavras seguintes lançam um arrepio em minha espinha. — Eu hesitaria em chamar de gentileza. Você será observada com cuidadoso escrutínio. Mais um deslize e será jogada nas masmorras.

Eu me forço a encará-lo. Com a barba bem aparada e a curva do maxilar, ele me lembra um pouco meu avô... Ambos possuem uma presença marcante. Encontro seu olhar firme e não vejo nenhuma malícia ali, apenas um aviso.

— Se descobrirmos qualquer vínculo seu com os assassinos, então você e todos que ama serão banidos para Lùzhou. Você e sua família vão morrer, assim como qualquer outro coconspirador tolo o bastante para se opor ao imperador.

— Entendo. — Consigo articular uma resposta. Lùzhou é uma península e arquipélago a leste também chamada de Ilhas Esmeralda. É conhecida por ser o lugar mais perigoso do império, onde criminosos impiedosos são exilados a serviço do reino, destinados ao trabalho extenuante nas salinas e nas pedreiras. Viver ali é esperar a morte lenta.

O Chanceler Zhou suspira e me dispensa com um gesto.

Eu me retiro, ainda preocupada com meu lugar no palácio. Atraí muita atenção para mim, e não o tipo de atenção que beneficiará minha posição. Preciso ser especialmente cuidadosa com minhas ações e como elas afetarão o modo como os juízes me veem. Está claro que, se der um passo em falso, minha família vai sofrer. Não esquecerei outra vez.

No que eu estava pensando?

Volto ao alojamento e encontro Lian brincando com o congee em sua tigela.

— Você chegou! — Ela levanta de um salto, a colher caindo na mesa com um tinido. — O que aconteceu? O que o ministro disse?

Eu me sento no banco com um suspiro, o rosto nas mãos.

— Falei com o chanceler em vez disso. Ele queria se certificar de que não há revolucionários na minha família. Tenho permissão de continuar na competição por ora, mas fiz do marquês um inimigo.

— O marquês — Lian bufa, sentando-se novamente e nos servindo uma xícara de chá. Aceito a minha com um aceno de cabeça, grata pelo calor em minhas mãos. — Aquele sapo velho. Tão intransigente!

A familiaridade com a qual fala sobre os ministros e os oficiais no palácio me leva a perguntar:

— Lian, como conhece tantos oficiais da corte?

— Você não sabe? — Ela olha para mim, revelando em seguida, com um casual dar de ombros: — Sou filha do diplomata para os reinos ocidentais, Embaixador Luo.

— É por isso que parece tão acostumada com o palácio... — Processo a informação lentamente. — E por que conhece todos de Kallah.

Ela abre um sorriso irônico.

— Somos ligados pelos princípios celestes. Minha mãe acredita que ao conhecer o próprio povo, nos tornamos uma única família.

— Em Sù, não vemos muitas pessoas de fora da província — admito. — Perdão pela ignorância.

Lian solta uma gargalhada.

— Não seja tão formal comigo, Ning. Odeio a rigidez da corte. Eu me sinto mais confortável montada em um cavalo e sob o céu aberto.

Concordo com um aceno. Posso me identificar com aquilo. Assim como meu lugar costumava ser entre as plantas do jardim medicinal.

Algum dia vou retornar às fileiras de arbustos de chá e chamar a mim mesma de a filha de Shénnóng.

Lian me fala de seu lar enquanto belisco nosso agora frio café da manhã. Kallah é uma província pequena. As pessoas do povo mais inclinadas à agricultura se estabeleceram em bolsões de áreas férteis. Outras vivem uma existência nômade, criando animais nas pastagens. Negociam principalmente com aqueles da província de Yún, razão pela qual Shao deve tê-la confundido com uma garota de lá.

A liberdade que Lian descreve é sedutora. Não precisa se acomodar na mesma vila e ver os mesmos rostos pelo resto da vida. É livre para viajar para onde desejar. Provavelmente, havia visto mais do mundo que qualquer um de nós, viajado para mais longe do que eu jamais poderia ter imaginado.

Subitamente, Lian solta seus hashis.

— Não aguento mais esse congee gelado. Nem é o suficiente para me alimentar. Vamos até as cozinhas.

Protesto, ciente das regras e do meu novo status como "aquela a ser vigiada", mas Lian me ignora enquanto avança resolutamente pelos jardins. Fico esperando os guardas nos impedirem de entrar na área de serviço, mas eles não prestam a menor atenção em nós. Aromas tentadores pairam no ar: carne defumada e assada, o perfume conhecido de ervas naturais e folhas úmidas.

Lian entra nas cozinhas imperiais como se fosse dona do lugar, com um aceno de cabeça para uma das criadas que passa apressada com uma braçada de vegetais. Olho ao redor, a curiosidade vencendo a cautela, já que da última vez somente nos foi permitido ocupar o pátio da cozinha. Agora, para além das panelas empilháveis de cozimento a vapor e dos varais de secagem de peixe, estamos dentro da cozinha propriamente dita.

O salão fervilha de atividades. Os sons de corte, cocção e do crepitar do fogo enchem o espaço. É um cômodo grande, mas, para minha surpresa, aquela é apenas uma das alas da cozinha. Posso ver portas redondas separando uma seção da outra. Criados entram e saem pelas aberturas circulares, carregando bandejas com pilhas de ingredientes ou cestas cheias de mercadorias. Na parede do fundo, há uma fileira de fornos à lenha feitos de tijolos. Mais panelas de vapor estão empilhadas na parede em um canto. No centro do cômodo, existe uma mesa enorme coberta de farinha. O uniforme dos criados ali está polvilhado de branco, e suas mãos trabalham depressa. A massa é esticada e recheada, então dedos apertam e torcem, fechando cada trouxa com rapidez antes de colocá-las em uma bandeja.

Antes que possa discernir que tipo de recheio entra naqueles pães, uma voz retumbante nos cumprimenta:

— Quanto tempo!

Lian é erguida por um homem gigante e girada, antes de ser colocada de volta no chão, ambos rindo.

— Pequeno Wu! — Ela solta risinhos. — Apresento a você minha amiga, Zhang Ning.

Ao contrário do nome, aquele homem parece grande e forte como um touro, com pele queimada de sol e sobrancelhas grossas, que combinam com a barba cerrada.

— Prazer. — Ele inclina a cabeça, cruzando as mãos enormes sobre o peito, antes de se virar novamente para encarar Lian com afeição. — Pensei que assim que avançasse na competição, você se esqueceria de seu povo.

A garota sorri com malícia.

— Acha que meu pai permitiria isso? Ou que você me deixaria esquecer?

Pequeno Wu solta uma gargalhada sonora, dando um tapinha nas costas da amiga.

Lian se volta para mim e explica:

— Pequeno Wu é o chefe-confeiteiro. É um especialista em jiaozi, doces, pães...

Aquele tipo de comida não é comum na minha província, já que comemos principalmente arroz, mas estou ansiosa para provar tudo.

— Ela não acredita em você, garota. Acha que sou feito para cortar lenha e alimentar o fogo. — Pequeno Wu me dá uma piscadela, em seguida ri das minhas tentativas de apaziguá-lo.

— Eu trabalho a massa. — Ele flexiona os músculos do braço. — Estou de pé antes do gongo da alvorada. Diferente daqueles criados preguiçosos do Departamento do Arroz. — Ele olha para uma mulher que passa por ali. Ela bufa, sem se deter para responder às provocações.

— Pequeno Wu! — dispara uma das mulheres na mesa. — A massa não vai se trabalhar sozinha!

— Sim, sim, chefe! — Ele se endireita e a cumprimenta antes de se voltar para nós com um sorriso. — Há dias em que não tenho certeza se estou no comando ou se sou comandado. Vocês duas deveriam fazer algo de útil também.

— Nós? — Encaro Lian, que sorri.

— Quando era criança, antes de partir para me tornar aprendiz, costumava invadir a cozinha o tempo todo. Eles têm as melhores guloseimas. — Ela me puxa até a mesa. — Se ajudarmos, também vamos ganhar comida.

Somos designadas para tarefas básicas. Pequeno Wu tira de uma cesta uma quantidade de massa quase do tamanho do seu torso e a joga na mesa, espalhando uma nuvem de farinha pelo ar. Lian e eu recebemos — felizmente — porções menores para trabalhar. Nós as enrolamos em tiras, então as cortamos em pedaços menores para ser pesados em balanças. Aquilo me lembra do trabalho na oficina do papai. Enrolando, cortando, pesando, a familiaridade de cada passo. Sinto uma pontada de saudade de casa mais uma vez, mas me obrigo a sufocá-la. Em vez disso, me concentro em fazer os melhores pães possíveis.

Cobrimos o fundo de várias cestas de vime com as bolas de massa, passando-as à frente para serem recheadas. No final da mesa, um grande número de pães, em quantidade suficiente para um banquete, é colocado em assadeiras para descansar. Depois de Pequeno Wu decidir que já trabalhamos o bastante, podemos provar alguns.

Rolando os ombros para trás, depois de termos ficado debruçadas por tanto tempo, colocamos mesas no pátio para a refeição do meio-dia. Recebemos pães aerados, com um delicioso recheio de porco misturado com cebolinha picada e gengibre. Estão ainda mais gostosos porque nós os preparamos com as próprias mãos. Pequeno Wu nos apresenta ao marido, A'bing, que trabalha no Departamento do Peixe. Ele nos traz um pote de sopa com uma cabeça inteira de peixe frito boiando ali dentro, cercada de repolho, tofu, cogumelos dourados e coalhada de feijão. A sopa deve ser comida com bolos de rabanete grelhados, feitos para mergulhar no caldo.

A conversa flui com a mesma liberdade com que o vinho é servido em nossos copos. Ouço as provocações entre Pequeno Wu e Lian, lembranças de momentos engraçados que compartilharam anos antes. A'bing é vítima das brincadeiras de Lian sobre aturar as piadas sem graça de Pequeno Wu e sobre como se considerava o cupido do casal quando os dois se conheceram. Fico satisfeita em ficar ali sentada por um tempo, deixando o som de suas vozes me embalar. Se fechar os olhos, posso fingir que estou em casa, ouvindo a voz melodiosa da mamãe e as respostas do papai.

— Chefe! Chefe! — Um rápido sapatear de pés e o baque de uma bandeja na mesa. Com um sobressalto, abro os olhos. Um garoto pula em um banco, trêmulo de excitação. Pequeno Wu o ampara antes que caia de cara na sopa de peixe. — Trago novidades pra você!

Pequeno Wu o senta devidamente no banco e lhe dá um pãozinho para mordiscar.

— O que você ouviu, Qing'er?

— Ruwan, do Departamento da Carne, tem uma prima que é criada do chanceler — responde Qing'er com a boca cheia. — Quando veio pegar as entregas da manhã, ela disse ter informações sobre os assassinos. A aia da princesa capturou o que disparou aquelas flechas. Ruwan disse que ele arrancou a própria língua com os dentes para evitar o interrogatório! — Faço uma careta ao ouvir a declaração macabra, mas o menino não parece incomodado. Dá uma bela mordida no pão e engole com rapidez antes de exclamar: — Mas essa nem é a melhor parte!

Sem uma pausa para respirar, ele continua:

— Eles descobriram quem era o guerreiro. Você sabe, o que salvou a princesa na noite passada?

— Quem? — Pequeno Wu levanta uma sobrancelha.

Meu coração começa a acelerar quando penso em Bo. O modo como ele se colocou diante das flechas, destemido, a espada como uma extensão do braço. O eco das minhas próprias palavras ribombando em minha mente: *Quem é você, Bo? Quem é você de verdade?*

— Seu nome completo é... — O garoto se apruma, bochechas rosadas de orgulho com a descoberta. — Li Kang. Filho de Li Yuan, outrora conhecido como o Príncipe de Dài.

As expressões atentas das pessoas ao redor da mesa se alteram rapidamente. O semblante de Wu se anuvia, e ele troca um olhar apreensivo com A'bing.

Qing'er não parece notar e continua, anunciando alegremente:

— O filho do Príncipe Exilado em pessoa!

O homenzarrão puxa o garoto para perto com rapidez e lhe cobre a boca com a mão. Qing'er se contorce, mas não é forte o bastante para escapar.

— Não falamos sobre ele dentro destes muros — sussurra Pequeno Wu, os olhos disparando até a porta principal.

Todos assentimos, cientes do aviso tácito. Posso sentir seu instinto protetor, o cuidado que tem pelas pessoas sob sua responsabilidade.

— Jamais devemos pronunciar seu verdadeiro nome, ouviu? — O grandalhão enfim solta o menino, mas aponta com firmeza o dedo para seu rosto agora aflito. — Antes de você nascer, o imperador executou todos aqueles suspeitos de se aliar ao irmão. Embora sua tolerância à existência do homem tenha crescido ao longo dos anos, ainda não é algo de que possamos falar livremente. O que sempre digo a você?

— Tem sempre alguém escutando — responde Qing'er, coçando a cabeça, emburrado. — Eu me lembro, chefe.

— Ótimo. — Pequeno Wu volta a se concentrar em sua refeição.

A conversa recomeça, mas eu nem presto atenção. Estou preocupada com aquela nova informação. Sabia que o Príncipe Exilado era uma figura histórica, mas pensava ser alguém de um passado remoto. Ossos espalhados em um rio. Não uma pessoa que ainda pode estar viva.

— Assim que a princesa descobriu sua identidade, ela o tirou das masmorras. — Qing'er continua a tagarelar, porém mais discretamente agora. — A criada disse que ele foi visitado pela princesa de madrugada e depois transferido para a ala oeste.

Lian arregala os olhos diante daquela informação.

— A ala dos dignatários? Ele não é um assassino, afinal de contas?

Pequeno Wu solta uma gargalhada.

— No coração do palácio? Cercado de guardas? Imagino que a princesa queira ficar de olho nele e descobrir suas verdadeiras intenções. Elas virão à tona no devido tempo... Sempre vêm.

— Verdade. — A'bing entra na conversa. — O pai era um ardiloso aspirante ao trono. Talvez o filho queira seguir seus passos.

Com aquele pensamento sinistro em mente, me pego ainda mais cheia de dúvidas. E me pergunto quais as verdadeiras intenções de Bo... Não, de *Kang*.

Capítulo Dez

Ansiosos para pensar em outra coisa que não as terríveis revelações de Qing'er, nos ocupamos com as tarefas da tarde: encher de pãezinhos cestas mais largas que meus braços. As cestas são empilhadas, depois colocadas sobre woks cheias de água fervente. O vapor se infiltra pelo fundo, permitindo que os pães inchem e assem à perfeição.

Não quero pensar no papel que posso ter desempenhado na tentativa de assassinato da princesa. Proporcionei a Bo, de algum modo, acesso ao palácio ou disponibilizei alguma informação que o ajudou com seu objetivo? Eu me amaldiçoo por ser tão ingênua, por acreditar que poderia ter inocentemente atraído a atenção de um belo estranho no mercado.

Tentando não pensar em como os inquisidores nas masmorras imperiais poderiam me torturar, faço perguntas ao Pequeno Wu — perguntas sobre este vegetal ou aquele grão, sobre os vários nomes e processos de cozimentos do bolinho simples. Eu me informo sobre as variedades de trigo, que não é tão comum nas províncias do sul, mas habitual em Yún e Huá. Wu não se importa com meus questionamentos, mesmo quando aponta aos outros suas respectivas tarefas. Os mensageiros, como Qing'er, são responsáveis por cortar lenha e alimentar o fogo, que precisa estar sempre alto para manter as panelas de vapor em funcionamento. Com toda aquela atividade, a temperatura na cozinha se eleva no calor da tarde. Posso sentir o suor escorrendo debaixo dos braços e minha túnica úmida grudada às costas.

Durante o breve intervalo, quando as fogueiras precisam ser alimentadas outra vez, uma das mulheres da padaria, Qiuyue, me entrega uma toalha fria para enxugar a testa.

— Estou feliz pela ajuda — revela. — A Governanta Yang tem sido ainda mais ...peculiar, ultimamente. São tempos difíceis.

— Mas não é apenas ela — comenta um homem perto de nós. — Esse inverno tem sido duro para todos. A doença da tosse se espalha pelo palácio, mas os médicos reais têm estado ocupados atendendo ao imperador. Costumávamos contar com uma eventual assistência, não mais.

— E agora, com a competição, há muito mais bocas para alimentar — acrescenta uma mulher de expressão azeda, do outro lado da mesa. — Temos muito mais a fazer com muito menos.

— Pelo menos, elas estão aqui, Mingwen — argumenta Qiuyue. — Estão ajudando. Não como... — Sua voz vai diminuindo enquanto uma comoção irrompe na entrada. Nossa atenção é desviada para duas criadas, vestidas com elegância, como dois pavões desfilando entre uma multidão de galinhas comuns de topete amarelo. Uma criada de aparência irritada aponta na nossa direção.

— Como os trastes inúteis que perambulam pela corte? — Mingwen bufa, então concorda, com relutância. — Sim, suponho que tenha razão.

Uma das garotas-pavão, com trajes em um delicado tom de verde e faixa de um turquesa intenso, se aproxima com a cabeça erguida.

— Onde está a bandeja do marquês? — questiona. — Ele já está impaciente. Precisa recepcionar seus convidados.

Mingwen franze os lábios, como se cogitasse dizer algo grosseiro às garotas, mas em seguida desiste.

— As sobremesas estão prontas — diz ela, enfim, depois de uma longa e constrangedora pausa. Com um estalar de dedos, ela gesticula para que o homem ao seu lado traga o que é necessário. Ele retorna com uma linda cesta vermelha laqueada, folhas e flores douradas serpenteando pela alça. A tampa traz pássaros vermelhos empoleirados em vinhas pretas curvadas em padrões sedutores.

A criada parece insatisfeita e cruza os braços à frente do corpo, se recusando a pegar a cesta ofertada. O homem fica ali parado, indeciso, encarando Mingwen.

A mulher mais velha ergue uma das sobrancelhas.

— Algum problema?

— Precisamos examinar tudo. — A criada sorri com doçura. — Para assegurar que está à altura dos padrões do marquês.

— Certamente — concorda Mingwen com exagerada sinceridade. Com um gesto, ela indica que o homem coloque a cesta na mesa, então levanta a tampa com um floreio, dispensando-o. — Tudo pelo marquês.

Mingwen retira a bandeja interior e a pousa na mesa. Pequenas bolas de gergelim estão empilhadas em tigelas de porcelana azul. Folhados de flor de lótus estão arrumados em outra travessa — cada flor é do tamanho da minha palma, fritas até um dourado perfeito. Há também uma pequena travessa de leitosas gelatinas brancas cortadas em cubos e passadas em coco ralado. A jovem mulher examina as sobremesas com um olhar crítico, antes de assentir e colocá-las de volta na cesta, para depois enfiá-la debaixo do braço.

A outra criada se junta a nós, com os braços carregados de bandejas.

— Mas onde estão os doces? O pedido adicional foi feito mais cedo, pela manhã. Ele não ficará feliz se estiverem faltando.

— Venha. — Qiuyue me agarra pelo braço e me leva de volta ao outro lado da mesa. — Elas vão continuar acusando uma à outra, então nós seremos repreendidas pelo trabalho acumulado.

Volto minha atenção às bolinhas de pasta de feijão vermelho adocicado para o recheio dos doces. Ao meu lado, Qiuyue estica a massa fina que vai envolvê-lo. Com dedos ágeis, ela enfia as bolinhas de feijão vermelho no centro da massa, formando pequenos discos, e une as extremidades em cima. Estão prontas para passar pelo ovo batido, que dá a elas um belo tom de amarelo.

Quando as criadas se vão, finalmente Mingwen retorna à mesa, bufando, e ataca a tigela de pasta de feijão vermelho com energia frenética.

— Quem elas pensão que são? — resmunga, as mãos se movendo depressa. — Todos os nossos departamentos estão sobrecarregados, mas o marquês presume que temos tempo para atender a cada uma de suas exigências.

— Tenho certeza de que elas também estão sob pressão — argumenta Qiuyue, demonstrando quem tem a mentalidade mais positiva naquele grupo de criados.

Mingwen bufa, mas, antes que possa dizer mais alguma coisa, uma expressão de pânico surge em seu rosto.

— Ela está aqui — sibila. — Finja estar ocupada.

A Governanta Yang se esgueira para dentro da confeitaria, ostentando um semblante tão fechado quanto um céu de tempestade.

— Pequeno Wu! — O homem alto caminha até ela e faz uma mesura. Todos abaixam os olhos e fingem estar atentos ao trabalho, mas sei que estão se esforçando para ouvir o que ela quer. — Ouvi da criadagem do Marquês Kuang que os doces que encomendaram ainda não estão prontos — anuncia a governanta, descontente. — Não gosto de ouvir reclamações sobre nenhum de nossos departamentos.

Pequeno Wu coça a parte de trás da cabeça.

— Hmm, estamos um pouco atrasados por causa dos pães que precisamos preparar para o banquete desta noite. O pedido foi feito no meio da manhã e ainda estamos nos organizando.

— Inaceitável! — A Governanta Yang bate palmas, o que faz Qiuyue e eu nos sobressaltar. — Tratamos cada hóspede do imperador com o mesmo cuidado dispensado à sua ilustre presença.

A mulher se aproxima de nós, e seu olhar avalia a todos, assim como analisara os competidores antes da primeira etapa. Prendo a respiração na esperança de que ela não me note. Mas as estrelas não sorriem para mim hoje, e a sombra da governanta recai sobre a mesa.

Ela me olha de cima.

— E quem é você?

Não consigo pensar em nada. Devo ter parecido um peixe boquiaberto, pois Pequeno Wu corre em meu socorro.

— É uma das minhas contratadas — dispara ele, sem hesitar, abrindo um sorriso tranquilo. — Precisávamos de mais ajuda por causa da competição.

— Se é uma novata, então não será tão rápida com os doces. Venha comigo. E onde está Qing'er? — Ela sai caminhando.

Olho em volta, desesperada por ajuda. Posso ver Lian se escondendo do outro lado do salão.

Pequeno Wu balança a cabeça.

— É melhor segui-la — alerta ele.

Não tenho opção a não ser atravessar as portas redondas. A Governanta Yang está conversando com Qing'er, e aponta em minha direção. Ele corre até mim e me cumprimenta com um aceno.

— Venha comigo — sugere ele, me levando para longe de onde a governanta se encontra, no processo de aterrorizar outra criada, que se encolhe sob o peso de um imenso pote. — Vou conseguir um traje mais apropriado pra você.

Jamais imaginei que acabaria uniformizada do lado de fora das cozinhas imperiais fingindo ser uma criada. Mas a farsa é como um manto sobre meus ombros nos últimos tempos, então aperto a faixa na cintura e saio de trás da divisória.

A Governanta Yang me estuda e joga uma cesta em meus braços.

— Recomponha-se. Estamos lhe pedindo para entregar doces, não veneno. — Ela ri, como se tivesse contado uma ótima piada, mas aquilo mais uma vez me lembra do aviso de Pequeno Wu: *Tem sempre alguém escutando*. Não é o pensamento mais tranquilizador.

Qing'er me guia através das outras alas da cozinha. Uma sala está cheia de pessoas mexendo enormes panelas, soprando aromas deliciosos em nossa direção. Outra sala ressoa com o baque de facas na madeira — *chefs* cortando enormes pedaços de carne.

Ao nos afastarmos das cozinhas, percorremos um estreito caminho que serpenteia por um jardim, nos desviando para permitir a passagem de outros criados. Tantas pessoas indo e vindo. Deve haver mais criados no palácio do que na minha província inteira. Muitos para atender aos caprichos de poucos.

Em Sù, nos curvamos aos desejos do governador. Trabalhamos duro sob seu jugo, mas pelo menos não temos de viver sob seu constante escrutínio. Não até que seu séquito cruze a vila e os impostos sejam pagos. Somos livres, de certa forma — livres para vagar fora dos muros da cidade; no entanto, aprisionados pelas amarras da família e da obrigação. No palácio, os criados estão cercados pelas riquezas de Dàxī, podem usar roupas finas e degustar pratos elegantes, mas devem se sujeitar às extravagâncias daqueles a quem servem.

Pátio após pátio, Qing'er aponta as diferentes características do palácio por onde passamos. Reconheço o Salão da Harmonia Celestial, com os grossos pilares pretos. Passamos pelo Salão Nobre, localizado no topo de uma escada de pedra, e preciso curvar o pescoço para conseguir um vislumbre das portas de madeira lavrada.

— Nunca tive permissão de entrar — o menino continua. — Mas sei que os criados do salão enceram o piso toda manhã e toda noite até tudo brilhar.

Atravessamos uma margem gramada, repleta de salgueiros-cho-rões, os longos galhos roçando a superfície de um riacho sinuoso. Qing'er explica que os alojamentos da ala oeste são arejados e abertos somente quando existem convidados do Estado: representantes de outros reinos ou nobres e oficiais que não têm residência própria em Jia.

— Seus juízes também moram aqui. — Ele cumprimenta com a cabeça um empregado que varre o caminho. — Muito embora o Ministro Song e o chanceler tenham moradias particulares na cidade. É uma grande honra.

Um homem navega em um pequeno barco. Seu cabelo é grisalho, preso em um coque apertado. Ele varre o lago com o remo, como uma figura em uma pintura antiga.

— Quem é aquele? — pergunto, imaginando se é um acadêmico em busca de inspiração no reflexo das árvores e da água.

— Ah, ele? É Lao Huang, o encarregado da limpeza do lago — responde Qing'er. — Ele o limpa todas as tardes.

Faço uma careta, obrigada a rir de mim mesma e do quão pouco sei sobre as coisas da capital. Que tola.

Ajeito as mangas do uniforme quando elas prendem em um galho, pouco habituada à sensação de tantas camadas de tecido. As mangas esvoaçantes são a última moda na capital, mas incômodas, apesar da beleza do bordado. Tenho certeza de que todos verão como estou desconfortável. Devia simplesmente ter dito à Governanta Yang quem eu era e sofrido as consequências.

O marquês está hospedado na Morada da Saudade Outonal — o nome do local está escrito em caligrafia sobre uma placa acima do portão. As portas duplas se abrem para um pequeno pátio com um bosque de bambus à direita. Uma das criadas da casa já está ali, à espera para nos receber. Ela nos leva em direção ao prédio à esquerda do pátio, estalando a língua, contrariada, e bufando.

— É inaceitável tamanho atraso da cozinha.

Somos conduzidos até uma sala de estar, decorada com aquarelas e pinturas a óleo. Gostaria de estudá-las melhor, mas a criada nos apressa a continuar. Nossa cesta traz duas bandejas já arrumadas com tigelas e travessas confeccionadas em porcelana fina, verde-clara com veios escuros. Qing'er me ajuda a transferir nossa coleção de petiscos com cuidado, por último os folhados, com pontos de diferentes cores no topo para indicar o sabor escondido no interior, as beiradas já se esfarelando sob nosso toque.

— O que é isso? — pergunta a criada, apontando para um pastel de cada vez. Felizmente, Qing'er é capaz de responder por mim. Um é recheado com flocos de porco e feijão mungo, para um petisco agri-doce, enquanto outro traz um creme salgado de ovos. As peças mais finas têm uma camada de pasta de melão de inverno ou uma mistura de tâmaras e nozes trituradas.

Quando as iguarias são arrumadas a seu gosto, ela pega uma das bandejas e sinaliza para que eu faça o mesmo com a outra.

— Posso ajudar... — Qing'er estica a mão, mas a criada balança a cabeça.

— O marquês não gosta de ser servido por garotos.

Encaro Qing'er, mas ele recua, lançando um olhar de desculpas.

— E ele *não* gosta de esperar — dispara ela, impaciente, já se afastando. — Venha comigo.

Fico parada no lugar, bandeja na mão. Vou ser reconhecida assim que entrar no quarto, e o marquês vai me expulsar da competição e do palácio.

— Você precisa ir — sussurra Qing'er, puxando minha roupa.

Sinto um aperto no peito. Vou entrar e sair rapidamente, e rezar para que meu rosto pareça comum o bastante para que eu não seja reconhecida. Eu me obrigo a dar um passo à frente, então outro.

Para encarar o marquês que atirou uma xícara de chá em mim. Que tem certeza de que sou uma traidora de Dàxī.

A criada me para diante de uma porta de madeira telada. Som de música flutua para fora, assim como vozes de homens em uma conversa sussurrada.

— Faça o que eu fizer — instrui ela. — Pouse a bandeja na mesa lateral à sua direita. Não se demore.

Concordo com um gesto de cabeça.

Atravessamos a porta e entramos em outro cômodo adorável. Meus olhos são atraídos para um mapa da cidade emoldurado na parede. Uma coleção de vasos, de diferentes tamanhos e formatos, cobre outra parede. Uma cantora está sentada em um banco no centro da sala, dedilhando as cordas de uma pipa.

Seguro a bandeja com cuidado, me movendo o mais depressa que ouso a fim de não chamar a atenção para mim. Pouso a bandeja ao lado de onde a outra já foi deixada, depois lanço um olhar curioso ao redor da sala, para ver que nobres convidados o marquês está entretendo naquele dia.

O próprio Marquês Kuang comanda a reunião da frente do cômodo, reclinado sobre um dos braços, o retrato da indulgência preguiçosa. Ao redor da sala, há homens sentados a mesas baixas, os tampos já atulhados com pratos e xícaras. Meus olhos passeiam pelo rosto dos convidados, e então... meu coração para. Reconheço o rosto que observa maliciosamente a artista, e os dois homens de cabeças juntas, brindando. Cada um dos presentes me parece familiar.

É Shao e outros shénnóng-tú da competição, quebrando as regras, confraternizando com os juízes.

De repente, sei como se sente um coelho lançado a um covil de cobras. Mas antes que eu possa dar meia-volta e fugir, um dos homens levanta a cabeça da xícara e seus olhos encontram os meus.

Capítulo Onze

De súbito, minha respiração parece ofegante. Rezo para que hoje as estrelas me iluminem com uma luz gentil em vez de me guiar para uma vida de ruína e desgraça.

O homem se levanta, trôpego, e aponta para mim.

— Você... — Ele cambaleia na minha direção, se apoiando em uma pilastra.

Eu me viro depressa para a porta, mas ele investe contra mim, rápido demais para que eu possa reagir, e agarra meu braço. Luto para me desvencilhar, mas seu aperto é muito forte. Ele me puxa para perto, e posso sentir o cheiro do vinho de arroz sobre ele, em suas roupas e no hálito da boca aberta. Não é apenas chá que aqueles homens estão consumindo.

Tento empurrá-lo, mas sou como um pássaro aprisionado por um caçador, me debatendo inutilmente em seu poder.

— Até mesmo as criadas do palácio são mais bonitas do que as demais. — Ele solta uma risada.

Um lampejo de ira me inflama. Vergonha com toques de indignação — por ser agarrada, pela ideia desse palhaço acreditar que sou seu brinquedinho.

— Pare! — Eu me lanço contra ele, chutando a lateral de seu joelho e golpeando seu peito com o cotovelo, onde sei que vai lhe causar mais dor.

Ele geme em agonia e me solta, mas a musicista termina a apresentação naquele exato instante, e o som de nossa briga chama a atenção de todos.

Recuo para longe do alcance de seus dedos, mantendo a cabeça baixa. A porta está bem atrás de mim, a apenas alguns passos.

— Por favor — sussurro, tentando disfarçar a voz. — Preciso voltar, as cozinhas aguardam meu retorno.

— Você! — O homem aperta o peito com uma das mãos, a outra erguida em punho. — Vai pagar por isso!

— Meu jovem! — A voz do marquês rasga as outras conversas, carregada de desprezo. — Você vai respeitar os criados deste palácio. Não pode comprar sua atenção como a das concubinas das casas de prazer que frequenta.

— Você não entende?

Ergo o olhar e vejo o Estimado Qian parado perto de uma das mesas, no fundo da sala. Pela sua aparência, a de um mago com uma esvoaçante barba branca, esperava uma voz gentil, cheia de sabedoria e calor. Mas, em vez disso, a voz que sai de sua boca é incisiva, como se tivesse mordido uma ameixa azeda.

Um amigo do jovem que me agarrou logo o puxa para que volte a se sentar, o rosto vermelho de vergonha.

— Todos os astrônomos falam de uma mudança nas estrelas — continua o Estimado Qian. — É uma época de alianças instáveis e índoles volúveis. É um tempo para cautela, não para correr atrás de qualquer garota bonita que cruze seu caminho. Não para entupir o estômago com vinho e comida. Você desfrutará de tal vida se for o shénnóng-shī da corte. Tudo estará ao seu alcance se vencer a competição. Terá todas as casas de prazer à sua disposição, todo o dinheiro de que precisar para comprar o que deseja.

Pelo salão, cabeças assentem em presunçosa concordância. Sinto o rosto se contorcer de desgosto. Como era possível que minha mãe costumasse reverenciar aquele homem, o mesmo a aconselhar a imperatriz viúva que apoiasse o papel do shénnóng-shī na sociedade? Foi porque ele realmente acreditava nos benefícios da magia Shénnóng ou porque tinha fome do poder que lhe proporcionaria?

Sou contida e empurrada até a porta. Reajo, lutando, mas as palavras seguintes me paralisam.

— Tire essa expressão da cara ou seremos ambas mortas — sussurra a criada em meu ouvido.

— Você aí! — grita a voz de Shao. — Pare!

Com repugnância, a criada solta meu braço, me deixando sozinha para me defender.

Eu me viro, devagar. E me encolho o máximo possível, a fim de interpretar o papel da criada recatada que esperam de mim.

— Sim?

— Não se esqueceu de agradecer ao Marquês Kuang? — A voz ainda exala aquela confiança indulgente e preguiçosa. — Não sabe o seu lugar?

Ergo a cabeça e vejo o marquês de olhos semicerrados, como se prestes a me reconhecer, me apontar como a garota com a poesia rebelde na ponta da língua, clamando para que o sangue dos nobres seja derramado. Mas não há dedo em riste, nenhuma acusação.

— M...muito obrigada, honorável senhor — gaguejo, fazendo uma mesura, e saio em disparada.

Ninguém me persegue pelos corredores da Morada da Saudade Outonal. O único barulho é dos meus próprios passos apressados e o áspero assovio da minha respiração. Antes de sermos autorizados a deixar a mansão, Qing'er e eu recebemos uma bronca da chefe da criadagem do marquês.

— O que foi aquilo? — sussurra Qing'er, quando enfim recebemos permissão para partir.

Não consigo encontrar palavras para explicar o que vi, e não confio em mim mesma para falar sem gritar. Contra a injustiça de tudo aquilo, contra o modo como aquelas pessoas podiam desrespeitar as regras sem medo de punição. Só consigo segurar seu braço e correr para o mais longe possível daquele lugar. Para longe daqueles que já dispõem das oportunidades e conexões dos que residem em Jia. Eles podem pedir uma audiência com o marquês, receber o conselho pessoal do Estimado Qian. Não sei como vou conseguir a ajuda de que Shu necessita.

De volta ao alojamento dos competidores, tiro o uniforme de criada, indignada por tê-lo considerado bonito. A elegância dos bordados, as adoráveis mangas esvoaçantes, tudo belo e inútil. Apenas mais uma corda com a qual nos amarrar. Desvio o olhar para os meus trajes de competição e me lembro de como me senti quando os vesti pela primeira vez. A esperança hesitante, um breve raio de sol por entre as nuvens. Quanto mais fico no palácio, mais me dou conta de que a esperança é uma ilusão. Eles já decidiram quem será o vencedor e quem cairá.

Lian irrompe no quarto quando faço o último ajuste na faixa de cintura para me certificar de que estou apresentável, apesar da agitação interior.

— Você está a salvo — constata ela, com alívio.

— Você me abandonou. — As palavras saem com mais rispidez do que eu pretendia, e os cantos de sua boca se franzem em uma careta.

— Me... me desculpe. — Ela balança a cabeça, parecendo arrependida. — Sei que deveria ter dito alguma coisa, mas fiquei sem reação. Eu me senti como uma criança outra vez, as mãos castigadas com a palmatória por comer algo destinado ao banquete.

Uma parte de mim quer gritar com ela e dizer que não vou mais participar de seus joguinhos, como fiz com as crianças da minha idade na vila que zombavam das minhas roupas e do meu jeito. Mas uma parte de mim realmente gostou do tempo passado nas cozinhas. Foi uma distração bem-vinda do estresse da competição, e ela havia me ajudado a enfaixar a mão. Não foi sua culpa a governanta ter me escolhido, e ela não precisa ser gentil. Poderia ter me dispensado facilmente, como os outros já fizeram.

— Eu entendo — murmuro enfim. — Não é sua culpa. Eu... Eu vi o Marquês Kuang de novo.

Lian prende o fôlego.

— O que aconteceu? Ele a reconheceu?

Conto tudo num ímpeto. O que vi na casa, as pessoas que reconheci, o que o Estimado Qian disse. Quando terminei de falar, Lian estava furiosa também, andando de um lado para o outro em nosso pequeno quarto.

— Aquelas criaturas ardilosas — rosna ela. — Tudo em Jia é política, como você logo aprenderá. Em especial os... shénnóng-tú. — Ela balança a cabeça, com desprezo. — Muitos cuja afinidade com a arte Shénnóng é reconhecida vêm de famílias que podem se dar ao luxo de desenvolver seu talento. Esses shénnóng-tú se tornam shénnóng-shī, que usam suas habilidades para ajudar as próprias famílias, para ganhar dinheiro ou influência. Alguns cortesãos não podem ser vistos na casa uns dos outros, então se encontram no distrito do chá em vez disso. Participam da cerimônia "propriamente dita", mas também conduzem reuniões em salas privadas.

— Não foi isso que minha mãe me ensinou — argumento. — Ela dizia que a magia deve ser útil, mas não em benefício próprio.

— O contrário seria um desperdício. — Lian assente, solene. — Quando descobri que o chá falava comigo, achei que significasse que eu era especial. Mas agora sei que, mesmo com magia, alguns de nós serão sempre privilegiados.

— Com moedas, com nascimento. — Suspiro.

— Por isso quis me aproximar de você naquele primeiro dia, no pátio — confessa Lian, com sinceridade. — Você sabe como é ser um pária.

Semelhante atrai semelhante. Lian também não pertence àquele lugar, muito embora seja filha do embaixador. Por causa da forma como se veste, por causa de seus modos, que não são os modos comuns à capital.

— Eu a considero uma amiga, Ning — revela, apertando meus dedos, depois os soltando. — Espero que um dia me veja assim também.

— Espero que sim.

Não estou pronta para considerá-la como tal. Não ainda. Aprendi como as primeiras impressões podem ser equivocadas. Uma coisa é certa: meus concorrentes não vão hesitar em passar por cima uns dos outros no caminho para a vitória, e é melhor que eu encontre um modo de acompanhá-los antes de ser deixada para trás de vez.

O quarto do palácio que compartilho com Lian parece cada vez mais sufocante, e me flagro revirando na cama, o corpo tão inquieto quanto a mente. Na vila, quando não conseguia dormir à noite, eu deixava nossa casa e o som dos roncos do meu pai para trás. Caminhava até o pomar além do jardim de chá e encontrava consolo ao subir nas árvores. Gostava da sensação do tronco nos dedos, de encontrar os pontos de apoio para pés e mãos, me impulsionando cada vez mais alto. O sussurro relaxante do vento por entre as árvores e o som das cigarras eram uma música que eu entendia. Saio do alojamento na tentativa de encontrar aquele alívio, com cuidado para não incomodar os outros.

O pátio é rodeado de pedras ornamentais e árvores baixas junto das paredes. Minhas mãos encontram ângulos e fendas, e subo com facilidade até o telhado para me sentar nas telhas. A lua crescente brilhante vela o palácio através das nuvens.

À noite, o palácio finalmente se aquieta. Tranquilo, mas não silencioso. Posso ouvir o som das patrulhas noturnas se movendo à distância, apesar de não conseguir vê-las. Vozes conversam por uma janela aberta, uma alta, outra baixa. O som de uma flauta trina ali perto. Da minha posição estratégica, posso ver os telhados das outras residências, mas estou sozinha aqui em cima, sem mesmo um pássaro por companhia.

O palácio proporciona uma ilusão de paz, abrigando tantos, mas estamos todos cercados. Não sabia que podia ansiar assim pelas colinas da vila até agora. Sinto falta dos extensos prados verdejantes, das montanhas sempre vigilantes à distância. Os soldados lotados em nossa área sempre reclamam que há pouco a fazer, então enchem a barriga de vinho barato e causam tumulto no mercado. No entanto, existe uma parte de mim que sente falta do som de sua cantoria embriagada enquanto tropeçam pelas ruas.

Levo os joelhos junto ao peito, sentada ali, relembrando as brincadeiras com Shu entre as árvores, enquanto ela nos imaginava dançarinas ou guerreiras, pulando sobre as raízes em nossas coreografias e batalhas. Como era parecida com nossa mãe... Mas em vez de recontar velhas histórias, ela criava as próprias. Eu me lembro do toque das mãos da mamãe acariciando as ondas dos meus cabelos. Os amargos tônicos que papai nos obrigava a tomar para fortalecer nossos corpos contra o frio do inverno. O doce de pera que mamãe costumava nos dar logo depois, como recompensa. Todas aquelas memórias, tão preciosas quanto qualquer joia. Coisas que não imaginamos perder até que se vão.

Minhas lembranças são interrompidas por um farfalhar à distância. Alguns pássaros grasnam, voando noite adentro. O som de suas asas desperta um mau pressentimento: na última vez que encontrei alguém em um telhado, fui golpeada e largada inconsciente. Mas não creio que o Sombra quisesse me matar naquela noite. Ele precisaria ter sacado uma arma para isso. Acho que o bandido queria que eu vivesse, mesmo que talvez fosse tão cruel e insensível como dizem os boatos. Havia algum resquício de misericórdia por trás da máscara.

Meus olhos assistem, incrédulos, enquanto alguém cai sobre o caminho de pedra do pátio. A figura se move, escorregadia, sua sombra deslizando sobre a terra. Não ouso respirar. Eu me obrigo a me esconder no próprio telhado, a canalizar a solidez das telhas sob minhas mãos e desaparecer.

A figura se esgueira pela lateral do prédio, e penso em Lian e em todas as outras garotas, dormindo profundamente ali dentro. Encaixo um caco de telha na palma da mão.

Sei exatamente o que devo fazer a seguir.

Capítulo Doze

Pulo do telhado com um grito, caindo de pé no peito da pessoa abaixo, derrubando-a. Aterrisso sobre seu torso e rolo para longe, ciente de que tenho de chamar a atenção das patrulhas ali perto. Levanto com dificuldade, mas então uma mão agarra meu ombro, me puxando de volta. Caio com um baque na pedra dura. O bandido pula em cima de mim, a mão na minha boca, joelho contra meu estômago, me encarando sob o luar fraco.

Meu coração para.

Bo. O que ele está fazendo ali?

E, de repente, há um lampejo de reconhecimento em seus olhos também. Um grito soa à distância, e ele rapidamente me ajuda a levantar. Tropeçamos para trás das árvores. Estamos próximos o suficiente para que eu sinta sua respiração enquanto observamos a porta do pátio se abrir e um guarda enfiar a cabeça no vão, tocha na mão.

Estou ciente — *muito* ciente — do calor do corpo dele junto ao meu. A firmeza dos músculos em seu braço, tremendo sob minha mão. A tensão na longa linha de seu corpo, pronto para reagir se o guarda nos descobrir. A porta se fecha e suspiramos em uníssono. É então que me lembro de que ele não deveria estar ali, e eu não deveria o estar ajudando.

Eu me afasto, pressionando as costas contra a solidez da parede. Nós nos avaliamos com cautela. Passo as mãos nos braços, sentindo a dor dos hematomas, certa de que estão se formando depois daquela queda.

Um vento repentino sopra, girando ao meu redor e despenteando o cabelo de Bo, me deixando oca e fria.

Eu me lembro de todas as suas mentiras. O nome falso. A identidade falsa. O modo como penteou o cabelo, como alguém alheio à moda da cidade. Como irrompeu no tablado, como manejou a espada, seu treinamento evidente. Aquele garoto é mais do que aparenta. Não o Bo ligeiramente desastrado, ansioso para agradar que conheci no mercado, que falou da família e da vida na capital. Aquele garoto, agachado no escuro, é uma arma.

— O que está fazendo aqui? — Eu me levanto, empunhando as palavras como uma lâmina, golpeando em legítima defesa. É uma sensação à qual estou acostumada, saber que, se sou irascível, ninguém se aproxima. Não vou precisar ouvir críticas sobre minhas unhas sujas, minhas roupas remendadas.

Bo também se levanta e abre as mãos para me mostrar que está desarmado.

— Queria ver você.

— Por quê? O que você poderia querer comigo? — A raiva é boa. A raiva é confiável. Engulo minha confusão, até que se manifesta apenas como um tremor em minha perna, o pé batendo freneticamente no chão.

— Para me desculpar.

Ele dá um passo à frente e eu me afasto.

— Por que o primo da princesa, filho de um príncipe, precisa se desculpar comigo? — disparo. — Você me fez de boba, fingiu ser um mero cidadão da capital. Fingiu ser gentil, quando tudo não passava de uma mentira.

— Sim, suponho que menti, mas... — Ele abre um sorriso irônico. — Você também.

— Apenas sobre meu nome.

— Aprendi que um nome pode ser tudo. — O canto da sua boca se levanta quando ele continua, um tom zombeteiro na voz. — Kang, filho do Príncipe Exilado, sobrinho do imperador, herdeiro do legado da família. Traidor do trono, capaz de matar com um único pensamento, capaz de dobrar a escuridão à sua vontade...

— Não tem graça — resmungo. O que me irrita é que ele não sabe o que está em jogo, não faz ideia do que comprometeu.

Bo ergue uma das mãos.

— Sim, lamento. Já me disseram que gosto de subestimar as coisas, em especial quando me incomodam. — Ele gesticula para os degraus da frente do alojamento. — Por favor, podemos nos sentar? Podemos... conversar?

Não o perco de vista, atenta a qualquer movimento brusco enquanto me empoleiro na beirada do degrau. Ele se senta ao meu lado, mais sério agora, e limpa a garganta.

— Eu... — Ele se interrompe com um suspiro, antes de recomeçar: — Você me lembrou da minha vida antes de eu deixar a capital.

Ele olha para o chão, os dedos desenhando padrões sem sentido na pedra, redemoinhos e círculos.

— Queria fingir que era um estudante na cidade, livre do meu fardo de família. Apenas um menino que conheceu uma garota no mercado, em uma tarde de primavera, e queria passar um tempo com ela.

Por um instante, eu me compadeço da tristeza em sua voz e quase consigo acreditar nele. Mas então me lembro do lampejo de sua espada sob a luz do fogo.

— Você saltou do telhado. — Estou falando com ele, mas também estou me lembrando. — Foi capturado pelos guardas. Interrogado e trancado. Agora está outra vez na minha frente. Como posso acreditar que não tem origens sobrenaturais? Ou nenhuma má intenção?

Ele me encara visivelmente divertido.

— Nada tão excitante, lamento. Meu pai ainda tem amigos no palácio. Os funcionários têm memória longa, e dez anos não é nada para eles. Providenciaram para que eu ficasse na Morada do Sonho Invernal, sob forte vigilância. Escapei durante a troca de guarda, mas logo sairão à minha procura.

Logo. A palavra paira entre nós como um lamento.

— Por que não deixa o palácio? — desabafo, de repente. — Você pode fugir. Volte para a casa do seu pai.

Bo franze o cenho.

— Não é tão simples. Vim até aqui por um motivo, um propósito que preciso ver cumprido.

Espero que prossiga, mas ele permanece calado. Ficamos sentados ali, em silêncio, cada um de nós ruminando os próprios pensamentos, até que ele volta a falar:

— Mas eu precisava encontrá-la. — Meu olhar vai até ele. Bo me observa, os olhos escuros refletindo a luz. — Para... não sei. Me explicar? Me redimir? Para me certificar de que não ficasse com uma péssima recordação de mim, caso eu seja executado no fim da semana?

Olho para Bo, horrorizada, e ele estende a mão para mim, como se para oferecer alguma garantia, mas parece arrasado quando me encolho.

— Que eu saiba, ela não tem planos de me executar. Embora eu tenha certeza de que alguns de seus conselheiros adorariam atribuir a mim algum ato nefasto.

Encaro Bo, tentando enxergá-lo por inteiro naquele instante. Apesar da possibilidade de ele ainda estar mentindo naquele exato momento, sei o que o Chave de Ouro revelou. Sei que, por um segundo, tivemos um vislumbre de nossas verdades mais sombrias e secretas. A marca sobre seu coração. O chá que servi para minha mãe. As coisas que nos mudaram irremediavelmente.

— Na cela, penso em nossa tarde juntos — confessa com suavidade. — Faz muito tempo desde que tive sequer uma hora como aquela. Sem expectativas. Sem preocupações. Significou muito para mim. — Seus olhos encontram os meus, sinceros mais uma vez. Vulneráveis.

Algo ainda sussurra entre nós, um perigoso tipo de conexão.

— Não sei como provar para você — continua ele. — Que ainda sou o garoto do mercado. Que tudo o que eu disse era verdade. Cresci perto do palácio. Meu pai é um soldado.

— Não diria que o general de Kăiláng é um simples soldado. — Solto uma risada a contragosto. Especulações sobre o general continuaram nas cozinhas, mesmo depois dos avisos de Pequeno Wu. Um lembrete da história de Dàxī. O general talhando um arco sangrento através do reino, consolidando o poder do imperador. Os rumores de que não estava satisfeito com o selo do dragão. Ele queria mais. Mais poder, mais soldados, mais riquezas, até cobiçar o próprio trono do dragão.

— Para todos ele era o general, mas ainda é meu pai, aquele que me acolheu em sua casa quando eu era bebê. — Bo dá de ombros, lábios apertados em uma linha fina. — Não quero falar sobre ele.

— Eu... — Abro a boca para falar, para fazer mais perguntas. Sobre como ele veio a ser o filho adotivo do Príncipe Exilado. Mas a voz do pregoeiro atravessa a noite, anunciando a hora.

Bo se levanta antes que eu possa piscar, alerta e pronto. Aquilo me lembra novamente de que ele é mais do que afirma ser. Ele é uma ameaça.

— Amanhã? — Bo olha para mim, uma pergunta em sua voz, mas uma promessa em seus olhos. — Espero que você me diga seu nome.

Passos se aproximam. As patrulhas devem estar voltando. Bo ainda espera uma resposta. É um risco que não posso me dar ao luxo de correr. Já tenho problemas suficientes. Mas também preciso vê-lo novamente.

Concordo.

O rápido lampejo de seu sorriso na noite é como um relâmpago contra o céu escuro. E então ele se foi antes que eu pudesse respirar novamente, desaparecendo sobre os telhados.

Por aquela única noite, naquela cidade dentro de uma cidade, eu me pego sentindo-me um pouco menos solitária.

Capítulo Treze

A MANHÃ SEGUINTE TRAZ VENTOS DO LESTE E GOTAS DE CHUVA caindo das vigas. Qing'er é quem entrega nosso café da manhã, acondicionado em um pote redondo, enquanto Mingwen segura um guarda-chuva sobre a cabeça de ambos. Reclamando do tempo ruim, ela equilibra uma cesta embaixo do braço.

Qing'er dança ao redor da mesa enquanto "ajuda" Mingwen, explicando alegremente cada item revelado, quando percebe que não estou familiarizada com os pratos do norte. Leite de soja quente servido em tigelas com pequenos camarões polvilhados por cima, depois regado com molho de soja, vinagre e óleo de pimenta vermelha e, por fim, salpicado com uma pitada de cebolinha. Outro prato traz uma pilha de massa dourada frita para mergulhar no molho.

Lian convida os dois para se sentar e comer conosco, o que faz com que as outras duas shénnóng-tú na sala nos olhem com estranheza e levem sua comida para outro lugar. É evidente, a partir dos breves encontros com os outros competidores, que julgam nossos costumes peculiares, principalmente a falta de uma formação respeitável e o hábito de nos associarmos com os criados. A boca de Mingwen se aperta com óbvio desprezo, e ela se vira para sair, mas Qing'er a convence a ficar, empurrando um banquinho em sua direção.

— Acho que posso descansar os pés por um minuto — resmunga ela ao aceitar uma das tigelas fumegantes, inalando o aroma que se desprende da superfície.

Qing'er já está com a boca cheia de massa crocante, assentindo com prazer enquanto mexe a sopa com a colher. Faço o mesmo e provo uma colherada, hesitante. É densa, saborosa, salgada e azeda. O calor então sobe com um agradável ardor do fundo da garganta, confundindo meus sentidos.

A mesa fica silenciosa por alguns instantes, a não ser pelo barulho de sorver e mastigar enquanto desfrutamos da refeição. Depois que termina de comer, Qing'er empurra seu prato, se declarando satisfeito, e olha para Lian com malícia.

— Ouvi as pessoas da cozinha falando de vocês duas depois que saíram, ontem à noite.

— Qing'er! — repreende Mingwen.

Lian se inclina na direção do garoto, e até eu pouso minha colher por um momento, curiosa.

— Espere, deixe-o falar. — Lian sorri. — O que elas disseram?

— Disseram que o shénnóng-shī pode dar às pessoas a força de dez homens. Isso é verdade?

Posso dizer que aquele garoto é encrenca, mas do tipo que sabe ser mais provável receber um afago do que ser espancado por ter uma língua afiada. Um tipo diferente de realidade em comparação àquele menino no mercado.

— Meu professor é capaz de preparar tônicos que podem torná--lo mais forte por um tempo — diz Lian. — Pode extrair o potencial latente colocado dentro de você pelos antigos deuses. Mas nem todos os shénnóng-shī têm a mesma capacidade. Assim como alguns de seus tios demonstram maior habilidade em dobrar bolinhos, e outros têm um talento especial para cozinhar com a wok, os shénnóng-shī também têm especializações.

— Alguns shénnóng-shī possuem poderes de cura — acrescento. — Olham para dentro de você a fim de enxergar a doença e ajudar a extirpá-la. Minha... — Quase digo *mãe*, apesar da possibilidade de muitos na capital não saberem ainda de sua morte. — Minha professora me ensinou que Shénnóng escolhe cada um de nós por um motivo — murmuro, ciente de que preciso ser mais cuidadosa com as palavras da próxima vez. Finjo bebericar meu leite de soja para que outra pessoa possa falar.

Mingwen assente.

— Eles praticam magia poderosa. Vi com meus próprios olhos certa vez, quando uma xícara de chá apagou os anos do rosto de uma pessoa. Fez com que parecesse dez anos mais jovem! — Ela então pigarreia, como se constrangida por entrar na conversa.

Eu me pergunto que tipo de reconhecimento minha mãe teria recebido se houvesse permanecido no palácio e praticado sua arte ali. Em nossa vila, às vezes ela era confundida com a assistente do papai ou afastada dos pacientes devido à preferência por um médico "devidamente treinado". Sei que aquilo sempre a magoou, mesmo que jamais confessasse em voz alta.

— Por que você não pode tornar todos fortes e jovens? — dispara Qing'er, empolgado. — Não resolveria todos os nossos problemas? Não faria de Dàxī o reino mais poderoso do mundo? Teríamos soldados que poderiam destruir tudo em seu caminho!

— Boa pergunta! — Lian lhe dá um tapinha nas costas. — A magia é temporária. Exige algo do shénnóng-shī para usá-la. Uma vez meu professor precisou enviar uma mensagem urgente através de Dàxī. O mensageiro viajou por três dias e três noites, sem descanso, mas, por sua vez, meu professor não conseguiu sair de sua cama por quase uma semana. Não temos mestres shénnóng-shī especializados nesse tipo de magia em quantidade suficiente no reino para manter todos os nossos soldados por tanto tempo.

— Quanto mais você exige da magia — começo —, mais é necessário, ou daquele que a invoca, ou daquele que a recebe.

— O que mais dizem sobre nós? — pergunta Lian, ainda bem-humorada.

— Que os shénnóng-shī colecionam segredos — responde Mingwen, o interesse superando a desconfiança. — Muitos de vocês não aceitam moedas, apenas pagamento em verdades.

— Dizem que vocês exigem o pagamento anos mais tarde por causa do veneno que colocam no chá. Pode se apoderar da pessoa no meio da noite e matá-la — tagarela Qing'er, antes de nos encarar com preocupação. — É verdade? Vocês não parecem assassinas.

Lian e eu não conseguimos nos conter. Eu me dobro, mal conseguindo respirar, enquanto Lian ri tanto que precisa enxugar as lágrimas dos olhos. Qing'er encara perplexo aquela cena escandalosa, enquanto Mingwen bufa ao seu lado.

— Que tipo de demônios acha que somos? — Não posso evitar cuspir a pergunta em meio às gargalhadas.

Mingwen se levanta, franzindo o cenho mais uma vez.

— Esqueça — retruca ela.

Lian também se levanta e a ajuda a recolher nossas tigelas e utensílios.

— Ficamos felizes em responder a qualquer uma de suas perguntas. Eu costumava acreditar em muitos rumores, mas jamais teria descoberto o que é verdade e o que é mentira sem que começasse meu aprendizado.

Mingwen acena com a cabeça depois de considerar a informação, um pouco mais apaziguada.

— Acho que você não é tão ruim assim.

Com a ajuda de todos, não leva muito tempo até tudo ser embalado. Enquanto prende a tampa no topo da cesta, Mingwen hesita.

— Eu... provavelmente não deveria lhe contar — anuncia, olhando para a porta a fim de ter certeza de que ninguém mais está ouvindo, antes de voltar a me encarar. — A governanta sabe que foi você que levou o lanche para o marquês. Ela deve procurá-la em breve.

Com esse aviso enigmático, ela sai correndo antes que eu tenha a oportunidade de lhe fazer qualquer pergunta.

— Ah, não! — exclama Lian, os olhos arregalados como pires. — Eu desapareceria se fosse você.

— Vovó! — exclama Qing'er. Antes que Lian e eu possamos fugir para nos salvar, a Governanta Yang atravessa as portas abertas.

Vestindo uma túnica cinza-escuro com uma faixa preta, sem um fio de cabelo fora do lugar, a governanta examina a sala. Embora não seja uma mulher particularmente alta, tem uma presença imponente. Ela me faz querer endireitar a postura e verificar meu colarinho para ter certeza de que estou com a aparência correta.

— Você! — Ela me avista e se aproxima, agarrando meu braço.

Congelo no lugar, sem saber para onde me virar ou para onde fugir. Lian não ajuda; parece tão petrificada quanto eu.

— Rindo, as duas? Acham que é tudo uma piada? Fingir ser outra pessoa por um dia? — A voz da Governanta Yang começa enganosamente baixa, mas logo se eleva até que suas palavras soem como um grito. — Conspirando para me fazer de boba? Para expor meus departamentos ao ridículo?!

As unhas se cravam na pele macia do meu braço, me fazendo estremecer.

— Os competidores devem se guardar. Não confraternizar com os oficiais da corte. Não brincar com fantasias. E você! — Com o outro braço, a governanta aponta um dedo acusador para Lian, que coloca a mesa entre nós como se fosse suficiente para salvá-la. — Sei quem você é. Eu me lembro de quando era mais nova. Sempre se metendo em confusão. Sempre no caminho. Fui muito branda com você por ser criança. Tinha esperança de que o Estimado Lu tivesse lhe ensinado boas maneiras.

"Mas agora descubro que as duas estão se esgueirando pelas *minhas* cozinhas. Tenho certeza de que o Ministro Song adoraria ouvir que competidoras como vocês estão fingindo ser criadas, perambulando pelo palácio, zombando da competição. Ele adoraria ouvir em que tipo de problemas se meteram."

O medo dá lugar à contrariedade, depois à raiva, suscitando o mesmo sentimento sufocante de impotência que experimentei diante do marquês e daqueles idiotas bêbados de rosto vermelho, que podem infringir as regras sem preocupação. Seus futuros e reputações não estão em jogo naquela competição. Sua sorte está definida e o destino, assegurado. Continuarão recebendo o treinamento de que precisam para enfrentar os desafios, independentemente do resultado. E quanto a mim... vou perder minha irmã, como já perdi minha mãe.

Desvencilho o braço do seu aperto e falo de modo ríspido:

— Alguns dos outros competidores estão desfrutando de audiências privadas com o marquês. Como isso é justo? Sei que muitos funcionários da cozinha têm visitado sua residência, então você deve saber dessas transgressões. Por que não informou ao ministro imediatamente?

A Governanta Yang empalidece com a menção ao marquês.

— Como sabe disso? — pergunta ela. — O que você viu?

Eu me dou conta de que ela deve ter imaginado que apenas entreguei os pratos para os criados da casa. Não sabia que eu vi quem o marquês entretinha em seus aposentos privados.

Lian se lança em meu socorro.

— Amada tia Yang. — Ela enganchou o braço ao da mulher mais velha, confiante do próprio charme. — Quisemos ser úteis para evitar que nossas mãos ficassem ociosas, mas falhamos com você em nossas tentativas. Você está certa, deve realmente informar ao ministro sobre tudo o que vimos. Diga a ele que foi você que nos inspirou a sabedoria e a coragem de fazer a coisa certa.

A Governanta Yang agora parece um coelho preso em uma armadilha, dispensando Lian e balançando a cabeça.

— Não... agora já entendi. Não há necessidade disso, eu lhe asseguro.

— Mas você nos ensinou uma lição tão importante! — exclama Lian, com exagerada sinceridade. — Não temos escolha a não ser seguir...

— Ah, pare com isso, garota tola! — a governanta dispara. Ela fecha os olhos e inspira fundo, massageando uma das têmporas com os dedos. — Quanto mais tempo permaneço no palácio, mais este lugar me suga a vida.

— Venha, sente-se, tia — Lian chama, mais gentil agora, levando a mulher até um banco.

Sinto uma suave fragrância quando ela passa por mim, o perfume distinto do tronco da árvore chénxiāng e a doçura pungente da casca de tangerina seca. Odores medicinais frequentemente encontrados na oficina do meu pai. Ao observar mais de perto, posso ver o tom amarelado da pele e as sombras roxas sob seus olhos. A mulher está doente, e pela aparência das linhas tensas ao redor da boca, também sente dor.

— Você está se sentindo bem, vovó? — Qing'er estava à porta durante nossa discussão, mas agora se aproxima, se aninhando debaixo do braço da governanta.

— Sim, não se preocupe comigo, Qing-qing. — Ela suspira. — É apenas uma dor de cabeça que não vai embora.

Mesmo que ela tenha entrado ali nos acusando de farsantes, não sinto nada além de pena naquele momento. Os ensinamentos do papai continuam enraizados em meu coração: não posso ignorar o sofrimento de alguém.

— Posso lhe servir uma xícara de chá? — pergunto. — Talvez ajude.

A governanta já está se virando, resmungando sobre outras tarefas que exigem sua atenção, mas Qing'er, prestativo, começa a lhe massagear os ombros.

— Você sempre comenta como é injusto que os shénnóng-shī sirvam os cortesãos — argumenta ele. — Mas agora é nossa chance! Podemos finalmente testemunhar a magia com nossos próprios olhos. Como nas casas de chá ao longo do rio, com a música e as belas damas!

Rubor se espalha pelo rosto franzido da Governanta Yang, como se ela estivesse envergonhada das palavras inocentes do menino.

Lian a encoraja com um sorriso.

— O pai da Ning é médico. Ela pode ajudar.

A Governanta Yang olha para Lian, depois para mim.

— Vai! Vai! — entoa Qing'er. — Antes que ela mude de ideia!

Sigo até o armário encostado na parede, onde nossos ingredientes estão armazenados. As folhas de chá que guardamos no quarto são de uma variedade comum de folhas soltas, embora de melhor qualidade que qualquer coisa que pudéssemos comprar na minha vila. E tenho alguns restos do jasmim-do-imperador de minha apresentação desastrosa, na primeira rodada da competição — o chá que os juízes nunca provaram.

Na cristaleira também se encontram vários conjuntos de chá. Escolho um cor de creme com uma pincelada de azul ao longo da borda, mas meus olhos ainda se demoram nos outros: branco-gelo, com um toque de verde, ou cinza-craquelado. Na minha vila, meu tio é um mascate que comercializa chá e cerâmica locais pela região. No seu estúdio há uma prateleira contendo vários utensílios de chá que colecionou ao longo de suas viagens, e ele adora exibir seus tesouros. Como um que lhe foi concedido por certo alto oficial ou presenteado por tal famoso capitão de navio. Jamais tive permissão para tocá-los, apenas para admirá-los à distância. Mas, no palácio, mesmo os criados têm permissão para usar aquelas adoráveis peças.

Não demora muito para a água ferver na panela de barro. Deixo as folhas descansarem, em seguida despejo o chá em uma xícara, seguido de dois pequenos jasmins-do-imperador. Eles flutuam na superfície do chá, acariciados pelas bolhas.

Embora a flor favorita da mamãe fosse o pomelo, ele florescia apenas por um breve período na primavera. No verão, ela preferia o jasmim-do-imperador, que exala uma fragrância doce. No outono, o perfume da flor se transforma e ela é colhida para o vinho. Em uma das histórias da mamãe, a primeira árvore de jasmim-do-imperador cresceu tão alta e frondosa, que certa vez obscureceu a própria lua. O Imperador do Céu, enraivecido, puniu o negligente imortal responsável pela poda da floresta celestial. Ele foi amarrado ao tronco para sempre, passando sua vida eterna a não mais de dez passos da grande árvore. Nas noites em que a lua está sombreada, é porque o lenhador voltou a adormecer.

A Governanta Yang pega o copo e inala.

— Cheira a pêssego — comenta, surpresa.

Muito embora Qing'er ainda queira conversar, Lian o leva para a lateral da sala para distrai-lo, entendendo que preciso de concentração para praticar minha arte.

Minha mãe usava suas habilidades shénnóng-shī para extrair a verdade da alma, os problemas inquietantes nos limites da mente. Como as sombras da lua, a poda dos galhos de uma árvore. Pedi ao poder que revelasse as lembranças ocultas dos juízes na competição, e agora quero desvendar a causa da dor da governanta.

— Deixe o chá fluir através de você e lhe trazer conforto — sussurro.

Ela bebe e eu fecho os olhos. Pronta para me comunicar, pronta a receber.

Uma dor aguda lateja rapidamente no meio de minha testa, como a ponta de uma agulha. Em seguida, ela irrompe, espalhando-se para as extremidades. Sibilo com a intensidade da sensação, então a dor se afunila em minha boca, causando uma amargura que se espalha da língua para a garganta.

— O que está acontecendo? — Ouço a voz da governanta, tênue, à distância. Eu me forço a inspirar, respirar através da dor. Era isso que minha mãe sentia quando se abria? Tomava a dor dos outros para si? Uma imagem se derrama em minha mente, expandindo-se como aquarela no papel.

Estou dentro e fora de mim.

Consigo sentir a solidez do tampo da mesa sob o braço, mas também estou em outro lugar. Flutuando acima de nós, observando a governanta me encarar. Mais uma vez, gostaria que mamãe estivesse ali para me mostrar, para me ensinar...

As pessoas a observavam com olhos luminosos, com expectativa e medo?

A dor não está apenas na minha cabeça. Estende-se como raízes, gavinhas rastejando por meu corpo... pelo corpo da mulher. Os cipós sufocam meu coração, me apertando os órgãos até ficar difícil de respirar.

A preocupação é sua ruína. A ansiedade devora seu íntimo, os pensamentos a mantêm acordada até tarde da noite.

Com um suspiro, meus olhos se abrem.

— Qing'er! — chamo, e o garoto é rápido em se materializar ao meu lado.

— Vá à despensa e pegue alguns pedaços de dānggūi e cinco punhados de huáng qí seco. Tente escolher os fios mais finos que puder encontrar.

Ele assente e dispara pela porta.

A Governanta Yang pousa sua xícara.

— Por quê? O que você viu?

Sem o descanso de que necessita, seu corpo ficará cada vez mais fraco. Secura na boca afetaria o sabor das coisas, perda de força nos membros, dificuldade em recuperar o fôlego... e, eventualmente, efeitos muito mais graves.

— Acho que há algo com o qual está terrivelmente preocupada... — Tento desembaraçar os sintomas da causa, a dor fantasma em minha cabeça ainda latejando. — Não, não é algo... alguém. Alguém próximo a você, tão próximo quanto uma parte do seu corpo. Está tirando seu sono.

— Como se me arrancassem um órgão — sussurra ela.

Mamãe costumava nos chamar de amadas, seu xīn gān bǎo bèi. Seu coração e seus órgãos, uma parte insubstituível de si. Shu e eu ríamos da afeição exagerada, mas amávamos aquela atenção.

Enfim me dou conta. Deveria ter visto antes.

— Sua filha.

Ela assente.

— Chunhua foi escolhida como aia do imperador. Fiquei tão orgulhosa... Ela é esperta. Até o próprio imperador a elogiou uma vez. Estava feliz com a posição, até que a doença veio, no inverno passado. Todos os criados das residências pessoais do imperador foram isolados no pátio interno. Ninguém entra, ninguém sai. Não a vejo há duas estações! — Ela estremece, e Lian coloca uma mão reconfortante em seu ombro.

— Todos nós ouvimos falar da doença do imperador — comenta Lian. — As notícias já chegaram às cidades fronteiriças.

— Sim, você saberia, não é? A filha do embaixador. — A Governanta Yang funga, mas seu tom agora é resignado. — Têm surgido... rumores também. Boatos de que o próprio imperador foi envenenado pelo Sombra, de que está permanentemente acamado e é por isso que não mostra o rosto há meses.

O pensamento é perturbador, mas explicaria sua ausência.

— O imperador precisa se alimentar — argumento. — Você não pode mandar, de alguma forma, uma mensagem para sua filha através das entregas da cozinha?

A governanta balança a cabeça.

— O palácio interior tem a própria cozinha. Quando entregamos nossas mercadorias, nós as deixamos no pátio. Os funcionários pegam o que precisam, depois voltamos para recolher o restante. Já tentei supervisionar a entrega, mas eles falam pelo portão e nos pedem para ir embora. Os médicos dizem que é para a nossa própria proteção, mas eu... eu temo o pior.

Qing'er entra apressado, com os ingredientes solicitados em mãos, dispersando a atmosfera sombria. Despejo os ingredientes em uma panela de barro que aguente o calor das brasas, assim como a do nosso café da manhã mais cedo. Despejo a água quente sobre as ervas secas e deixo a água assentar. O almíscar medicinal se eleva no ar, e meu nariz coça.

Sempre pensei que era meu pai quem queria ajudar os moradores da vila, mesmo que assim colocasse a família em risco e atraísse a atenção do governador. Nunca entendi o porquê. E me ressentia das roupas surradas, do modo como minha mãe, às vezes, tinha que transformar um punhado de arroz em congee. Eu me perguntava por que mamãe sempre o ajudava, sem questionar. Mas agora posso entender o motivo. Se você é capaz de sentir o sofrimento de outra pessoa, como ignorar?

Eu me convenço de que é apenas o vapor que faz meus olhos lacrimejarem.

De repente, a governanta agarra minhas mãos, determinada.

— Ouvi que o shénnóng-shī pode enviar mensagens à distância. Que pode sussurrar uma palavra na noite e ela encontrará o alvo. Você pode fazer isso por mim? Pode enviar uma mensagem para minha filha?

Balanço a cabeça em negativa.

— Gostaria de poder ajudar. Não sei enviar mensagens através das paredes nem falar com alguém em sonhos. Pode ser algo que um shénnóng-shī verdadeiramente poderoso consiga fazer, mas nunca aprendi.

A Governanta Yang recua, cruzando os braços.

— Às vezes eu gostaria de ser o Sombra. Capaz de atravessar paredes e se esconder na escuridão. Sempre considerei o palácio um refúgio da dura realidade da vida, mas agora sei que é uma prisão.

Mexo o tônico na panela com uma colher de pau, com o cuidado de mantê-lo em fogo brando, evitando a ebulição. A ideia do imperador trancado em seu grande palácio me deixa inquieta, e me lembro da insinuação do Estimado Qian: a mudança está próxima.

Quando o tônico está pronto, uso uma das panelas restantes para coá-lo, em seguida o despejo em uma tigela. A cor do líquido escureceu de maneira considerável, até um marrom nada atraente. Eu o levo até a governanta e o coloco à sua frente.

— Você precisa dormir — aviso a ela. — Sem sono, não estará preparada se ela precisar de você. Como pode cuidar de seu coração, se a mente está lenta?

Ela resmunga por conta do sermão, mas coloca as mãos ao redor da tigela.

— Olhe para mim, dando ouvidos a uma mera criança. Estou ficando senil.

— Vovó. — Qing'er a abraça por trás, doce como açúcar de malte. — Você ainda é jovem.

A Governanta Yang sorri com a declaração e abaixa a cabeça para soprar a superfície do tônico.

— Espere! — Eu me levanto de um pulo e volto ao quarto para buscar um pequeno pacote na penteadeira. — Isso vai deixar a bebida mais palatável, se preferir.

Na véspera, enquanto estava na cozinha, peguei alguns pedaços de pera em calda da bandeja do criado. Um dos poucos luxos de Jia a que minha mãe se permitia, a única coisa certa de fazê-la brilhar quando recebíamos uma entrega. Mamãe conseguia colocá-las direto na boca, mas eram tão doces que me provocavam dor nos dentes, então ela sempre as aquecia em uma panela de água para eu beber.

A Governanta Yang me encara com um olhar estranho, pensativo.

— Você pode colocar debaixo da língua — explico, imaginando não ser uma prática comum na capital. — Deve aliviar o amargor do tônico.

Ela ignora o doce, mas segue minhas outras instruções, bebendo da tigela lentamente até tomar tudo.

— Está vendo, Qing'er? — Ela mostra a tigela vazia para o neto. — A vovó bebeu todo o remédio.

Ele abre um sorriso radiante.

— Muito bem!

A Governanta Yang pega meu lenço da mesa e examina o pássaro bordado no tecido. Resisto ao impulso de arrancá-lo de suas mãos; era de Shu. Agora que me separei da caixa de shénnóng-shī de minha mãe, tenho bem poucas recordações de casa.

— Você fez isto? — pergunta ela. — A costura é muito boa, mesmo com os materiais grosseiros.

— Não, é obra da minha irmã. — Estendo a mão e pego o lenço, sem me importar se pareço rude ao fazê-lo, depois o guardo na faixa de cintura, onde posso mantê-lo seguro.

— Lian, poderia levar Qing'er para brincar lá fora? — pergunta a governanta. — Gostaria de falar com Ning em particular.

Lian me encara com um olhar questionador. Respondo com um leve dar de ombros, e ela pega a mão do menino e o leva para fora. Qing'er já está tagarelando outra vez.

A governanta se vira para mim, mas, quando estamos sozinhas, sua expressão astuta reaparece, como se houvesse um ábaco em sua cabeça, sopesando meu valor e mérito.

— Você me lembra alguém — anuncia.

Lian me confidenciou que a Governanta Yang era a tirana das cozinhas, capaz de notar até a coisa mais insignificante: uma única fruta tirada de um arranjo, a falta de duas refeições para o jantar ou a ordem incorreta dos utensílios em uma bandeja. Sua memória é impecável, sua atenção aos detalhes, assustadora. É por isso que ela impõe tanto respeito quanto medo.

— Com o passar dos anos, minha memória não é mais o que costumava ser, então demorei um pouco para me lembrar. Mas agora consigo ver. No formato de seus olhos e do rosto, na maneira como fala. — Ela pega o pedaço de pera, segurando-o contra a luz até que brilhe. — Mas foi isso que me fez lembrar.

Minha pulsação lateja na garganta. Mamãe jamais mencionou alguém da capital. Ela falava muito pouco sobre o assunto, mesmo quando implorávamos para saber mais.

— Conheci uma mulher que trabalhava no palácio. Era uma parteira que atendia aos criados e costumava nos obrigar a beber os tônicos mais amargos. — A lembrança a faz sorrir, o carinho evidente por tal mulher. — Faziam seus dedos se curvar e embrulhavam seu estômago. Ela costumava nos dar todos os pedaços de pera em calda para torná-los mais fáceis de beber, nos lembrando de deixá-los sob a língua.

Seus olhos encontram os meus.

— Você é filha de Yiting.

O som do nome da minha mãe ecoa pela sala. Ela sempre causava uma impressão. Mesmo agora, dezessete anos depois, alguém ainda se lembra dela.

— Eu me perguntava como ela se saiu quando deixou o palácio. Houve um... escândalo. Nos primeiros anos, tive certeza de que voltaria.

— Ela sorri. — Yiting partiu, como sempre disse que faria. Construiu uma vida lá fora, uma família só sua. Eu a admiro por isso.

— Mesmo? — Tenho tantas perguntas sobre como minha mãe era quando jovem e por que deixou o palácio... Tantas perguntas que ela ignorou, deixadas para sempre sem resposta...

— Poucos são capazes de se ajustar à vida fora da capital depois de conhecerem a elegância do palácio. Em geral, voltam. Alguns em poucos dias, outros, em poucos meses, mas sempre encontram o caminho de volta. Sua mãe, no entanto... Como ela está?

— Morta — respondo sem pensar, ainda sufocada pela onda de emoção assomando-se dentro de mim. Tampo a boca com a mão.

— Morta? — A governanta estende a mão e dá um tapinha no meu ombro. — Sinto muito.

Evidentemente, ela confundiu meu choque com tristeza. Cubro o rosto com a mão, permitindo que ela acredite naquilo.

— Há quanto tempo ela faleceu? — pergunta, suavemente, e eu me flagro lhe contando tudo. Sobre a morte da minha mãe, sobre o veneno, sobre a injustiça de tudo aquilo. Porque aquela mulher conhecia minha mãe. Conhecia seu brilho e sua generosidade, a beleza que a iluminava de dentro.

E ela finge que não me vê enxugando os olhos com meu lenço, me dando a chance de chorar.

Capítulo Catorze

Sirvo outra xícara de chá para a Governanta Yang, que a aceita com a garantia de que não há magia infundida no copo.

— Pode... pode me contar mais sobre minha mãe? — pergunto, hesitante, desesperada por qualquer migalha de informação.

— Essa é uma história para outro dia — responde ela. — Não tenho muito tempo antes de retornar às cozinhas. Preciso falar com você e Lian sobre a competição.

Quando Lian volta com Qing'er, já estou de rosto lavado e recomposta. Eu me sinto vazia por dentro, esgotada pelas lágrimas.

A Governanta Yang gesticula para Lian se juntar a nós, e escondo as mãos trêmulas debaixo da mesa.

— Soube o que aconteceu na primeira rodada, e que sua posição é incerta, na melhor das hipóteses.

Uma onda de vergonha me inunda. Fiz papel de boba na frente não apenas dos juízes e dos demais competidores, mas também dos outros cidadãos da capital. A culpa é toda minha.

— Não é culpa de Ning que o marquês seja um velho irascível — murmura Lian.

Posso ver que a Governanta Yang está tentando ser severa, mas a curva de sua boca a trai.

— Você aliviou minha dor de cabeça — admite. — Por causa de sua ajuda, porque eu conhecia e respeitava sua mãe e porque não posso suportar ver os shénnóng-tú ricos descaradamente desrespeitarem as regras, decidi que vou ajudá-las.

— Mesmo? — Solto uma exclamação.

Lian bate palmas.

— Ficaríamos muito gratas, tia.

— Sei qual chá vão usar na próxima rodada. — Ela estuda sua xícara, franzindo a testa. — Mas, antes que eu revele o nome, quero que vocês duas me prometam uma coisa.

Lian e eu aguardamos, ansiosas.

— Não quero nenhuma de vocês na cozinha de novo, entenderam? Sou responsável pelas pessoas. Se algum dos juízes as flagrar... Não posso arriscar a vida de todos os outros. — Ela espera que nós duas concordemos antes de assentir. — O nome do chá é Agulha de Prata. Vou conseguir uma amostra para vocês, se julgarem que pode ser útil.

Depois que a Governanta Yang e Qing'er nos deixam sozinhas, Lian e eu nos encaramos, empolgadas. Finalmente algo que podemos usar. Uma dica para nos dar um foco nítido em vez da sensação de que estamos tateando no escuro.

— O que você sabe sobre o Agulha de Prata? — pergunto. Não é um nome que eu me lembre dos ensinamentos da minha mãe.

— Parece familiar. Acho que já li sobre ele alguma vez.

Voltamos ao quarto, onde Lian vasculha suas coisas antes de voltar com um livro na mão. Sentada de pernas cruzadas na cama, ela folheia as páginas até encontrar a seção que procura.

— O Agulha de Prata é conhecida por suas folhas finas e delgadas, cobertas com a mais leve penugem prateada. — Ela lê em voz alta. — Muitas tentativas foram feitas para cultivá-la na natureza, embora nenhuma tenha sido bem-sucedida, o que a torna extremamente cobiçada. Nas mãos de um mestre shénnóng-shī, a erva pode arrancar a verdade de qualquer um, mas mesmo um shénnóng-tú seria capaz de usá-la para discernir uma verdade de uma mentira.

— Um soro da verdade? — pergunto. — Quem beber será forçado a ser sincero?

Parece um recurso precioso, ter tal habilidade.

Lian ri.

— Se fosse assim tão fácil, você não acha que valeria mais do que o Chave de Ouro? Mas a magia do Agulha de Prata, como a de todas

118

as outras folhas de chá, depende de quem a manuseia. Depende da gravidade da mentira e do quanto a outra pessoa deseja esconder a verdade.

Quando Lian e eu voltamos do jantar, encontramos um pequeno pacote à nossa espera na mesa. Eu o abro e encontro um bilhete da Governanta Yang e algumas folhas amarelo-prateadas em uma bolsinha. Concordamos em dividir a quantia a fim de nos preparar para a próxima rodada da competição, na esperança de que dominar o preparo do chá possa nos dar uma vantagem.

Continuamos a especular sobre o que vai acontecer no dia seguinte até chegar a hora de nos recolher. Mas fico ali deitada, encarando a escuridão, ouvindo o som da respiração de Lian enquanto ela se acalma. Minha mente não consegue relaxar, os pensamentos naquele garoto que consegue atravessar as paredes do palácio nas sombras. Aquele que prometeu voltar pelo meu verdadeiro nome.

Perdida em pensamentos, o soar do gongo me assusta.

— Sān gēng! — A voz distante dos pregoeiros chega aos meus ouvidos, me fazendo lembrar do que aprendemos na escola:

Yī gēng rén (A primeira hora é para o povo, que se prepara para o descanso)
Èr gēng luó (A segunda hora é para o gongo, que vela por aqueles em segurança em suas camas)
Sān gēng guǐ (A terceira hora é para os fantasmas, que saem das sombras)
Sì gēng zéi (A quarta hora é para os ladrões, que tiram proveito da noite)
Wǔ gēng jī (A hora final é para o galo, primeiro a acordar / A alvorada chega para dar as boas-vindas ao novo dia)

É a terceira hora, a Hora dos Fantasmas. A hora mais sombria da noite, quando os espíritos estão mais ativos. Meus pés tocam o piso frio. Os dedos tateiam no escuro até encontrar minha capa. Eu a enrolo ao redor do corpo antes de atravessar, na ponta dos pés, a porta de tela que separa nosso quarto do vestíbulo. Em seguida, passo pela porta que se abre para o pátio escuro. Eu me lembro de outro verso: *O Príncipe Exilado, Cria do Demônio, que viceja na escuridão...*

— Não tinha certeza se iria se lembrar. — Bo sai de trás da sombra do salgueiro, e recuo com um salto, engolindo um grito assustado.

Kang, corrijo. Seu outro nome. Seu verdadeiro nome.

— Desculpe. — Ele se aproxima até que eu possa vê-lo sob a luz da lanterna pendurada nas vigas e levanta as mãos para mostrar que está desarmado. Meus dedos apertam a frente do manto, como se fosse uma armadura capaz de me proteger.

— Você quer...

— Venha...

Falamos ao mesmo tempo, então nos calamos.

Com cautela, Kang caminha em minha direção até chegar ao pé da escada, em seguida olha para cima.

— Esta é a primeira vez que nos encontramos sem que você me ataque — observa, com um sorriso preguiçoso. Aquele que me inquieta, como se soubesse algo que desconheço. Acho insuportável. Acho *Kang* insuportável, e ainda assim... Gosto quando ele sorri.

— Você mereceu todas as vezes — retruco.

— É justo. — Aquele sorriso se abre ainda mais, nada perturbado com minha rispidez. — Vai finalmente revelar seu nome?

Meu nome não tem o mesmo prestígio que o de Kang. Minha família não é renomada, notória como a dele. Por que se importa tanto com meu nome e com quem eu sou?

Devo tê-lo encarado por muito tempo... Posso sentir o abismo entre nós se expandir novamente, e seu semblante se torna sério. Ele se vira e se acomoda nos degraus, com um suspiro. Depois de um instante, eu o imito, com cuidado para manter a distância de um braço entre nós.

— Achei que você queria que eu voltasse. — Ele parece desapontado.

— Eu queria! — Assim que as palavras saem da minha boca, gostaria de poder voltar atrás. Então me apresso a explicar: — Mas ainda acho difícil confiar em você. Sabendo o que sei.

— Por quê? Quem você acredita que sou? — pergunta ele. — Ainda me julga um assassino?

É mais fácil lidar com um Kang na defensiva e enfurecido do que quando se mostra frágil e vulnerável.

— Me fala! — pressiono. — Você é o Sombra? Foi você quem envenenou os tijolos de chá?

Procuro qualquer indício de dissimulação — um lampejo nos olhos, um tremor nervoso — para confirmar minhas suspeitas. Mas Kang parece surpreso que eu sequer o julgue capaz de algo assim, gaguejando por um momento, antes de recuperar a capacidade de falar.

— Por que eu envenenaria o chá? O que teria a ganhar?

— Para criar instabilidade no império. — Estou repetindo o que tenho ouvido na vila, nas cozinhas e entre os outros shénnóng-tú. — Para recuperar o trono do seu pai. Vi do que as pessoas são capazes por poder.

Conheço a extensão da terrível influência do governador dentro de Sù. O aumento de impostos todo ano para nossa proteção, enquanto os aldeões suspeitam de que os bandidos de que somos "protegidos" não passam de capangas contratados.

Espero que Kang reaja com raiva às acusações, que eu o induza a sumir e nunca mais falar comigo, mas, em vez disso, ele parece reflexivo.

— Sentimos o fardo em todos os cantos do império — argumenta ele. — É por isso que vim à capital. Estou aqui para fazer uma petição ao imperador, para ajudar meu povo. Se ele se recusar a me receber, se estiver doente, então um regente deve governar. Enquanto a corte continua com suas intrigas políticas, as pessoas morrem de fome lentamente.

Não sei como responder.

— Como posso convencê-la de que estou falando a verdade? — Ele cerra o punho na lateral do corpo. — Se não consigo nem mesmo conquistar uma estranha no mercado, como poderia influenciar a corte?

Fico boquiaberta quando enfim compreendo tudo.

— É por isso que se importa tanto com o que penso de você? Sou um alvo para treinar suas habilidades de oratória? Se conseguir convencer uma plebeia ignorante a se juntar à sua causa, seria capaz de convencer eruditos e nobres?

— Isso não é... — Ele faz uma careta. — Não foi o que eu quis dizer. Você está distorcendo as coisas. Interpretando mal as minhas palavras, de propósito.

Mesmo com o orgulho ferido, me lembro do que Lian disse: Se os shénnóng-tú da capital estão usando todas as ferramentas à disposição para vencer, também devemos unir nossas forças. O Agulha de Prata pode apontar a verdade entre mentiras, e que pessoa melhor para testá-lo do que Kang?

— Prove — exijo, me levantando. É a minha vez de olhá-lo de cima. — Prove para mim que não está mentindo.

Ele me encara, já cauteloso.

— O que quer que eu faça?

— A próxima rodada da competição é um teste de honestidade — explico. — Para desembaraçar a verdade das mentiras. Preciso de alguém para praticar. Se está me dizendo a verdade, então não tem nada a temer.

Talvez ele até seja capaz de revelar algo sobre a corte que possa me ajudar a avançar na competição.

Kang aceita sem hesitar, o que me surpreende. Confia tanto na própria capacidade de enganar uma mera shénnóng-tú ou acredita na sinceridade de cada palavra dita?

Reflito sobre as possibilidades enquanto alimento o fogo no alojamento, aproveitando aquele momento para organizar as ideias. Jamais me foi ensinado aquele tipo de magia, e a dúvida continua a me consumir. *Não se pode tirar a verdade do relutante e não se pode arrancar algo de uma mente que está fechada. Um dar e um receber.*

Ele estará disposto a me dizer a verdade? Sou capaz de lidar com quaisquer segredos que esconde?

Coloco os utensílios de chá sobre a mesa de pedra do pátio, sufocando um bocejo quando ele não está olhando. O cansaço começa a afetar meus nervos, pois já me exauri mais cedo com o uso da minha magia na Governanta Yang.

Minha porção de Agulha de Prata é suficiente apenas para uma única xícara. Derramo a água sobre os fios delicados. O resumo do que assimilei, na tarde passada entre livros com Lian, é: o Agulha de Prata é um chá de reverência, cada folha colhida individualmente à mão. É tão suave que mesmo o menor movimento da água faz cada fibra girar em redemoinho até se tornar um ponto, quando se diz ser capaz de furar o véu, de extrair o mais leve filamento de verdade da mente.

Tomo o primeiro gole, em seguida, coloco o copo na frente de Kang. Um desafio.

— Devo simplesmente beber? — pergunta ele, erguendo o chá com cuidado.

Aquilo me faz lembrar da maneira como ele fugiu da última vez que compartilhamos uma bebida. Concordo com um aceno de cabeça.

Encontrando meus olhos, ele bebe, esvaziando o copo. Sem demora, a magia se acende dentro de mim, lembrando-se dele. A luz do pátio tremula, envolvendo-nos mais uma vez até que tudo pareça iluminado com um tom prateado. Posso ouvir o dedilhar da pipa, o doce som da voz da cantora pairando sobre o Rio Jade...

Chegou a hora de eu perguntar e a hora de ele responder.

Capítulo Quinze

— Você é o Sombra? — A magia se infiltra em minha voz, tornando-a baixa e ofegante, como se outra pessoa falasse através de mim. Como se eu estivesse, de fato, invocando os deuses.

— Não — sussurra ele. Suas feições tremulam, obscurecidas por uma bruma repentina, e o perfume de camélias paira ao nosso redor mais uma vez.

Nós nos entreolhamos, como se ocupássemos lados opostos de uma cachoeira. Ergo a mão, e ele levanta o braço também, afastando a névoa até nos tocarmos. Eu me lembro da figura na escuridão com a qual lutei, o rosto obscurecido por uma máscara preta.

O Sombra... O Agulha de Prata gira no fundo da xícara, procurando uma resposta. Mas não coincide. Não é ele.

— Você deseja o mal da princesa? — pergunto. — Por que está aqui, Kang?

Ao som do próprio nome, seus dedos se agitam sob minha mão. A neblina se abre, se altera. O palácio desaparece ao meu redor e a bruma me mostra uma visão.

Uma ponte ornamental. Duas crianças estão acima da água, jogando mirtilos e arroz selvagem para as carpas abaixo. Uma é Kang e a outra, a princesa. Eles riem, unidos em companheirismo e uma calorosa familiaridade.

A névoa desce novamente, obscurecendo a memória, substituindo-a por outra.

A princesa dá um passo à frente, o rosto sem maquiagem, o cabelo despido de enfeites. Mais jovem do que a régia beldade que presidiu as cerimônias.

Estão em um jardim. O jardim da princesa, se recorda. Os ramos farfalhando acima, os botões da primavera apenas começando a brotar. Kang vê os soldados de guarda. Então se lembra: alguém está sempre vigiando.

— Por que está aqui, Kang? — Sua voz é incisiva, acusadora.

— Esperava que nos encontrássemos novamente em melhores circunstâncias — responde ele.

— Compartilhe uma bebida comigo então, para que eu possa agradecer à pessoa que salvou minha vida. — O canto de seus lábios se curva, e Kang compreende que ela está zombando dele. Diante dela, há uma bandeja com um bule e xícaras.

— Era apenas meu dever, princesa.

— Está recusando uma ordem? — pergunta a guarda-costas bruscamente, saindo de seu lugar sob a árvore, a mão no punho da espada. A roupa branca contrasta com o calor da pele queimada de sol, realçando o tom dourado. Mesmo naquele jardim privado, ela usa uma armadura peitoral, pronta para defender a princesa contra qualquer ameaça.

— Não... — Ele suspira. — Olá, Ruyi.

A aia inclina a cabeça em reconhecimento, mas a mão ainda permanece na espada.

— Simplesmente não sou digno. — Ele se curva e se senta em frente à princesa.

— Meus guardas dizem que foi como se você tivesse descido dos céus para me proteger das flechas dos assassinos. — Com uma das mãos arregaçando a manga, a princesa despeja uma colher de folhas de chá em um bule. A água quente se agita e transborda na bandeja de mármore. — Eles estavam prontos para matá-lo, se você fosse uma ameaça — revela despreocupadamente, como se estivesse falando de outra pessoa.

— Minha lealdade é para com o imperador! — protesta ele. — Devo a ele minha vida, prima.

Sinto um aperto no estômago por Kang. Ela quer subjugá-lo.

Com um movimento do pulso, ela despeja a água. A luz reflete no belo arco da bebida, que enche duas xícaras. A princesa empurra uma das xícaras na direção de Kang.

Ele não se move.

— Você não vai beber? — pergunta ela, com uma rispidez na voz. Uma pergunta letal.

— Não vou beber antes de você, Alteza. — Ele inclina a cabeça, mantendo a voz fria.

Estou impressionada com o autocontrole, com a maneira como ele não transparece nada, muito embora possa sentir a turbulência em seu interior. Algo que eu mesma sou incapaz de esconder.

A superfície da xícara brilha diante de Kang. Sem magia, mas um tipo diferente de arma.

— Você fala de lealdade a meu pai. — Ela sorri, mas é mais como uma exibição de dentes. — Acha que daria veneno a você?

— Antes de beber, peço que ouça meu pedido. — Ele curva a cabeça. — E, então, minha vida estará em suas mãos.

— Como ousa... — Ruyi dá um passo à frente, indignada, mas a princesa acena para que recue.

— Você usa palavras como "dever" e "lealdade" — diz a princesa, cada sílaba destinada a ferir. — E, ainda assim, esquece de onde vem.

— Sei bem o meu lugar — admite. — Quero apenas falar com meu tio.

— Qualquer coisa que você queira dizer a meu pai, pode dizer a mim. Primo. — A última palavra pronunciada como um desagradável lembrete da linhagem de sua família.

— Desejo apenas pedir a ele que reconsidere nosso exílio. — Ele continua a falar, sem se deixar abater pela ameaça. — E para lhe assegurar nossa lealdade. Vivemos tempos perigosos. Com a inquietação nas fronteiras, os bandidos, a ameaça dos clãs do norte... Ele pode confiar em nós, pois somos família...

— Família. — A princesa passa o dedo pela borda da xícara. — Minha própria família se recusa a beber algo servido por minhas mãos.

Com um movimento rápido, ele leva a xícara aos lábios e a esvazia, então saúda a princesa. Em seguida a pousa na pedra com um baque forte, traindo sua impaciência.

— Isso é suficiente? — pergunta ele. — Agora vai permitir que eu fale com ele?

Ela salta sobre a mesa, um lampejo de aço na mão. A ponta de uma adaga pressiona a garganta de Kang, mas ele não vacila. Continua sentado com as mãos sobre a mesa. À espera.

— *Permita-me lembrá-lo de que você foi exilado, aconselhado a nunca mais voltar para Jia, sob ameaça de morte.* — *A ponta da lâmina desce, até repousar sobre o coração, onde está o selo vermelho, marcando-o como traidor.*

— *É uma questão de vida ou morte, princesa* — *argumenta ele, sentado totalmente imóvel.*

— *Vida de quem?* — *pergunta a princesa.* — *E morte de quem?*

A mão de Kang se afasta da minha, a visão se dissipando. A magia nos liberta de suas garras, afrouxando a conexão entre a minha mente e a dele. Não apenas escutei a conversa: senti cada movimento, como se estivesse dentro do corpo de Kang.

Ele não quer fazer nenhum mal à princesa. É sua própria vida que corre perigo.

Estamos de volta ao pátio, à luz do crepúsculo, frente a frente na mesa de pedra. Há angústia em seu semblante, e ainda posso sentir a força de seu desespero, sua necessidade de cumprir a missão a que se propôs. Kang luta por seu povo... o povo de sua mãe, a mulher que o acolheu como filho.

— Acredita em mim agora? — pergunta ele.

Assinto. Não confio em minha voz.

— Lùzhou não é um lugar onde os shénnóng-shī se importam em visitar — continua ele. — Mas talvez, um dia, você se junte a mim, e possa nos ensinar sua arte. É um lugar bonito, apesar da reputação.

A oferta me assusta; ainda me lembro da repulsa que o obrigou a se afastar quando descobriu na Casa da Azálea do que eu era capaz.

— Não é... — Ele pisca. — Não é pelo motivo que imagina...

Kang não conclui seu raciocínio, pois o simples ato de lembrar evoca os detalhes mais uma vez. Os fantasmagóricos acordes de uma flauta pairando no ar. Os resquícios do Chave de Ouro, brilhando de novo até tomar forma, forçam nossa conexão a se restabelecer abruptamente, até que nós dois soltamos uma exclamação diante de tamanha intensidade.

Kang tenta recuar, romper a memória, mas é tarde demais.

Voltamos ao jardim.

A adaga apontada para o seu coração. As palavras que se seguem.

— *Eu me pergunto o que o povo de Jia vai pensar de uma regente que está escondendo a morte de um imperador. Eu me pergunto se eles vão aceitar uma princesa que se senta em um trono de mentiras.*

A princesa se reclina no assento, o rosto pálido.

O imperador está morto. Fico ofegante com a revelação.

A névoa se dissipa rapidamente enquanto ele diminui a distância entre nós. Então, Kang agarra meus ombros.

— Ouça, isso é importante — sibila ele. Posso sentir o tremor em seu corpo. — Você colocou alguma coisa no chá? Colocou mais Chave de Ouro?

Começo a balançar a cabeça.

— Não... — E, então, hesito, porque aquilo seria uma mentira e Kang seria capaz de pressenti-la. O Agulha de Prata é uma faca de dois gumes. — Não sei. Não foi o Agulha de Prata. Acho que foi de... antes. Algum resquício do Chave de Ouro.

— É perigoso — argumenta ele. — Você precisa esquecer o que ouviu. Não percebi, subestimei seu poder...

O vento sopra com mais intensidade, assoviando ao nosso redor. Estamos presos no redemoinho entre memória e presente.

— Eles vão matar você. — Kang está tão perto. A expressão selvagem. Assustado. — Não acredito que os shénnóng-shī sejam capazes de ressuscitar.

— Acha que é verdade? — sussurro, sem querer acreditar na habilidade do palácio para esconder um segredo daquela proporção.

Suas mãos se afastam. A conexão entre nós vibra, como a corda dedilhada de uma cítara.

— Estou na capital há algumas semanas — revela, virando a cabeça, então consigo ver apenas a lateral de seu rosto. — Vigiando para ver o que entra e sai do palácio. Os últimos relatórios mencionavam que o imperador parecia gravemente doente, mas agora... Não tenho certeza do que Zhen está fazendo. Esperando para ver quem vai se revelar como uma potencial ameaça? Quem vai oferecer aliança?

Kang caminha de um lado para o outro à minha frente, toda a compostura perdida.

— Eles vão matar você, entende? Não vão sequer hesitar.

Ouço o estrondo de um trovão à distância, muito embora o céu estivesse limpo antes de entrarmos naquela paisagem de sonho. A intensidade das emoções de Kang havia conjurado o vento, fazendo nosso cabelo chicotear no rosto. O redemoinho nos suspende, nos rodopia até que nossos pés estejam pendurados acima das formas fantasmagóricas de nossos corpos. Meu estômago se revolta com o movimento repentino. Tenho de nos manter unidos antes que o fio de nossas almas seja cortado e acabemos incapazes de encontrar o caminho de volta à nossa forma física.

— Kang! — chamo, lutando contra o vento para manter o aperto em seu ombro. Estendendo a mão, cravo os dedos na curva de seu pescoço. Seu olhar ardente encontra o meu. — Meu nome, você queria saber meu nome, certo? É Ning. Zhang Ning.

— Zhang Ning — repete ele, com suavidade.

De súbito, retornamos a nossos corpos em uma queda vertiginosa. Eu me apoio na mesa de pedra, sem saber se minhas pernas podem me sustentar por mais tempo. Diante de mim, Kang ofega como se tivesse corrido uma grande distância.

— Sou apenas uma garota de Sù — revelo. — Quem vai acreditar em mim, mesmo que eu tente contar a verdade?

Uma expressão peculiar cruza seu rosto.

— Ning. — Ele suspira, e um arrepio me percorre. — Você... você tem poder. Mais do que imagina. Mais poder do que aqueles nobres tolos em suas grandes mansões protegidos das misérias do mundo. Você sabe como é lá fora, como é viver cada dia se perguntando se vai sobreviver ao próximo. Você passou *fome*.

Kang diz aquilo com um tom inflexível, me lembrando de que poderia ter sido um príncipe se o pai houvesse conseguido usurpar o trono. Seria então ele a residir no palácio interno, vestido de seda. Nas histórias da minha mãe, os príncipes jamais tinham um final feliz. Eram trocados por gatos esfolados, roubados no escuro da noite. Eram mortos em suas camas enquanto outro poder ascendia.

É perigoso ser príncipe.

— Quando a princesa assumir o poder, seus conselheiros vão sugerir que se livre ela mesma dos oponentes. Parti sem o conhecimento do meu pai na esperança de que ela pudesse pelo menos poupar a vida do povo da minha mãe. — Ele olha para o horizonte. — Esperava poder me oferecer como... um refém? Uma garantia? De que o povo de Lùzhou vai lhe jurar lealdade desde que não nos faça mal. Lùzhou já sofreu o suficiente por causa da minha família.

— O que você vai fazer então, se ela não concordar? — pergunto.

Ele cerra os dentes.

— Temos esperança de que ela seja diferente, ou então vamos lutar para defender o que é nosso. Ela...

— Não — aviso. — Os efeitos do Agulha de Prata ainda estão ativos. Não diga nada que não queira me contar.

Hesitando, ele assente em seguida.

— Espero que ela trilhe um caminho de paz.

Kang é um hábil espadachim, e, se o povo das Ilhas Esmeralda for igual, significa... rebelião.

Um império à beira da mudança. Alianças forjadas aos caprichos de quem está no poder. Assim como o Imperador Ascendido abriu caminho por entre as províncias para garantir o trono, também seus filhos lutaram pelo controle. Um governa, outro está exilado.

Tudo é possível agora que o imperador está morto.

Todos nos importamos com alguém, aqueles por quem daríamos a vida. O que nos coloca em perigo ou nos torna perigosos. De certa forma, eu me ressinto da vila de onde venho, dos laços que me prendem ali, porque aquelas pessoas se lembram da minha mãe voltando para casa, solteira e grávida. Conhecem meus modos estranhos, minha falta de traquejo social, meus muitos erros. Mas também fazem parte de mim. A sujeira sob minhas unhas, o sangue em minhas veias. Pertenço àquelas árvores de chá, aos campos de arroz, ao barro das margens dos rios, ao fogo dos fornos.

Sou egoísta, e agora sei que não vou mais me desculpar por isso. Que o mundo queime se Shu puder viver.

O gongo soa. A Hora do Ladrão.

— Preciso ir — anuncia Kang, mas não faz nenhum esforço para partir.

— Você deveria — concordo, ansiando que fique.

— Eu a verei de novo. — Parece uma promessa. Ele se curva, um gesto cortês desperdiçado em alguém como eu. No entanto, posso sentir a atração fantasma do fio ainda pulsando entre nós.

Posso sentir seu impacto, muito tempo depois de Kang desaparecer na noite. Muito tempo depois de parecer que ele nunca esteve lá.

Capítulo Dezesseis

Nós nos reunimos para encontrar os juízes ao meio-dia, o sol já alto acima de nossas cabeças enquanto atravessamos o grande pátio. Sem a multidão e sem os soldados, eu me sinto como uma minúscula formiga rastejando pelo enorme espaço. O Ministro Song nos cumprimenta no topo da escada de mármore, com o Marquês Kuang ao seu lado. Tomo o cuidado de me manter na parte de trás do grupo e esconder meu rosto, para que ele não se recorde, de súbito, que sou a criada responsável pela comoção em sua residência, dois dias antes.

A cobertura da sacada nos protege do sol, e dali podemos contemplar o Pátio do Futuro Promissor, os telhados do palácio e a cidade além. A vista é espetacular, muito para assimilar de uma só vez. Um pagode preto se ergue ao longe, a torre de vigilância guardando os telhados vermelhos da cidade.

— Vocês estão diante do Salão da Luz Eterna. — A voz do Ministro Song nos traz de volta ao desafio em questão. — Aqui é onde será realizada a próxima rodada. A competição não será mais aberta ao público.

Aquilo não é uma surpresa, mas ainda assim os competidores murmuram uns com os outros, antes que o ministro levante a mão para nos silenciar.

— Contudo, é uma grande honra ser recebido neste salão. Foi construído para trazer honra e humildade ao Imperador Ascendido: esta vista o lembrará de seu propósito de proteger o povo de Dàxī, e que até o sol pode ser derrubado do céu.

Conheço a lenda do arqueiro que outrora ascendeu a grandes alturas. Ele derrubou nove dos arrogantes filhos do Imperador do Céu quando a Terra se encontrava em chamas sob eles.

Assim como os arqueiros que tentaram matar a princesa. Mas ninguém ousa dizer aquilo em voz alta.

O Ministro Song faz um gesto para o homem ao seu lado.

— Marquês Kuang?

O nobre dá um passo à frente, abrindo os braços com um sorriso jovial.

— Apresento a vocês uma tarefa bem simples. — Um criado se adianta e faz uma reverência, equilibrando cinco xícaras em uma bandeja. — Vocês terão cinco xícaras para escolher. Uma xícara é segura. As outras quatro contêm veneno.

Ele acena e o criado se afasta.

— Veneno! — repete então, encantado com o desafio.

Mas conheço a verdade: a competição é manipulada a seu favor, garantindo que seus competidores preferidos tenham sua assistência e a orientação do Estimado Qian. Duas raposas velhas fazendo os jogos da corte, confiantes de que ainda estarão no poder quando um novo dia raiar sobre Dàxī.

Ele sabe que o imperador está morto? Todos eles sabem?

— Que tipo de veneno vão enfrentar? — continua ele, dramaticamente. — Será que vai atormentar seu corpo com uma dor indescritível? Fazê-los sangrar por todos os orifícios? Fazer com que adormeçam... para todo o sempre?

Os outros shénnóng-tú se inquietam diante do desafio, mas ninguém parece particularmente amedrontado. O discernimento de venenos comuns é o treinamento mais básico de um shénnóng-tú. Espera-se que sejam capazes de identificá-los por cheiro, sabor e aparência. Mas sei que o desafio do dia envolverá o uso do Agulha de Prata — não pode ser um simples teste de habilidade.

— Providenciei a colaboração dos melhores artistas de Jia. — Seu sorriso é escorregadio como uma enguia.

Um sino toca, e cinco figuras entram pela lateral do saguão. Cinco belas mulheres, vestidas com saias e corpetes brancos, as faixas da cintura exibindo a mais leve sugestão de cor, os ombros envoltos em tufos de gaze cintilante. Elas juntam as mãos ao lado do quadril, arqueando graciosamente os pulsos, e se curvam em uníssono diante do marquês, etéreas em sua beleza — como se tivessem saído direto de uma pintura que retrata as deusas das estrelas do palácio celestial.

Tenho certeza de que estou boquiaberta de admiração, assim como muitos de meus colegas competidores.

O marquês aplaude, as bochechas redondas agora coradas.

— Algumas das maiores belezas de Jia, representantes de Azálea, Peônia, Lótus, Orquídea e Crisântemo, cinco das casas de chá mais antigas da capital. Elas são aprendizes como vocês, procurando construir a própria reputação.

Os competidores sussurram entre si. Alguns homens parecem que gostariam de poder devorá-las por inteiro.

— Essas senhoritas são versadas nas minúcias da cerimônia do chá — prossegue o marquês. — Vocês vão lhes preparar uma xícara, e, em contrapartida, elas prepararão cinco xícaras. Vocês terão permissão de selecionar apenas uma das cinco, e é dela que vão beber.

— Como isso é justo? — protesta um de meus colegas shénnóng--tú. — Como devemos discernir o veneno?

— Essa é uma excelente pergunta. — O marquês sorri. — O imperador requer um shénnóng-shī capaz de ajudá-lo na corte, um que poderá avaliar o perigo escondido em delegações e homenagens ao observar o espaço.

— Isso não é um desafio de forma alguma — argumenta outro jovem, afastando-se do grupo com uma reverência. Com sobrancelhas grossas e nariz afilado, sua aparência impressiona: a cabeça raspada é um sinal de que pode ter sido consagrado ao mosteiro de um dos deuses. — Perdão, honorável senhor. É bastante simples determinar se uma pessoa está mentindo sem o uso de chá.

Suspeito de que ele pode ser da província de Yún, devido ao forte sotaque.

— Na venerável competição da Montanha Wǔlín, você demonstra suas habilidades apenas lutando até a morte? — rebate o marquês, seu desagrado evidente. Ele não gosta de ser questionado. — No ano passado, o final da competição foi um Rito da Torre. Os competidores subiram em uma torre de bambu e duelaram com as mãos, sem armas, a fim de determinar quem seria o vencedor.

"Serpente Verde e Neve Congelada... — Ele cita dois dos mais reverenciados guerreiros de artes marciais formados na Academia Wŭlín. — Suas armas são lança e espada, mas Serpente Verde venceu a competição contra Neve Congelada sem sua lança, em combate corpo a corpo. Foi um teste de equilíbrio, inteligência e resistência, não apenas um teste de força bruta."

A expressão do Marquês Kuang se torna gélida.

— Não é uma questão de quem é capaz de usar o chá como um cão treinado. Não estamos à procura de quem pode servir o chá com o maior floreio. Buscamos alguém capaz de se adaptar à corte, de dar bons conselhos. E não mencionei a última e derradeira regra da competição.

Todos aguardam com expectativa. Ao lado do marquês, as artistas abrem sorrisos suaves e belos, nada afetadas pela explosão de raiva de um homem poderoso.

— Vocês vão receber folhas de chá suficientes para uma única xícara, o bastante para distinguir verdade de mentira... sem que sequer uma palavra seja pronunciada.

Murmúrios confusos percorrem os shénnóng-tú reunidos.

O competidor de Yún faz uma mesura profunda, em aquiescência à dificuldade do desafio, e volta à fila. Agora entendemos que aquele é um verdadeiro teste de nossa habilidade: uma única xícara de chá para ler a mente de um estranho, para operar em silêncio, com apenas a magia para falar por nós.

— Mais alguma pergunta? — indaga o marquês, com ironia, o sorriso escorregadio de volta aos lábios.

Todos baixamos o olhar para o chão. Ninguém se atreve a dizer mais nada.

— Bem — prossegue —, vejo vocês no Salão da Luz Eterna ao soar do próximo gongo. — Com um movimento de manga, ele deixa a sacada, as artistas logo atrás.

Voltamos aos respectivos alojamentos a fim de ficar apresentáveis para os juízes. As shénnóng-tú de nossa casa são escoltadas até a casa de banho, onde mergulhamos em grandes banheiras perfumadas com flores. Um enxame de criadas nos rodeia, prendendo e puxando nosso cabelo, e maquiando nossos rostos recém-lavados.

— Sinto que estou prestes a ser assada para um banquete — resmungo, enquanto duas criadas apertam minha faixa de cintura com força. Lian revira os olhos e escolhe um broche cravejado de pedras da bandeja de joias.

Shu adoraria ser paparicada. Teria passado todo o seu tempo no Departamento de Bordados aprendendo novas técnicas com as costureiras. Mas, para mim, as roupas parecem apertar minhas costas e garganta, dificultando a respiração. Os tecidos me estrangulam com pensamentos contínuos de inferioridade e dúvida.

O Salão da Luz Eterna é feito com painéis de madeira, aqueles que vislumbrei anteriormente com Qing'er. As janelas se abrem para a paisagem ao redor, o melhor mirante de Jia. Contra a parede, ao lado da imagem de um arqueiro sobre um dos joelhos e retesando um arco apontado para o céu, vê-se a estátua de ouro de um cavalo rampante, a sela adornada com pedras preciosas.

Há espaço suficiente para entreter centenas de pessoas naquele salão, então as dezessete mesas — uma para cada competidor — mal ocupam o espaço.

— Sua Alteza Real, a Princesa Ying-Zhen! — anuncia o arauto, e todos caímos de joelhos.

— Por favor, levantem-se. — A princesa logo dispensa a formalidade, e nos levantamos desajeitadamente a fim de testemunhar seu desfile pelo cômodo. Ela ainda é uma visão inesquecível, envolta em um manto bordado para imitar penas de pavão, o tecido oscilante como o piscar de mil olhos. Sob aquele manto glorioso, a princesa usa uma estreita túnica azul-escura, com uma brilhante faixa dourada na cintura. Ela se acomoda em uma cadeira entalhada na frente da sala, as asas de uma fênix abertas às costas.

— Vão arriscar a vida pela chance de servir Dàxī? — pergunta o Marquês Kuang. — Podem sair agora, se tiverem medo de escolher a xícara errada.

De imediato, perdemos cinco em número. Os desertores atravessam a porta às pressas, depois de se curvarem diante da princesa, murmurando suas desculpas e seu agradecimento para ninguém em especial.

A lembrança de Kang me assalta. A princesa lhe serviu duas xícaras e mandou que bebesse. Mesmo sendo um habilidoso especialista em artes marciais, ele tinha apenas as palavras como arma, e apenas as palavras o salvaram. Ainda assim, ele bebeu. Assumiu o risco em nome de seu povo. Agora enfrento um teste semelhante.

O restante de nós é instruído a se aproximar da longa mesa do outro lado do salão e pegar a bandeja com seu respectivo nome. Seguro minha bandeja com mãos reverentes, sempre atenta em tratar meus utensílios com respeito. A louça de chá é ainda mais bonita do que os jogos do nosso alojamento. A porcelana é tão fina que parece capaz de se quebrar com um sopro. No fundo da tigela, se encontram fios soltos de folhas finas e puras.

Estudo as folhas de chá, sem entender. Meu rosto enrubesce, o sangue sobe para a cabeça.

Minha visão fica embaçada, então entra mais uma vez em foco quando pisco. As folhas não exibem a fina penugem prateada que dá nome ao chá.

Aquilo não é Agulha de Prata.

Alguém colocou um chá diferente em minha xícara.

— Está tudo bem? — Uma mão graciosa me toca o braço. Meu nariz se enche com o perfume delicado dos lírios. Olho para a artista designada a mim, à espera de que eu a acompanhe até nossa mesa.

O marquês atravessa a sala, chamando a atenção para minha hesitação.

— Se estiver com medo, não há necessidade de prosseguir nesta competição.

Devo apontar o engano? Mas não adiantaria se foi *ele* a colocar as folhas de chá erradas em minha bandeja, e ainda revelaria que tive ajuda de alguém das cozinhas.

Ele se aproxima cada vez mais, e sei o que devo fazer.

Eu me viro e permito que a artista me conduza até nossa mesa, e deixo o pé tropeçar em um banquinho vazio.

Eu me deixo cair.

Capítulo Dezessete

A BANDEJA ATINGE O CHÃO COM UM ESTALO, E A XÍCARA SALTA E se estilhaça. Caio em uma confusão de braços e pernas. Minha dignidade está ferida, mas é melhor do que a alternativa.

A garota da casa de chá parece atônita, a boca aberta em um O, então leva um instante para recuperar a compostura. É um verdadeiro feito perturbar um aprendiz de casa de chá assim.

— Garota desajeitada! — O marquês corre para o meu lado e me olha de cima, com repulsa. — Esse chá custa mais do que o salário de um ano de um criado do palácio. Como ousa desperdiçar um recurso tão precioso?

Faço o possível para parecer envergonhada, enquanto por dentro desfio um rosário de maldições contra o homem.

— A garota de Sù — constata, lentamente. — Não a reconheci até agora. Mas você não saberia mesmo o valor desse chá, vindo de tal lugar.

O ódio fervilha em minhas veias enquanto encaro o traiçoeiro sorriso pretensioso do marquês. Ele se deleita com a minha humilhação.

— Venha, deixe-me ajudá-la. — A artista me ajuda a levantar. Os criados intervêm depressa para varrer os cacos dos utensílios de chá.

Uma parte de mim quer avançar no marquês e arrancar aquela expressão presunçosa do seu rosto para lhe mostrar que não sou alguém que pode atormentar, mas o aperto em meu braço continua firme. Um aviso. Olho para baixo e me concentro no bordado daquela manga, lutando para manter o controle. Reconheço as flores. A jovem é da Casa da Peônia.

Inspiro fundo.

— Peço desculpas, Eminência — murmuro. — Minhas mãos não estão acostumadas a lidar com mercadorias tão sofisticadas, e me desonrei.

Posso sentir o alívio da artista quando suas mãos se abrem.

A bochecha do marquês se contrai enquanto contempla seu próximo movimento. O nobre adoraria me dispensar da competição, mas mesmo ele precisaria de uma causa adequada para fazê-lo.

A garota da Casa da Peônia faz uma reverência profunda, o tom de voz baixo e respeitoso.

— Por favor, permita-me trazer outra bandeja pertencente a um competidor que abandonou a competição. Não se deixe abalar, Vossa Eminência. É apenas uma xícara, nada mais.

— Certo. — O Marquês Kuang nos dispensa com um aceno relutante. — Ajude a garota.

Eu me sento e aguardo que a jovem traga outra bandeja para a mesa. Percebo quão perto eu estava do meu limite, e como ela me trouxe de volta. Estou grata, mas não posso demonstrar no momento, não sem nos comprometer ainda mais.

Ela se senta à minha frente, as feições agora suaves e desprovidas de emoção, uma máscara agradável. Na capital me sinto exposta — meu sotaque, meu modo de andar, minhas roupas, tudo me trai. Mas tive uma vida inteira de liberdade onde podia fazer o que quisesse, uma mãe que nunca me pediu para ser qualquer coisa além de quem sou, com defeitos e tudo. Como seria ter sempre de vestir aquele semblante cauteloso?

Verifico as folhas mais uma vez, quase à espera de que a tigela contenha o mesmo embuste, mas reconheço a característica penugem. Com um suspiro trêmulo, eu me concentro agora em firmar as mãos, no derramamento da água quente, na subida e descida de um fluxo cintilante. O vórtice mostra a verdade. As folhas de chá apontam para o centro. A tampa é cuidadosamente colocada no lugar, o chá em infusão.

Alguém tentou me desqualificar, me deixando vulnerável ao veneno, e eu não saberia sem a ajuda da Governanta Yang. Tenho absoluta certeza de que foi o marquês? Eu me forço a me concentrar no vapor em vez de me virar para verificar quem mais poderia estar me observando, ansiando para ver se seu plano deu certo.

Despejo o chá na xícara e gesticulo para que a artista tome um gole. Ela o faz com movimentos delicados, cobrindo o rosto com a manga do outro braço, parte da performance.

Algo pesado cai no chão atrás de mim com um baque alto, me fazendo pular. Eu me viro para ver um dos shénnóng-tú deitado no chão. Sem aviso, dois soldados entram para carregar o corpo para fora da sala.

Apesar da regra do silêncio, sussurros brotam entre os outros concorrentes, perguntas como "Ele está morto?" e "O que vai acontecer com ele?"

— Aconselho vocês a se concentrarem no próprio destino, competidores — o marquês adverte, sua satisfação com nosso desconforto evidente.

Eu me volto para a artista, que já começou sua cerimônia, sem se deixar afetar por todo o burburinho ao redor. A lavagem das xícaras, o preparo do bule, a espera durante a infusão. A leve fragrância de um luminoso chá verde primaveril sopra em minha direção, a seleção perfeita para uma bebida de fim de tarde.

Retorno minha atenção para as cinco xícaras diante de mim. Todas idênticas em cor. O mesmo desenho de flores de pêssego pintado ao longo da curva da porcelana. Todas parecendo vazias. Ela despeja o chá em cada uma delas, o vapor espiralando suavemente acima da superfície. Eu as observo, exigindo que falem comigo.

Como alguém se torna aprendiz de Shénnóng? A pergunta surge espontânea em minha mente, uma das lições básicas da minha mãe. *A magia soa como um zumbido em meus ouvidos. Você pode senti-la de forma diferente. É um gosto? Um roçar na pele?* Mamãe tinha sentado minha irmã e eu à sua frente enquanto nos servia o chá. Shu suspirou, disse que podia ver... linhas coloridas saindo de suas mãos, como tecido de um tear. Mas eu senti o perfume perfeitamente.

Cheirava a flores de pomelo.

Havia banido a lembrança quando pensei que jamais serviria outra xícara de magia. Mas ela me reencontra agora, esperando por uma direção.

Desde a noite anterior, estou ciente de que o chá Agulha de Prata não requer muito tempo para fazer efeito. Mas será que foi apenas por causa da conexão anterior de Kang comigo, forjada pelo Chave de Ouro?

Lentamente, para não a assustar, seguro a mão da artista, descansando minha palma em cima de seus dedos. Ela fica tensa, mas não se afasta. A magia transborda para ela, estabelecendo a ligação. Naquele momento, entendo que não preciso tomar o chá também para controlar a magia. Se o receptor o ingere já é o suficiente.

Os dedos da minha outra mão pairam sobre a primeira xícara. Minhas pálpebras se agitam, e, de repente, sou tomada por um luxuriante peso nos membros, a calmaria dos pensamentos antes da chegada do sono... Afasto minha mão e o sentimento se dissipa.

A xícara seguinte provoca uma sensação de enjoo em meu estômago, como o balançar de uma balsa. Aquele causa vômito.

A terceira, nada. Vazio.

Passo para a quarta, para testar se a magia é verdadeira, e uma dor aguda atravessa minha têmpora, como se alguém tivesse cravado um punhal em meu crânio. Depressa, pego a terceira xícara, engolindo seu conteúdo de um só gole, e a coloco de novo na mesa.

Minha respiração fica ofegante quando meu olhar se ergue para encontrar os olhos da garota da Casa da Peônia. Posso ver a sutil, quase imperceptível, curva no canto de seus olhos. Pelo quase sorriso, já sei: escolhi a xícara certa. Seus olhos se movem para baixo por um instante, e percebo que ainda estou segurando seus dedos. Eu a solto e pouso as mãos no colo, de repente me sentindo estranha.

Meus sentidos ainda permanecem meus. O sono não se apodera de mim. A dor não me purifica. Olhando em volta, vejo o número de shénnóng-tú continuar diminuindo, até que os restantes recebem ordens para se levantar e se aproximar do marquês.

— Vocês sobreviveram à rodada — anuncia ele, os cascos dourados da estátua do cavalo empinados acima de sua cabeça. — De cinquenta e poucos para dezessete, depois oito. — Seus olhos pousam sobre mim, ainda de pé diante dele, e uma sombra lhe cruza o semblante.

Rezo para que um vento forte e repentino derrube a estátua em sua cabeça, mas os céus não me atendem.

— A próxima rodada começará em três dias, no início do verão. Saudemos os dias mais longos, um tempo para recomeços. Vocês receberão mais instruções pela manhã, como preparação. Em seguida, poderão finalmente desfrutar de um descanso muito merecido. Parabéns.

Muito embora as palavras soem comemorativas, algo nelas faz meu sangue gelar. Deixamos o Mês da Expansão, quando a luz do dia começa a se estender até tarde da noite, e nos aproximamos do início do verão. Mas, no lugar da promessa de calor e crescimento, a estação parece ter gerado uma agitação incessante.

Conforme deixamos o Salão da Luz Eterna, as perguntas feitas pela princesa em seu próprio jardim ecoam em minha mente: *Vida de quem? E morte de quem?*

Só o tempo dirá.

Estou determinada a encontrar a governanta naquela tarde. É possível que tenha sido ela a encarregada pelo marquês de trocar as folhas do meu chá. Talvez sua pista fosse também um aviso. A Governanta Yang disse ser ela quem forneceu o chá para a competição, então é a pessoa mais indicada para me dar a resposta que busco.

Lian e eu prometemos que não voltaríamos mais às cozinhas, mas entrei na competição com apenas um propósito. Não vou envolver mais ninguém em meus planos. Quero ver Qing'er, mas encontro Pequeno Wu em vez disso. O homem está ocupado trabalhando a massa, o suor escorrendo de sua testa com a tarefa extenuante.

— Sabe onde posso encontrar a Governanta Yang? — pergunto.

Ele para e enxuga o rosto com um pano antes de responder.

— A essa hora, em geral ela está revisando as contas da cozinha, no quarto. Atravesse o Departamento do Peixe e passe pelo portão para os aposentos femininos. Dê a eles meu nome ou procure A'bing se tiver qualquer problema.

Curvo a cabeça em agradecimento e disparo pelos corredores sinuosos, passando pelas cozinhas, com discrição. Ninguém me incomoda, todos estão ocupados cuidando das próprias tarefas.

A Governanta Yang é minha única ligação com mamãe no palácio, minha esperança de descobrir mais sobre seu passado. Não quero que seja ela a pessoa que me traiu, mas sei que sua lealdade é primeiro para com a família, e depois para com a sua equipe nas cozinhas. Sou apenas um transtorno, uma ameaça em potencial.

Entro nos aposentos das mulheres e atravesso o átrio, verificando cada porta. A ocupação daqueles que residem ali fica pendurada em placas ao lado de toda entrada, mas não há nenhum nome gravado. O quarto da governanta fica quase no final do alojamento, apenas uma tábua ao lado da porta. Com sua posição como supervisora das cozinhas, ela tem um quarto privado. A porta está aberta e, através do vão, eu a vejo sentada a uma mesa, escova na mão.

Levanto o punho e bato na porta duas vezes.

Ela se sobressalta e vira a cabeça para olhar na minha direção, e então franze o cenho.

— Pensei que tivesse dito para não visitar as cozinhas novamente.

Uma parte de mim fraqueja, querendo se desculpar. Mas outra parte está pronta para respostas, pronta para revirar tudo a fim de encontrá-las. Cruzo a soleira sem convite e paro à sua frente de braços cruzados. Ela joga a escova na mesa, preparada para me expulsar por invadir seu espaço.

— Você trocou o Agulha de Prata na minha bandeja? — pergunto a ela, imaginando minhas palavras como punhos, desferindo o primeiro golpe. — Foi por isso que me avisou, porque já havia sido incumbida pelo Marquês de Ānhé a me sabotar?

Sua expressão muda de raiva para confusão.

— O marquês? Por que eu o ajudaria? — Ela franze o lábio. Em seguida, enquanto pondera sobre o assunto, a razão pela qual estou ali parece ficar óbvia para ela. — Feche a porta. Não podemos ser vistas juntas.

Mesmo irritada com o tom incisivo, obedeço.

— Agora sente-se. — Ela aponta para a cadeira de bambu à sua frente quando retorno. — Me conte tudo.

Capítulo Dezoito

Conto a ela o que aconteceu durante a segunda rodada da competição: as regras, o que fomos incumbidos de fazer e a descoberta de que havia o chá errado em minha xícara. Seu rosto fica pálido enquanto narro os eventos, seu dedo tamborilando freneticamente na mesa.

— Você tem certeza de que não era o Agulha de Prata? — pergunta. Concordo com a cabeça.

— Mas como? — pondera, linhas profundas lhe sulcando a testa.

— Um dos médicos reais me entregou as folhas de chá e preparei todas as bandejas... Deve ter sido um dos criados.

Ela parece perturbada com a constatação.

— Parece que as estrelas têm planos diferentes para você — continua. — Sua mãe partiu daqui e me disse que jamais voltaria. Agora você está aqui em seu lugar. — Ela balança a cabeça. — Ah, Yiting... Como o destino pôde ter sido tão cruel com você?

Parece que ela realmente se importava com minha mãe. Acho que deviam ter sido amigas.

— Você disse que ela fugiu por causa de um escândalo. Qual foi a razão? Lembranças são tudo o que tenho da mamãe, e estou desesperada por qualquer informação.

— Era um inverno muito frio, e a imperatriz estava grávida da princesa... — começou ela. — A imperatriz adoeceu, assim como a parteira encarregada de seus cuidados. O mesmo aconteceu com muitos médicos da realeza. Sua mãe usou magia Shénnóng para salvá-la, e então caiu nas graças do imperador e da imperatriz.

Meu tio, irmão da minha mãe, sempre se gabava de como poderia ter frequentado o colégio imperial, mas optou por administrar os negócios da família em vez disso. Sempre menosprezou a profissão da mamãe, embora o processo para se tornar um shénnóng-shī fosse igualmente seletivo, se não mais. Por que ela jamais mencionou que assistiu a imperatriz em pessoa?

— O imperador havia arranjado um casamento adequado para Yiting, pois todos os que servem no palácio podem partir aos 25 anos para começar a própria família. Mas, durante aquele inverno, ela se apaixonou por seu pai, um médico imperial em ascensão, e ele por ela. E recusar a bênção do imperador significa uma sentença de morte.

Vislumbro em minha mente aquela versão mais jovem dos meus pais, com os próprios sonhos, seu futuro imaginário iluminando o caminho como o brilho de lanternas no céu. A ternura no rosto do meu pai enquanto a observa moldar cerâmica para o forno. O jeito como ela ri quando preparam as ervas para secar no depósito.

— Com a permissão da imperatriz, sua mãe começou a estudar em segredo para os testes de shénnóng-shī. Ela conseguiu chamar a atenção do Estimado Xu, quando este visitou o palácio, e ganhou uma ficha para admissão nas provas seguintes, em Hánxiá. Então voltou da academia com o nome inscrito no *Livro do Chá* e pediu uma audiência com o imperador e a imperatriz. Pediu que os dois honrassem a dádiva que ofereceram quando ela salvou a vida da imperatriz e da princesa, pedindo para ser liberada do noivado que o imperador lhe havia arranjado. O imperador ficou furioso, mas a imperatriz se mostrou compreensiva. Ela ajudou sua mãe a fugir do palácio em uma de suas próprias carruagens quando Yiting admitiu que estava grávida.

— E voltou para a família, em Sù — completo para mim mesma, baixinho. — Ela me deu à luz alguns meses depois.

Eis por que a boca do meu pai se contrai em uma linha fina quando pergunto sobre sua família. Porque o rosto da minha mãe sempre se transformava em uma máscara impassível quando Shu questionava, em voz alta, por qual razão algumas crianças tinham dois casais de avós, enquanto tínhamos apenas um. Nem tenho certeza do paradeiro da família do papai. Tudo o que sei é que vivem em um dos distritos a oeste de Jia, mas nunca os conhecemos. O nome do meu pai deve ter sido retirado dos livros de família em desgraça.

As implicações de tal informação me apunhalam o peito. Se mamãe não engravidasse, poderia ter continuado sua vida confortável no palácio. Como a favorita da imperatriz, ela a teria servido como shénnóngshī e conselheira. Nunca teria precisado trabalhar nos campos. Teria circulado entre os nobres e oficiais da corte.

— Você chegou ao meio da competição, garota — zomba a governanta. — É tão inteligente quanto sua mãe. Ela arriscou tudo para ter você. Sabe disso, certo? Yiting lutou por você e você está aqui, seguindo seu legado. Você é o símbolo de sua força. Tome cuidado. Não morra no processo.

Eu me levanto e murmuro um agradecimento. Tropeço em meus próprios pés na pressa de sair daquele quarto subitamente sufocante, oprimida pelo fardo daquela nova informação.

Para meu alívio, quando volto, encontro nosso quarto vazio. Eu me sento pesadamente na cama, por pouco não esmagando o bilhete que Lian deixou para mim.

Querida Ning, fui chamada para ser depenada como uma galinha e forçada a desfilar na frente de funcionários velhos e caquéticos, como parte das obrigações diplomáticas do meu pai. Vejo você amanhã.

Mesmo engasgada com as lágrimas, ainda solto uma risada. A ousadia de Lian, seu comportamento despreocupado lembram tanto minha mãe, forjando o próprio destino. Deveria seguir seus exemplos em vez de chafurdar em autopiedade. Pego o pingente da mamãe e o envolvo no lenço de Shu, então o guardo em minha faixa. Por elas, serei forte.

Sem a companhia de Lian, reflito se ainda devo me juntar aos outros competidores para o jantar. No final, a fome vence. Prometi à Governanta Yang que não iria confraternizar com o pessoal das cozinhas, e não sou tão confiante quanto Lian, capaz de solicitar porções extras aos criados sem hesitação.

Todas as noites, nossas refeições são apresentadas no Jardim da Primavera Perfumada, sob a cobertura do aglomerado de pavilhões, situado no meio de um jardim ornamental pavimentado com pedras brancas. Com a diminuição de nosso contingente, agora comemos sob o pavilhão central, separados por duas mesas de pedra. Lanternas balançam na brisa, iluminando os caminhos, e o ar é perfumado pelas flores de gardênia.

Shao é o centro das atenções da mesa, na companhia do que restou de seus amigos, cujos rostos guardei na memória. Um dos mais barulhentos e grosseiros entre eles é Guoming, que estava presente na residência do marquês. Mesmo que o palhaço bêbado que me agarrou tenha sido eliminado na segunda rodada da competição, vejo todos eles como cúmplices na trama. Tenho passado a evitá-los a cada curva, baixando os olhos e continuando a me comportar como a discreta camponesa que não representa ameaça.

Aquele dia nos banqueteamos com peixe agridoce, a carpa cortada em belos padrões florais, depois frita e enrolada em pétalas. O prato está coberto por um molho vermelho vívido preparado com vinagre. Enormes almôndegas de porco, maiores que meu punho, foram cozidas no próprio sumo, em seguida colocadas em tigelas acompanhadas por verduras e um caldo leve, adoçado por cogumelos. Mesmo algo tão simples como cenouras e pepinos foram transformados em flores, de modo que o prato de acompanhamentos parecia um jardim.

Minha mente ainda está um turbilhão com as revelações compartilhadas pela governanta. O que ela me confidenciou explica por que meus pais foram sempre tão cuidadosos em manter Shu e eu nos limites da vila. Por que raramente viajavam e por que jamais quiseram estar presentes quando o imperador visitava uma cidade próxima em uma de suas excursões de verão. Por que meu pai ficava tão bravo sempre que eu chamava a atenção dos soldados.

Estou tão concentrada na comida que não percebo ter companhia até que dois punhos batem na mesa à minha frente. Dou um pulo, a colher caindo da minha mão e acertando a tigela com um barulho. Ergo os olhos, a boca cheia de arroz, apenas para ver Shao me encarando com um olhar de censura.

— Você me custou dinheiro hoje, garota — fala lentamente, seu sotaque da capital ainda mais pronunciado que o habitual. Posso ver, por sobre seu ombro, os jovens na outra mesa, se acotovelando e olhando para nós, rindo.

Engulo a comida em minha boca, confusa.

— Não sei do que está falando.

— Ele apostou uma bolsa inteira de moedas que você perderia a rodada — revela um dos amigos, às gargalhadas. — Fico feliz por ter provado que ele estava errado.

Rubor aquece meu rosto, e sinto um aperto no peito. Estão... apostando em quem vai ganhar ou perder?

— Foi pura sorte ela ter passado. — Shao se vira para mim, recuperando a compostura, o sorriso preguiçoso de volta ao rosto. Ele balança uma bolsinha à minha frente, sacudindo até que eu possa ouvir o tilintar das moedas. — Por que não tornamos a competição mais desafiadora para o resto de nós? Pegue as moedas e então já pode partir. Voltar para a vila pobre de onde veio. Poupe a si mesma do constrangimento da derrota.

A bolsinha cai na mesa com um estrépito, a prata ali dentro se derramando. Eu me levanto, derrubando o banco atrás de mim, braços trêmulos na lateral do corpo.

Encaro o restante dos competidores à mesa. Todos parecem chocados, surpresos, alguns entretidos, mas ninguém levanta a voz em meu favor.

Lentamente, pego a bolsa, colocando cada moeda de volta, com cuidado. Sopesando-a na mão, posso dizer que há mais do que o suficiente para estocar toda a loja do meu pai. Ingredientes para tratar os aldeões, para abastecer as prateleiras da nossa cozinha durante meses...

Encontro os olhos de Shao, e ele me olha com deboche crescente.

— Não é vergonha...

Com um golpe de braço, atiro a bolsinha em Shao o mais forte que posso. Ela o atinge no peito e cai no chão de pedra. Moedas rolam em todas as direções.

— Continue apostando contra mim — desafio, com apenas um leve tremor na voz. — Adoraria ver o que mais você vai perder.

Shao arregala os olhos enquanto avança, mas, ainda mais depressa, o shénnóng-tú de Yún bloqueia seu caminho com o braço.

— Saia do meu caminho, Wenyi — sibila Shao.

— Cuidado, Shao — o monge fala lentamente. — Você não gostaria que pensássemos que está se sentindo ameaçado por ela... Certo?

Shao gagueja diante do absurdo da ideia, e eu me viro, correndo. Para longe de seus olhares zombeteiros. Longe de seu escárnio.

As ironias de Shao me lembram a história da minha família, minha linhagem vergonhosa. Como sigo envergonhando-os a cada passo. Como naquela ocasião anos antes, perto das chuvas de outono, quando os soldados apareceram para recolher os impostos da colheita, e minha família resmungou que mal podiam esperar que partissem.

Naquela noite, procurei os botões de lírios das trevas, flores que desabrocham apenas uma vez a cada seis anos. Juntei tantos quanto pude carregar e os coloquei ao redor do acampamento, na esperança de que seu perfume repelisse os soldados. De manhã, acordei ao som de gritos e com fumaça descendo as colinas. Os soldados haviam queimado os campos, acreditando que as flores tivessem desabrochado no meio da noite em um mau presságio. Nossos pomares foram destruídos, assim como metade do jardim de chá da nossa família. O céu escurecido, o cheiro de árvores carbonizadas...

Acordo no escuro, me debatendo. Sinto um peso no corpo, uma sombra agachada em minhas pernas. Golpeio furiosamente meu atacante, mas minha recompensa é uma forte pressão no peito. Uma mão se fecha em minha garganta, e outra sobre minha boca, me sufocando.

Cogito, subitamente, se poderia ser Kang, mas o rosto acima de mim não é aquele que me visita à noite. É de uma garota. O cabelo está preso bem acima de sua cabeça, afastado da face por uma faixa. Mas o restante dos fios cai sobre um dos ombros, ondas escuras roçando meu rosto enquanto ela respira.

Eu a reconheço então: aquela que guarda a princesa.

— Meu nome é Gao Ruyi. — O sussurro confirma sua identidade. — Sou aia da princesa. Se eu tirar a mão de sua boca, você vai gritar?

Balanço a cabeça em negativa, e a pressão em meu peito e garganta é aliviada quando ela rola de cima de mim. Respiro, ofegante, enquanto meus pulmões protestam contra o tratamento grosseiro.

Posso senti-la me observar com intensidade, procurando minhas fraquezas. Sei que já calculou como me silenciar se eu der um passo em falso. A luz da lanterna do pátio atravessa as venezianas trabalhadas, lançando padrões de luz e sombra em sua pele.

— A princesa exige sua presença — anuncia. Não é uma pergunta. Uma ordem.

— Deixe-me trocar de roupa — peço, com um leve tremor na voz. — Não posso encontrar a princesa no meu estado atual.

— Não vai demorar muito — explica, descartando minhas preocupações. — Jogue um manto nos ombros. Será o suficiente.

Vou para trás do biombo, atrapalhada com os laços do manto. Perguntas se amontoam em minha mente e me pergunto quanto a princesa sabe. Se aquilo tem a ver com minha visita às cozinhas, com as acusações do marquês... Ou com as conversas noturnas com Kang?

Sigo a aia com dificuldade, os pés mais pesados a cada passo. A jovem nada fala enquanto abrimos caminho pelos corredores do palácio, atravessando portões desconhecidos guardados por soldados. As sentinelas abaixam a cabeça e nos dão passagem sem questionar até chegarmos a uma alcova com uma árvore de aparência triste. Coloco a mão no tronco e sinto que sua vida está sendo drenada, as folhas marrons e quebradiças. Ao pé da árvore há uma escultura de pedra em formato de leão, um rosnado no focinho, uma das patas estendidas com as garras à mostra.

Ruyi dá a volta na árvore e toca a parede. Diante de meus olhos, uma porta se abre, revelando um túnel escuro. Boquiaberta, fico maravilhada com a existência de tal mecanismo, mas ela rapidamente me puxa, fechando a abertura em seguida. Estamos trancadas na escuridão. Estendo a mão e toco a parede. Pedra.

Com um risco de fósforo e o cheiro de enxofre formigando no nariz, o rosto da aia é iluminado por uma tocha. Enveredamos muito mais fundo no túnel escuro, eu correndo atrás de seus passos confiantes. Ruyi parece alguém que atravessou aquelas passagens muitas vezes antes, serpenteando suas curvas até chegarmos a uma parede com um anel de ferro pendurado no nariz de um javali de pedra, com protuberantes presas afiadas.

Ruyi puxa o anel e uma porta se abre, revelando um jardim iluminado pela lua. Uma figura, vestida de branco, nos espera sob as árvores.

Capítulo Dezenove

O jardim é exatamente como na lembrança de Kang: as folhas do salgueiro-chorão no chão, os graciosos pinheiros-anões em vasos redondos e decorativas pedras brancas colocadas ao redor do perímetro, em locais auspiciosos. A princesa, sentada à mesa de pedra, os galhos da ameixeira atrás de si em plena floração.

— Aproxime-se — ordena Ruyi com uma das mãos em minhas costas. Dou um passo à frente e me ajoelho, encostando a testa nas pedras frias. Jamais poderia ter imaginado um momento como aquele, mesmo nas histórias mais fantasiosas de Shu: estar diante da princesa, carregando um segredo que tenho certeza de que ela não quer que eu saiba.

— Levante-se — instrui a princesa. Eu me levanto e olho para o rosto da regente de Dàxī, a herdeira do trono.

Seus cabelos estão despidos dos grampos e dos pentes que costumam enfeitá-los, caindo soltos ao redor de seu rosto. Ela usa um vestido roxo-pálido, um tom tão claro que, de início, confundi com branco. Parece ser a personificação da etérea Deusa da Lua, e eu sou a camponesa indigna.

— A garota de Sù — anuncia ela, com um sorriso irônico. Um sinal de prazer ou desagrado? Não sei dizer. — Você é a shénnóng-tú que criou rebuliço na competição.

Levo as mãos às costas, subitamente ciente das unhas sujas e da pele calejada.

— Você despertou o interesse do Marquês Kuang e também do Chanceler Zhou. Os dois tiveram várias discussões a respeito da sua permanência na competição, se deve ou não ser autorizada. Se a sua presença é muito... perturbadora nos tempos atuais.

Uma fúria incandescente cresce dentro de mim. Nomes familiares, acusações familiares. *Encrenqueira.*

— Vejo algo ardendo dentro de você — comenta ela. — Diga a verdade: por que está aqui? Você sonha em derrubar o império?

Finjo ignorância, acreditando ser mais seguro do que as palavras de protesto que quero proferir.

— Eu... Não tenho certeza se sei do que está falando, Alteza — respondo.

— Se o seu propósito é criar inquietação, então você cumpriu sua missão — observa a princesa. — Mas se seu objetivo fosse tão simples, teria partido quando lhe foi dada a oportunidade.

— Quero vencer a competição — confesso, reconhecendo que agora é a hora de me defender, trilhando aquele caminho precário entre duas pessoas ambiciosas: a princesa e o marquês. — Não estou trabalhando para ninguém além de mim mesma.

Seu olhar se crava ao meu.

— Por quê?

O quanto estudaram os antecedentes daqueles que se apresentam na competição? Tenho certeza de que o nome da minha mãe está no *Livro do Chá*, mas ainda não sei se mais alguém na capital, além da Governanta Yang, está ciente de sua morte.

— Estou aqui só por mim. Minha mãe faleceu no inverno passado, Alteza. — Preciso oferecer uma parte da verdade, e já tinha revelado aquela informação à governanta. — Minha irmã está doente. Sem as duas, minha família passa por dificuldades. Ganhar essa competição, essa posição, vai significar uma vida melhor para minha família.

Mas há tanta coisa que quero *lhe* perguntar. Sobre o veneno, o Sombra, como tudo parece ligado à morte da minha mãe. Como quero encontrar o responsável e o estraçalhar com as próprias mãos.

A princesa avalia minhas palavras, perscrutando meu rosto, como se quisesse arrancar a verdade de mim.

— Você entende o império que o Imperador Ascendido queria construir? Uma visão que minha avó defendeu, um legado em que meu pai continuou acreditando? Uma vida melhor para o povo.

Seu povo está morrendo de fome, penso. *As pessoas estão com raiva. Enquanto você se ilude com sonhos de um império grandioso.*

A princesa ri, um tinido quebradiço.

— Vejo que não acredita em mim, e eu deveria jogá-la nas masmorras por isso.

E eu deveria cair de joelhos, implorar seu perdão. Assegurar minha sobrevivência na competição por mais um dia, no entanto... no entanto, não sou assim. Ao que parece, vai contra a minha própria natureza. Mesmo que aquilo me condene.

Ela sente meu conflito e parece se divertir.

— Talvez você não esteja mentindo. Eu deveria acatar a sugestão do marquês e mandar açoitá-la por sua insolência.

— Todos vocês são iguais — disparo. — Têm medo da verdade.

De imediato, Ruyi surge ao meu lado, puxando meus braços para trás, me forçando a cair de joelhos.

— Você entende meu dilema? — A Princesa Ying-Zhen me olha com desprezo. — Não posso ter pessoas como você criando agitação. Tenho de manter a ordem até que a doença de meu pai abrande. — O pulso lateja em sua garganta. Uma bela mentira.

Mas, então, ela hesita.

— De que verdade você está falando?

— Toda estação, impostos são esperados de nós — respondo entre dentes, ignorando a torção dolorosa do meu ombro sob as mãos de Ruyi. — Mesmo quando a colheita é pobre, mesmo quando não há nada em nossos armazéns e celeiros.

— Você acha que desconheço os relatos? — retruca a princesa. — Acha que me agrada saber que meu povo está sofrendo?

— Se me mandar de volta para casa, outros tomarão meu lugar — argumento. — Exigiremos ser ouvidos.

— Tenha cuidado! — avisa Ruyi, e aperta meu braço com tanta força que me arranca um grito.

— Perdão, Vossa Alteza. — Ofego, tentando respirar em meio à dor. — Há uma diferença entre viver o sofrimento e ler sobre ele.

A princesa me encara por um longo instante, contemplando minha afirmação, então se afasta.

— Deixe-a ir.

Ruyi me solta e aninho o braço contra o corpo, embalando-o. A dor pulsa no ritmo de meu coração.

— Conserve sua natureza espirituosa — aconselha a princesa, com fria satisfação. — Vai precisar para o que lhe será exigido.

Não entendo.

— Fiquei surpresa quando percebi que você chamou a atenção de mais alguém no palácio — continua. — Mandei seguirem meu primo quando foi transferido para os alojamentos. Meus guardas me informam que todas as noites ele sai na Hora dos Fantasmas e volta na Hora do Ladrão. Para visitar... você.

Sinto um gosto amargo na boca. Engulo em seco. Aquilo é sobre Kang. Fios me amarram a ele, e ele, à princesa. Os fios do destino, pulsando entre nós.

Ela se aproxima, sua sombra recaindo sobre mim.

— Diga-me, Ning. Você trabalha com Kang? O que ele está planejando?

— Não sei. — Balanço a cabeça. — Eu o conheci no mercado, no dia do início da competição.

Agarrando meu queixo, ela torce meu pescoço até que esteja dobrado para trás, me forçando a encará-la.

— Se estiver mentindo para mim — alerta, calmamente —, vou matar sua família.

A única ameaça capaz de me desarmar.

— Ele... ele me disse que sabe que o imperador está morto.

A princesa me olha sem emoção, como se avaliasse todas as formas esplêndidas como poderia me silenciar.

Eu me esforço para sustentar seu olhar, para falar devagar e com cuidado:

— Sabe que estou lhe dizendo a verdade.

Ela me solta, e fecho meus olhos.

— Não conte a ninguém as mentiras do meu primo — ordena, com calma. — Você vai se aproximar de Kang, descobrir o que ele planeja e me informar. Se me fornecer informações úteis, então vou recompensá-la após a competição e providenciar o que você precisa para sua família. Se não conseguir nada de útil, então...

A ameaça é clara: ela quer que eu seja sua espiã. Quer que eu use Kang para descobrir os planos do Príncipe Exilado. Não tenho escolha senão concordar.

Tenho tudo a ganhar e tudo a perder.

Assinto.

— É o que farei.

— Então deve sair logo. A Hora dos Fantasmas se aproxima.

A princesa estende a mão e quebra um galho da ameixeira. Algumas flores já estão murchando. A beleza não dura para sempre.

— Como vou encontrá-la se tiver informações para compartilhar? — pergunto.

— Ruyi vai lhe mostrar como chegar até mim. — Ela acena com a mão, me dispensando.

Ruyi se aproxima de mim outra vez e gesticula para que eu a siga. Uma mulher de poucas palavras. Ela me leva a um portão do outro lado do jardim. Outro túnel de pedra, mas consideravelmente mais curto do que o anterior.

Despontamos em um corredor de fundos, e, pelas paredes brancas, percebo que estamos atrás da biblioteca do palácio. Há um caminho sombreado, seixos de pedra formando uma passarela para os estudiosos descalçarem os sapatos e caminhar em busca de clareza mental e acuidade, seguindo os padrões dos deuses. Leões de pedra margeiam o caminho, cada um exibindo o mesmo rosnar furioso que o anterior.

— Conte dois a partir do extremo sul — explica Ruyi, apontando para o leão em questão. Ela me dá um pingente bordado feito de barbante amarelo, um desenho semelhante ao nó de luto da mamãe. Fácil de avistar de longe. — Amarre isto à pata antes do primeiro gongo da noite. Vou encontrá-la aqui na Hora do Ladrão. Se a princesa precisar falar com você, vou colocar o mesmo pingente no leão em frente a seu pátio. Me encontre na mesma hora.

Ruyi então faz uma mesura, com a mão no próprio ombro.

— Boa caçada, Ning de Sù.

Com apenas um sussurro, ela se embrenha nas sombras, me deixando sozinha para encontrar o caminho de volta para o alojamento.

Capítulo Vinte

Adormeço em algum momento após o quarto gongo, depois de me dar conta de que Kang não vai aparecer naquela noite. Suponho que aquilo já me torne um fracasso como espiã, mas sou grata pelo descanso. Meus nervos estão em frangalhos depois do meu encontro com a princesa, e não tenho certeza se conseguiria administrar a encenação necessária para encará-lo.

Pela manhã, Lian e eu tomamos café da manhã com baozi fofinho, recém-preparado nas panelas de vapor de bambu da cozinha de Pequeno Wu. Rasgamos a massa para revelar o recheio — carne de porco moída, misturada com cebolinha picada e regada com óleo de gergelim — e sopramos para esfriar o interior fumegante. Deveria me sentir grata por estar ali, mas a preocupação aperta cada vez mais o nó em minha garganta até eu perder o apetite.

Penso em quanto tempo a princesa espera manter a mentira sobre a saúde do imperador. No quanto as pessoas ficarão furiosas se perceberem que foram enganadas. Nas muitas facetas de sua máscara que tenho vislumbrado — no palanque, pelos olhos de Kang e testemunhado em primeira mão. A aparência de alguém sendo lentamente forçado ao limite.

— Ning! — Lian acena com a mão na frente do meu rosto. — Você está tão quieta!

— Estou... — Eu me viro para ela, dou uma grande mordida no pão e quase me engasgo. — Eu estou... Estou só preocupada com a próxima rodada.

Vou precisar aprender a mentir melhor, e depressa, ou então todos os meus segredos serão desvendados.

Ela assente.

— Compreensível. Vai ficar cada vez mais difícil a partir de agora. Principalmente porque precisamos de dois dias de preparação para o próximo desafio.

Lian tenta oferecer uma distração, me brindando com histórias sobre o banquete da noite anterior. Que teve de sentar ao lado de alguns funcionários do baixo escalão, que têm uma propensão a falar demais quando o vinho flui livremente. Que todos pareciam alvoroçados com as especulações sobre a possível presença do imperador, até mesmo um mero vislumbre. Mas ele não apareceu.

Como o Príncipe Exilado conseguiu descobrir sobre a morte do imperador, mesmo quando a princesa foi capaz de esconder o fato da corte? Os rumores se infiltram em meus pensamentos outra vez: como seus espiões têm olhos e ouvidos por toda parte, o rapto crianças para povoar seu reino sombrio...

— Pode me contar mais sobre a princesa? — pergunto. Se conseguir usar Lian como recurso, talvez ela seja capaz de me ajudar a navegar por tudo o que vi nos últimos dias.

— Quando costumava passar os invernos aqui, todas as crianças ficavam algum tempo juntas — responde ela. — Zhen era... séria. Quieta, focada nos estudos. O que não me surpreende, considerando que sua avó era a imperatriz viúva. — Ela faz uma careta.

Concordo com a cabeça, me lembrando da minha própria avó, que governava a família Wu com pulso firme. Só meu avô era capaz de acalmá-la se alguém conseguisse tirá-la do sério.

— Costumávamos chamá-la de hǔ gū pó. — Lian ri com a lembrança. Vovó Tigre, a lendária tigresa que ronda a floresta, que tem uma preferência por homens maus e gosta de limpar os dentes com seus ossos. Mitos refletidos na vida.

— Hǔ gū pó foi a coisa mais assustadora a vagar por esses corredores — continua ela. — E toda sua atenção parecia voltada para Zhen, a fim de assegurar que ela estaria à altura do nome Li. A princesa tinha aulas desde o momento em que acordava até tarde da noite.

— Isso parece... solitário.

Lian assente.

— Se seu amigo mais próximo é alguém que sua avó escolheu como sua sombra desde a mais tenra idade... Não é uma vida que eu gostaria de levar.

— Você quer dizer a guarda-costas da princesa? — *Ruyi*. A menina que se lançou no ar com um único salto, como um pássaro em pleno voo, para defender a vida da princesa.

— Sua família serviu ao trono por gerações, e, quando a imperatriz viúva se casou com o Imperador Ascendido, foi autorizada a trazer alguns do próprio povo. Ruyi era um deles. Foi treinada em uma arte de luta secreta, que é passada de geração a geração, apenas para aqueles em sua família.

Uma nascida para governar. Uma nascida para servir.

— Suponho que seja fácil garantir a lealdade de uma pessoa se a vida de toda sua família depende disso — murmuro.

— Ou talvez eles se importem — argumenta Lian, sem saber da turbulência em meus pensamentos, contrariando minha amargura. — Pelo que me lembro, Zhen sempre foi gentil com Ruyi. Era gentil com todos, na verdade. Nunca se comportou como eu imaginava que uma princesa deveria.

Eu me lembro do frio no olhar dela, da ameaça casual em suas palavras. Com o passar dos anos, algo aconteceu com aquela garota gentil de que Lian se lembra.

Mingwen entra e faz uma reverência. Seu comportamento tem sido mais caloroso desde nosso encontro nas cozinhas. Ela assumiu os cuidados do nosso alojamento como criada sênior, e mesmo que não possamos mais confraternizar com o restante dos criados da cozinha, ainda assim é bom ver um rosto familiar.

— Competidores, sua presença foi solicitada pelos juízes no Salão da Reflexão.

— Tão cedo? — Lian termina a xícara de chá com um gole apressado, e eu me arrependo de não ter comido mais para acalmar o estômago. Se passar mal na frente dos juízes, simplesmente será mais um em minha já longa lista de delitos.

Os poucos competidores restantes entram no Salão da Reflexão, um pequeno pavilhão interno localizado no Jardim dos Eruditos, ao redor da biblioteca. Os pisos são de mármore branco, com espirais e padrões de nuvens. As paredes forradas de uma reluzente pedra preto-azulada, tão brilhante que espelha nosso reflexo quando estamos à sua frente. Acima de nossa cabeça, o teto sobe em um padrão vertiginoso. A princípio parece ser um redemoinho, levando para cima. Ao olhar mais de perto, percebo que é uma ilusão. Na verdade, tábuas são inseridas nas prateleiras. Gravadas com nomes, memoriais aos mortos.

Trinados melódicos enchem o ar, desviando minha atenção. Gaiolas douradas ocupam suportes, cada uma contendo um único pássaro, conversando entre si em uma série de gritos e chilreios. São uma bela adição ao cômodo, adornos vivos para a admiração de um imperador. A coexistência de vida e morte.

Parada entre as gaiolas, a Anciã Guo nos encara com expressão severa. Mesmo vestida em simples trajes cinzentos, despida de qualquer adorno, emana uma confiança serena.

— Bem-vindos os que permanecem, como um testemunho do legado de Shénnóng. — Ela levanta os braços em saudação.

Eruditos e monges dedicam suas vidas ao estudo de atividades dignas dos respectivos deuses que honram. Assim como Hánxiá é consagrada à Carpa Azul, Wǔlín é devotada ao Tigre Preto, célebre pelo estudo de artes marciais e técnicas militares. A Academia Yěliǔ é o lugar para o ensino de filosofia e história. O shénnóng-tú que me defendeu contra Shao, aquele chamado Wenyi, usa um pingente, constatei, que mostra seu comprometimento com a Tartaruga Esmeralda de Yěliǔ. Só a Senhora do Sul não tem mosteiro nem academia. É encontrada nas árvores e nos campos.

— Na Hánxiá, nos dedicamos ao ofício de Shénnóng. Estudamos seus ensinamentos, tudo o que ele nos legou sobre agricultura e criação de animais e, claro, a arte do chá.

O que sei de Hánxiá é que fica a oeste do Rio Jade, na fronteira da cordilheira que separa Yún e Ānhé, debruçada sobre o vale mais fértil de Dàxī. Minha mãe sempre mencionou o nome com reverência — os mais renomados shénnóng-shī passaram por seus salões sagrados, onde ela obteve seu título. As folhas de chá mais raras são cultivadas naquela encosta, algumas das quais foram saboreadas apenas pela família real e pelos oficiais da corte.

A expressão da Anciã Guo se torna sombria.

— A essa altura, todos vocês já devem ter ouvido falar da podridão que tenta se infiltrar no império através de tijolos de chá envenenados. Tentativas traiçoeiras de minar o governo do grande imperador.

Sinto um zumbido nos ouvidos. O chá responsável pela morte da minha mãe. Até então, nada nos foi dito sobre suas origens, sobre quem pode estar por trás dos envenenamentos. O governador e seu pessoal inventam muitas desculpas, mas oferecem apenas a promessa de que a ameaça foi contida.

— Seu terceiro desafio honra a virtude da sabedoria. Vocês vão seguir para a próxima rodada em pares — afirma. — Escolham seu parceiro.

Estou surpresa que ela nos permita forjar nossas alianças. Lian e eu nos aproximamos uma da outra sem hesitação. Os outros fazem o mesmo, já tendo formado os próprios vínculos.

— Vamos... — Os olhos da Anciã Guo se estreitam quando suas palavras são interrompidas. O chão sob nossos pés começa a tremer. Seu rosto se desvia para a porta. Ao longe, ouve-se o som de tambores.

Wenyi é quem salta para a frente primeiro, abrindo as janelas, revelando o pátio abaixo. Fileiras de soldados marcham em sincronia, fazendo tremer todo o terreno do palácio. O ar é subitamente preenchido com o farfalhar de asas, os pássaros engaiolados tentando voar, pressentindo o perigo.

Alguém grita, as palavras ecoando em alto e bom som através dos telhados, deixando todos de joelhos.

— O imperador ascendeu! Por muito tempo ele será lembrado! O imperador ascendeu! Por muito tempo ele será lembrado!

Capítulo Vinte e Um

Somos escoltados para fora do Salão da Reflexão, orientados a retornar a nossos alojamentos. Porém, logo mergulhamos no caos, os jardins repletos de soldados. Sou separada dos outros competidores, tentando me orientar, mas me é recusado acesso a um portão de aparência familiar, então sou direcionada para outro corredor, onde me perco novamente. Aquele mesmo pânico que senti no mercado me invade outra vez, e os tambores ecoam uma batida frenética ao longe, fazendo meu próprio coração acelerar.

— Abram caminho! — gritam os soldados para uma turba de criados, muitos dos quais aos prantos.

Viro a cabeça e vejo outro grupo de pessoas vestidas com o requinte dos nobres, mas uma delas parece ter desmaiado. Sigo um terceiro grupo, que passa apressado, na esperança de que me conduza de volta à ala dos criados, onde é meu lugar. Mas alguém esbarra em mim, e então sou agarrada por um braço vestido em armadura, que me arrasta em outra direção.

— Espere! — protesto. — Você pegou a pessoa errada!

O soldado que me segura se detém e se inclina em minha direção, levantando um pouco o elmo para revelar o rosto.

— Kang? — Solto em um quase suspiro. Em seguida, percebendo meu erro ao proferir aquele nome em público, falo rapidamente, na esperança de que ninguém mais tenha ouvido: — Você não apareceu ontem à noite.

Mas logo me arrependo das palavras. Soam carregadas de desejo, muito de mim revelado.

— Não tinha certeza se você queria me ver de novo — confessa. Vislumbro a curva de um sorriso, então seus lábios acabam mais uma vez escondidos sob o elmo.

Antes que eu possa dizer qualquer coisa, outra sombra paira sobre nós — um soldado com asas de ouro despontando do elmo preto. Os belos desenhos na ombreira e os entalhes da careta de um demônio no peitoral indicam alguém de alta patente. Fico paralisada, certa de que ele não se deixou iludir pelo disfarce de Kang.

— Os criados devem voltar aos alojamentos — grita ele. — Por ordem do chanceler.

— Entendido, marechal. — Kang rapidamente junta as mãos em uma saudação, e seus dedos retornam ao meu cotovelo. — Vamos.

Corremos juntos o mais rápido possível, meus passos acompanhando o ritmo dos dele, até atravessarmos os jardins e passarmos por um portão da lua. Voltamos ao Jardim dos Eruditos, junto ao pináculo preto do pagode da biblioteca.

— Por aqui. — Ele gesticula, e viramos a esquina para o Caminho da Contemplação. Com um sobressalto reconheço os leões de pedra, as pedras pretas e brancas. As ordens da princesa pairam diante de mim: *Descobrir o que ele planeja.*

De repente, sinto como se vagasse por um labirinto de espinhos, cada curva uma ameaça.

Depois de assegurar que não há ninguém para nos ouvir, Kang tira o elmo.

— Quando soube que as notícias sobre o imperador haviam sido divulgadas, entendi que a janela de oportunidade para Zhen fazer uma escolha sobre mim estava se fechando rapidamente — diz ele, muito próximo e muito sério. Despreocupado demais para alguém que está falando sobre sua possível execução. — Mas não quero ser lembrado por você como um homem que não cumpre sua palavra.

Eu a verei de novo. Uma promessa tão suave como o cair de pétalas.

— O que você acha que ela vai decidir? — pergunto. — Retirar a sentença de exílio ou... — Nem consigo pronunciar as palavras.

Ele inclina a cabeça.

— Pelo menos, vou morrer tendo lutado por meu povo.

Aquilo me fez lembrar de sua sinceridade quando admitiu que pediria clemência, não para si mesmo, mas para aqueles em sua terra. O Agulha de Prata já havia me revelado a verdade. Se o que eu extrair de Kang puder diminuir as suspeitas da princesa, talvez sua vida seja poupada.

— Você sabe como sair do palácio? — questiono.

Há um tropel de passos do outro lado da parede, e ele me puxa para outra alcova, uma que abriga um pequeno bosque de bambu e uma escultura em madeira de flores.

— Por que quer saber?

Para passar mais tempo com você. Para descobrir mais de seus segredos. Para salvá-lo... ou traí-lo.

Sei que preciso escolher minhas próximas palavras com cuidado.

— Nossos caminhos correm paralelos, de certa forma. Em breve, você enfrentará o julgamento da princesa, e meu futuro será decidido na próxima rodada da competição. — Corro o dedo pela suavidade do bambu, maravilhada como a natureza ainda cresce ali, sufocada naquele pequeno trecho de terra e sob a limitada brecha de céu. — Mas você mencionou nosso dia em Jia, e me lembro de como eu também estava feliz na ocasião. Mais livre do que jamais me senti. Eu me pergunto se podemos revivê-lo, mesmo que por uma hora.

A princípio, eu me agarro àqueles frágeis vínculos com hesitação, mas, à medida que continuo a falar, as palavras começam a ganhar força. Posso sentir a doçura da pera em calda na língua, desencadeando outras lembranças: o calor do Chave de Ouro enquanto nos tocávamos, como mergulhamos um no outro — uma proximidade que eu tanto temia quanto desejava. Talvez tenha me aproveitado da magia, atraindo Kang para mim, mas a magia também tira proveito de mim em resposta, me prendendo mais a ele.

— E se pudesse voltar à cidade, para onde iria? — pergunta ele.

— Ouvi dizer que existem lojas que vendem xícaras de chá esculpidas em osso ou marfim. Comidas do norte que jamais vi. Todas essas coisas que ainda preciso vivenciar. Mas, se eu fracassar na competição, vou ter que voltar para casa e desistir de todos os meus sonhos de me tornar shénnóng-shī. Não tenho dinheiro para completar o treinamento e participar dos testes. — E, claro, perderei Shu se falhar. O tremor em minha voz é constrangedoramente real.

Minha mãe dizia que há poder nas palavras, na esperança à qual damos vida. Um sonho outrora tão distante quanto as estrelas no céu acena para mim, meu desejo de uma vida diferente. Uma vida que minha mãe teve e então perdeu. Ela encontrou sua felicidade mais tarde, mas ainda anseio pelo mesmo.

— Antes... talvez fosse possível — lamenta ele. — Mas, agora, meu rosto é conhecido por todos os guardas da cidade. Não posso viajar neste disfarce com tanta facilidade, e não creio que seria capaz de andar livremente no mercado sem o elmo.

— Foi uma ideia boba. — Dou de ombros, na tentativa de esconder o quanto me importo. Mas eu me importo, muito mais do que pensei que me importaria.

Uma pequena parte de mim acreditava que, talvez, um shénnóng-shī se interessasse por mim durante a competição, me aceitasse como aprendiz com base em meu potencial. Mas depois do modo como me atrapalhei na primeira rodada, duvido que alguém me queira. Com a competição agora fechada ao público, não existe outra chance. Se não vencer, não serei capaz de salvar Shu.

A não ser que consiga a ajuda prometida pela princesa em troca da minha espionagem: a pedra cura-tudo para minha irmã e moedas suficientes para cuidar da minha família.

— Minha mãe me falou de jardins particulares cultivados por famílias de intelectuais, e até mesmo dos jardins públicos de Jia, onde qualquer um pode passear e admirar as flores — comento, agarrando qualquer chance de passarmos algum tempo sozinhos, sem interrupções. — Às vezes me sinto sufocada por este lugar, onde todos estão sempre observando, esperando que você cometa um erro... — Minha voz falha.

— Eu entendo — diz ele, baixinho. — É um lugar onde você nem sempre sabe se as pessoas desejam o seu mal ou querem o seu bem. É algo que eu não esperava encontrar em Lùzhou, onde as pessoas dizem o que acreditam e acreditam no que dizem.

— Gostaria de ouvir mais sobre Lùzhou — peço. — Se estiver disposto a me contar. — As paredes estremecem novamente quando mais soldados passam em marcha. Kang pega minha mão de repente e me puxa para perto. Olho para ele, sentindo um lampejo de mortificação. Será que ele acha que nutro esperanças de um encontro? É esse o preço que vou ter de pagar para cumprir minha missão?

— Pensei em outro lugar aonde posso levá-la — sussurra. — Um lugar onde não serei reconhecido. Se confiar em mim. — Ele ergue minha mão, entrelaçando nossos dedos, e pressiona a palma contra a minha. *Confiar.*

Sinto a pontada afiada da vergonha no estômago. Aqui estou eu, sonhando com romance. Concordo com um aceno, não confiando que minha voz não me traia. Ele abre o mesmo sorriso rápido como relâmpago que ainda faz meu coração disparar. Espero que a conexão entre nós não se intensifique demais, e ele permaneça alheio aos pensamentos ainda em conflito dentro da minha mente traidora.

Sigo Kang enquanto ele se certifica de que não existem soldados nas proximidades, e corremos para outra alcova. Aquela contém uma ameixeira, com pétalas brancas espalhadas pelas pedras abaixo. Outro leão de pedra, com patas erguidas, guarda a base.

Kang puxa um anel de ferro na parede e o mecanismo desliza para revelar um túnel secreto, igual àquele pelo qual Ruyi me conduziu quando me levou para falar com a princesa. Quantos outros túneis passam pelo lugar?

— Fique perto de mim — instrui, baixinho, quando estamos em segurança atrás da porta. — O túnel é estreito em alguns trechos, e vamos passar bem próximo dos guardas em alguns momentos.

Eu o sigo de perto, atenta ao seu aviso. A princípio, conseguimos caminhar lado a lado com facilidade, mas, eventualmente, precisamos andar em fila. Depois de um tempo, o túnel começa a se alargar outra vez antes de emergirmos numa pequena câmara. No centro, aceso e emanando calor, se encontra um grande braseiro de ferro. A luz do fogo reflete nas placas da parede, fazendo as inscrições brilharem. Não há poeira no chão, nenhum sinal de insetos ou animais. É evidente que a sala está bem cuidada.

Um sino toca em algum lugar acima de nossas cabeças. O som parece tão perto que reverbera por todo o meu corpo. Mas o tom é familiar. Marca o passar das horas do dia, da manhã à tarde, então à noite.

— Estamos perto da torre do sino! — exclamo. A torre está localizada na extremidade sudoeste do palácio, e seu carrilhão pode ser ouvido de qualquer recanto de Jia.

— Estamos bem debaixo dela — confirma Kang, pegando uma tocha apagada de uma pilha no canto. Em seguida, usa as chamas do braseiro para acendê-la. — Quando o Imperador Ascendido construiu o palácio, mandou escavar estes túneis como rotas de fuga em caso de ataque, conectando vários pontos de Jia. Passei grande parte da infância memorizando estas passagens para me esconder dos tutores ou treinadores.

Ele observa a luz bruxuleante do braseiro, o fogo refletido nos olhos.

— Um dos túneis leva às docas do norte. Outro, ao distrito das casas de chá. Esse foi construído a pedido da vovó, para que pudesse assistir às apresentações sem precisar mobilizar uma comitiva de guardas.

Vovó. Imperatriz Viúva Wuyang. É estranho pensar nos lendários governantes da história de Dàxī como pessoas com famílias. Pensar que Kang poderia conhecê-los tão bem quanto conheço Shu e meu pai. A ideia é desconcertante

— Melhor irmos andando — avisa ele.

Entramos em um dos túneis, e, enquanto caminhamos, posso sentir a inclinação gradual do terreno sob os pés. O ar fica mais úmido, como se penetrássemos nas entranhas da terra.

— É uma sensação peculiar voltar aqui — observa, quando chegamos a uma bifurcação no caminho. Ele levanta a tocha para escolher a direção.

— Há quanto tempo deixou o palácio? — pergunto, na esperança de que estar em um lugar de sua infância o torne mais suscetível a minhas perguntas.

— Eu tinha 9 anos — responde. — Já faz dez anos. Tudo é familiar, e ainda assim… — Espero que termine seu raciocínio, mas ele não o faz.

Não sei como é ser expulso de um lar de infância, carregar a marca de um traidor no corpo. Mas conheço a sensação de ser um pária.

Coloco a mão em seu braço, e ele olha para meus dedos, surpreso, quase como se tivesse se esquecido da minha presença por um momento.

— Eu me lembro agora. — Ele abre um sorriso. — Estamos quase lá.

Capítulo Vinte e Dois

Não avançamos muito pelo túnel antes de nos deparar com uma porta de madeira, trancada daquele lado por uma pesada trave. É preciso nós dois para abri-la, cobrindo os rostos com os braços para não inalar a poeira que satura o ar ao nosso redor. Evidentemente, a porta não é aberta há algum tempo. Subimos a escada, discretos e em silêncio, atentos ao fato de que podemos irromper em um espaço habitado.

A primeira coisa que registro é o cheiro de incenso, denso e enjoativo, enquanto o restante da sala vem à tona. A câmara tem cinco paredes, todas contendo um painel de pedra lavrada. Eu me aproximo de cada um com reverência, reconhecendo que são representações dos deuses.

A Senhora do Sul, com vestes diáfanas e flauta na mão, tem os pés calçados em chinelos sobre o dorso de um pássaro com enormes asas. Outro painel representa o Rei Arqueiro, montado em um garanhão empinado, os enormes cascos rasgando o céu. Shénnóng é retratado com uma barba esvoaçante, flutuando sobre um lírio-d'água, flor na mão, enquanto seu reflexo na superfície mostra uma carpa gigante com longos barbilhos. Próximo a ele, um homem com olhos esbugalhados e presas expostas em um sorriso feroz segura um tambor na mão. Relâmpagos riscam o céu atrás, refletidos no espelho erguido pela mulher ao seu lado. O Deus Tigre do Trovão, vestido com o preto habitual, e a Deusa do Relâmpago, sua esposa. O mural mais próximo à porta representa a Tartaruga Esmeralda. Todos figuras conhecidas por qualquer criança de Dàxī.

Acima de nós, se eleva um teto pintado com afrescos das constelações, desenhadas em linhas de prata sobre um fundo azul-escuro. Duas criaturas bailam no céu, um dragão e uma serpente, entrelaçados em eterna batalha. De algum lugar ao longe, se ouve o som de cânticos.

— Que lugar é este? — pergunto, baixinho.

— É o Mosteiro de Língyǎ, o túmulo dos antigos imperadores — responde Kang. — Onde fica um dos jardins mais bonitos de toda Jia.

— Jardins? — Meu coração se agita com a ideia, mesmo quando a mente me diz que eu deveria manter a farsa, que não deveria me importar tanto. E, ainda assim, sinto falta de passear pelos pomares e colher frutas do pé. Sinto falta do trabalho de arrancar as folhas de chá das árvores. Tenho saudade das flores, embora não gostasse de sua natureza espinhosa e dos desafios de persuadir uma plena floração. Os jardins do palácio, embora bonitos, estão sob constante vigilância, e jamais tive permissão de me demorar ali.

— No momento, estão entoando o cântico do meio-dia — explica. — Depois que terminam esse louvor, costumam ir ao refeitório. Com a notícia da morte do imperador, porém, muitos serão chamados ao palácio para ajudar. Devemos ser capazes de entrar nos jardins sem sermos notados, mas teremos de ficar aqui até então.

Sou atraída de volta aos murais. Dessa vez, noto a cintilante iridescência dos detalhes talhados na pedra. O bico do pássaro, o espelho da Deusa do Relâmpago, as escamas da carpa de Shénnóng.

— São lindos. — Muito embora queira tocá-los, sei que precisam ser preservados. — Devem ser bem antigos.

— Foram feitos pelo povo da minha mãe, com pedras retiradas das falésias das Ilhas Esmeralda — comenta, com uma pontinha de tristeza na voz. — Faziam parte do dote da imperatriz viúva quando se casou com o Imperador Ascendido. Lùzhou e Yún formavam uma aliança... no passado.

— Mas não é lá que... — digo sem pensar. Olho para ele e vejo a indiscutível mágoa em sua expressão, mas é tarde demais para engolir minhas palavras imprudentes.

— Sim, uma terra onde degenerados e bandidos vivem em exílio. Mas, no passado, costumava ser um lugar conhecido por entalhes como esses, onde artesãos viviam em comunidade e criavam coisas maravilhosas.

De modo reverente, Kang passa a ponta dos dedos sobre as escamas da carpa.

— Eram famosos pelo trabalho com pérolas negras, usadas como joias ou em diademas e outros adornos. Mesmo as conchas das ostras também eram aproveitadas para incrustar entalhes e esculturas. As pérolas ainda podem ser moídas para uso medicinal, ingeridas para vigor em batalha ou misturadas a cosméticos para preservar a juventude. O solo não é rico, e o cultivo é difícil. Encontramos outras maneiras de sobreviver naquela dura península de rocha até...

Os lábios de Kang se apertam em uma linha fina, sua expressão se fecha.

— Até que o imperador decidiu fazer do meu pai, e de qualquer um associado a ele, um exemplo. Proibiu a venda das pérolas e fez das salinas e pedreiras as únicas indústrias das ilhas. Então baniu para lá, para a morte, todos os que se opunham a ele.

— Como sobreviveram depois de tudo? — pergunto, sentindo uma onda de simpatia por todos os inocentes afetados pela ira do imperador.

— Aqueles fisicamente capazes se juntaram ao exército, enquanto as famílias passavam fome, à espera de qualquer mísero soldo que pudessem enviar. Alguns se tornaram refugiados e recomeçaram em outro lugar. Aqueles que não puderam fazer o mesmo pegaram armas e atacaram os navios imperiais que transportavam mercadorias para nossos vizinhos do norte.

É um tipo terrível de existência assistir ao sofrimento de todos ao seu redor. É uma história familiar... Sù não escapou de anos em que a colheita foi escassa devido à peste ou à seca, quando eu acompanhava papai a mais uma casa cheia de choro de crianças, as bochechas macilentas.

— Não estou dizendo que a conduta dos bandidos é aceitável — dispara Kang, interpretando de maneira equivocada meu silêncio. — Mas muitos dependiam das pérolas. Quando seu valor caiu, levou as esperanças de...

— Não precisa me explicar o porquê. — Balanço a cabeça, lhe assegurando minha solidariedade. — Eu entendo. Na minha vila, mesmo nas ocasiões em que as safras foram perdidas, éramos tributados da mesma forma a cada estação, até em dobro se os pagamentos atrasassem uma semana. Todos conhecemos uma ou duas pessoas que se refugiaram nas montanhas e se tornaram bandidos a fim de não se tornar um fardo para as famílias.

Nenhuma clemência quando metade de uma família foi dizimada pelo veneno. Nenhuma suspensão da exigência do tributo mesmo enquanto enterrávamos nossos mortos.

— Meu pai continua a enviar uma petição ao governador por um indulto, mas misericórdia é uma palavra que não consta em seu vocabulário. — Não consigo reprimir um tremor com a lembrança de ver um homem espancado no mercado como punição pelos impostos atrasados. Meu pai e eu tínhamos ajudado a enterrar sua esposa havia menos de um mês, e o filho, uma semana antes.

Agora é Kang que coloca a mão em meu braço, oferecendo afeição e conforto.

— Parece que crescemos com as mesmas injustiças — observa ele, suavemente. — Por isso a notei no mercado. Quando você ajudou aquele menino em apuros, foi a resposta para algumas questões que me atormentavam.

Olho para ele, intrigada.

— Que questões?

O olhar de Kang esquadrinha meu rosto, como se ele ainda buscasse por respostas ali.

— Ning, eu...

O doce som dos sinos ecoa na câmara, interrompendo a intimidade entre nós.

— É o fim do cântico do meio-dia — murmura ele, mas não se move.

— Devemos ir — afirmo, embora uma parte de mim sonhe em diminuir a distância entre nós e deitar minha cabeça em seu peito, oferecendo a Kang o mesmo tipo de conforto. Em vez disso, eu me viro e atravesso a câmara, me obrigando a desanuviar as ideias. Preciso conseguir as informações que a princesa exige, mas não posso nutrir sentimentos por ele no processo. Não posso me sentir comprometida com uma segunda pessoa, senão como poderia traí-lo, se precisasse?

Como posso dar mais uma parte de mim a outra pessoa quando já tenho tão pouco para dar?

Nós nos esgueiramos por corredores vazios até sair em um patamar, e a exuberante visão dos jardins se estende diante de mim, quase demais para assimilar. Os botões recém-abertos que deixei para trás em Sù agora floresceram completamente, algumas árvores já carregadas. Libélulas zumbem no ar, enquanto outros insetos ressonam nos arbustos. À distância, o dossel da floresta balança com a brisa, mas além do denso bosque há fileiras e fileiras de arbustos e ondas de verde pontilhado por flores.

Depois de descer os degraus, percorremos um caminho coberto, calçado com tijolos, que serpenteia do monastério aos jardins. Acima de nossas cabeças, pilares vermelhos sustentam o telhado primorosamente pintado: um mural de pássaros em pleno voo, nos deslumbrantes tons do arco-íris.

— Este foi o presente do meu avô para minha avó quando ela aceitou seu pedido de casamento — revela Kang, enquanto caminhamos sob os pássaros, a beleza do lugar elevando nosso estado de espírito por ora. — As montanhas de Yún são famosas por seus pássaros raros, e ela sentia saudade, então vovô encomendou a pintura, para ser construída e cuidada pelos monges.

— É como se eles pudessem ganhar vida. — Fico encantada com a vivacidade das cores. Devem ser retocadas todos os anos para manter aquela tonalidade. Mas não sou fã de caminhos cobertos... Preciso estar entre as plantas, absorvendo a luz do sol na pele.

Saio da passarela na curva seguinte e me embrenho no campo de flores, rodeada de peônias de todas as cores. Inspiro fundo e inalo seu perfume, e, além dele, o cheiro de terra. Não sei se todos os shénnóng-shī têm a mesma afinidade natural com as plantas ou se é algo inerente às habilidades da minha mãe, mas é onde tenho certeza de que alguma parte dos antigos deuses ainda permanece conosco.

Abro os olhos e vejo Kang me observando do caminho, uma expressão estranha no rosto.

— Finalmente tenho a impressão de que consigo respirar — exclamo, incapaz de conter a alegria que sinto por estar entre as coisas que crescem, não mais fechada por muros de pedra.

Com cuidado, ele dá um passo para fora da passagem e, então, hesitante, caminha entre as flores, como se tivesse medo de machucá-las.

— Não são tão frágeis quanto pensa — provoco, agarrando um caule e sacudindo a flor em sua direção, o que o faz estremecer. — Elas vergam, mas não quebram com facilidade. Você pode arrancar as plantas, queimá-las, mas algumas sempre brotarão no ano seguinte, e depois.

Eu me lembro do quanto chorei quando os pomares e os jardins queimaram, como se pudesse sentir a morte das árvores, e de como Shu estava ao meu lado, mesmo enquanto fungava na cama à noite. Ela sussurrava o que mamãe nos disse, que tudo renasceria, e era mais fácil acreditar nas palavras quando vinham dos lábios da minha irmã.

Pigarreio, tentando canalizar o estoicismo do meu pai.

— Às vezes você precisa quebrar os galhos e remover os brotos doentes para que a planta fique saudável outra vez. Não é tão diferente de quebrar ossos para colocá-los no lugar ou amputar um membro inchado para expurgar uma infecção.

— Acredito em você — diz ele com uma risada, aparentemente se divertindo com meu devaneio.

— Vocês dois! — Gritos à distância interrompem nosso momento. Nós nos voltamos para o mosteiro e vemos dois monges correndo em nossa direção.

Fomos pegos.

Encaro Kang, boquiaberta, mas ele reage rapidamente. Sua mão encontra a minha, e ele me puxa enquanto grita por sobre o ombro:

— Corra!

Capítulo Vinte e Três

Abrimos caminho pelo mar de flores, os galhos se partindo para nós enquanto corremos. As flores baixam a cabeça e sussurram: *Depressa, depressa.* Irrompemos dos arbustos em uma encosta gramada. Os monges de olhos aguçados pediram reforços, então se dividiram em sua perseguição, na esperança de nos cercar e nos encurralar.

Diante de nós, um canal atravessa o bosque e desagua em um lago pontilhado de folhas de lótus. Uma ponte em meia-lua se ergue sobre a água do canal. Disparamos por ela, desviando dos galhos de salgueiro, a árvore deixando carrapichos nos meus cabelos. O caminho se curva ali, em torno de uma pequena montanha artificial, esculpida com pedra amarela. Espero que Kang nos guie pelo caminho até o outro bosque de árvores, onde seria mais fácil dar voltas e despistar nossos perseguidores, mas, em vez disso, ele corre para as rochas.

— Espere... — digo, quando ele começa a escalar a encosta da montanha ornamental.

— Confie em mim — pede, erguendo o canto da boca, os olhos tão brilhantes quanto as águas a suas costas.

Olho por cima do ombro e não vejo sinal dos monges, mas tenho certeza de que não estão muito atrás. Não posso arriscar ser apanhada com ele fora do palácio. Preciso continuar.

Em vez de subir, ele contorna a base da rocha, equilibrada na saliência estreita. Uma queda acentuada leva até a água turva abaixo. Temos espaço apenas para nos agachar lado a lado, acomodados em uma pequena cavidade na lateral da montanha. Mas ainda podemos ser vistos por quem caminha mais adiante na trilha e mais perto do lago. Eu me viro para Kang a fim de combinar o que fazer, mas ele se enfia entre duas saliências de rocha e então... desaparece.

Ouço a voz daqueles em nosso encalço se aproximando depressa, e não há tempo para pensar. Estou engatinhando atrás de Kang, enveredando pela fenda nas rochas. Minhas mãos tateiam em busca de um lugar para me agarrar conforme a rocha aquecida pelo sol se torna úmida e escorregadia. Sem muita iluminação no espaço apertado, eu me atrapalho à procura de terreno firme para os pés, enlameando minhas saias no processo.

A abertura estreita se alarga enquanto meus olhos se ajustam à escuridão, e posso distinguir degraus esculpidos na pedra. Eu me espremo entre as duas rochas atrás de Kang, continuando a descer até que emergimos em uma caverna subterrânea.

Ao olhar para cima, vejo uma rachadura no teto da caverna, uma separação entre as rochas que devem ter sido movidas para o topo a fim de esconder o que está protegido ali embaixo. Um feixe de luz do sol corta o espaço e dança na superfície da piscina no fundo da caverna. As águas faíscam com um tom azul-esverdeado, como uma miragem impossível.

— Que lugar é este? — sussurro para Kang, enquanto contornamos com cautela a borda estreita da piscina, apenas larga o suficiente para se colocar um pé ao lado do outro.

— É uma nascente subterrânea — responde ele. — Passei muito tempo aqui quando minha avó morreu. A abadessa na época estava disposta a cuidar de mim sempre que as coisas ficavam... tumultuadas no palácio.

Tumultuadas. Uma interessante escolha de palavras.

— Era mais fácil passar por essas rochas quando eu era criança. — Ele ri, mas há um quê de nervosismo em sua alegria. Como se aquele lugar tivesse despertado algo em seu íntimo.

— Precisamos escalar este paredão. Há uma praia do outro lado. Podemos esperar ali até que os monges desistam — continua, dando tapinhas na pedra à frente.

Observo, insegura, a superfície lisa. Parece diferente de subir em um telhado, onde existem pontos visíveis para apoiar mãos e pés.

— Sabia que estas águas são sagradas? — pergunta Kang, com um sorriso, como se pressentisse meu nervosismo. — Quando o Primeiro Imperador lutou na Batalha da Chuva Vermelha, foi dito que o guerreiro Guan Yong o perseguiu até as cavernas, mas não entrou, porque seu clã acreditava que estas cavernas fossem assombradas. Quando o Primeiro Imperador e seus homens saíram das cavernas, Guan Yong e seus seguidores baixaram as armas, porque seus inimigos enfrentaram os espíritos escondidos nas cavernas e saíram vitoriosos. Seu povo sabia que peixes não poderiam sobreviver nestas águas e nenhum inseto poderia prosperar aqui, mas o Primeiro Imperador bebeu da lagoa e provou apenas doçura. Então triunfou sobre os clãs do sul com a ajuda de Guan Yong.

"Anos depois, o Imperador Ascendido iniciou a construção da capital, mas, quando quiseram construir nesta área, a terra desabou. Eles encontraram a nascente subterrânea e o sistema de cavernas. Quando soube o que havia acontecido, o imperador veio visitar o local e viu uma carpa gigante nadando nas águas. Mas, quando os homens do Imperador Ascendido pularam no riacho para capturá-la, não encontraram nenhum sinal da criatura. Dizia-se, então, que este lugar foi abençoado por Shénnóng, e Língyă, construído para preservar o local."

— Nunca ouvi essa história. — Fico encantada com a ideia de estar em um lugar visitado pelos deuses. Baixo o olhar para a água à procura de alguma magia escondida em suas profundezas, mas só vejo quietude.

— Você pode experimentar a água por si mesma — provoca. — Veja se tem o sabor da lenda.

Levanto a sobrancelha.

— Imagino que você tenha experimentado as águas sagradas muitas vezes quando menino?

Ele ri e leva a mão ao peito em um gesto de fingida indignação.

— Suas palavras me fazem sangrar. Vai me envergonhar diante dos deuses?

— Me mostre o caminho, antes que um raio caia sobre nossas cabeças por tamanho desrespeito. — Não posso deixar de rir.

Kang escala rapidamente a lateral da pedra sem hesitação. A armadura não impede seus movimentos, como se a tivesse usado a vida toda.

— Não há espaço suficiente para nós dois aqui — grita ele do topo. — Vou esperar você do outro lado.

Aquiesço enquanto corro as mãos pela pedra, procurando pontos de apoio. Encontro depressões e rachaduras, uso os dedos dos pés como alavanca, então me impulsiono para cima, descobrindo imperfeições na rocha para me agarrar. Sou mais lenta e cuidadosa do que Kang, mas não demora muito antes de escalar o topo até a saliência acima.

Ali é ainda mais bonito. De um trecho da praia de seixos abaixo, Kang olha para mim com um sorriso. Bonito e despenteado e selvagem.

Até que sua expressão muda.

— Ning... — começa ele, em um sussurro e com medo. — Ao seu lado...

— O quê? — Engulo o que estava prestes a dizer e sigo seu olhar até a minha esquerda.

Uma cobra verde e amarela arma o bote, sibilando. Seus pequenos olhos pretos estão focados em mim, uma ameaça.

Com movimentos lentos, fico de joelhos, deslizando o pé de volta até conseguir encontrar um lugar que sustente meu peso.

— Não vou machucar você — prometo, mantendo a voz baixa. — Só vou...

A cobra avança, tentando abocanhar meu braço, e coloco a mão para trás, fora do alcance de suas presas. Mas o movimento me joga muito longe na outra direção, e meu pé escorrega.

Caio para trás no vazio.

A última coisa que vejo é a expressão atônita de Kang, sua mão se estendendo em minha direção. Então rompo a superfície das águas abençoadas e afundo nas profundezas geladas.

Capítulo Vinte e Quatro

Com rapidez, a água encharca minhas roupas, me arrastando para o fundo. Eu me esforço para respirar, e a água se infiltra pelo meu nariz e minha boca aberta, me sufocando. Quando recobro os sentidos o suficiente para mover braços e pernas, já estou irremediavelmente emaranhada em tecido.

Fogo me inflama o peito, mesmo quando o frio se apossa dos meus membros e penetra em meus ossos. Dor, como jamais senti, queima através de mim.

A água é doce em meus lábios e língua enquanto me afogo, a mais leve insinuação de bolhas no fundo da garganta. Então penso, à beira da histeria: *A lenda do Primeiro Imperador é verdadeira.*

Explosões de luz faíscam diante de mim, uma após a outra. Um mar de estrelas, fluindo pelo céu noturno. A corrente me seduz com a promessa de calor, com a ideia da partida. Mas, então, vejo o rosto de Shu através da escuridão, o modo como me disse *Acredito em você,* e sei que não posso deixar a água me levar.

Algo agarra meus braços através do calor. Luto contra a agradável correnteza, permitindo que o abraço me carregue. Subimos, deixando as estrelas para trás, até que sou deitada de costas, o mundo como borrões de cor acima de mim. Minha visão vacila, clareia e um rosto entra em foco.

Acredito ouvir meu nome. Mãos ásperas agarram meus ombros e me rolam de lado. Golpes fortes atingem minhas costas. Vomito água no chão, de repente capaz de respirar outra vez, inspirando grandes golfadas de ar. Com esforço, eu me levanto e me apoio sobre o cotovelo, e uma roupa é acomodada ao redor do meu corpo. Não sabia o quanto queria aquele calor até senti-lo, e meus dentes começam a ranger.

Com a ajuda de Kang me sento, ainda engasgada.

— Você está bem? — Kang paira sobre mim, atento. Sinto um tremeluzir por dentro, como um pavio lutando para se acender.

— Você salvou minha vida — consigo ofegar, a garganta ainda rouca da tosse.

— Eu esperei — explica ele, em tom de desculpas. — Esperei e esperei que você viesse à tona, então, quando não veio, achei que tivesse agido tarde demais.

— Não sei nadar — confesso, me aninhando mais na roupa, então percebo o que estou vestindo: sua túnica. Pedaços da armadura de Kang estão espalhados ao nosso redor. Peitoral, elmo, perneiras. Despidos sem cuidado, na pressa de mergulhar atrás de mim.

Começo a tremer, me lembrando da força daquela correnteza. De como, se não fosse por Shu, pelo vínculo com minha irmã, ainda a minha espera em casa, teria sido muito fácil ceder. Fios de cabelo caem sobre meus olhos, dificultando a visão. Tento puxá-los para trás, mas minhas mãos continuam trêmulas.

— Me desculpe — lamenta ele. Então estende o braço e, suavemente, afasta o cabelo dos meus olhos, o movimento lento e deliberado. Seu toque desliza sobre a curva da minha testa e da bochecha, roçando no arco da orelha.

— O que... — Perco o fôlego. — Pelo que se desculpa?

— Por não chegar até você mais cedo — sussurra ele. Seus dedos param no ponto macio sob meu queixo, onde tenho certeza de que pode sentir minha pulsação frenética. Seus olhos são piscinas de escuridão, ainda mais profundas do que aquela em que caí. Posso me ver refletida ali, uma partícula de luz no breu.

A preocupação de Kang me seduz, seu toque é uma promessa. Ele espera minha resposta, e eu cedo àquele magnetismo, me inclinando para diminuir a distância entre nós. O mais leve roçar dos lábios contra os dele. Kang levanta minha cabeça e aprofunda o beijo, até que sinto um tipo diferente de afogamento, até sermos forçados a respirar.

A túnica cai dos meus ombros enquanto ele me puxa para mais perto, me envolvendo no calor de seu corpo.

Estamos um pouco ofegantes quando nos afastamos.

— Obrigada — murmuro, e tento me corrigir. — Quero dizer... por salvar minha vida.

— Eu a resgataria dez vezes se a recompensa for um beijo assim — afirma, me fazendo rir e afugentando meu constrangimento.

— Ning... — Sua expressão muda de bem-humorada para séria em um piscar de olhos, e sei que aquele controle sobre as próprias emoções é uma coisa ensaiada. — Você é a primeira garota que já me cumprimentou com um chute nas canelas. A primeira garota que já me fez sentir... normal.

— O que é decididamente anormal — digo a ele depois de uma pausa, sem saber mais o que responder.

— Você me perguntou antes... sobre Lùzhou. — Ele toca o peito. — Eles nos marcaram com o selo do traidor. Quando cheguei, tentei escondê-lo, mas vestir uma túnica me fazia parecer estranho quando os outros exibiam o peito. Depois percebi que todos me reconheciam de qualquer maneira, então foi mais fácil parar de me esconder. Demorou muito até que me aceitassem.

Acho que ele entende, assim como eu. A sensação de não pertencimento.

Kang se afasta de mim, passando as pedrinhas de cascalho por entre os dedos, sem me encarar.

— Eles respeitavam meu pai porque ele lutou contra os invasores das montanhas. Ele defendeu a pátria, e minha mãe... era descendente de seus clãs. Ela seria prometida ao imperador, sabia? Depois de rechaçar os invasores, meu pai a escoltou até a capital para se casar com o imperador a pedido da minha avó, mas o casamento nunca aconteceu.

— O general a reivindicou para si — completo, repetindo o que me foi ensinado nas aulas de história. Um dos muitos crimes de que o Príncipe de Dài foi acusado. Forçar um casamento político em proveito próprio, criando uma divisão entre irmãos...

— Não! — protesta ele, de modo incisivo. — Eles se apaixonaram na jornada de Lùzhou para Jia e ela se recusou a se casar com outro. A imperatriz viúva aprovou, eventualmente... mas na história meu pai sempre será lembrado como aquele que roubou a prometida de outro.

Começo a entender que a história nunca é tão simples. Não a história dos meus pais, nem a história dos pais de Kang ou a de nós dois... Mais que depressa, enterro aquele pensamento, ciente de que é algo perigoso, algo que não me atrevo a imaginar.

Percebo que posso transformar o desabafo de Kang em uma oportunidade para investigar mais sobre o que a princesa me pediu para descobrir, ainda que a culpa me corroa as entranhas em resposta.

— Você o odeia? O imperador?

— Eu... Eu não sei — responde Kang, hesitante. — Ele fez tudo em seu alcance para destruir minha família, mas também era um governante competente em alguns aspectos. Poderia ter executado todos nós, mas, em vez disso, nos enviou para o exílio, contra as recomendações dos próprios conselheiros.

Não tenho certeza se seria capaz de dizer algo tão razoável sobre alguém que ameaçou as pessoas que amo.

— Queria conhecê-lo e ver por mim mesmo o tipo de homem que meu tio se tornou depois de todos esses anos. — Ele balança a cabeça. — Agora jamais terei a chance.

— As pessoas na corte... Aquelas que você disse ainda serem leais a seu pai... — Eu me aventuro em mais perguntas. — Contaram como o imperador morreu?

Kang vira a cabeça para trás a fim de me encarar, o olhar subitamente atento.

— Por que isso importa?

Cuidado, Ning...

— Existem rumores de que ele foi envenenado pelo Sombra.

Kang aguarda, ansioso, e decido contar a ele, na esperança de que minha resposta espante sua visível desconfiança.

— Minha mãe foi uma das vítimas dos tijolos de chá envenenados — explico. — Por isso estou aqui. Porque preciso ganhar o favor da princesa.

Ele avalia meu argumento, franzindo o cenho.

— Meus pêsames — diz, por fim. — Conheço a intensidade dessa dor. Minha mãe biológica morreu dando à luz a mim. Meu pai biológico era um comandante do batalhão Kăiláng que foi derrotado no campo de batalha. Minha mãe adotiva me acolheu, fez com que me sentisse amado. Me protegeu quando em sua própria casa havia quem se ofendesse com minha presença. Quando a perdi... uma parte de mim também morreu.

Ele me puxa para mais perto novamente, agora oferecendo um abraço apenas de calor e conforto. Descanso minha cabeça em seu ombro, mesmo ciente de que não deveria estar grata por aquele momento fugaz.

— Mas... — continua ele, após uma pausa. — Você diz que a morte da sua mãe está relacionada ao favor que quer pedir à princesa. Está atrás de vingança?

— Eu pediria a cabeça do Sombra se pudesse — confesso, e a veemência em meu tom de voz me faz lembrar a raiva que continua fervilhando sob a superfície. Fecho os olhos e desvio o rosto. Kang já tinha visto muito de minhas frustrações e meus fracassos.

A seu favor, ele não reage à explosão. Simplesmente mexe em meus cabelos, penteando as mechas com os dedos.

— Você sabia — arrisca, a respiração soprando os fios — que as mulheres das Ilhas Esmeralda são um bando feroz? Sabem pescar com lanças e mergulham em busca de pérolas, assim como os homens. São igualmente hábeis na luta com lanças. Duvido que meu pai pudesse ter forçado minha mãe a qualquer coisa. Dizem que ela o desafiou para um duelo por sua mão em casamento.

— Sério? — Fico feliz por ele compartilhar uma parte de si mesmo, me proporcionando uma distração para a tristeza. Imagino uma mulher orgulhosa, capaz de empunhar armas para defender a pátria dos invasores. Que por vontade própria se expatriou para se casar com um homem que nunca viu, mas que se uniu a outro em seu lugar. — Ela se atreveu a desafiar o general em combate?

O riso faz seus ombros tremerem.

— Ela o desafiou a ver quem aguentava ficar submerso por mais tempo. Ele perdeu.

Também solto uma risada.

— Acho que ela teria se dado bem com minha mãe.

— Sei que teria. — Ele hesita um pouco antes de continuar: — Se você puxou a ela.

— Kang... — Eu me endireito outra vez, me sentando de frente para ele a fim de encará-lo. — Preciso que me diga a verdade. Certa vez você mencionou que a princesa tinha uma pedra que pode curar todas as doenças... Essa pedra existe mesmo?

Quando ele não responde, agarro suas mãos para que possa sentir por si mesmo, através do pulsar da conexão entre nós. Uma pressão se avoluma em minha cabeça, como água contra uma represa. Todas as minhas esperanças, equilibradas precariamente na resposta.

— Preciso saber.

Ele parece surpreso com a força incorporada por meu punho cerrado.

— Ouvi rumores — admite. — Mas... — Lentamente, desvencilha as mãos das minhas e as pousa em meus ombros. — Se tal pedra existe, não acha que o imperador a teria usado para salvar sua imperatriz ou a imperatriz viúva? Que meu pai não a teria roubado para salvar a vida da minha mãe? Que a princesa não teria recorrido a ela para salvar o pai? Acha que todas aquelas pessoas teriam morrido se essa coisa existisse?

Ouço suas palavras, mas ao mesmo tempo não ouço. Não posso reconhecer aquela terrível verdade, que a tola esperança que me mantém no palácio — mesmo em meio à zombaria, às ameaças, aos constrangimentos — é uma mentira. Que mesmo que eu ganhasse cada rodada e finalmente saísse vitoriosa, Shu talvez ainda morresse, apesar de tudo.

— Quem é? — Ele me olha com aqueles olhos sempre capazes de ver muito. — Quem você quer salvar?

— Minha irmã — sussurro. — Minha irmã está morrendo.

Minha vida sempre foi tão entrelaçada à de Shu, acordando e dormindo no mesmo quarto. Uma de minhas primeiras lembranças foi segurá-la depois que nasceu, e agora ela pode morrer nas minhas mãos.

Como nossa mãe antes dela.

A pressão é demais, sua intensidade me despedaça, desencadeando uma torrente de lágrimas. Soluço naqueles braços. Uma coisa quebrada, patética, arruinando tudo o que toco.

Capítulo Vinte e Cinco

Kang não diz nada enquanto me aninha em um abraço apertado. Mais lágrimas do que me imaginava capaz de conter escapam, se derramando por entre meus dedos.

— Se minha irmã morrer, não terei nada — revelo entre soluços. — Meu pai já está meio perdido em luto, não acredito que poderei salvá-lo se Shu também morrer.

Com os polegares, ele limpa cuidadosamente as lágrimas do meu rosto, mas eu o afasto. Não mereço ser consolada por ele, e não quero sua piedade.

— Como pode ser sua culpa? — pergunta. — Se foi o chá que a envenenou? Você não sabia.

— Porque fui eu quem serviu o chá. — Passo a manga nos olhos com violência. — Devia ter percebido o veneno. Devia ter visto os sinais.

Ele bufa, e comprimo os lábios em uma linha fina e veemente.

— Ning... — Ele me puxa outra vez, aquela expressão séria de volta ao rosto. — Ouça. Quanto tempo leva para se tornar um shénnóng-shī? Dez anos? Quantos anos você poderia ter treinado? Dois? Três?

Nem mesmo aquilo. Um pouco aqui e ali, quando mamãe me forçava a me sentar para as aulas compartilhadas. Mas não lhe dou o prazer de saber que está certo.

— Nós confiamos no imperador para prover. Acreditamos que a Corte de Oficiais vai nos proteger.

— Do que está falando? — pergunto, com a voz estrangulada.

— Estou dizendo que não é culpa sua — repete. — O imperador, o governante de Dàxī, cercado por todos os seus guardas, não pôde impedir a própria morte nas mãos de alguém que lhe desejou o mal. Não havia como você saber sobre o veneno. Até sua mãe, uma shénnóng-shī treinada, não o detectou antes de beber.

— Mas... — digo, hesitante. *Eu deveria ter lido os sinais...*

— Alguém está matando o povo de Dàxī a fim de provocar inquietação — continua ele, de modo exaltado. — Se quer culpar alguém, então culpe quem distribuiu o veneno. Culpe os burocratas, culpe os ministérios. Mas não se culpe.

Estudo aquele garoto, e suas convicções, estilhaçando minhas desculpas com a confiança com que pronunciou aquelas palavras. Palavras que beiram a traição. E ele também revelou outra coisa: Kang sabe que o imperador morreu de uma causa não natural. Mas foi o Príncipe Exilado que planejou sua morte? Ou outra pessoa foi responsável?

Sei que a princesa quer que eu faça as perguntas delicadas, que arranque a verdade do primo. Mas jamais fui o tipo de pessoa capaz de se esconder atrás de sorrisos e flertes.

— Você está aqui para colocar seu pai no trono? — disparo. Perguntas perigosas e jogos perigosos.

Kang pestaneja, surpreso.

— Nem mesmo os leais partidários do meu pai ousariam me fazer essa pergunta.

— Não tenho nenhuma lealdade dentro da corte. — Dou de ombros, mantendo a voz leve, embora meu coração martele no peito, desesperado por uma resposta para a princesa, ciente da ameaça contra minha família.

Ele me encara por um momento, então abre um sorriso irônico.

— Não, você não é como eles. — Com o maxilar contraído, ele continua: — Há uma escuridão descendo sobre o império. O veneno, sim, mas também enchentes e terremotos. Meu pai acredita que um novo amanhecer está prestes a raiar para o trono do dragão, mas ainda me lembro da garota com quem cresci no palácio. Nossa avó não teria criado uma tola, e queria ver por mim mesmo se ainda há uma chance de paz com Zhen.

A badalada do sino reverbera pela caverna, anunciando o passar das horas. Percebo que preciso voltar ao palácio para o jantar ou sentirão minha falta.

— É melhor irmos — anuncia ele, mas seu olhar está na água, e posso ver sombras sob seus olhos.

Faço a única coisa em que consigo pensar: inclino-me e seguro seu rosto, beijando-o com gratidão. Por me abraçar enquanto eu chorava, por impedir que me afogasse e por afugentar as sombras da culpa. O sino toca acima das nossas cabeças mais uma vez, e, quando finalmente nos separamos, ele parece atordoado, mas está sorrindo.

Voltamos ao palácio, e o gosto de Kang ainda está em meus lábios. No entanto, suas respostas evocam mais perguntas, que se insinuam em minha mente. Assim como o próprio palácio, túneis sobre túneis, levando a lugar algum e nenhuma saída à vista.

Temo que Lian possa estar à espera em nosso alojamento, imaginando onde estou, mas encontro apenas as duas criadas. Elas não fazem menção às roupas úmidas enquanto me ajudam a preparar o banho. Quando estou secando o cabelo, Lian entra com grama na trança e a pele radiante um tom mais escura, um sorriso de orelha a orelha.

— O sol estava forte hoje, perfeito para um passeio de bicicleta — informa de trás do biombo de madeira enquanto se troca, jogando as roupas sujas para o lado. Parece estar de excelente humor. — Onde você estava? — pergunta. Ouço o chapinhar do seu corpo na banheira. — Tentei encontrá-la após a proclamação, mas você não estava em lugar nenhum.

— Eu me escondi na biblioteca — minto, escolhendo o primeiro lugar que me vem à mente.

— Todos nós temos nossas distrações, suponho — observa Lian.

— Você acha que a competição será adiada? — pergunto.

— Arriscaria um palpite e diria que a princesa vai se encontrar com seus conselheiros mais próximos esta noite.

— O que acha que vai acontecer agora que o imperador está... — Não consigo nem me obrigar a falar. As palavras soam demais como um sacrilégio.

— A Corte de Oficiais adora a própria formalidade — comenta Lian, imperturbável. — Os astrônomos serão consultados, então uma hora auspiciosa será escolhida para os preparativos da ascensão da nova imperatriz. Tenho certeza de que continuarão com a nomeação do shénnóng-shī da corte, bem como quaisquer outros títulos que possam conceder.

Quantos desses oficiais e nobres vão unir forças contra a princesa, duvidando de sua capacidade de governar?

Isso é tudo o que os outros competidores discutem no jantar: especulações sobre quanto tempo a princesa vai esperar antes da cerimônia de ascensão e como mensageiros foram enviados para os quatro cantos do império a fim de informar os oficiais regionais da notícia.

Embora a situação política atual seja terrível, significa que há menos olhares voltados para mim depois do meu confronto com Shao, na noite anterior. Quando nos levantamos para nos recolher, Lin Wenyi — o monge de Yěliŭ — e seu parceiro, Hu Chengzhi, me cumprimentam com um aceno, e assinto em resposta. Ao que parece, posso ter interpretado mal suas palavras. Talvez ele estivesse me defendendo, e não participando do deboche de Shao.

Pequenos passos adiante. Daquilo, pelo menos, sou capaz.

Quando voltamos ao alojamento, meus olhos captam um brilho dourado na estátua do leão em frente ao prédio. Um complexo nó bordado com um pingente de jade no centro.

Fui convocada.

Já sabia que vinha sendo observada, mas a pontada de desconforto ainda persiste. Gostaria de poder ter todas as supostas habilidades de shénnóng-shī e ser capaz de ver através das paredes ou invadir sonhos em vez de caminhar às cegas, quase morrendo no processo.

Uma caixa longa e fina me aguarda sobre a mesa, com meu nome escrito em um rabisco desconhecido. Guardo-a na manga antes que Lian perceba, temendo que tenha relação com a princesa e sua missão impossível.

Mais tarde, deitada na cama, com apenas os pensamentos por companhia, espero até que a respiração de Lian se acalme a um ritmo familiar. Percebo que me acostumei aos sons do palácio, ao tamborilar dos galhos das árvores nas vigas, ao murmúrio distante de vozes. Agora estou acostumada às capas de seda que deslizam sobre a pele sem agarrar nos meus calos, à possibilidade de comer até me sentir satisfeita, sem que, no entanto, sinta um desconforto no estômago por causa da riqueza dos pratos. Como disse a Governanta Yang, é muito fácil viver aquela vida privilegiada, aquela fantasia.

Pego a caixa misteriosa, querendo ver o que a princesa deixou para mim. É feita de madeira comum e tem o comprimento do meu braço. Abro o painel superior e encontro uma pequena adaga lá dentro. Eu a pego e sinto seu peso, notando o padrão espiralado que se assemelha a ondas talhado na bainha decorada. Retiro a adaga, a ponta afiada refletindo a luz. Na base do cabo, uma pérola negra incrustada brilha com o próprio esplendor.

Uma nota repousa na parte inferior da caixa: *Pra você.*
Kang.
Ele havia notado a maneira como admirei a câmara dos deuses em Língyă. Havia falado sobre a arte do seu povo, e queria compartilhar um pouco daquilo comigo. Meu rosto enrubesce com o pensamento. Mesmo que não faça ideia de como manejar uma arma, ainda assim a guardo na túnica, desfrutando de seu peso reconfortante.

Deslizo as pernas para fora da cama e, com cuidado, sigo até a sala de recepção. Do armário, retiro a bandeja que escondi anteriormente, enquanto Lian se preparava para dormir. Preciso do efeito calmante do chá naquela noite. Espero a água borbulhar, depois escaldo os utensílios e os potes. Quando o vapor se dissipa acima da abertura, coloco as folhas de chá no bule.

Acredito em você. Shu se despediu de mim com aquela afirmação, e me afoguei em autopiedade e culpa.

Os fios do Leão Verde penetram na água, transformando-a no tom mais claro da cor de mesmo nome. Coloco algumas bagas de goji na superfície, lembrando vagamente que Lian mencionou suas propriedades para cultivar a concentração. As bagas vermelhas incham e liberam sua essência na água. Eu me permito um pouco mais, precisando de força adicional naquela noite, minha primeira tentativa de usar algo desconhecido.

Sinceramente, a única coisa de que sentirei falta depois de deixar o palácio é a ampla seleção de chás, de fácil acesso, apesar do meu status humilde.

Sem esperar que esfrie, bebo o chá, permitindo que ele trilhe um caminho de fogo em minha garganta. A magia se desenrola dentro de mim imediatamente, conjurada com a mesma facilidade com que uma pétala se abre sob o sol. O cheiro fraco de camélia paira no ar e sei que estou pronta para enfrentar a princesa.

Capítulo Vinte e Seis

Encolhida sob o capuz do manto, eu me mantenho encostada à parede, tentando permanecer nas sombras. Os pregoeiros seguem um cronograma, acompanhando o curso do tempo, e qualquer desvio é severamente punido. Os guardas do palácio são menos previsíveis, porém ainda propensos a cair na rotina.

Sempre acompanhei o padrão natural dos seres vivos, tendo crescido dependente de seus sinais para me alimentar. Pássaros cruzando o céu para sinalizar um inverno precoce ou marcas de perturbação na floresta insinuando a chegada da primavera. O que são os guardas se não outro padrão para observar?

Eu me esgueiro entre os prédios, contando os passos em voz baixa enquanto atravesso o caminho para o lago e passo pelas cozinhas. Finjo conhecer o local tão bem quanto o pequeno pedaço de terra da minha família.

A silhueta das montanhas acima de nós, seus inflexíveis picos de pedra reconfortantes contra o céu. Não tão diferente do imponente telhado do Salão da Luz Eterna.

O denso emaranhado de arbustos de amoras silvestres, escondendo a presença de pequenos pássaros buliçosos. Eu me agacho e caminho pelas fileiras de moitas de folhas roxas, cobertas com pequenas flores cor-de-rosa.

Estou no jardim central quando percebo a luz bruxuleante de lanternas ao longe. Eu me pressiono contra a parede e as observo abrir caminho pela biblioteca. O chá revira no meu estômago, deixando um gosto amargo na língua — eu o deixei em infusão por tempo demais.

Minha pele se arrepia com uma sensação estranha. A cabeça gira depressa, vislumbrando o bater de asas na luz, e, de repente, sou o falcão em seu voo às cegas. Sou a aranha rastejando pelo tijolo ao lado, tecendo sua teia. Os ruídos de todas as coisas vivas ao redor infestam minha mente, exigindo atenção.

O toque do gongo me deixa de joelhos, e esmago a planta sob mim, liberando um odor pungente. Tampo a boca com força para não gritar.

— A terceira hora! — gritam os pregoeiros. — A terceira hora!

A Hora dos Fantasmas. Vou me atrasar.

Tento me levantar, a cabeça ainda girando. As estrelas parecem murmurar zombeteiramente acima, sussurrando meu nome.

Cambaleio pelo caminho deserto da biblioteca, para longe dos guardas. Mantenho as mãos nos relevos da parede, a aspereza me ancorando no mundo físico, mesmo quando me sinto prestes a explodir de dentro para fora. Não noto a ligeira inclinação no chão até torcer o tornozelo, a dor aguda me prendendo ao corpo, desanuviando um pouco minhas ideias.

Coloquei muitas bagas de goji. Outro erro. Há alguns aditivos tão fortes que arrancam a pessoa para fora do corpo completamente, até ser lançada ao vento, longe demais para retornar. Seu corpo físico vai murchar sem um espírito que o habite.

Percebo um movimento com o canto dos olhos e me lanço atrás de uma estátua. Observo como a figura desliza contra a parede, se misturando às sombras, usando os arbustos a seu favor. Se não fosse pelo chá, não tenho certeza se teria percebido. A silhueta tremula, iluminada por dentro. Quando se esgueira por uma abertura nas árvores, o luar incide em seu rosto, e eu vejo. As feições aplainadas, a máscara que tem assombrado meus sonhos.

O Sombra.

Deveria soar o alarme, mas, quando olho em volta, o restante do jardim está em silêncio. Os guardas não vão voltar ali tão cedo.

O Sombra toca a parede e a porta oculta se abre. A luz das lanternas capta o brilho de uma lâmina contra seu flanco. Entrar nos túneis significa que ele terá acesso direto ao jardim interno da princesa. Se eu gritar, talvez os guardas me encontrem antes que ele me silencie para sempre, mas apenas se forem capazes de me ouvir.

Sem ser convidada, a voz do meu pai ecoa em minha mente: *Sempre temos uma escolha.* A escolha de resistir e fazer o que é certo. Mesmo quando eu, em minha ignorância infantil, não compreendia, ele ainda falava em favor dos aldeões, muitas vezes pagando um alto preço.

O painel está prestes a se fechar, e me equilibro em um precipício: o precipício da indecisão. Forçada a escolher entre ficar ou agir, pular ou me acovardar. Deslizo pela abertura e puxo a alavanca, me fechando com o monstro de Dàxī.

O Sombra avança pelo túnel e mantenho o olhar em suas costas. A magia corre em minhas veias. Eu me sinto dentro e fora de mim. A voz em minha mente grita: *Arranque a máscara! Exija o nome dos responsáveis pelo veneno!* Se tiverem conhecimento do sangue em suas mãos, não importa se sejam eles o criador ou o mero distribuidor.

Ele puxa o anel de ferro na parede e a porta se abre. Então a atravessa, inabalável em seu propósito mortal.

— Pare! — grito.

A figura à frente hesita, mas não se detém. O ar se agita, o mundo se dobra sobre si mesmo, e, de repente, elimino a distância entre nós em um único fôlego. Avanço a toda velocidade e, com um grunhido, ele cai, rolando, surpreso pela minha proximidade.

Deve ser algo nas bagas de goji. A magia torna tudo brilhante e, parada um passo atrás, minha mente observa vagamente, como se à distância, enquanto meu corpo se move. Pouso com o joelho contra seu peito, mas ele tenta rolar para o lado. Minha atenção é atraída para a mancha escura abaixo da costela esquerda, para a maneira como ele aperta o flanco. Pressiono o peso do corpo naquele ponto, e ouço um grito. Um som selvagem e feroz, de dor e raiva.

A outra mão tateia em busca da espada, mas em um segundo a adaga desembainhada está em minha mão e, no outro, pressionada contra sua garganta. Quando o metal rasga a pele, o Sombra fica imóvel, me encarando, a respiração abafada pela máscara.

— Fale! — exijo. — Foi você que envenenou os tijolos de chá? — Gostaria de ter Agulha de Prata escaldante para derramar em sua garganta e lhe arrancar a verdade.

De súbito, outra pessoa está em cima de mim, me agarrando por trás e me arrastando para longe. Eu luto, golpeando às cegas com a adaga, mas um aperto de ferro segura meu pulso, atingindo um ponto de pressão. A lâmina cai no chão, inútil.

Respiro fundo para gritar, mas sou derrubada com facilidade, como um saco de arroz. Quero rugir em minha fraqueza, mas rastejo para longe em vez disso, me virando para enfrentar quem me separou do Sombra... e o grito morre na minha garganta.

A Princesa Zhen se agacha ao lado do corpo do suposto assassino. Não entendo.

Os tambores rufam à distância. Alguém soou o alarme.

A princesa gesticula freneticamente para mim. Eu me aproximo.

— Me ajude a levá-la até meus aposentos — ordena.

— Mas... ele veio aqui para matar você — gaguejo.

— Não, sua tola. — Ela se abaixa e arranca a máscara do Sombra. É Ruyi, de olhos fechados, a boca contraída em uma careta. Uma linha vermelha brota de sua garganta no local onde eu a cortei. — Pegue as pernas dela. A menos que queira que os guardas encontrem você.

Eu me obrigo a abaixar e ajudar a princesa a erguer Ruyi, ainda abalada com a revelação da identidade do Sombra. A princesa é capaz de erguer o corpo da aia facilmente com minha ajuda. Ela tocou o ponto de pressão sem hesitação, sabendo como enfraquecer meu punho. Guardo aquela informação na memória. Zhen não é uma flor indefesa.

Assim que chegamos aos aposentos reais, colocamos Ruyi na cama, então a princesa me leva de volta ao jardim para limpar o restante das provas. Guardo a adaga na faixa de cintura, depois pego a espada do Sombra. Com a outra mão, recolho a máscara que caiu nas pedras. A madeira, lisa contra meus dedos, ainda está quente do rosto de Ruyi.

Ao voltar às câmaras internas, noto os elaborados biombos e belos retratos em aquarela pendurados na residência. A princesa vive em meio a muitos tesouros. Uma princesa profetizada como a luz e a ruína de um império.

Ela mesma parece um retrato, banhada pela luz dourada dos vários braseiros acesos ao redor da sala. Seu rosto está franzido de preocupação enquanto anda de um lado para o outro. O corpo de Ruyi convulsiona, e a aia rola de lado, então vomita um jato de fluido escuro. Zhen se aproxima imediatamente, sem hesitação, pressionando um pano na testa da guarda-costas.

— O que você fez com ela? — A princesa rosna para mim.

— Não... — protesta Ruyi, debilmente. — Ela não.

Então ouve-se o tropel de muitos pés no assoalho de madeira, seguido por gritos de *Alteza! Sua Alteza!*

A princesa olha para além da entrada, o olhar selvagem. Ela aponta para o biombo na lateral da sala, e me agacho ali atrás, ainda segurando a espada e a máscara. Túnicas perfumadas e luxuosos tecidos me cercam — aquela era sua área de vestir. Eu me encolho ainda mais entre as sedas, me escondendo enquanto ouço vozes exaltadas do outro lado. Pelo biombo, tudo o que posso ver são silhuetas, mas sei que se trata de homens armados.

— Acreditam ser apropriado invadir meu quarto a esta hora? — argumenta a princesa em tom contido, sem qualquer indício da emoção que exibia poucos segundos antes.

— Minhas desculpas, Alteza. — Os guardas mexem nervosamente os pés. — Um intruso passou pelas muralhas do palácio e estamos preocupados com sua segurança.

— Como podem ver, não há ninguém aqui além de mim. Vocês deveriam estar lá fora tentando encontrar o invasor.

— Sim, princesa. — Um dos soldados levanta a arma em saudação. — Encontraremos aquele que ousou perturbar seu descanso e lhe traremos a cabeça.

— Cuidem para que o façam — responde ela, a voz fria e composta.

O ruído de botas deixa a área, e então eles se foram. Empurro a cascata de tecidos para longe de mim e corro para a cabeceira. A princesa puxa a pilha de cobertas que jogou sobre o corpo de Ruyi, e deixo escapar um grito quando o rosto da aia é revelado.

Olhos vidrados, arregalados. Um filete de preto no canto da boca.

— Ruyi! — sussurra a princesa entre dentes, sacudindo os ombros de Ruyi, toda a compostura perdida. — Acorde!

Por um momento, cogito deixá-la morrer. Permitir a perversa justiça poética se foi ela que, de fato, distribuiu o veneno por todo o império. Mas afasto o pensamento com facilidade. Salvar a vida de Shu é mais importante do que meu desejo de vingança, e, se eu salvar a vida de Ruyi, vou me aproximar da verdade.

— Saia — ordeno à princesa, toda cortesia perdida.

Quando ela não obedece, eu a afasto.

— O que está fazendo? — Ela me encara, tomada pelo pânico, mãos em posição de ataque e dentes à mostra, prontos para me despedaçar se eu machucar Ruyi. Aquilo está além da lealdade e cuidado para com uma criada. É ... algo mais.

— Se quer que ela viva — digo a ela —, saia do caminho.

Capítulo Vinte e Sete

A Princesa Zhen se afasta, mordendo o lábio.

— Meu pai é médico — revelo, adotando a voz que ele usa quando os familiares dos pacientes estão histéricos. — Não farei nenhum mal a ela.

Não mais do que já foi feito, pelo menos, mas não pronuncio as palavras em voz alta.

Ela assente e gesticula para que eu continue.

Para mim, é um tipo diferente de ritual. Mãos firmes, nervos calmos. Não tão diferente, percebo, de um shénnóng-shī.

Desembainho a adaga e, ignorando o suspiro de protesto ao meu lado, corto as camadas da túnica de Ruyi até expor a ferida. Suspiro quando vejo a haste estilhaçada de uma flecha enterrada em seu flanco, o sangue borbulhando ao redor.

Toco a pele acima da ferida, e Ruyi se contorce, entrando e saindo do delírio. Ainda está reativa, o que é uma bênção, pelo menos, mas sei que aquela não é uma ponta de flecha comum. Foi embebida em um veneno concebido para infligir dor.

Já vi isso. *Cabeça de corvo.*

As flores roxas são lindas, mas a planta inteira, em especial a raiz, é venenosa. Se mesmo um pequeno pedaço for ingerido, pode matar alguém em uma hora. Vi aquilo ser usado pelos bandidos da montanha, flechas envenenadas matando soldados quando não alcançam um médico a tempo.

Com cuidado, apalpo a lateral do corpo da aia. A carne ao redor da ferida está endurecendo, vasos escuro se espraiando, o veneno infiltrando o corpo.

— Diga — pergunta a princesa, o rosto manchado de lágrimas. — É muito ruim?

— Ela foi envenenada — respondo. — Posso retirar a ponta da flecha e parar o sangramento, mas também preciso extrair e neutralizar o veneno antes que a mate.

— Qualquer coisa que precisar. — Ela se aproxima. — Basta pedir.

Apesar da tarefa urgente em jogo, uma parte mais sombria de mim reconhece a chance de obter as respostas de que preciso. Disse a Kang que pediria a cabeça do Sombra. E agora tenho não apenas sua identidade, como sua vida em minhas mãos.

— Por que Ruyi estava em Sù? — pergunto.

A Princesa Zhen pestaneja, sem entender.

— Me diga por que ela estava em Sù! — exijo. — Ela é a responsável pelo veneno? Está distribuindo-o por ordens suas?

— Como ousa! — exclama ela, dando um passo em minha direção, punhos cerrados na lateral do corpo.

— Quanto mais esperar — lembro —, mais fundo o veneno vai se entranhar no corpo de Ruyi, e mais difícil será salvá-la. — Jogo com a suspeita de que Zhen está mais disposta a confiar em uma assistente de médico sem treinamento do que em pedir ajuda a um dos médicos reais. Significa que ela tem algo a esconder.

A princesa avalia minha exigência, então suspira quando desce o olhar até Ruyi.

— Eu a enviei para investigar quem está por trás dos envenenamentos, e se têm um papel direto no que aconteceu com o meu pai.

— Por que escondeu a morte do imperador por tanto tempo? — pergunto. — Ele discordou da sua ideia de utilizar os tijolos de chá? Estava planejando causar inquietação você mesma e aparecer com uma bela cura? Ganhar o coração do povo?

Rubor floresce em seu rosto.

— Teria muito cuidado com minhas próximas palavras se fosse você. Poderia executá-la no momento em que sair deste quarto.

Ruyi se debate novamente sob minhas mãos. A jovem solta um gemido gutural. Segurando-a depressa, abro suas pálpebras. Só vejo o branco dos olhos.

— Olhe para ela! — grito. — Me diga. Por que ela estava em Sù?

— Pare! Sim! — A princesa sobe na cama e se ajoelha à cabeça da aia, falando em um ritmo acelerado. — Ela foi investigar em meu nome, seguindo a procissão que entregou os convites por todo o império, atenta se haveria alguma interferência. Mas alguém a estava seguindo a cada curva, semeava a desconfiança, até que se tornou difícil para ela manter o disfarce. Mas juro a você. — Ela estende a mão e agarra meu braço. — Não tenho nada a ver com os envenenamentos. Quero Dàxī unido e forte. Não conseguirei meu intento matando plebeus.

Talvez ela ainda esteja mentindo para mim, mas seus olhos estão focados em Ruyi, a preocupação evidente.

— Uma vida por uma vida — argumento, pronta a negociar. — Se eu a salvar, você vai me dever um favor. Está com a pedra cura-tudo?

A Princesa Zhen pisca para mim, então dispensa a ideia com um aceno nervoso da mão.

— Não passa de uma lenda. Não existe. Acredita que eu não exigiria seu uso agora, se fosse real?

Então Kang me disse a verdade, mas algo dentro de mim ainda se agita com a ideia.

— Nesse caso, o uso de seus médicos reais — sugiro. — Para o tratamento do veneno...

Ela me interrompe com um grunhido, incapaz de esconder a frustração.

— Você não entende? O veneno foi o que matou meu pai. Os médicos reais não conseguiram retardar seu efeito. O único jeito de pará-lo é descobrir o antídoto.

Meu coração martela no peito. Alguém se atreveu a envenenar o imperador, e agora... Tenho um novo propósito. Preciso encontrar o antídoto.

— Você vai me conceder acesso a seus depósitos, então — decido, depressa. — Acesso ao antídoto, quando for descoberto.

— Sim, feito — concorda ela, sem hesitação. — Agora ajude-a. Por favor.

— Onde ficam suas cozinhas?

Sei, pelas conversas com a Governanta Yang, que existe uma cozinha menor para o palácio interior. Àquela hora da noite, os fornos estão silenciosos e os fogões, apagados, mas ainda assim sou cuidadosa.

Eu me inspiro na arte da minha mãe e na clínica do meu pai ao vasculhar as panelas e gavetas. Fatias de raiz de alcaçuz e grãos, redondos e secos, de trigo sarraceno amargo. Longos fios de ginseng, como a barba de um velho. Reúno tudo de que preciso e corro de volta para a princesa.

A sala parece insuportavelmente aquecida devido às instruções que dei ao sair. Os braseiros foram movidos para mais perto da cama. A princesa rasgou roupas em tiras para usar como bandagem e atiçou o fogo até que estivesse quente o bastante para desinfetar a lâmina.

— Se fosse uma ponta de flecha normal, eu a deixaria no lugar, permitiria que tampasse a ferida — explico à princesa, para que ela não me agrida por cortar sua guarda-costas. — Mas por causa do veneno, preciso extraí-la. Vai sangrar bastante.

Ela assente.

Depois de limpar a lâmina de Kang na túnica, eu a passo no fogo algumas vezes para desinfetar o metal, antes de me preparar para a tarefa de retirar a flecha da ferida.

— Segure-a — ordeno, e assim que confirmo que a aia está bem contida, coloco a mão na haste quebrada. Usando a adaga, faço uma incisão para ajudar a soltar a ponta e deslizo a flecha. Sangue espirra, respingando na frente da minha túnica. O corpo de Ruyi se retesa em arco e, então, desaba outra vez. A princesa estreita os olhos, mas as mãos seguram firme enquanto cerra os dentes, uma das pernas fora da cama, como apoio.

Muito embora saiba que é devido à dor, testo o pulso de Ruyi para ter certeza. Fraco, um leve palpitar, mas ainda presente. Tenho de trabalhar rápido, contra seu corpo, cujo metabolismo começa a diminuir. Todo o sangue vai correr para o coração, carregando o veneno com ele. O tempo está se esgotando.

— Posso extrair o veneno, mas não acho que ela vá sobreviver sem algo para fortalecer seu corpo — aviso à princesa, enquanto examino a extensão da ferida. — Preciso de ajuda.

— O que você quer dizer com ajuda? — pergunta ela.

— Preciso de outro shénnóng-shī ou, pelo menos, de um shénnóng--tú — respondo.

Ela balança a cabeça.

— Não posso... Não posso envolver mais ninguém. É perigoso demais. O veneno... — Ela hesita por um momento antes de continuar: — Aponta para alguém no Ministério dos Ritos, talvez até mesmo no próprio conselho.

Quase poderia sacudi-la, forçá-la a concordar, mas o terror em sua expressão é real. O jeito como agarra Ruyi, ajeitando o cabelo para longe do rosto. Decido apelar para a verdade.

— Precisa escolher: seu plano ou a vida dela?

Ela olha para Ruyi, em evidente conflito, mas, então, sua expressão suaviza, tão impenetrável quanto a máscara de madeira usada pelo Sombra.

— Quem você sugere? — pergunta ela. Apenas um leve tremor na bochecha trai suas verdadeiras emoções.

— Lian. A filha do embaixador de Kallah.

A princesa concorda.

— Somente ela. Ninguém mais.

Guio Lian ao palácio interior pelos túneis ocultos conforme as instruções, com uma breve parada nas cozinhas no caminho para pegar mais ingredientes. Lian me observa durante nossa caminhada pelos túneis, resmungando consigo mesma. Foi fácil convencê-la da urgência da questão, com meu cabelo desgrenhado e sangue na túnica.

A única coisa que me diz quando nos aproximamos da residência da princesa é:

— Todo aquele tempo passado na biblioteca, hein?

— Prometo a você — digo, conduzindo-a através da porta —, vou explicar tudo mais tarde.

A princesa ergue o olhar quando entramos, e cumprimenta Lian com um aceno de cabeça.

— Preciso de suas habilidades. — Aponto para a figura na cama. — Você diz que seu mentor se especializou em força. Acha que seria capaz de lhe fortalecer o corpo e mantê-la viva enquanto extraio o veneno?

Lian morde o lábio, avaliando a situação.

— Veneno?

— Sim. Uma flecha embebida em cabeça de corvo.

— Ah. — Ela reconhece o nome. — Já vi ser feito, mas não tentei eu mesma.

— Yï lí cè hăi ù — murmuro para mim mesma. — Nossa tarefa é como tentar medir o mar com uma única cabaça. Quase impossível com as limitações da minha idade, da minha falta de conhecimento.

Lian bufa.

— Não é à toa que você precisa da minha ajuda. Tudo o que podemos fazer é tentar.

Pelo menos, uma de nós está otimista quanto às chances de sucesso.

Lian começa a trabalhar no tônico, usando a bandeja de ingredientes furtados das cozinhas.

— Não me chamaria de curandeira — começa ela, enquanto belisca uma coisa e tira lascas de outra, em seguida as coloca em uma panela. — Mas meu mestre sabe desafiar os limites físicos do corpo humano. Talvez isso a ajude a se recuperar.

Estudo seus ingredientes para me assegurar de que minhas escolhas não neutralizem os efeitos do seu tônico. Lian escolheu artemísia para melhorar a circulação e cogumelo carmesim para fortalecer o coração.

— Normalmente, eu prepararia a poção durante a noite — explica ela, sacudindo as ervas. — Mas não temos tempo.

Definitivamente não, pela umidade na pele de Ruyi, as sombras sob os olhos e as veias escuras se aproximando cada vez mais do coração.

As ervas descansam na água quente, então Lian tira o saco da panela e o espreme sobre uma tigela. Segurando a tigela com as duas mãos, ela inspira fundo e sopra a superfície. Consigo sentir a infusão de magia, o aroma picante de canela, muito embora saiba não haver nenhuma na mistura.

— Sente-a — instrui Lian, com uma mudança sutil na voz. Um tom de comando, como se alguém falasse através dela. A superfície do líquido na tigela se agita.

A princesa ajusta a posição da guarda-costas para que fique sentada entre suas pernas, apoiada contra si.

— Abra sua boca.

A luz da sala começa a piscar, muito embora não haja brisa. A Princesa Zhen parece prestes a protestar, mas balanço a cabeça. Ela assente, resignada, e inclina a cabeça de Ruyi para trás. O líquido entra, mas Ruyi tosse e o tônico lhe escorre pelo canto da boca.

— Não a deixe cuspir — orienta Lian, enquanto segura a tigela acima da cabeça de Ruyi mais uma vez.

A princesa abre a boca da aia e, com minha ajuda, nós a fechamos assim que sorve todo o tônico, forçando-a a engolir. A tensão no ar diminui, e a sala mais uma vez cheira levemente a incenso.

Lian afunda de volta em seu assento e pisca.

— Está feito — sussurra, soando mais uma vez como ela mesma.

Inspiro fundo, trêmula, enquanto me aproximo. Posso sentir o peso dos olhares da princesa e de Lian, cheios de expectativa, à espera de que eu cumpra minha parte do acordo.

Por Shu, digo a mim mesma, então subo na cama, me preparando para a tarefa adiante.

Capítulo Vinte e Oito

O DILEMA DIANTE DE MIM É EVIDENTE: PRECISO EXPELIR O VENENO do corpo de Ruyi, mas ela não pode perder mais sangue naquele estado enfraquecido. Vasculho a bandeja com os dedos, hesitando sobre um ou outro ingrediente, antes de me decidir pelas cascas da árvore guarda-chuva, uma especiaria comum em qualquer botica. Quem me dera ter ingredientes mais fortes, como hú huáng lián ou a casca do arbusto de flor de seda, mas estariam na despensa de um médico, e não tão facilmente acessíveis.

Amasso a mistura de casca e folhas entre os dedos até se tornar uma pasta que posso manipular com facilidade, um cataplasma vivo. Então coloco o emplastro na ferida, deixando manchas escuras na pele da aia. Formo uma bola com os restos e a coloco sob a língua. O gosto é repulsivo, mas forço meus lábios a se fechar. Já vi minha mãe realizar esse ritual antes, quando trabalhava com meu pai, os dois praticando as respectivas artes lado a lado, como uma intrincada dança.

Posiciono as mãos nas laterais da cabeça de Ruyi e fecho os olhos.

Shénnóng é comunhão, um laço entre as almas. Seja vulnerável, se abra...

Agora entendo. A magia não está na cerimônia do chá ou na partilha de uma xícara. Está na conexão, na breve união de almas. As folhas de chá são um canal e os ingredientes, as indicações.

Consigo ver Ruyi deitada nas raízes de uma enorme árvore, cercada por uma espiral de sombras. Engolindo o medo, eu me aproximo dela, as gavinhas de fumaça partindo aos meus pés, mas não há cheiro evidente de fogo.

Onde a fumaça se dissipa, posso ver além de pele e músculos. Seu corpo é translúcido, iluminado por deslumbrantes veredas de vermelho e ouro — sangue e essência vital percorrem o corpo da aia. Mas bem ali, se alastrando a partir da ferida em seu flanco, uma escuridão contorcida e pulsante. Os tentáculos já envolveram seus intestinos e fígado, traçando um caminho ascendente em direção ao coração.

Inclino-me para a frente e coloco a mão em seu ombro. Ela ergue o rosto para mim, o olhar confuso.

— Quem é você? — Ela está com medo, sabe que algo não parece certo.

Não sei o que fazer.

Acima de nossas cabeças, a árvore farfalha, então a cabeça de uma garça rompe as folhas. É uma bela ave, penas brancas como a neve e cabeça coroada de vermelho vivo. A Senhora do Sul.

Sua voz ecoa em minha mente: *O destinatário deve estar disposto.*

Penso no cuidado com o qual a princesa enxugou o suor da testa de Ruyi. Como se colocou em perigo sem hesitar para proteger sua aia de qualquer mal. Cada toque fala de intimidades partilhadas.

— Zhen me enviou — digo a Ruyi agora. — Só quero ajudar.

— Zhen? — Um pouco de clareza retorna a seu semblante quando vira o rosto em minha direção, então me dá um leve aceno de cabeça. Não sei se ela vê o pássaro acima de nós, mas encaro a deusa, silenciosamente lhe perguntando o que devo fazer a seguir.

A garça inclina a cabeça. *Entre e pegue.*

Quando uma deusa ordena, sei que devo ouvir. Muito embora cada parte de mim esteja gritando em protesto diante da ideia de tocar aquela... escuridão, estendo o braço. Minha mão parece mergulhar em água morna, como quando toquei Kang com a ajuda do Chave de Ouro. Eu me forço a conter a repulsa quando sinto um frio escorregadio deslizar entre meus dedos.

Ruyi esbraveja quando tento extirpá-lo, como se eu estivesse arrancando seu coração do peito. Da escuridão brotam farpas, que se cravam nos órgãos como urtigas se incorporando à carne. Cerrando os dentes, agarro a escuridão com as duas mãos, lutando para segurá-la com toda a força. Ela se debate, tentando se enterrar ainda mais fundo, tentando chegar ao coração, mas o tônico de Lian brilha como uma gaiola de prata, repelindo aquela tentativa de controle.

— Pare! — grita Ruyi. — Você está me machucando!

O farfalhar se intensifica acima das nossas cabeças, como se a árvore fosse soprada por um vento selvagem que não posso sentir. A garça desapareceu.

Com um estalo doentio, a escuridão se liberta. Em minhas mãos, parece uma musculosa carne pulsante, e chicoteia meu braço, desenhando vergões vermelhos. Gotas de sangue como rubis contra minha pele. Perversidade se esgueira em minha mente, um drapejar de línguas roçando seus limites. Não deseja nada senão devorar. Anseia vida, pois não tem vida própria, e me abro.

Rasteja em meu peito. Posso sentir sua fome e sua ânsia enquanto se enfia em minha boca. Engasgo, lágrimas me vêm aos olhos, mãos sobem à garganta. Tem gosto de carne estragada e podridão, a podridão da traição, o ressentimento de ser esquecido. Vai levar o que foi prometido. Sangue e memórias, carne e vida...

Com um ofegar, volto para o meu corpo. Então me lanço para fora da cama, caindo sobre mãos e joelhos. Cuspo a bola medicinal da boca. A coisa respinga no chão de madeira com um chiado nauseante, e fumaça sobe da polpa. A fumaça ganha uma forma esguia sinuosa. Protuberâncias grotescas começam a brotar do corpo serpentino e três cabeças irrompem, feições que se moldam diante de nossos olhos, como um escultor trabalhando a argila. Três cabeças com rostos humanos, pele de uma palidez cinzenta. Lábios finos, olhos claros e um som como o ranger de dentes emana dos cortes de suas bocas abertas.

Encaro a horrível aparição, o corpo paralisado de terror. A coisa se ergue sobre o corpo enrolado e as bocas sorriem para mim, revelando dentes afiados como adagas.

Com um grito, a princesa pula diante de mim, uma meia-espada curva em punho. A lâmina desce em um arco mortal e as cabeças rolam ao cair, parando não muito longe dos meus pés. O corpo oscila sobre si mesmo antes de tombar para o lado. Tão rapidamente quanto se formou, o monstro desaparece na bruma. Em seu rastro ficam o cheiro de carne pútrida e uma marca preta no chão, como se alguém tivesse aproximado demais uma tocha da madeira.

A espada pousa no chão com um estrondo, e a princesa se agacha à minha frente.

Sua boca se move, mas não ouço nada.

A última coisa de que me lembro é deslizar para a abençoada escuridão, que se fecha sobre minha cabeça, como as águas da fonte sagrada.

Um gongo soa, me lembrando de que há algo que devo fazer, alguém que preciso encontrar. Está quase na Hora do Ladrão. O pânico invade meu peito, dificultando a respiração. Eu me atrapalho com os cobertores, chutando.

— Ning! Ning! — Lian entra em foco lentamente, as sobrancelhas desenhadas em uma linha de preocupação. — Você acordou — suspira ela.

— Onde... — Olho em volta e vejo que estou em nosso quarto. Não me lembro de ter voltado. Sinto um latejar surdo na têmpora, e minha garganta está ferida e ardendo.

Lian coloca um copo em minhas mãos. Bebo avidamente e o líquido deixa uma trilha calmante à medida que vai descendo. Não há aditivos nem magia. Apenas uma boa xícara de chá, preparado para adoçar, tão familiar quanto um abraço de mãe.

— Como voltei para cá? — pergunto.

Ela está sentada em um banquinho que arrastou para perto da minha cama, parecendo mais séria do que jamais a vi.

— A princesa mandou um dos guardas carregar você de volta — responde.

— Ah. — Tento assentir, mas o gesto envia uma pontada aguda através do meu crânio. Estremeço e pressiono os dedos na testa, mas não alivia a dor.

— Vai levar algum tempo para melhorar — explica Lian, depois acrescenta depressa: — Provavelmente já sabe disso. Sendo capaz de fazer o que você... realizou. — Ela exibe uma expressão de espanto, como se não tivesse mais certeza de quem sou.

— Eu vi a deusa — sussurro, também insegura de quem sou. — Ela me ajudou.

— A deusa? — ecoa.

— Um pássaro... a Senhora do Sul?

Ela acena com a cabeça em sinal de compreensão.

— Nós a conhecemos como Bi-Fang, Deusa do Fogo.

Após uma pausa, Lian enfim me faz a pergunta que sei que lhe rondava a mente:

— O que aconteceu ontem à noite? Por que estava no palácio interior?

Sou tomada pelo mesmo tipo de hesitação que senti no dia em que voltei do encontro com Kang. Tenho medo do julgamento, medo de que ela me acuse de traição. Mas Lian sempre me ajudou sem questionar. Testemunhei sua gentileza com os criados da cozinha, o mesmo respeito estendido a todos, dos criados aos mais altos funcionários. Ela me ofereceu amizade, e menti desde o início. Agora, no mínimo, ela merece a verdade.

Começo, hesitante a princípio, pela morte da minha mãe e pelo envenenamento da minha irmã. Como lutei com o Sombra, então conheci Kang no mercado. Como aquilo levou ao meu encontro com a princesa e finalmente aos eventos da noite anterior. As únicas coisas de que não falo são os momentos íntimos entre Kang e eu. Aqueles, guardo para mim.

— Como escondeu isso de todo mundo? — dispara, quando termino. Lian caminha de um lado para o outro do quarto, balançando a trança, refletindo sobre tudo o que lhe contei. — Reuniões secretas com a princesa? Saindo às escondidas com o sobrinho do imperador?

— Ficaria feliz em deixar tudo isso para trás se apenas conseguisse assegurar o antídoto para minha irmã — confesso, determinada.

— Então... — Ela olha para mim. — E depois? Você ficaria por lá?

— Minha mãe foi capaz de escolher — argumento, como se não sentisse uma pontada no peito quando falo essas palavras, como se não tivesse passado a maior parte da vida planejando uma fuga da minha vila.

— Parece que sua mãe fez as próprias escolhas pela família, mas e você? O que *você* quer?

Não quero falar sobre minha mãe. Não quero falar sobre meu futuro, imaginário ou não.

— Tudo o que sei é que preciso me concentrar em encontrar o antídoto. Se o veneno que afetou Ruyi for o mesmo que matou minha mãe... Essa criatura serpente... Você já a viu antes?

Lian estremece.

— Aqueles rostos eram uma abominação. Nada assim deveria existir.

— Acho que a deusa tentou me avisar antes — revelo. — Quando me deparei pela primeira vez com o chá envenenado, também vi uma serpente. As duas devem estar conectadas de alguma forma.

Lian cruza os braços, considerando a hipótese.

— Alguém tentou matar a pessoa mais próxima da princesa. Sem falar dos múltiplos atentados contra sua própria vida.

— E alguém já matou o pai dela, a pessoa mais poderosa e protegida do império. — Se valorizo minha vida, aquela é uma informação que devo guardar para mim mesma. Mas preciso de alguém com conhecimento dos meandros da corte. Lian saberia me dizer com quem posso falar e quem devo evitar.

Minha amiga não parece surpresa com aquilo, apenas preocupada.

— Tem certeza?

— A princesa não negou.

— É exatamente como meu pai disse. — Ela balança a cabeça. — O Príncipe de Dài retornará para recuperar o que acredita ser seu.

— Depois de todo esse tempo...? — Dez anos é muito tempo. Para um império se transformar, para lealdades penderem na balança.

— Eu estava no palácio quando o Príncipe de Dài tentou derrubar o imperador. — Sua voz é suave, mas o medo nos olhos a trai. — Era pequena, mas ainda me lembro. Como estava apavorada quando meu pai me mandou sair pelo portão dos fundos. Vi o palácio queimar. A corte se estilhaçar. Muitos foram executados quando a rebelião fracassou.

Ela interrompe seus passos para me encarar com uma severidade que a faz parecer mais velha do que é.

— Mas muitos inocentes que não tiveram nenhuma participação no motim também morreram. Não quero que você se machuque. Tenha cuidado, Ning.

Eu me lembro da noite em que saí de casa na ponta dos pés, no escuro, quando uma menina mais jovem que eu em idade, porém mais sábia em todos os outros aspectos, me deu um aviso semelhante.

— Gostaria de pensar que somos amigas — digo, minha maneira de me desculpar por lhe esconder as coisas.

— Nós somos. — Ela abre um sorriso, e o caminho à frente parece menos assustador, mesmo que apenas por um momento.

Capítulo Vinte e Nove

Naquela noite, vestimos nossas túnicas de competição, os novos trajes despidos de cor e enfeites. Apenas a família real pode ostentar o branco do luto, mas o restante dos moradores do palácio demonstra respeito vestindo preto. Bandeiras brancas penduradas nas vigas e diante de cada porta nos lembram da perda de Dàxī.

Não retomamos a competição no Salão da Reflexão. Em vez disso, como convém à virtude da sabedoria, nos reunimos na sala superior do pavilhão da biblioteca. Dali, as janelas de treliça cortadas no formato de flores revelam as luzes dos jardins do palácio e da cidade além. Do lado de fora, uma garoa de primavera chuvisca sobre os telhados, envolvendo a paisagem em um tom enevoado.

A sala parece ser usada para meditação e prática de caligrafia, pois há apenas um pergaminho pendurado na parede, três caracteres escritos com um floreio:

人之初

A eterna questão e conflito propostos pelos filósofos: ser bom ou mau é da natureza humana?

Quantos imperadores e imperatrizes visitaram aquele mesmo cômodo e olharam para cima, ponderando como responder àquela pergunta para melhor guiar o povo de Dàxī? A Princesa Zhen já esteve no exato lugar onde me encontro agora, refletindo sobre a mesma pergunta? A que conclusão chegou?

Os pássaros mais uma vez ocupam suas gaiolas de ouro — sua residência permanente não é o Salão da Reflexão, como pensei a princípio. Dessa vez, presto atenção em suas penas: um roxo rico e profundo, desbotando para verde nas extremidades. Os olhos são pontos escuros com um brilho lustroso, a curva dos bicos escarlates terminando em uma ponta afiada.

— Voltamos à terceira rodada da competição. — A Anciã Guo parece particularmente agourenta em vestes pretas, como uma cartomante prestes a profetizar um terrível presságio. É a única juíza presente, já tendo repassado os cumprimentos dos colegas para aquela noite. Estão preocupados com o futuro do império no momento.

— É imperativo que continuemos empenhando esforços — prossegue. — Não permitiremos que dissidentes perturbem o curso da competição. Pois Dàxī é um rio poderoso, e eles são apenas galhos quebrados a serem levados pela correnteza.

Suas palavras são destinadas a oferecer segurança, mas aprendi a enxergar através dos chavões dos oficiais da corte, como suas ações, às vezes, entram em conflito com seus pomposos pronunciamentos. Afinal, com dissidentes suficientes, se pode construir uma barragem capaz de desviar o mais poderoso dos rios.

— Atrás de mim estão os Piya, a personificação da frase "curar veneno com veneno". Treinamos os pássaros desde o nascimento. São continuamente alimentados com uma dieta de criaturas venenosas, até que se tornem, ao mesmo tempo, venenosos e imunes ao veneno. — Ela sorri para a nossa confusão e falta de familiaridade com tais criações.

— Achei que eram pássaros lendários — diz Guoming. — Não são reais.

— Eu lhe asseguro — rebate a Anciã Guo. — São bem reais. Você pode conhecê-los por outro nome: pássaro pena venenosa. A bicada, as garras, as lágrimas, os excrementos... todos contêm veneno. Também são excelentes detectores de veneno, pois não ingerem o que não podem suportar. Agora, para sua próxima tarefa...

Ela gesticula para os pássaros.

— Somente trabalhando em estreita colaboração com seu parceiro serão capazes de obter sucesso. Um de vocês vai disfarçar um veneno letal para que o Piya o consuma de bom grado e contra sua natureza. O outro combaterá o veneno e salvará a vida do pássaro. Se o Piya se recusar a ingerir o veneno, o competidor terá falhado. Se o pássaro morrer, o competidor terá falhado. Somente se a equipe cumprir as duas tarefas, os dois poderão seguir adiante na competição.

— Que tipo de veneno precisará ser transformado? — indaga Wenyi, uma pergunta condizente a quem dedicou sua vida à academia.

Os olhos da Anciã Guo brilham, e ela responde com carinho, quase como alguém pronunciaria o nome de uma criança querida:

— Jīncán.

Suspiros de repulsa, inclusive os meus, se juntam ao trinado dos pássaros.

— Ela perdeu o juízo — comenta Lian baixinho, e eu concordo.

O jīncán é um bicho-da-seda de ouro, uma abominação da natureza. Minha mãe dizia que era folclore, um antigo ritual praticado por aqueles acostumados a manipular magias sombrias. É uma magia caótica que, eventualmente, devora qualquer um que mergulhe em suas profundezas.

O bicho-da-seda prestes a tecer seu casulo é colhido e selado em um vidro com criaturas venenosas capturadas na noite mais escura da lua nova. O frasco é enterrado e aberto uma semana depois. As criaturas terão matado umas às outras, e a pupa se transformado em ouro, tendo subsistido do sangue daqueles que se devoravam ao seu lado. A pupa nunca emerge do casulo, ali residindo em estado suspenso. Não está viva, mas tampouco morta de fato.

Alguns dizem que o espírito do bicho-da-seda deixa o corpo por completo, e o espírito só pode ser apaziguado com sangue. Uma gota do sangue do criador obriga o espírito jīncán a cumprir suas ordens, mas a pessoa corre o risco de ser devorada se não o mantiver alimentado.

No passado, talvez eu achasse graça do absurdo de tal horror. Mas, então, ontem à noite, arranquei do corpo de uma mulher uma serpente que vestia três rostos humanos. Existem forças mais sombrias e estranhas nesse vasto, amplo mundo do que eu jamais poderia compreender com minha limitada imaginação.

— Amanhã vocês ganharão acesso à despensa dos médicos reais. Nós nos reuniremos à noite, depois da cerimônia dos ritos de verão. — Tinha esquecido que o dia seguinte é o Chamado ao Verão, um festival que celebra a mudança das estações. — Esta noite vocês vão escolher e depois cuidar de um dos pássaros em seu alojamento.

"Esses pássaros são tesouros nacionais — continua a Anciã Guo, enquanto observamos os Piya, considerando o assustador desafio diante de nós. — Se sofrerem algum mal, não é apenas com sua posição na competição que devem se preocupar, mas com que tipo de punição vão receber."

Shao e Guoming se acotovelam com sorrisos confiantes, nada preocupados com a ameaça. São os primeiros a correr até os poleiros, rapidamente conduzindo o pássaro escolhido para longe. Olho para Lian e ela dá de ombros. Não sei nada sobre cuidado de animais, mas logo a escolha é feita por nós. Ergo o último pássaro de seu pedestal, e a ave solta um guincho indignado por ser manuseado.

— E quanto ao jīncán? — pergunta Shao, quando todos voltamos a nossos lugares, pássaros na mão.

Não confio em nenhum dos outros concorrentes, com exceção de Lian, muito embora Wenyi e Chengzhi sejam bastante amigáveis. Mas dos shénnóng-tú restantes, em quem menos confio é Shao, especialmente depois de tê-lo visto na residência do marquês.

— Terão permissão para usar uma única pupa seca amanhã à noite — informa a Anciã Guo —, na qual vocês vão realizar a transformação para que a analisemos.

Fazemos uma mesura ao sairmos da câmara. Não posso evitar um último olhar para a pergunta no pergaminho de caligrafia pendurado acima de nossas cabeças:

Bom ou mau?

— O que você sabe sobre esses pássaros? — pergunto a Lian assim que voltamos ao quarto. Acomodo a ave em uma das mesas laterais. Ela gira a cabeça de uma forma estranha, vigiando cada passo nosso.

— Não muito — admite ela, observando o pássaro através das barras da gaiola. — São... aberrações. Nem consigo imaginar quantos pássaros precisam morrer para criá-los.

— O mesmo se aplica ao jīncán. — Estremeço. — Tantos tiveram de morrer, e para quê?

Lian assente, solenemente.

— É contrário à arte de Shénnóng, ao que meu povo chama de *t'chi*, pois seu único propósito é ceifar uma vida. É uma arma, nada mais, por mais que a Anciã Guo goste de fingir que existe um propósito maior por trás dele. Estou surpresa que o ministério tenha aprovado seu uso.

— Talvez seja uma maneira de a princesa ver quem se sente confortável com o uso de venenos, o que, por sua vez, a levará ao responsável pelos tijolos de chá envenenados — especulo.

Pessoas desesperadas recorrem a medidas desesperadas. A princesa está diante de uma tarefa assustadora: singrar as águas turvas da corte. Quem é leal e quem é inimigo?

— Ela se lembrou de mim — comenta Lian, pegando preguiçosamente uma noz da mesa e colocando-a em um canto da gaiola. O Piya chilreia e voa do poleiro para pegá-la. Quando a ave julga o petisco comestível, a noz é lançada ao ar e devorada com rapidez.

— Quem?

O pássaro arrepia as penas e bica o chão, cantando. Lian empurra mais nozes pelas grades, e a gulosa criatura as engole uma a uma.

— Zhen — responde ela, soando perdida em lembranças. — Irmã Mais Velha, é como eu costumava chamá-la. Quando éramos crianças, tínhamos permissão para brincar juntas. Mas, então, veio o medo da rebelião, e ela foi mantida isolada, para a própria segurança. Meu pai viu acontecer e me alertou de que algum dia alguém poderia querer machucar minha família e atingi-lo através de mim. Disse ser esse o motivo pelo qual eu precisava me manter vigilante e útil, porque esse dia poderia chegar mais cedo do que o esperado.

O tempo passado no palácio, todas as coisas que aprendi começaram a mudar a compreensão da minha infância. Como eu costumava ver tudo através de um espelho deformado, e como ainda busco por nitidez.

— Ela não sabe em quem confiar — argumento. — Como poderia?

Lian oferece ao pássaro um amendoim, e ele grasna, irritado.

— Talvez ela esteja certa em um aspecto. Se conseguir determinar a fonte do veneno e descobrir um antídoto, pode, pelo menos, apaziguar um pouco algumas pessoas.

— Muitas delas estão apenas cansadas e com medo. — Perdidas, como eu.

— Meu pai está se preparando para esse dia. As estrelas já o previram. O império se dividirá e a mudança virá. — Ela fala com confiança, com a mesma certeza de que o sol nasce no leste, e invejo a fé cega nas palavras dos astrônomos.

— O que eles veem? O reinado da princesa foi profetizado? — pergunto, curiosa. — Por que não podem assegurar às pessoas quem vai ser um bom governante e quem será ruim?

— Qualquer um é capaz de ler as estrelas. É a interpretação a parte perigosa. — Lian franze o cenho. — As estrelas não são uma estrada sem curvas, mas sim um rio dividido, cada braço se dispersando em córregos menores, infinitas possibilidades traçadas no céu. E é uma profissão arriscada. Você pode dizer algo que irrite uma pessoa poderosa e então... — Ela faz um gesto de degola na base do pescoço.

— Nem todo mundo quer que o futuro seja conhecido — retruco, e ela concorda com um aceno de cabeça.

Lian pega a gaiola com o pássaro, pronta para levá-la até o dormitório.

— Não está pensando em dormir com o Piya, está? — pergunto, a pele já se arrepiando com a ideia daqueles olhos me observando enquanto sonho.

— Ouviu o aviso da Anciã Guo. Se a ave morrer, seremos desclassificadas da competição, e até pior.

Fico atônita com aquilo, sem entender, até me dar conta. Mate o pássaro e estamos fora da competição. Com o Piya sob nossos cuidados, ficamos vulneráveis à sabotagem.

— Jogos dentro de jogos — murmuro, cansada da intriga. Aquilo me lembra novamente da minha própria ignorância.

— Já te disse, a família de Shao tem fortes conexões na corte — lembra Lian. — Tanto no departamento dos médicos reais como na

Corte de Oficiais. Mas ele é o primeiro a ter demonstrado afinidade com Shénnóng. Liu Guoming é um parente distante do marquês, e sua família está no ramo do chá há gerações.

"As famílias de ambos conhecem em detalhes como o chá e os distritos de entretenimento influenciam os oficiais. É vantajoso para eles ter um ouvido na corte ou prestígio em Hánxiá. Os jogos continuarão no palácio esta noite. É melhor ficarmos atentas. Descanse um pouco, Ning. Nós duas vamos precisar."

Capítulo Trinta

Acordo ao som de gritos, um lamento que me arranca das profundezas do sonho e me joga com brusquidão no quarto escuro. O barulho parece vir de todos os lugares ao mesmo tempo.

Afasto as cobertas, imediatamente procurando Lian para me assegurar de que não é ela que está em agonia. Seus olhos são dois pontos brilhantes do outro lado do quarto enquanto aperta os cobertores contra o peito. Ela levanta o braço e, trêmula, aponta para o canto. Uma brisa se enrodilha em volta das minhas pernas conforme registro a luz que se derrama de uma janela aberta.

Acima de nós, uma sombra varre o teto. Nós nos abaixamos, e percebo que a fonte do lamento aterrorizante é o pássaro, voando para a janela entre nossas camas.

— Lian! — grito. — Feche a janela!

Ela salta e bate a janela antes que o pássaro possa fugir. O Piya grita novamente, irritado, então se acomoda em cima de um dos armários, limpando as penas com fervor.

Procuro os fósforos e acendo as velas, e o quarto enfim entra em foco.

Há um banco virado no canto. Duas pernas despontam de trás do biombo, envergando calças e botas pretas. Pego a adaga de Kang e a desembainho, empunhando-a diante de mim com a mão trêmula. Quando me aproximo, sinto um cheiro de excremento, de doença.

— O que... O que é isso? — pergunta Lian.

Com o pé, cutuco a perna e ela cai para o lado. Adaga em punho, arrasto o biombo para revelar o rosto do homem deitado no chão.

O grito de Lian é abafado, mas ainda posso ouvir o terror contido atrás de suas vestes. O homem caiu de lado, um braço debaixo do corpo, a outra mão na garganta. Sua língua está inchada, roxa, caída pela lateral da boca, como uma lesma. Há sangue escorrendo de cada orifício; escorre de seu nariz e orelhas, e escorre pelo canto dos olhos, como lágrimas.

Parece que ele morreu de maneira dolorosa, brutal, sem paz no último suspiro.

— Estou... Tenho quase certeza de que ele está morto — digo a Lian, tentando tranquilizá-la, mas o tremor da minha própria voz me trai.

Com um estrondo alto, alguém irrompe pelas portas do nosso alojamento, passos se aproximando depressa. Rapidamente, escondo a adaga na manga, fora de vista. De súbito, estamos cercadas por guardas em nosso pequeno quarto. Eles desviam os olhos, tocando as testas com as espadas em uma saudação. Um deles avança e faz uma reverência.

— Desculpe pela invasão — lamenta ele. — Fomos incumbidos de vigiar seu alojamento esta noite, mas, ao que parece, chegamos tarde demais para ser de alguma valia. Mandei chamar o chanceler... Ele pediu para ser informado se houvesse alguma perturbação em sua residência.

— Chanceler Zhou? — Lian franze o cenho. — Por que ele estaria preocupado com nossa segurança?

Ouço o som de passos no pátio, então o chanceler em pessoa entra no quarto. Usa trajes casuais, que parecem ter sido vestidos às pressas. Seu cabelo está preso em um nó simples em vez do penteado intrincado da corte. Sua expressão é sombria.

— Esperava que não chegasse a isso. — Ele caminha até onde um dos guardas, ajoelhado ao lado do morto, revista sua armadura. — Parece que alguém estava determinado a tirá-las da competição.

O guarda se levanta e o saúda.

— Soldado se apresentando, senhor. Não há identificação que eu tenha visto.

— Vamos descobrir em breve. Leve-o para fora e o dispa. — O Chanceler Zhou dispensa o guarda com um aceno, então se volta para nós. — Venham se juntar a mim quando estiverem prontas. O Capitão Wu vai mostrar o caminho.

Esperamos que um dos soldados, com luvas grossas, recolha o pássaro, cuidadosamente atraindo-o de volta à gaiola com comida. O guarda tenta levá-lo, mas Lian se certifica de que o Piya continue perto de nós, lembrando ao soldado que o pássaro deve ficar sob nossos cuidados até a próxima rodada. Por fim, o homem resmunga alguma coisa, mas aquiesce, nos deixando para que nos arrumássemos para a audiência com o chanceler.

O Capitão Wu nos conduz pelos corredores do palácio adormecido. Nenhum anúncio dos pregoeiros para nos orientar quanto à hora, mas posso sentir o cansaço no corpo e na mente. As árvores e as estátuas dos jardins parecem assumir formas sinistras, sombras se estendendo em silhuetas grotescas. Gostaria de ter uma xícara fresca de chá de verão com gingko para desanuviar a mente.

Entramos por um portão lateral, e reconheço que estamos sendo admitidas no palácio interior — agora de modo oficial, em vez de nos esgueirar pelos túneis. Caminhamos sobre pedras pisadas pela própria imperatriz, passando por murais pintados nas paredes, representações de guerreiros e donzelas e acadêmicos. A impressão é de que muitos olhos seguem cada passo dado.

Atravessando a soleira, entramos em uma grande sala com braseiros acesos, iluminando os ricos painéis de sequoia. O centro da sala é rebaixado, destinado ao entretenimento. Mas, em vez do chanceler, é a princesa que nos espera em uma das plataformas, bebendo de uma xícara. Lian e eu caímos de joelhos diante da monarca.

— Deixe-nos — ordena a princesa.

O Capitão Wu e o restante dos guardas desaparecem.

— Venham. — Ela acena para que fiquemos de pé.

Recordo que ameacei a princesa na noite anterior, a pressionei. E apesar de ter sido bem-sucedida, de algum modo não a imagino como o tipo que perdoa.

— Eu... Espero que Ruyi esteja se recuperando, Vossa Alteza — digo, com um pigarrear.

A princesa me avalia com um olhar pensativo antes de responder:

— Falou como a filha de um verdadeiro médico — comenta ela. — Não há necessidade de ser tão formal comigo. Você salvou a vida da minha amada, e por isso lhe sou grata. Pode se referir a mim como Zhen, se estivermos apenas as três presentes.

— É uma grande honra, Vossa... Obrigada. — Lian se curva, e eu a imito.

— Sentem-se — instrui a princesa, e nos ajoelhamos em almofadas na plataforma inferior. — Ela ficou inquieta a maior parte do dia, mas conseguiu ingerir um pouco de comida — informa Zhen, e posso ouvir a preocupação em sua voz.

Lian balança a cabeça.

— Estou horrorizada em descobrir que alguém faria tal coisa. O veneno é uma arma desprezível, mas eu a felicito por manter a compostura. Soube por meu pai que você se dirigiu à corte hoje cedo e fez um discurso que inflamou os ânimos para os dias que virão.

— Você se lembra das *lições* da vovó — explica a princesa, e a mesma careta se espelha no rosto de Lian.

Minha amiga assente.

— Só tive de suportá-las alguns meses do ano, mas costumava ter pesadelos com ela me mastigando e cuspindo meus ossos se eu falasse sem permissão.

Zhen ri, então solta um leve suspiro.

— Como eu gostaria que ela estivesse aqui... Vovó saberia o que fazer. Como navegar a corte, como...

— Também acho — concorda Lian, solenemente. — Ela saberia o que fazer.

— Vamos falar com franqueza. — A Princesa Zhen se inclina para a frente, determinada. — Dentro desta sala, prometo que terão minha atenção. Se forem honestas comigo, também serei franca.

Ela se vira primeiro para Lian.

— Apelo a você, aquela que no passado foi uma jovem companheira. Minha avó me deu a palavra de que sua família é confiável. Posso contar com você para fornecer seu conselho e sua discrição?

Lian toca o ombro, um reconhecimento.

— Como meu povo uma vez declarou sua avó a Princesa da Paz, assim também o farei, se estiver disposta a reconhecer o pacto entre nossas famílias.

A princesa acena com a cabeça, então seu olhar cai pesadamente sobre mim.

— No começo, não gostava de sua ousadia e a via como ofensa — admite ela. — Mas percebo que preciso de menos palavras floridas e juramentos de lealdade. Preciso daqueles capazes de me desafiar se eu falhar com meu povo. O que você diz, Ning de Sù? — Ela me perscruta o rosto, como se à procura de qualquer hesitação. — Quando você citou o revolucionário, sinalizava para a mudança, como acusou o marquês? Está disposta a ser uma voz para o povo e me ajudar a continuar o legado do meu pai pela prosperidade de Dàxī?

Por um momento, eu me desespero com tal fardo. Como vou saber se ela vai ser uma boa governante? Vi como as pessoas sofreram sob o jugo da ganância e da corrupção, mas, se a princesa é tão ignorante dos crimes cometidos pelos oficiais como afirma, então talvez esteja disposta a fazer o que deve ser feito. Talvez esteja disposta a implementar mudanças.

— Se você reconhecer o sofrimento do povo e demonstrar ser capaz de cumprir promessas... — Escolho minhas palavras com cuidado, sentindo seu peso. — Então tem minha palavra. Serei honesta.

— Ótimo. — Zhen se recosta, satisfeita com nossos juramentos. — Agora vamos discutir o que aconteceu esta noite e o que está por vir. Há muito a ser feito.

Capítulo Trinta e Um

— Tenho tentado acompanhar a agitação nas fronteiras — conta Zhen. — Sei que alguns oficiais têm usado a autoridade imperial em benefício próprio, mas apenas nos últimos meses comecei a ter noção de como a corrupção se espalhou.

É doloroso saber que a princesa parecia tão alheia aos problemas do império. Não posso deixar de me perguntar se, antes de adoecer, o imperador intencionalmente a manteve na ignorância.

— Ocupação ilegal de terras, venda de chá e sal a preços exorbitantes, suborno, ameaças, uso excessivo da força... Mas nada me enoja mais do que chá envenenado. — Zhen dá um tapa na mesa diante dela, a frustração evidente. — Usei meus recursos para financiar as investigações, mas tem sido difícil. Os espiões permanecem leais a meu pai, e não tenho certeza de quantos também se reportam a outros na corte.

Agora entendo o motivo pelo qual ela nos recrutaria para a sua causa. Somos relativamente desconhecidas na capital, e nossa lealdade é mais fácil de assegurar.

— Você acha que é alguém da Corte de Oficiais. — Lian levanta uma das sobrancelhas. — Talvez até mesmo um dos ministros, em vez de algum outro reino tentando minar o poderio de Dàxī.

Zhen balança a cabeça.

— Talum, a oeste, está em meio a uma guerra civil, e a família real ocupada com as próprias preocupações. Os reinos do norte têm de abrir caminho através dos Pilares do Céu para representar alguma ameaça. Suas marinhas também são limitadas demais para ter alguma relevância.

— A árvore se ergue firme, mas a podridão a corrói por dentro. — Lian cita um ditado popular.

Com uma careta, Zhen continua:

— É natural especular que seriam forças externas tentando causar inquietação, mas todas as minhas fontes apontam para oficiais com influência na corte. Eles se juntaram para apoiar alguém que acreditam ter legítimo direito ao trono.

— O General de Kăiláng. — Até eu posso adivinhar.

— Sim. — Ela suspira. — Meu ambicioso tio. Sei que existem aqueles na corte que acreditam que deveria ter sido ele o imperador.

— Acha que ele está envolvido então? Nos envenenamentos? — Sou incapaz de conter a emoção, tão desesperada é minha urgência em saber. — E você acredita que os tijolos de chá envenenados são a chave para descobrir quem vem exercendo essa influência?

— Precisamente — afirma Zhen. — É um grande golpe contra o coração das pessoas, mas, ao fazê-lo, revelaram muito de si mesmos, mais do que com as tentativas anteriores de assassinato. Estou tentando investigar as províncias visadas, se há um padrão. Mas nossa análise dos tijolos de chá leva a apenas uma conclusão: o veneno foi criado sob influência de magia. Foi o trabalho de um shénnóng-shī particularmente talentoso.

Eu deveria saber desde o início. Sua natureza imperceptível, o caráter ardiloso do antídoto...

Lian franze o cenho.

— Você precisava encontrar um meio de reunir os shénnóng-shī e o mais promissor shénnóng-tú no palácio para continuar a investigação.

Zhen assente.

— A nomeação do shénnóng-shī da corte envolve longos rituais. Sem a desculpa específica da competição, eu não teria outra razão para convocar todos os shénnóng-shī do reino para Jia.

Ela se levanta da cadeira e caminha até um pergaminho na parede, puxando-o para o lado. O pergaminho esconde engenhosamente uma porta, e a princesa chama por quem está no quarto ao lado antes de voltar para a almofada.

O chanceler entra, cercado por guardas. Confirmado então. O homem está de conluio com a princesa para desmascarar o mandante por trás dos envenenamentos. Por isso vigiava os alojamentos com tanto cuidado.

— Descobriu a identidade daquele que tentou atacar o pássaro, chanceler? — pergunta Zhen. Ao ver a hesitação do conselheiro, ela faz um gesto de indiferença com a mão. — Pode falar abertamente na frente delas.

O chanceler inclina a cabeça e apresenta o relatório.

— O ladrão conseguiu acesso à residência pelo telhado e pela janela aberta. Calçava luvas e tentou agarrar o pássaro, mas a ave cuspiu em seus olhos e o cegou. Quando a soltou, ela o bicou no pulso. Quando a saliva entrou em seu sangue, seguiu seu curso, e ele pereceu.

O que resultou na bagunça caída no chão do nosso alojamento.

— Esses malditos pássaros podem alcançar um preço alto no mercado clandestino — afirma Lian. — Não estou surpresa que ele tenha tentado roubá-lo em vez de abatê-lo.

— O que teria matado dois coelhos com uma cajadada só: encher os bolsos e eliminar vocês da competição — observa o chanceler.

A princesa assente.

— Vejamos quem aparece com um pássaro amanhã e quem não aparece. — Após uma pausa, a atenção de Zhen se volta mais uma vez para mim. — Precisamos falar sobre Kang.

Ah, sim, a discussão que eu temia. Posso sentir o peso de todos os olhares sobre mim, assim como os olhos de todas aquelas figuras nos murais. Uma vez que ela fez a pergunta na frente do chanceler, significa que ele deve estar a par do nosso acordo.

— Ele me levou ao Mosteiro de Língyǎ — começo, com a voz trêmula. O Chanceler Zhou me observa como se me enxergasse com novos olhos, uma dolorosa reminiscência da desaprovação do meu pai. Mas sustento seu olhar, a cabeça erguida.

As perguntas vêm, uma após a outra.

— Língyǎ? — pergunta Zhen. — Por que Língyǎ?

— Ele a levou para conhecer a abadessa? — indaga o chanceler.

— Ela disse qualquer coisa sobre uma aliança com o general ou fez insinuações sobre seus planos?

— Ele me levou até lá para ver os jardins e quase fomos descobertos pelos monges, então nos escondemos em uma caverna subterrânea enquanto nos procuravam. — Onde eu caí, e ele me salvou e me beijou até que nós dois perdêssemos o fôlego. — E nós... conversamos.

— Conversaram? — A princesa me encoraja a continuar.

— Conversamos sobre a infância de Kang no palácio, com você.

— Acha que ele nutre algum rancor em relação à princesa? É um risco para ela? — O Chanceler Zhou continua com a torrente de perguntas. Parece descontente com minhas respostas, em busca de algo mais.

— Ele diz que Lùzhou está sofrendo porque seu povo não consegue encontrar trabalho — respondo. — Possuem recursos limitados para subsistência e são forçados a cometer atos ilegais para sobreviver.

Zhen se vira para o chanceler.

— Aliás, foi o que eu disse a você. Se me deixar sair do palácio e implementar as políticas que discutimos, podemos aliviar um pouco esse sofrimento.

— Devemos mantê-la em segurança, Vossa Alteza — argumenta o chanceler. — Como posso responder ao espírito de seu pai, de sua avó, se não o fizer?

— Estou cansada de segurança! — Zhen levanta a voz, os olhos brilhantes. — Estou cansada de ser mimada e protegida! É hora de eu aprender a governar. Temos de desmascarar esse inimigo sem rosto antes que seja tarde demais.

— Estamos cada vez mais perto da verdade. Conhece as informações que temos sobre Kang — dispara o chanceler, pronto para apaziguar o temperamento da princesa. — Sabe que ele não é confiável.

— Que informação? — pergunto, mas Lian cruza os braços e me atropela.

— Você usou Ning como isca?

Zhen a observa com firmeza.

— Não creio tê-la colocado em qualquer perigo.

Antes que eu possa considerar as implicações daquela informação, o chanceler começa a falar novamente:

— Nossos espiões têm visto Kang com o Marquês de Ānhé, disseminando a influência do pai para a região sudeste. O marquês e o general subornaram funcionários do ministério, recrutando cada vez mais pessoas para as salinas e montando, em segredo, campos de treinamento para o próprio exército.

— Kang alega que não há honra no veneno — protesto. — Ele só deseja defender seu povo.

Não sei por que continuo a defendê-lo — simplesmente tenho certeza de que o garoto com quem conversei ao lado da nascente secreta foi sincero em suas palavras. O Chave de Ouro me diz isso. O chá cantarola em meu coração.

— É apenas uma suspeita — concorda a princesa. — A evidência contra meu tio é forte, mas ainda não podemos ter certeza da lealdade de Kang.

— Será que ele não sabia? — Lian se aventura timidamente. — Será que o pai o manteve no escuro?

— Tinha me esquecido de que você também o conhecia — diz Zhen. — De antes.

— Não seja ingênua — retruca o chanceler. — Vocês duas viram como ele se comportou na cerimônia. Ele intercedeu para ganhar a confiança da princesa, fingiu poupá-la da lâmina, mas com certeza aqueles assassinos foram enviados pelo pai de Kang. Foi um estratagema elaborado. O rapaz provavelmente empunha uma espada desde que aprendeu a andar, treinado na infância pelos bandidos do império. É uma arma. É evidente.

"Acredito que as provas virão à tona com o tempo — termina o chanceler com um sorriso severo, depois se dirige a Zhen: — Você conta a ela ou conto eu?"

Eles trocam olhares, e a princesa se vira para mim mais uma vez.

— Temos informações, informações *confiáveis*, de que um componente do veneno escondido nos tijolos de chá é original de Lùzhou. Uma espécie de alga amarela, kūnbù.

Sinto um zumbido repentino nos ouvidos. A verdade desaba sobre mim como ondas, ameaçando me afogar sob seu peso.

— Sinto muito — lamenta ela, com suavidade. — É improvável que ele seja tão inocente quanto afirma.

Odeio a expressão de pena em seu rosto.

— Você está mais perto de uma cura então? Um antídoto para o veneno? — exijo.

Deveria ter me concentrado naquilo desde o início, e não me deixado distrair por um menino bonito do mercado. Desperdiçando meu tempo em conjecturas, se ele me queria para algum propósito nefasto por causa de minhas habilidades shénnóng-tú, ou se, de fato, desejava me conhecer como alegou.

Nossos caminhos nunca deveriam ter se cruzado.

— Estamos progredindo — responde o chanceler. — Mas somos capazes apenas de retardar o curso do veneno, não de eliminá-lo por completo.

— Não se preocupe, Ning — avisa a princesa. — Cumpro minhas promessas. Você terá o antídoto se o descobrirmos e acesso aos depósitos se não o fizermos. Mas preciso que vocês duas continuem na competição. Fiquem de olho nos outros concorrentes, reportem a mim qualquer comportamento peculiar, quaisquer interações estranhas.

Lian e eu assentimos.

— E eu gostaria muito que uma de vocês se tornasse a shénnóng-shī da minha corte — confessa ela. — Preciso de pessoas próximas. Gente em quem possa confiar.

Quando saímos da câmara, sinto o fantasma de uma marca no peito. Eu me lembro de quando Kang falou sobre a perda de suas mães, da que o gerou e daquela que o acolheu, tão similar a minha perda. Poderia ter escondido seu ódio tão bem? Seu desejo de vingança?

Ele mentiu para mim, protesta uma calma voz interior, magoada com a traição.

Estou mais esperta agora.

Capítulo Trinta e Dois

O Chanceler Zhou nos transferiu de alojamento, pois o nosso agora está isolado para investigações suplementares. Devido ao influxo de ministros e oficiais chamados ao palácio para a iminente cerimônia fúnebre e às rodadas restantes da competição, o alojamento dos criados está ocupado. Lian e eu agora residimos com os acadêmicos, nos níveis superiores da biblioteca, no quinto andar. É um cômodo circular, com móveis simples. Prefiro a parcimônia às nossas acomodações anteriores. Cansei de me ver cercada por coisas frágeis, delicadas.

Adormeço rapidamente, o cansaço dos últimos dias me arrastando como uma onda. Quando meus olhos se abrem outra vez, a luz do sol já ilumina o quarto. O Piya está cantando, exigindo atenção, a luz se infiltrando pelo tecido sobre a gaiola. Arranco a cobertura e a ave me cumprimenta com mais gorjeios, pulando do poleiro. Bica o piso da gaiola em busca de comida.

— Sinto muito — lamento. — Não tenho nada para você agora. — A ave inclina a cabeça, de novo me observando com olhos curiosos. Estremeço. Uma bicada daquele pássaro e terei uma morte rápida e dolorosa. Decido me manter o mais longe possível.

Qing'er é quem entrega nossa refeição matinal, encantado com a vista da janela. Só me sinto segura para falar do que aconteceu na noite anterior depois que ele se vai... Não quero envolver mais ninguém naqueles planos cada vez mais perigosos. O estranho se esgueirou com facilidade pela janela, sem alertar os guardas do chanceler. Em vez de tentar pegar o pássaro, podia ter nos assassinado na cama.

Sorvemos o lámen em um caldo leve, entremeado com pedaços de cabaça verde doce e lascas de porco. Qing'er explicou que o prato era uma tradição do norte: macarrão para o verão, em especial com a proximidade do solstício, e bolinhos para o inverno. Embora o amor do imperador pelos bolinhos, em geral, os fizesse ser consumidos no palácio durante todo o ano. Não posso deixar de me perguntar como os gostos da cozinha vão mudar quando outro ascender ao trono.

Lian oferece ao Piya um pedaço da cabaça, mas a ave recusa a carne verde com uma expressão de repugnância.

Assim que nossas tigelas estão vazias, enfim conto a Lian os detalhes dos meus encontros com Kang. Como compartilhei uma xícara do Chave de Ouro com ele, e então do Agulha de Prata, para testar suas verdadeiras intenções... e como fracassei. Mas, para minha surpresa, Lian não me dá um sermão. Ao contrário, parece impressionada.

— Ser capaz de dominar a Transmutação é um dom impressionante — elogia ela, com assombro na voz. — Você é talentosa, Ning.

A ideia me agrada, mas me lembra do quanto ainda preciso aprender. A grande árvore na escuridão, de onde a deusa falou...

— É assim que se chama, aquele lugar intermediário? A Transmutação?

— Acho que ontem a senti, pela primeira vez. — Seus olhos brilham. — A sensação de sair do próprio corpo que você vivenciou. Parecia diferente de fortalecer homens já fortes, mais do que simplesmente acrescentar lenha na fogueira. Quando ajudei Ruyi... preservei sua conexão com o mundo. Eu a protegi. Conversei com ela enquanto você combatia a criatura obscura, impedi que ela escorregasse para o além. Em nossas lendas, nos referimos à morte como um penhasco, uma queda eterna. Quando estava lá, afastei Ruyi da borda, mas ouvi outra coisa chamar meu nome.

Lian estremece, e lamento por ela, aquela garota gentil que envolvi em minha cruzada para salvar Shu. Estendo o braço e pego sua mão.

— Obrigada — agradeço. — Por me ajudar sem hesitação quando precisei de você. Obrigada por ser uma verdadeira amiga.

Tudo o que posso oferecer são palavras. Não tenho riquezas, ingredientes raros, nada para negociar nem trocar, exceto minha amizade. E ela a aceita, tão régia quanto qualquer princesa na história de Dàxī.

Descemos as escadas para o andar principal da biblioteca a fim de estudar os textos disponíveis sobre o mistério dos Piya. Quando um dos acadêmicos repara no pássaro e pergunta nossos nomes, ele nos conduz por outra escadaria de pedra até uma pequena câmara abaixo.

— Que lugar é esse? — pergunto ao notar os pergaminhos de bambu rachados e os livros embrulhados em tecido protetor.

O sábio se curva.

— Esta é a seção restrita da biblioteca. O chanceler sinalizou que vocês podem consultar quaisquer livros aqui.

O Chanceler Zhou deve ter concordado em nos fornecer ajuda a mando da princesa.

Lian examina as prateleiras, então seleciona *Um tratado sobre venenos do norte e herbologia*, por um famoso médico de Ānhé, Qibo. Escolho *Língshu*, um texto escrito por um dos ilustres shénnóng-shī que visitaram a corte do Imperador Ascendido, e um pequeno volume de interações venenosas e neutralização de toxinas de Hánxiá. Embora lance um olhar de cobiça para obras como *Análise das variedades de chá da região de Yún* e *Sobre a escolha dos utensílios de chá para o aprimoramento da experiência*, pego o exemplar de *Receitas para cinquenta mazelas* e, por capricho, coloco *Contos maravilhosos do Palácio Celestial* no topo da pilha. Vejo seu olhar se demorar no título, mas Lian não critica minha escolha de um texto tão fantasioso, um que até o mais supersticioso cidadão de Dàxī descartaria como mitologia.

De volta ao quarto, debatemos os antigos textos, fazendo anotações sobre os tratados escritos pelos mestres da arte, que também parecem conflitantes. Estou determinada a extrair todo o conhecimento daqueles volumes a minha disposição, na esperança de que um ingrediente obscuro seja o antídoto que procuro. Tomamos conhecimento do chifre do rinoceronte, supostamente um contraponto para todos os venenos, mas uma raridade em si, a criatura encontrada apenas em um reino distante. Há uma menção à pérola negra de Lùzhou, um lembrete de Kang, mas parece ser um intensificador das propriedades de certos ingredientes, em vez de um neutralizador de venenos em si.

Continuamos a perguntar e responder uma à outra, sempre retornando às questões-chave para o desafio: como transformamos o jīncán e o usamos como isca? E, então, como livramos o pássaro do veneno?

Cochilo, acordando ao som de Lian cantarolando uma agradável melodia para o Piya, e o pássaro trinando em resposta. Ao que parece, os dois desenvolveram uma afeição mútua enquanto eu descansava.

— Ainda vai conseguir envená-lo? — provoco, e ela me dispensa com um aceno de mão.

— Você pode ficar com o envenenamento, e eu com o salvamento — decide, e estou de acordo.

Leio sobre como os Piya são alimentados com sua dieta única desde o nascimento, evoluindo de sementes para insetos, depois para criaturas maiores, fortalecendo sua consciência e sua imunidade. Quando atingem a maturidade, fazem a transição para pratos humanos, onde podem começar a detectar o veneno presente nos alimentos. Leio sobre as cinco peçonhas: o escorpião, a cobra, a mariposa, o sapo e a centopeia. Todos condensados no lendário jīncán, e algo que o pássaro deve facilmente detectar.

À tarde, Qing'er nos traz a refeição do meio-dia junto com um prato de frutas e nozes. Faço experiências com um veneno suave, uma baga que irrita o estômago, mas é agradável aos olhos. O pássaro bica até a abrir, mas depois se recusa a ingeri-la. Criatura astuta.

Enquanto comemos nossos bolos de rabanete, mergulhando-os no molho de soja e pimenta, continuamos a testar o que o Piya vai comer. Na minha vila, os bolinhos de rabanete são simples, cozidos no vapor. Mas, no palácio, há pedaços de salsicha e camarão seco no recheio. O pássaro recusa a salsicha, mas mordisca o camarão e bocados do bolo.

Observo o pássaro, frustrada, enquanto continuamos a juntar as peças daquele enigma.

— Você não devia alimentá-lo demais — digo a Lian, que tenta seduzir o pássaro com uma uva. — Se o fizer, ele não terá estômago para o veneno esta noite.

— Pobre Peng-ge — suspira ela.

— Peng-ge?

Lian ri.

— É um apelido dado aos meninos em Kallah. Acho que combina com ele.

Não consigo conter a risada, apesar da assustadora tarefa que se descortina diante de nós. Em meio ao debate, me deito na cama enquanto Lian continua andando. Seus resmungos agora me são tão familiares quanto o crepitar do fogo e o badalar dos sinos.

Outra hora se passa, o sol traçando seu arco descendente no céu, e se aproxima a hora da terceira rodada. É quando a incerteza dentro de mim se prolifera e apodrece, até que não aguento mais e jogo o pergaminho no chão. Peng-ge e Lian se sobressaltam com o ruído.

— Não há nada nestes textos! — reclamo. — Nada... nada... nada! — Um por um, jogo a pilha de livros na cama, até que o último derruba os demais com um baque gratificante.

— Está melhor agora? — pergunta Lian.

Solto um grunhido e cruzo os braços. Ambas observamos Peng-ge ajeitar as penas.

— O pássaro eventualmente vai desenvolver um desprezo por veneno — digo em voz alta, voltando ao quebra-cabeça diante de nós, na esperança de, enfim, desvendar o problema. — E se recusará a comer o que pode prejudicá-lo.

— É com isso que estou tendo dificuldade — argumenta Lian, também cruzando os braços. — Para neutralizar alguns venenos, é preciso ingerir outro, mas há sempre o risco de neutralizar a toxicidade de um e acabar sucumbindo ao outro.

— O que a Anciã Guo disse naquele dia, antes de descobrirmos sobre o imperador? — pergunto, lutando para me lembrar das palavras.

— O pássaro não ingere o que não pode suportar — repete Lian.

Eu a encaro, a solução se revelando na minha mente, como a mão que limpa o vapor de um espelho embaçado.

— Curar veneno com veneno — digo a ela, empolgada. — É isso! Essa é a resposta!

Lian olha para mim, ainda confusa.

— Forçamos o pássaro a ingerir o veneno de alguma forma. Ele o fará, a fim de se salvar. Se acreditar que há uma ameaça ainda maior que o jīncán. — Minha mente já está repassando a lista de ingredientes capazes de tornar alguém mais suscetível à influência. Mamãe os usava para acalmar quem estava angustiado, e posso usá-los para provocar uma reação diferente.

— Não quero machucá-lo. — Os cantos da boca de Lian se curvam para baixo em uma careta sincera.

Coloco a mão em seu ombro, um gesto tranquilizador.

— Vamos salvá-lo. Tenho certeza.

Após uma longa pausa, Lian finalmente acena com a cabeça, concordando com meu plano horrível, mas necessário.

Capítulo Trinta e Três

O PÔR DO SOL TINGE O CÉU COM PINCELADAS DE LARANJA E cor-de-rosa, refletidas na água do lago de lírios atrás do pavilhão. Um belo cenário para a terceira rodada da competição, mas não posso me dar ao luxo de admirar a paisagem. Em vez disso, ensaio mentalmente os passos para o grande desafio diante de nós. Engane o Piya, salve o Piya.

Os juízes ocupam as cadeiras de pedra talhadas no próprio pavilhão, conversando enquanto esperam o início da competição. Três deles vestem preto, despidos dos ornamentos típicos da corte, aderindo ao ritual do luto. A princesa, vestida com uma austera túnica branca, cabelos adornados com flores de prata, está sentada. A curva da saia exibe um leve toque de crisântemos bordados em ouro.

Mamãe nunca gostou de crisântemos devido à associação com funerais. Quando a colocamos para descansar, não havia um crisântemo à vista. Parece um mau presságio vê-los agora, embora saiba que é um pensamento tolo.

Apenas seis competidores estão presentes: os dois shénnóng-tú companheiros de Shao e Guoming não se juntaram a nós. Noto sua ausência enquanto nos postamos diante dos juízes. Apenas três poleiros, três pássaros. Alguma coisa deve ter acontecido.

A Anciã Guo se levanta.

— O ministro realizou os ritos de verão a fim de apaziguar os céus, para os deuses nos abençoarem com tempo bom e colheita abundante. Deveria ser um momento auspicioso para Dàxī, mas, em vez disso, descobrimos um plano para trapacear na competição.

Atrás de nós, um oficial entra no pavilhão e faz uma reverência aos juízes. O pingente pendurado em sua faixa de cintura indica que é do Ministério da Justiça. Muito embora a espada repouse em uma bainha ornamental e estejamos longe de Sù, ainda assim sinto um calafrio familiar com aquela visão.

— Determinamos que o mercenário foi contratado pela família Zhu, na tentativa de influenciar a competição em favor do filho — relata. — Eles forneceram suas confissões e vão se manter confinados em suas residências, aguardando julgamento.

Ao meu lado, ouço uma risada. De relance, vejo Shao e Guoming, mal capazes de conter a alegria. Não me surpreenderia se houvesse o dedo de ambos na tentativa de subterfúgio dos outros competidores. Uma sugestão sussurrada, um cutucão e uma piscadela. Pelo menos, a expressão de Wenyi é estoica e Chengzhi parece revoltado com a descoberta.

— A ganância continua a afligir o povo de Dàxī — diz a Anciã Guo, com desdém. — Devemos lembrar que o caminho para a sabedoria é o autocontrole. Não devemos ceder ao nosso lado primitivo.

A princesa parece perturbada com o comentário, mas não interrompe o discurso da idosa.

— Primeiro, veremos como se saem no desafio. — A Anciã Guo acena na direção de Shao e Guoming. — Os itens que solicitaram já se encontram no pavilhão, marcados com seus nomes.

Depois de cumprimentar os juízes com reverências cordiais, os dois se separam — Guoming segue para a mesa onde os ingredientes foram dispostos, e Shao vai até o poleiro pegar o Piya.

Criados empurram um cercado até o meio do pavilhão: uma moldura de madeira com paredes de tela de arame, colocada sobre uma mesa na altura da cintura para uma visualização ideal. Shao liberta o Piya no viveiro, e a ave experimenta o novo espaço, voando de um extremo a outro. O palco está montado.

Shao acena para a Anciã Guo, que gesticula para que um monge se adiante. Ele entrega a Shao um pote coberto do tamanho de sua palma, os cantos selados com cera vermelha. Um aviso dos perigos guardados ali.

— Estou honrado por estar diante dos juízes hoje e por contemplar tão raras criaturas. — Shao se curva com um floreio. Guoming está ao seu lado, nas mãos uma bandeja com uma xícara no centro, cheia de um líquido fumegante. Shao quebra cuidadosamente a cera do lacre e coloca o pote na mesa diante de si. Com mãos firmes, usa um par de hashis para erguer o jīncán à vista de todos.

Uma coisa tão pequena, a pupa do bicho-da-seda. Não maior do que um polegar. Ouro pálido, quase translúcido, como se o veneno lhe tirasse toda a cor. Shao o coloca cuidadosamente no prato e, em seguida, o cobre com outra tigela.

Depois, pega a xícara da bandeja de Guoming, saúda os juízes, então a esvazia de um só gole. Sinto cheiro de chuva, a mesma sensação peculiar pinica minha testa. Shao descobre o prato com um floreio, e, no centro, reluzente, vê-se uma tâmara vermelha. O jīncán desapareceu.

— Uma ilusão — sussurra Lian ao meu lado.

Shao ri ao se virar para ela, a emoção da magia tornando-o amigável, para variar.

— Não uma ilusão. Uma transformação. Para o Piya, vai ter o gosto de uma tâmara.

— Maravilhoso! — O Marquês Kuang se aproxima, o rosto assumindo uma expressão calculista. — Quanto tempo dura essa transformação?

Shao dá de ombros.

— Depende da habilidade do shénnóng-tú. Um aprendiz competente deve ser capaz de mantê-la pelo queimar de um incenso. — A arrogância logo retorna com a declaração seguinte: — Em minha classe, eu detenho o recorde. Duas horas e um sopro.

Mais que o dobro do tempo estimado.

— Impressionante. — O marquês assente e volta ao seu lugar.

— Não é o bastante que o jīncán simplesmente assuma uma forma diferente — argumenta a Anciã Guo. — O pássaro precisa ingeri-lo.

— É claro. — Shao faz uma reverência e desliza a placa para dentro do viveiro.

O Piya se acomoda ao lado do prato e o observa. Depois de julgar a iguaria comestível, ele pega a tâmara do prato e a engole inteira. Apenas um momento se passa antes de começarem as convulsões. A natureza do jīncán é tal que a ingestão de algumas pequenas lascas em um intervalo de tempo resulta em uma morte lenta, mas servir-se de uma quantidade tão grande de uma só vez?

O pássaro emite um grito agudo de dor e desespero. Os outros dois Piya no pavilhão grasnam de preocupação. De imediato, Guoming se aproxima da gaiola. Abre a boca do Piya com as mãos enluvadas e despeja um tônico em sua garganta. A ave está fraca demais para lutar com ele, mas tenta afastá-lo com um débil bater ou dois das asas.

O Piya se debate, uma, duas vezes, então a tâmara é expelida com sucesso de seu corpo, coberta por um fluido viscoso. O pássaro fica ali, atordoado, ofegante, mas ainda vivo. O monge, à espera na lateral do pavilhão, se aproxima com rapidez e devolve o jīncán transformado ao pote. O pássaro também é levado embora, tendo cumprido seu propósito.

— Muito bem — declara a Anciã Guo. — Uma solução digna para o dilema apresentado. Agora, nosso próximo par de shénnóng-tú vai demonstrar suas habilidades.

Ela se vira para mim e Lian com expectativa.

Algo se agita dentro de mim quando nos aproximamos do estrado. Minha mãe me contou que, se for descoberto que alguém morreu pelas mãos de um shénnóng-shī, o nome do assassino será riscado do *Livro do Chá*. Ela morreu em consequência de um veneno criado por um de nós, alguém que percorreu o caminho de Shénnóng em falsidade. E alguém no palácio sabe quem é.

A frieza daquele pensamento é a única coisa que firma minhas mãos enquanto me preparo para a cruel tarefa.

— Desculpe, Peng-ge — sussurro para o pássaro, enquanto carrego sua gaiola até o cercado. Ele gorjeia para mim, alheio ao destino que o aguarda. Fecho a porta e o observo pular para fora da gaiola.

O pote é colocado em minhas mãos, pesado e frio. Minhas unhas se cravam na maciez do selo, soltando a tampa. Examino o jīncán que repousa no fundo. Uma coisa tão pequena e tão anormal. Eu o tiro do pote e o deposito em uma tigela. Lian me passa uma jarra de água, que despejo em cima do jīncán em um fluxo fino. O bicho-da-seda de ouro boia, então afunda enquanto absorve a água, liberando sua essência.

Deslizo a tigela para dentro do viveiro de Peng-ge. A ave já está acostumada à minha presença e salta para a frente a fim de explorar o conteúdo. Sua confiança torna tudo pior enquanto a observo testar a água. Por um momento, desejo que não seja tão inteligente quanto a anciã havia assegurado, que veja a água e a beba. Mas parece reconhecer o perigo escondido no líquido e voa para longe, desinteressada.

A bandeja em minha mesa tem apenas três itens. Uma faca. Um tijolo de chá. Uma tigela.

Ao pegar o chá, aspiro seu perfume. Folhas embaladas juntas, formando um bloco do tamanho da minha mão, deixado no escuro para fermentar e envelhecer. Fácil de transportar, fácil de armazenar.

Com a lâmina reta, corto um pedaço de chá e o coloco na tigela, e fibras de ásaro repousam no fundo. Lian avança com a chaleira pesada, a água já fervida. Quando a despeja na tigela, um chiado feroz se ergue. Preciso da bebida forte e preciso da bebida potente, para empunhá-la como uma arma.

Assim como o shénnóng-shī que assassinou minha mãe.

Fechando os olhos, ergo a tigela com as duas mãos e a levo aos lábios.

Capítulo Trinta e Quatro

Shao alterou a aparência do jīncán, ludibriou os sentidos. Ao contrário do jovem, vou usar minha magia diretamente no Piya.

O sabor do chá é espesso, pesado, e deixa um gosto amargo na língua. A magia desperta rapidamente, atraída pelo propósito prometido. Meu pai emprega o ásaro para limpar as passagens nasais e garganta com seu calor circulante. Mas para o shénnóng-shī é usado com outro objetivo: tocar a mente de outra pessoa, facilitando o sutil poder da persuasão. Na palma da mão, seguro uma única pena pertencente a Peng-ge, que recolhi do chão da gaiola.

Por favor, faço um apelo à deusa. *Já me ajudou antes. Então o faça de novo, muito embora eu esteja ciente de que exerço uma influência terrível e contrária a seus princípios.*

Saio de mim mesma, seguindo os fios da magia, imaginando minhas mãos estendidas para o Piya, chamando seu nome carinhosamente. O pássaro ergue a cabeça, como se pudesse ver minha aproximação, embora eu saiba que os juízes só verão meus olhos fechados e lábios trêmulos.

Peng-ge inclina a cabeça, a mente simples e sem discernimento. O pássaro conhece apenas as coisas básicas, tendo sido criado nos confins de Hánxiá, no viveiro coberto de begônias e hera, jamais conhecendo a liberdade do céu aberto. Conhece a fome, conhece a sede e distingue o que o fará adoecer.

— Você está com sede — sussurro para o Piya, tirando proveito daquele mau sentimento. — Está com sede há muito tempo. Está há dias sem água.

O pássaro grasna enquanto o desconforto rasteja em sua mente, as gavinhas de magia serpenteando até fincar raízes. Parece errado a cada passo, e despertar a sede do pássaro faz com que a sensação também se reflita em mim mesma; meus lábios racham e minha boca fica seca.

Dentro de mim, encontro o ponto sensível, as ervas daninhas de cada ressentimento, cada pensamento amargo que nutri desde que o chanceler desvendou um dos componentes do veneno e revelou que Kang tinha mentido para mim a cada passo. Aquela magia, uma atração sombria e sedutora, me convida a usá-la contra outros para obrigá-los a sentir a dor que senti.

Minha garganta se fecha de modo doloroso, fina como uma agulha, desesperada por umidade. O Piya tenta se libertar e fugir da influência da magia, mas tudo de que é capaz são algumas batidas fracas de asas antes da queda.

— Beba. — Eu o convenço, levando-o ao veneno.

Com passos hesitantes, cambaleantes, a ave se desloca na direção da tigela de água. Está dividida entre a sobrevivência e a doença, entre a vida e a morte. Luta contra tudo o que lhe foi ensinado e, enfim, sucumbe.

O Piya mergulha a cabeça na tigela e bebe até se saciar.

Recuo aos tropeços, e Lian me ampara conforme minha conexão com Peng-ge é rompida quando o pássaro perde a consciência.

— Tudo bem? — pergunta ela baixinho, e assinto, esvaziando o frasco que ela me passa, ansiosa para lavar aquele gosto imundo da boca.

Tem gosto de crueldade e poder, um sabor não muito diferente da erva cabeça de corvo. Mas sinto um embrulho no estômago antes que possa analisar melhor.

Lian trabalha para extrair o veneno de Peng-ge com o que aprendeu ao expulsar o veneno de Ruyi. Cogumelo carmesim para força, e então casca da árvore guarda-chuva para neutralizar a toxina. Os efeitos do veneno estão enfraquecidos, pois o pássaro só bebeu a infusão, não comeu o próprio jīncán.

Esvazio meu estômago em um pote no canto do pavilhão, agora com uma compreensão íntima do que minha mãe costumava chamar de preço Shénnóng. A magia se volta contra o condutor multiplicada por dez se a usar para o mal. Mas nunca contrariei os ensinamentos de mamãe antes, e soa como um insulto à sua memória.

Um pensamento fugaz me ocorre em meio ao enjoo: como deve ser poderoso o shénnóng-shī responsável pelos tijolos de chá, se é capaz de direcionar o veneno a tantos, aparentemente sem efeito contra si mesmo.

— Aqui. — Ergo os olhos e vejo que Wenyi me oferece um lenço, sem me encarar. Aceito com um agradecimento murmurado, ciente de minha aparência desgrenhada. Uso o lenço para limpar a saliva dos lábios e do rosto, ficando outra vez apresentável. Ele me cumprimenta com um aceno, antes de retornar a seu lugar, ao lado de Chengzhi.

Quando volto a me postar ao lado de Lian, os criados já limparam o viveiro. Ela faz um leve gesto de cabeça, indicando que completou a tarefa com sucesso, e encaramos os juízes, prontas para saber se passamos no teste.

Parada com o cenho franzido, a Anciã Guo parece em conflito. O marquês me olha com uma carranca, enquanto o Ministro Song balança a cabeça, lentamente. O chanceler sussurra algo para a princesa, que assente em resposta.

— Os juízes deliberaram e determinaram que vocês agiram de acordo com as regras da competição — anuncia a anciã. — Embora não toleremos esse tipo de... influência sobre criaturas indefesas, reconhecemos que fizeram o Piya beber a água contaminada e purgaram o veneno da ave. As duas seguem para a fase final da competição.

Não era a bela solução que esperavam, não o tipo de demonstração que podem apresentar magnanimamente a dignitários e oficiais, mas deciframos o enigma. Agora conheço suas preferências pelo tipo de magia elegante comum na capital, e me sinto fervilhar. Uma coisa é certa: eles não sabem nada da vida fora daquelas belas paredes. Aperto o lenço com força na palma da mão, mais um lembrete de como não me enquadro nas expectativas de comportamento cortês.

Lian pousa a mão no meu ombro, como se pudesse sentir meus pensamentos sombrios. Conheço a feiura das emoções a que precisei recorrer para ferir aquele pássaro e me envergonho delas.

— Nós conseguimos — sussurra. Gostaria de sentir euforia por nossa realização, e não aquela sensação de pavor iminente.

Há uma pequena pausa enquanto os criados se aproximam para pendurar lanternas na cobertura do pavilhão a fim de proporcionar iluminação para a última dupla. Grilos cantam ao longe. Em algum lugar na escuridão, um sapo coaxa.

Wenyi e Chengzhi se aproximam da plataforma e fazem uma mesura para os juízes. Chengzhi é quem solta o pássaro, enquanto Wenyi se encarrega do veneno. Ele protege a parte inferior do rosto com um tecido e tritura o jīncán até virar pó — a abordagem tradicional, pois é inodoro e insípido, perfeito para salpicar em qualquer comida ou bebida.

Chengzhi traz um enorme pote e o coloca no chão na frente de Wenyi, que derrama ali o pó. Todos assistimos com expectativa enquanto o recipiente começa a tremer, o som de movimento no interior. Com a respiração suspensa, ouvimos o ruído ganhar intensidade enquanto algo se debate dentro do pote. E então... silêncio. O que quer que esteja ali dentro sucumbiu ao veneno do jīncán.

Com duas varas longas, Chengzhi puxa uma serpente gotejante do pote. Reconheço a forma esguia de uma cobra d'água, corpo marrom com padrões pontilhados de preto. Ela pende flácida conforme Chengzhi a leva até o viveiro, fechando-a no mesmo espaço que o Piya. A ave recua para o fundo da gaiola, estudando o intruso com cautela.

Lian e eu nos entreolhamos, sem entender como o Piya pode ingerir o veneno se este já se encontra contido na cobra. Wenyi tira um pedaço de algo preto e farelento de uma bolsa na bandeja e o coloca sob a língua.

Um estranho vento frio varre o pavilhão, agitando nossos cabelos e roupas. As lanternas balançam acima das nossas cabeças, sombras saltando pelo chão de pedra. O cheiro da geada, com uma sugestão de pinheiro, paira no ar. A sensação de se embrenhar na floresta no inverno, quando subimos os estreitos caminhos das montanhas para colher cogumelos selvagens. Quando inclino o rosto para o céu, tenho quase certeza de que a neve está começando a cair...

— Está se movendo! — exclama alguém.

Ao voltar a atenção para o recinto, vejo o corpo da cobra se contorcer. A serpente se move de maneira estranha, como se fosse construída a partir de segmentos, como um brinquedo de madeira. Ela se recompõe em um arremedo de vida, mas deveria estar morta. A cobra se levanta, a cabeça aos solavancos, a língua exposta, provando o ar.

Há algo de errado com seus olhos, cobertos por uma película pálida.

A cobra dá meia-volta, ainda balançando daquele jeito não natural, batendo a cabeça contra a malha de alumínio. Cambaleante, dá uma guinada e, então... encontra meus olhos. Por um momento, nos entreolhamos em silêncio, até que sua cabeça gira e a serpente retoma sua busca.

Foi coisa da minha cabeça, tenho certeza.

A cobra finalmente percebe o pássaro e se levanta em desafio. A sombra se alonga no chão de pedra. O Piya abre as asas, procurando uma rota de fuga, gritando um aviso, mas não há para onde ir. A serpente silva, mostrando as presas. É a primeira a atacar, avançando rapidamente. Com um grasnido furioso, o pássaro a prende em suas garras, mesmo enquanto a cobra luta para se libertar. O pássaro bica a serpente repetidas vezes, o sangue respinga no chão do cercado. Até que, por fim, a cobra aparentemente sucumbe aos ferimentos e permanece imóvel. O pássaro, também ensanguentado, começa a tremer, em seguida a convulsionar, o veneno se infiltrando no organismo.

No chão, as sombras estremecem, gerando formas misteriosas, criaturas com garras se aproximando de nossos pés. Recuo, embora tenha quase certeza de que são apenas sombras... Quase. O cheiro de geada fica mais intenso, e nossa respiração pode ser vista no ar, uma impossibilidade no verão.

Chengzhi avança com um pequeno prato na mão. Ele o coloca na frente do pássaro, e reconheço o que está nele como amora-preta, a mesma fruta que ofereci a Peng-ge na biblioteca mais cedo, aquela que induz o vômito. O pássaro bica e come o cacho de bagas com rapidez, depois vomita um líquido preto. Veneno expulso, morte evitada.

Wenyi solta um suspiro de alívio, e as sombras no pavilhão diminuem, recuando para as formas normais. Ele enxuga a testa e toma um gole de água, a pele mais pálida que o normal.

Os juízes aplaudem educadamente. O marquês franze o cenho, cobrindo o rosto com um lenço, sua repulsa evidente. O Ministro Song, com um aspecto ligeiramente pálido, também bebe um rápido gole de água.

— Com certeza, um espetáculo memorável. — A Anciã Guo avança com uma das sobrancelhas erguidas. — Use o veneno para criar uma ameaça, forçando o pássaro a ficar na defensiva e, assim, ingerir uma pequena quantidade do jīncán no sangue da cobra. Uma que pode ser facilmente expurgada.

— A cobra pode ser revivida? — pergunta a princesa, parecendo perturbada.

— Não, Alteza. — Wenyi abaixa a cabeça. — É animação, imita o movimento, nada mais. — Uma marionete, dançando na ponta de um fio. Uma solução inteligente, mas não apreciada pelos juízes.

— Que pena — comenta o chanceler. — Teria sido preferível se a cobra pudesse sobreviver.

Seu Piya é levado para fora do viveiro, emitindo ruídos lamentáveis, mas minha atenção permanece na cobra, um lembrete daquela que me atacou nas rochas. Ela não se move, o único olho visível encarando o nada, pálido. O criado a desliza de volta ao pote, onde cai na água com um baque pesado. Sangue escorre pela lateral da mesa.

Está morta, repito para mim mesma. *E as sombras são apenas sombras.* Como se repetir muitas vezes tornasse aquilo verdade.

Capítulo Trinta e Cinco

PARADOS DIANTE DA ANCIÃ GUO, AGUARDAMOS PARA SER DISpensados, a rodada concluída.

— Só restam seis. — Ela junta as mãos. — Seis competidores, mas espaço para apenas três na rodada final.

— Três? — grita Guoming, a confiança abalada por um instante. Os quatro jovens se entreolham inquietos, avaliando quem é a maior ameaça, ignorando intencionalmente Lian e eu.

— A lenda diz que, quando o mundo foi criado, havia seis deuses. O Pássaro do Sul, o Tigre do Norte, a Carpa do Leste e a Tartaruga do Oeste. Os Deuses Gêmeos governavam a todos; o Dragão de Jade do rio e a Serpente de Ouro do mar de nuvens. Mas a Serpente de Ouro ficou com ciúmes de como nossos ancestrais adoravam o Dragão de Jade por levar água a suas terras férteis e lhe ofereciam grandes tesouros que enchiam seu palácio submarino.

Muito embora seja uma história que já ouvi muitas vezes, as palavras pairam no ar com uma qualidade hipnótica, nos seduzindo.

— Ela enganou o irmão, atraindo-o para seu domínio montanhoso, e o prendeu sob os picos de granito de Kūnmíng. Para demonstrar o desagrado com os pobres humanos, a Serpente de Ouro inundou o Vale Púrpura com tempestades, e muitos pereceram.

"Os quatro deuses restantes tentaram derrubar a Serpente de Ouro, mas ela provou ser muito poderosa, até mesmo para as outras divindades. Eles se uniram e libertaram o Dragão de Jade da prisão, e os céus trovejaram com a batalha feroz. Irmão contra irmão. Deus contra deus."

A história milenar, contada à noite, parece ganhar vida, e o vento se aquieta. Até os sapos pararam de coaxar. Há apenas silêncio enquanto ouvimos o fim do conto da criação.

— Quando a Serpente de Ouro finalmente caiu do céu, seu sangue pontilhou os lagos e lagoas de Dàxī, como chuva. Onde seu sangue tocou a água, lírios d'água floresceram. Mas o Dragão de Jade também pereceu, e os quatro deuses o levaram aos céus. Nunca foram vistos entre os humanos outra vez.

A voz da Anciã Guo se suaviza.

— Quando o lírio d'água floresce, somos lembrados de como os deuses outrora vagaram pela terra. No lago atrás de mim, existem três lírios d'água com tesouros escondidos dentro de suas pétalas. Os três primeiros de vocês a encontrar um e trazê-lo até nós seguirão adiante na competição. Que os deuses os guiem em sua busca.

Ela se curva, e o desafio está lançado.

Um chapinhar alto soa quando Guoming, disparando pela escada de pedra, se lança na água, afastando as folhas flutuantes. Chengzhi não está muito atrás, o mesmo descaso com as plantas. Shao entra cuidadosamente na água, estendendo a mão para tocar um botão fechado. Wenyi está na beira do lago, avaliando a extensão de lírios d'água à sua frente com um olhar pensativo. As frágeis alianças já foram quebradas, cada um por si agora.

— Tesouro. — Lian se junta a mim na beira da água. — O que você acha que significa?

— Não tenho certeza. — Franzo o cenho, me ajoelhando no caminho entre os lírios aberto pelos corpos de Guoming e Chengzhi.

Ao tocar uma folha com o dedo, posso sentir as plantas gritando, suas raízes foram perturbadas. Mesmo sem o chá como ponte, as plantas sempre falaram comigo. Consigo ouvir seu prazer em dias ensolarados ou quando murmuram excitadas, *A chuva está chegando*, como criancinhas.

Mas a magia torna mais fácil senti-las, ouvi-las sussurrando uma para a outra. *As pessoas vieram. As pessoas entraram na água, mas foram cuidadosas. Não como esses brutos. Eles não vão encontrar o que estão procurando.*

Do que se lembram: dedos abrindo cuidadosamente uma flor, segurando as pétalas. Algo sendo colocado em seu interior, de tamanho pequeno. Redondo, com um aroma pungente. Pergunto se vão me mostrar onde estão tais segredos.

Abro os olhos e Lian está me observando, um pequeno sorriso nos lábios.

— Sei onde estão — digo a ela, a voz baixa para que os outros não ouçam. — Vou pegar um para você. Venha, podemos ir juntas para a rodada final.

O sorriso de Lian vacila, nada das exclamações de entusiasmo e deleite típicas que imagino, e não entendo por quê.

— Lembra quando nos conhecemos? — Aponto para os homens chapinhando na água, tropeçando no escuro. — Queríamos mostrar a eles que existem shénnóng-tú fora de Jia. Provar que estão errados. É a nossa chance!

Pode ser um gesto de bondade, para se certificar de que não será minha concorrente na rodada final, mas quero chegar lá com ela. Uma amiga e oponente digna.

— Desculpe, Ning. — Ela balança a cabeça. — Não posso seguir adiante na competição. Queria lhe contar essa noite, depois do fim da rodada. Minha família vai voltar para Kallah.

Embora saiba que a natureza da competição significa que será necessário nos separar eventualmente, esperava que Lian ainda permanecesse no palácio por causa da posição do pai. Que eu ainda teria uma amiga e não precisaria ficar sozinha.

Ao ver a expressão em meu rosto, ela se aproxima e sussurra:

— A princesa me mandou embora para outro propósito. Não se preocupe comigo. — Ela me cutuca no ombro, com força. — Vá!

Volto para os lírios d'água, ainda relutante. Não parece justo. Mas as plantas sussurram ansiosamente, me direcionando para o prêmio escondido. *Lá... lá...*

Seguindo aqueles incentivos, encontro um lírio não muito distante, uma flor que sussurra sobre o segredo escondido dentro de si. A água penetra em meus sapatos e na parte inferior da saia enquanto me abaixo e coloco a mão em volta da flor, pedindo permissão para abri-la.

Os poetas as chamam de "Bela Adormecida", porque desabrocham ao calor do meio-dia, depois se fecham à noite, quando o ar esfria. Mas, sob meus dedos, as pétalas se desenrolam lentamente, revelando uma pequena bola preta no centro. Eu a pego, e ela pulsa com um peculiar calor contra minha pele. Agradeço aos lírios d'água em silêncio, e as flores ao redor acenam em reconhecimento.

Saindo do lago, sou a primeira a voltar ao pavilhão, e ofereço a bola para a inspeção da Anciã Guo. Ela a cheira e assente, afirmando se tratar da correta. Alguém solta um grito quando outro concorrente descobre o tesouro escondido seguinte. Estremeço com o número de lírios perturbados para que os rapazes encontrem o prêmio, e espero que os jardineiros possam cuidar das flores.

Todos voltamos ao pavilhão depois de um tempo. Eu me coloco ao lado de Wenyi e Shao, como o trio que sai vitorioso. A expressão sombria de Guoming não esconde o descontentamento por ser eliminado tão perto do fim, e Chengzhi parece resignado, de braços cruzados. Lian é a única que ainda parece satisfeita, como se um peso lhe tivesse sido tirado dos ombros.

— Para os três que não seguirão adiante, eu os parabenizo por chegar até aqui — anuncia o Ministro Song, retomando seu papel como Ministro dos Ritos. — Vocês vão retornar a suas casas com reconhecimento, elogios para seus shénnóng-shī e tesouros para suas famílias. Vão se reencontrar com eles amanhã. Descansem bem esta noite.

Os três se curvam e saem do pavilhão. Lian me dá uma piscadela de encorajamento e um aceno, então desaparece. Embora devesse estar feliz por passar para a próxima rodada, ainda experimento uma sensação de perda.

— Agora... — O Ministro Song retorna a nós, nos estudando com olhar intenso. — A última rodada da competição. O futuro shénnóng--shī da corte está diante de mim.

Ele nos encara um a um, como se pudesse enxergar nossas fraquezas, nossas dúvidas e hesitações.

— Os astrônomos se pronunciaram — declara ele. — Um governante vai ascender, e o shénnóng-shī da corte garantirá sabedoria e orientação, como aqueles que aconselharam o imperador antes de vocês. A prova final será apresentada perante a corte. Todos vão testemunhar as maravilhas de Shénnóng e proclamar um de vocês digno.

"Guardem a bola medicinal que encontraram dentro dos lírios d'água. Vão precisar dela para a próxima rodada. — Todos nós olhamos para a forma insuspeita em nossas mãos, imaginando que pista pode fornecer sobre o que nos espera na rodada final. — Seus pertences serão transferidos para a Morada da Harmonia Primaveril esta noite. E amanhã... veremos qual entre suas estrelas brilhará com mais intensidade sobre Jia."

Capítulo Trinta e Seis

A luz débil da manhã ilumina o ambiente luxuoso e desconhecido. Sem a saudação matinal de Lian ou mesmo a serenata alegre de Peng-ge, a sala parece fria.

Cheguei à rodada final. Meu objetivo está ao alcance das mãos, mas continuo inquieta.

Tento me distrair com a leitura de *Contos maravilhosos*, mas não exerce o mesmo fascínio comum a tais histórias.

Ao caminhar pelo jardim, avisto, pelas portas abertas dos aposentos de Shao, ele e Wenyi jogando um jogo de estratégia. Os dois se espelham, concentrados no tabuleiro à frente, cotovelos nos joelhos; movendo cavalos e carruagens pelas casas. Não há convite estendido a mim, e não me intrometo. Estou bem ciente de onde me enquadro naqueles corredores perfumados.

Tento sair da residência para, pelo menos, passear nos jardins, mas há soldados posicionados na porta por decreto do chanceler e para nossa própria proteção. Mas vi como é fácil entrar e sair do palácio, o número de túneis que atravessam as paredes. Quão seguro qualquer um de nós pode estar ali?

— Espere! — chama um dos soldados. — Chegou uma carta pra você. — Ele faz uma reverência e me passa um pergaminho de bambu, preso com barbante.

Eu me sento no banco de sequoia na minha sala de recepção e estudo o pergaminho, na expectativa de que seja uma carta de despedida de Lian. Mas, quando o abro, percebo que não se desdobra. Ao contrário,

se trata de um tubo pensado para transporte, algo lacrado no interior...
Uma folha de papel enrolada e um retalho bordado.

Uma peônia, a imperatriz das flores, floresce no centro do tecido,
em um vermelho vibrante. Cada pétala é cingida por um fio de ouro,
costurado em detalhes minuciosos. Mas as peônias repousam em
um canteiro de gramíneas ondulantes de uma cor peculiar, vermelho
intenso a roxo-escuro. Ao fundo, há galhos desenhados como árvores
em vários tons de rosa. A lua brilha no céu, como um olho atento.

No canto, caracteres em fio vermelho, representando uma frase
de um dos poemas favoritos da minha mãe, um que ela nos fazia
recitar com frequência, de cor. É o poema que me diz que aquilo é
obra de Shu.

海底有明月
圓於天上輪
A lua cheia brilha no mar
como uma roda-gigante no firmamento.

Com mãos trêmulas, desenrolo a folha de papel, temendo a mensagem em tinta preta, escrita pela mão do meu pai.

Ning-er,
Espero que esta carta lhe alcance a tempo.
Sei que nos deixou em busca de uma vida
diferente, e não lhe guardo rancor por isso. Admito
que pensei que você iria falhar, acalentar essa tolice
por alguns dias e voltar para a segurança de casa.
Passaram-se semanas até reconhecer que escolhi
o orgulho no lugar de minhas filhas.
Não deveria ter dedicado todo o meu tempo
aos aldeões, acreditando serem as duas capazes de cuidar
de si mesmas. Não imaginava que você carregaria
tal fardo em nome de sua irmã. Deveria ter sido meu
papel. Mas agora descobri outras maneiras em que

*falhei com vocês. Shu tem feito experiências com tijolos
de chá, testando um antídoto em si mesma. Eu deveria
ter visto a arrogância de sua juventude e tentado detê-la.
Ela tentou me impedir de chegar até você, mas agora
está fraca demais para protestar. Só pediu que eu
incluísse o bordado para que saiba que pensa em você.
Shu acredita que a irmã voltará em triunfo.
Acho que ela não tem muito tempo.
Por favor, eu lhe imploro, volte e diga adeus a
sua irmã.*

— *Seu pai*

Uma lágrima pinga na página, borrando a tinta. Eu me recolho ao quarto antes que alguém me flagre chorando. Meus dedos tateiam em busca do colar de contas de oração, escondido na manga. Mas o conforto que procuro me escapa.

Minha irmã nunca me abandonou, mesmo quando era amada por todos e poderia facilmente ter me deixado para trás. Era ela quem alimentava meus sonhos, me encorajava e dizia, *Vá*. Achei que quisesse voltar para casa com todas as riquezas que um palanquim fosse capaz de carregar, mostrar a todos que a menina grávida que desprezaram tem uma filha conselheira da princesa, provar à família da minha mãe que somos dignas de reconhecimento. Mas, afinal, é sempre a lembrança de Shu, a certeza de que está à minha espera no fim que me impulsiona.

Leio as palavras do meu pai repetidas vezes.

Como me encontro no palácio em busca de um antídoto, Shu tem feito o mesmo, ainda que acamada. Por que faria algo tão imprudente? Quero voltar a Sù e exigir uma resposta. Mas outra parte de mim ri, sabendo que apenas ela teria a teimosia cega de fazer tal aposta. Minha irmã vem arriscando a vida para encontrar uma cura, mesmo depois de me eleger para lutar por ela nos testes. E agora? Qual o saldo da minha fuga para a capital?

Uma mísera pista do chanceler. O beijo de um garoto que eu não deveria ter beijado, em uma praia vizinha a um lago secreto.

Sei que devo manter minha promessa, que ele permaneça uma bela lembrança, um encontro tolo. Mas estou muito envolvida. Preciso puxar aquele fio solto, mesmo sabendo que tudo vai se desfazer.

Mingwen chega ao alojamento para entregar a refeição do meio-dia, me despertando daqueles devaneios sombrios. Lámen frio, seguindo a tradição do verão, temperado com óleo de amendoim e molho de gergelim, liberando um aroma de dar água na boca. Outros pratos menores acompanham o macarrão: fatias finas de orelha de porco guisada e pepino ralado misturado com pedaços de alho. Mas, quando ela coloca os pratos na mesa, sua presença me lembra de que os criados podem trafegar livremente pelo palácio.

Vou ter minha resposta. Pode ser a única maneira de encontrar a cura antes que meu tempo — o tempo de Shu — acabe.

Vou arrancá-la dele, se for preciso.

Eu me levanto e fecho a porta, gesticulando para Mingwen.

— Preciso do seu uniforme emprestado por uma hora — peço, enquanto Mingwen arruma os talheres na mesa.

Ela se vira para mim, a expressão carrancuda, pronta para negar meu pedido. Mas então agarro seu braço, implorando.

— Apenas uma hora — suplico, montando um plano com o pouco que tenho. — Tudo o que precisa fazer é ficar na minha residência e, se vierem procurá-la, dizer a eles que está descansando e requer privacidade para uma reflexão silenciosa.

Sua carranca se aprofunda.

— Aonde você vai? Estará desobedecendo a uma ordem direta do chanceler. Nunca vão permitir que continue na competição se for pega.

Corro até o quarto e vasculho meus pertences à procura do grampo de cabelo da minha mãe.

— Por favor. — Eu o entrego a Mingwen, as joias cintilando na luz. Muitas das belas coisas que minha mãe levou da capital ela trocou por moedas, mas manteve o grampo. Flores de cerejeira pontilhadas com pérolas em galhos de ouro: um lembrete de sua vida no palácio. Uma representação de todas as lembranças felizes que ela me proporcionou, e muitas outras que jamais compartilhou.

Mingwen pega o grampo e o examina, parecendo em dúvida.

— Está disposta a se separar disto? — pergunta.
— Me empreste suas roupas e guarde meu segredo, e então é seu — garanto a ela.

Ela baixa o olhar para o grampo mais uma vez antes de fechar a mão sobre a joia, assentindo.

— Uma hora.

Ajustando a cesta no braço, aceno para os guardas na porta. O coque que Mingwen arrumou no alto de minha cabeça com o próprio grampo parece pesado, torto. Prendo a respiração ao me afastar do alojamento, esperando um deles chamar meu nome, expor meu ardil, mas ninguém me impede.

À distância, vejo a residência do marquês, com pilares vermelhos e paredes marrons. Percorro outro caminho, o olhar voltado para os pés ao passar por outros criados, na esperança de parecer invisível. Paro no portão da Morada do Sonho Invernal onde, pelo que confirmei com Mingwen, reside o filho do Príncipe Exilado. Altas paredes brancas sustentam um telhado preto, lobos de pedra guardam a porta. É uma honra ou uma prisão?

Os guardas na porta me deixam passar, me enxergando como uma criada de cozinha sem rosto. Examino os elmos e armaduras vermelhas, sinal de que são membros da guarda de elite do palácio. Cientes das habilidades de Kang, designaram homens altamente treinados para vigiá-lo.

Aquele pátio é pequeno, muito menor do que os das outras residências, mas ainda conservado com elegância. Pedras brancas e pretas formam padrões curvos ao redor de bonsais sobre plataformas elevadas. A porta adiante está aberta, revelando uma pequena sala de recepção com um par de cadeiras de madeira entalhada e uma mesa entre elas. Da parede ao fundo cai um pergaminho, uma pintura a pincel dos telhados de uma cidade.

Hesitante, subo os degraus e passo pela soleira. À direita e à esquerda, há portas em arco, com entalhes de filigrana. Um biombo de madeira com pássaros esconde a saleta à direita. A porta da esquerda se abre para uma sala maior, de onde paira o aroma calmante de benjoim.

Benjoim se destina a aliviar o estresse e acalmar uma mente inquieta. Eu me pergunto que pensamentos Kang está tentando afugentar.

Dou outro passo adiante. A sala à minha frente parece ser um escritório, mas as prateleiras estão quase vazias. Existem apenas alguns pergaminhos, uns desenrolados e outros empilhados ao acaso. Um manto descartado está pendurado na parte de trás de um vaso.

Sentado a uma mesa redonda, Kang se inclina sobre a superfície, braços estendidos, cabelos bem presos e gola alisada. Veste azul-claro, condizente com os membros mais jovens da corte, não o branco do luto, destinado à família do imperador, ou o preto da perda envergado pelos ministros. Lian perguntaria se a princesa considerou aquilo um insulto, uma marca de seu dileto distanciamento da família real. Mas tudo em que consigo pensar é como azul combina com ele.

— Você pode colocar a bandeja perto da porta — diz ele, sem desviar os olhos do que está estudando atentamente.

— Eu... — Tento encontrar a voz, meu discurso ensaiado. Quero lançar minhas farpas verbais contra ele. Quero machucá-lo tanto quanto ele me machucou, mas não consigo formar as palavras.

Ele se vira para me encarar, e leva um momento, mas ele se endireita quando me reconhece. Uma pilha de pergaminhos cai no chão com um estrondo, derrubada pelo movimento assustado de seu braço.

— Ning — sussurra, e meu coração cai a meus pés para se juntar aos pergaminhos.

Capítulo Trinta e Sete

Ajoelhamos ao mesmo tempo. Deixo a cesta de lado para ajudá-lo. Ele recolhe os pergaminhos, enquanto pego dois que rolaram até meus pés, o tempo todo o avaliando. Foi-se o filho imprudente de um rico comerciante, cabelo no ombro, me guiando pelas ruas de Jia. No lugar, Kang parece um acadêmico à espera dos exames, respeitável. Ele coloca os pergaminhos sobre a mesa, enquanto pouso os meus em uma prateleira.

— Não sabia que era você — começa hesitante. — Ou, então, teria...

Eu o interrompo, dando meia-volta e procurando o que escondi na cesta, então empurro a caixa de madeira em sua direção ao encará-lo outra vez. Tento evitar que meu rosto traia minhas emoções, tento impedir que Kang diga algo de que ambos se arrependam. O Chave de Ouro sussurra, reconhecendo-o, com a intenção de nos aproximar.

A confusão toma seu semblante enquanto ele abre a tampa. A bela adaga está ali, limpa do sangue de Ruyi. Gostei da sensação do metal nas mãos quando meus sentidos foram aguçados pela magia, mas não quero que nenhuma lembrança de Kang permaneça comigo quando eu deixar aquele lugar.

— Era um presente — diz ele, sem entender.

Eu me imagino trancada em uma fortaleza, cercada por ferozes bestas, a fim de dizer o que é preciso. Para cortar os laços entre nós de modo tão irreparável que não haja conserto. Empunho a verdade, tão afiada quanto qualquer punhal.

— Falei com Zhen — revelo. — Ela me contou que seu pai estava por trás dos tijolos de chá envenenados, que o ingrediente principal era o kūnbù amarelo, uma alga marinha cultivada apenas nas Ilhas Esmeralda.

Um lampejo de surpresa atravessa seu rosto, então a boca se torna uma linha fina.

— Se eu jurar agora, pelos deuses antigos, que não sabia, acreditaria em mim?

Lembro a mim mesma que ele é um hábil ator, capaz de usar a própria expressão tão ardilosamente quanto qualquer máscara.

— Isso importa? — pergunto, e ele se encolhe como se eu o tivesse golpeado.

— Desde o primeiro momento em que nos encontramos você mentiu para mim. Todo o tempo, você oferecia um vislumbre de si mesmo, com o Chave de Ouro, o Agulha de Prata, mas ainda continua a distorcer as palavras para esconder suas verdadeiras intenções.

— Que são...? — As palavras me cortam, afiadas como urtigas.

— Se aproximar da princesa — respondo. — Ganhar sua confiança com promessas de que não lhe faria mal, apelar para sua simpatia usando a amizade dos dois quando crianças. Assim que estiver estabelecido e em segurança, então vai encontrar uma maneira de ajudar seu pai a subir ao trono.

Enquanto continuo a falar, a indignação de Kang se transforma em tristeza, então, por fim, cede à resignação.

— Todo mundo conhece as ambições do meu pai, seu desejo por vingança, e não estariam errados se o vissem como um ameaça — argumenta ele, a voz impassível.

— Você vai me dizer que não é como seu pai? Porque é seu filho *adotivo*? — retruco. Mas, quando as palavras saem da minha boca, redemoinham no ar como folhas ao vento, assumindo novas intenções. Escárnio. O propósito de magoar.

— Há muitas coisas que pensei que você poderia ser — revela ele, cerrando os dentes. — Mas jamais imaginei que seria tão deliberadamente cruel. — Ele se vira para que eu não possa ver seu rosto.

Percebo, então, quanto o machuquei com um único comentário, sabendo o que sei sobre seu passado. Sobre o fato de ter se sentido excluído duas vezes: primeiro na casa do general, depois quando foram banidos para as Ilhas Esmeralda.

Mesmo que deseje, desesperadamente, que ele me olhe outra vez como costumava fazer, quando me abraçou, preciso me assegurar de que a faca corte tão fundo quanto possível... Para proteger a mim e a tudo que eu poderia perder se falhar.

— Você também não sabe nada sobre mim — digo, baixinho. — Menti quando implorei para me tirar do palácio, menti sobre minha solidão. Tive de me aproximar de você por ordem da princesa, e foi a única desculpa em que consegui pensar.

Seus ombros se curvam, e posso ver a cor inundando seu rosto. Sei que está pensando em todas as palavras e intimidades compartilhadas, imaginando o que era real e o que era mentira. Agora sinto uma maldosa pontada de vingança. Que ele se sinta tão inseguro quanto eu.

Kang se vira para mim novamente, a voz embargada.

— E você encontrou o que procurava?

— Não exatamente. Eu teria feito as coisas de forma diferente.

Ele pisca, olhando para mim hesitante, esperando ouvir algo mais gentil, então esmago essa esperança.

— Eu deveria ter fingido me importar com sua causa, devia tê-lo encorajado a obter o antídoto do seu pai.

— Então tudo o que saiu da sua boca foi mentira? — indaga, trêmulo. — Apenas dois mentirosos, dizendo um ao outro palavras que pensamos que o outro queria ouvir?

Não digo nada, mas ele ri subitamente. Então se inclina para a frente, as mãos nos joelhos, rindo até parecer capaz de vomitar.

— Já terminou? — pergunto, quando ele faz uma pausa, um pouco ofegante, inspirando depressa.

— Eu... — Ele emite um som entre risada e engasgo, esfregando os braços, como se doessem. — Fui sincero em tudo o que eu disse. Cada palavra. Se tivesse o antídoto para sua irmã, eu o teria dado a você.

— Já pode parar de tentar me convencer das suas mentiras — rebato, apesar de odiar que uma parte de mim ainda se abale, querendo acreditar nele.

Kang estende a mão e toca minha bochecha. Muito embora eu devesse lhe dar um tapa, gritar e chamá-lo de traidor, uma parte de mim ainda anseia por aquele toque. Anseia pela insistente atração entre nós, cuja intensidade não sei se posso creditar ao Chave de Ouro por mais tempo. Somos duas pessoas tentando encontrar seu lugar, viver uma vida sem fingimento, sem as complicadas histórias de nossas famílias. Mas a distância entre nós é muito grande, tão vasta quanto o abismo entre irmãos que disputaram um trono ou entre deuses que destruíram um continente.

— Meu povo tem uma bênção — sussurra ele, olhos tão profundos quanto fontes sagradas e lagos de montanha. — *Que o mar esteja disposto*. Que lhe traga o que está procurando. Eu jamais lhe negaria nada.

Sua mão cai para a lateral do corpo, e é preciso todo o meu esforço, toda a minha força, para não o agarrar, para não o puxar e beijá-lo até que todas as palavras desapareçam, até que nada mais importe.

Mas não o faço.

Mingwen abre a boca quando passo pela porta, mas balanço a cabeça e ela não faz nenhuma pergunta.

Leio a carta do papai novamente. Agora sou capaz de decifrar a preocupação por entre as linhas de cuidadosa sobriedade, o esforço que deve ter lhe custado admitir que estava errado.

Acho que ela não tem muito tempo.

Resisto à vontade de rasgar a carta em pedaços e, em vez disso, jogo o livro de *Contos maravilhosos* contra a parede, onde bate com um baque satisfatório.

Histórias tolas para crianças tolas, papai as chamara uma vez.

Ele tinha razão.

Capítulo Trinta e Oito

Tudo me conduziu até aquele ponto. Todas as minhas cuidadosas artimanhas, todas as coisas de que nunca pensei ser capaz. Sou vestida e empoada, o cabelo escovado e preso para parecer apresentável. Sinto falta das piadas ruins de Lian sobre banquetes e desejo mais uma vez sua presença ali comigo.

Terceira na fila da procissão, sigo atrás de Shao e Wenyi. Acaricio a faixa de cintura novamente, pela décima vez, para ter certeza de que a bola medicinal ainda está no lugar. Entramos no Pátio do Futuro Promissor, onde uma vez nos apresentamos diante dos cidadãos de Jia. Está deserto agora, exceto por alguns soldados espalhados ao longo dos muros.

Subimos a grande escadaria, pela primeira vez autorizados a percorrer o caminho que muitos honoráveis convidados traçaram antes de nós, um reconhecimento de que um do três logo se tornará o próximo shénnóng-shī a servir à corte.

Cerro os dentes. As escolhas que fiz me levaram até ali, e vou até o fim.

Entramos no Salão da Luz Eterna. As janelas foram abertas de novo, e a vista da imensidão de Jia é inspiradora, destinada a dignitários visitantes e potências estrangeiras, a fim de que testemunhem as glórias do Imperador de Dàxī.

A sala está cheia de membros da Corte de Oficiais, nobreza e eruditos. Os dois lados da corte: Influência e Conhecimento. Todos vestiram a faixa preta do luto.

Meus olhos esquadrinham os oficiais, a maioria entretida em conversas casuais antes de a reunião formal começar. Quem entre eles traiu o imperador? Qual deles jurou fidelidade ao Príncipe Exilado? E quem distribuiu o veneno através de Dàxī?

O gongo anuncia o início dos procedimentos. Os oficiais se acomodam com um farfalhar de vestes enquanto os ministros aguardam no estrado para receber a princesa. Perto do fundo do salão, os competidores também recebem almofadas, e nos ajoelhamos. O trono vazio preside a todos.

O arauto anuncia a chegada da princesa, e nos curvamos.

A Princesa Zhen atravessa a sala, uma visão naquelas vestes. Peônias cascateiam de seus ombros, flores roxo-escuras delineadas a ouro em contraste com o fundo branco. Ela usa um pequeno penteado formal, pássaros incrustados de pedras refletindo a luz quando vira a cabeça. Mas, no lugar de Ruyi, há outra figura familiar às suas costas, os trajes de um roxo intenso, combinando com as peônias, uma faixa preta na cintura.

Kang, filho do Príncipe Exilado. Vestido com a cor permitida apenas à realeza.

Os oficiais sussurram, inquietos, enquanto eu queria poder desvanecer na tela de madeira atrás de mim e me misturar à parede, lembrando as palavras duras que dissemos um ao outro em sua residência. Mas ele não olha na minha direção. Meu coração contraditório deveria ser grato por tal bênção, mas uma parte de mim ainda sofre com tamanho descaso.

Zhen se senta no assento à direita do trono vazio, como convém à regente e futura governante de Dàxī, enquanto Kang fica às suas costas.

O arauto avança novamente e, com um aceno de cabeça da princesa, desenrola o pergaminho.

— Levantem-se para ouvir a proclamação real, povo de Dàxī!

A corte murmura, os oficiais se levantam. Os semblantes exibem apenas perplexidade, como se aquilo não fosse uma ocorrência comum, mas Lian não está ao meu lado para interpretar as formalidades.

— Por decreto da Princesa Ying-Zhen, regente do glorioso Imperador Ascendido, reconhecido de agora em diante como o Imperador da Benevolência. Em nome dos ancestrais revividos, com respeito ao período de luto e seu dever de promover a paz em todo o reino. Para lembrar e reconhecer como a imperatriz viúva já foi conhecida como a Princesa da Paz. Em honra ao noivado da Imperatriz Wuyang com o Imperador Ascendido, unindo dois reinos e pondo fim à guerra...

O arauto faz uma pausa e pigarreia. A princesa mantém o olhar acima da cabeça dos oficiais, expressão distante, olhos embotados.

— A princesa de Dàxī será prometida a Xu Kang, formalmente reconhecido como filho adotivo do Príncipe de Dài...

A sala fervilha como um ninho de vespas. Mas tudo o que ouço são três palavras, repetidas sem parar em minha mente: *Princesa. Prometida. Kang.*

Kang, que pulou do telhado para o meu pátio a fim de me desejar sorte na segunda rodada da competição. Que me deu um lindo presente de sua terra natal, que me mostrou detalhes secretos de sua infância, que me confidenciou seus sonhos para o povo. A quem fui enviada para espionar, a quem magoei e traí.

Meu rosto queima quando fazemos uma reverência, testas no chão, acolhendo o anúncio. Fecho os olhos, reconhecendo que o chanceler estava certo: sou ingênua, me julgando capaz, mas sou apenas um peão deslizando ao lado do canhão no tabuleiro.

Os dois me jogaram um contra o outro, e eu havia desejado ardentemente acreditar em ambos.

Os oficiais começam a gritar, tentando atropelar uns aos outros. As palavras se unem em uma torrente incompreensível.

— Quietos. — A princesa os silencia com uma única palavra.

Abro os olhos para vê-la com a mão erguida. As duas figuras se tornam borrões, tão distantes quanto as estrelas.

— Vossa Alteza. — Uma voz troveja pela sala. Eu me belisco, deixando a dor me devolver o foco. O homem que se revela veste uma armadura cerimonial vermelho-brilhante. — O Ministério da Guerra sentiu os efeitos do golpe, anos depois, mesmo após a rebelião inicial ser reprimida. É sensato retomar esses laços?

Um rio de concordância flui por toda a sala, gestos de cabeça em anuência.

— A perda do Príncipe de Dài sempre foi uma mancha em nossa história. — O Ministro Song dá um passo à frente, um livro aberto na mão. — Consultando o *Livro dos Ritos*, acredito que Xu Kang é uma ponte oportuna. Ele era o filho adotivo do príncipe, mas seu pai biológico havia obtido o posto de comandante do exército, lutado na Guerra dos Dois Rios. Seu nome foi inscrito nos registros de família pela própria imperatriz viúva. A ele teria sido concedido o título Príncipe de Dài, restaurando nossa história.

Outros oficiais agora falam em apoio, dividindo a sala.

Outro homem se adianta, apresentando-se como o oficial responsável pela administração de Lùzhou.

— Ficamos de olho em Kang durante todos esses anos. Nunca se envolveu com os rumores de revolta. Cresceu trabalhando nas fazendas de sal e treinou em outro batalhão, embora pudesse facilmente se juntar às tropas do ex-general. Sabe-se que seu primeiro posto foi como batedor e galgou os degraus até capitão.

O Ministro Song abre uma nova página de seu livro.

— Antes de o imperador ascender, expressou o desejo de que a filha encontrasse um parceiro adequado. Nesse momento de transição, quando o trono permanece vazio, devemos almejar enviar uma mensagem de esperança. Para calar a voz dos dissidentes. Essa união pode muito bem virar o jogo.

Os ânimos no salão parecem mudar quando o Chanceler Zhou se levanta, o olhar afiado varrendo a sala.

— A própria princesa aquiesceu, atestando o caráter do primo, conhecendo-o desde a infância. Também já nos esquecemos de que ele a salvou dos assassinos, na primeira noite da competição?

Os resmungos dos funcionários se transformam em um murmúrio silencioso.

Àquela altura, a princesa se levanta de seu assento, a voz como um sino, límpida e autoritária.

— Agradeço o conselho da corte, pois guiaram meu pai e o pai de meu pai. Confio em sua ajuda para manter a ordem nestes tempos sombrios. Os astrônomos foram consultados e determinaram que três é o número auspicioso para o meu reinado. Minha ascensão, meu noivado e a nomeação de um novo shénnóng-shī.

Com um ondear da túnica, ela se senta, concluindo o assunto.

— Que comece o teste final.

Capítulo Trinta e Nove

Não temos um público tão grande desde a primeira rodada, e o peso de tantos olhares sobre mim lembra a incômoda sensação do rastejar de formigas sobre minha pele. Mantenho a cabeça baixa ao passar pelos oficiais, a fim de me juntar aos juízes na frente da sala.

O Chanceler Zhou é quem se adianta para dar as boas-vindas.

— Os juízes foram abençoados por testemunhar as várias habilidades demonstradas por esses três shénnóng-tú durante a competição. Eles evocaram memórias e deslumbraram nossos sentidos. Combateram venenos e discerniram verdades de mentiras. Homenageamos as virtudes que orientam nossa existência terrena.

"Harmonia — começa a enumerar, demonstrando mais uma vez como é capaz de seduzir a multidão, manipulando a atenção da corte. — Na combinação de comida e chá, ao reconhecer as variações regionais que contribuem para a formação de nosso vasto império.

"Honestidade e humildade — continua ele. — Um shénnóng-shī tem o dever de revelar a verdade, mesmo quando a verdade pode magoar. Pois somente ao receber e aceitar a verdade, um governante pode liderar com confiança.

"Sabedoria e compaixão. Um lembrete de que Shénnóng é professor e médico, agricultor e filósofo. Um shénnóng-shī conhece, como qualquer médico, o equilíbrio entre o interior e o exterior. Somos humilhados pela morte, mas não nos curvaremos a ela.

"Por fim, esta noite prestamos homenagem à virtude da dedicação, o sagrado vínculo dos shénnóng-shī com seus pacientes."

Ele bate palmas três vezes. Os criados começam a entrar, carregando armários e mesas entre eles. Os oficiais abrem caminho para eles conforme um palco circular é montado no centro da sala. Três baús. Três mesas. Nós, os três competidores, somos orientados a ficar ao lado dos móveis, um observando o outro ao redor do círculo. Minhas mãos agarram a borda da mesa, gravando a curva na palma da mão.

O Ministro Song se aproxima de nós com um suporte de bambu, e varetas da sorte vermelhas despontam do topo, como aquelas que podem ser solicitadas de um templo para uma bênção dos deuses.

— Vocês devem tirar a sorte.

Shao separa a primeira vareta e a coloca sobre a mesa. Wenyi faz o mesmo, a aparência soturna. Finalmente, o ministro se aproxima de mim. Fecho os olhos, inclino o suporte e deslizo o bastão para fora.

A sorte de Shao revela a Tartaruga Esmeralda e a de Wenyi, o Tigre Preto. A minha, desenrolada com mãos trêmulas, é a Garça Branca. Rezo para que seja um bom presságio e que a deusa continue a me guiar.

O arauto anuncia a entrada dos campeões. Dois homens e uma mulher irrompem no salão, cada um vestido com as respectivas cores. O representante da Tartaruga é um homem de constituição sólida, sobrancelhas escuras e uma massa de rebeldes cachos pretos. Está vestido com uma camisa folgada e bermuda que vai até o joelho. As pernas são enormes troncos de árvores, com músculos definidos, terminando em pés descalços. Ele saúda a princesa com ambas as mãos, um enorme cajado de sequoia nos punhos.

A campeã do Tigre Preto é uma mulher musculosa, braços nus exceto por bandagens vermelhas enroladas nos pulsos. As calças esvoaçantes se estreitam nos tornozelos, e anéis de ouro brilham em seus dedos. Uma única argola de ouro pende de uma das orelhas. Embainhado às costas, um par de espadas cruzadas.

O representante final, o campeão da Garça Branca, é um homem esbelto, vestido com uma túnica branca. O cabelo forma um elegante coque, preso com um único grampo de prata. Se não fosse pela espada em uma bainha azul no quadril, eu teria imaginado se tratar de um erudito. Ele saúda a princesa com as mãos juntas à testa, curvando-se em uma mesura.

Com a postura perfeita, a graça de seus movimentos, não há dúvida de que são habilidosos lutadores marciais.

— Ao longo da história de Dàxī, a ascensão ou a queda de cidades seguiam a antiga tradição do duelo. A bravura de dois campeões, dispostos a sacrificar suas vidas pela honra de reivindicar uma cidade ou de defendê-la — entoa o chanceler. Em seguida, ele se volta para observar a sala. — Quem vai defender Jia?

— Eu vou.

Cabeças se voltam para Kang enquanto ele desce do palanque e entra no círculo. Posso ver o filho do soldado nos ombros empertigados.

Minha mão voa para a boca, abafando um grito. De súbito, sou inundada pelo medo de que tenha me traído, mas toda a atenção está em Kang conforme ele se curva para o chanceler.

— O noivo da princesa. — O Chanceler Zhou sorri. — Você vai se colocar em perigo e defender Jia e Dàxī? Vai se provar digno da mão da princesa?

— Estou ansioso para provar minha lealdade ao trono de Dàxī — responde Kang, confiante e destemido.

Com um floreio coordenado, os criados desvelam os baús cobertos ao lado de cada um de nós, desviando minha atenção. Cada um deles é uma cômoda, de aparência familiar... Do tipo que poderia ser encontrada em qualquer botica. Todas as gavetas estão marcadas com uma pequena placa.

— Vocês terão a duração da queima de uma vareta de incenso para escolher a bebida que vão preparar para o nosso campeão — explica o Chanceler Zhou —, usando o dān colhido do lírio d'água ontem, a fim de fortalecer a conexão e o vínculo com Shénnóng.

Tiro a bola da faixa de cintura, entendendo agora seu propósito específico. É uma forma mais potente do emplastro que criei a partir de ervas maceradas para extrair o veneno de Ruyi, destinada a nos ajudar a alcançar a Transmutação. O pouco que sei sobre o assunto sempre foi que o processo de desenvolvimento do dān se perdeu, os métodos cuidadosamente guardados e relegados à história. Diziam ser um amplificador mágico, como uma voz propagada entre penhascos estreitos, até conseguir ser ouvida de um lado a outro da montanha.

Shao já parece confiante, seguindo para a cômoda, determinado. Wenyi avalia os campeões com cuidadosa atenção, o olhar se demorando em Kang, a expressão ensimesmada de quem julga o outro inferior. Dou um passo hesitante em direção ao baú, a mão acariciando a superfície de ébano. Quase posso sentir o pulso da árvore da qual foi esculpido. Minha mãe teria adorado aquela cômoda; a madeira não possui qualquer fragrância que possa contaminar os ingredientes em seu interior, e sua rigidez garante que os mesmos não serão absorvidos ao longo do tempo.

Existem diferentes variedades de folhas de chá nas gavetas de cima, todos chás raros, dignos de uma homenagem ao imperador. Com dois deles tenho uma sintonia especial: Córrego Celestial, que mal é tratado, apenas os botões mais jovens podem ser colhidos, e Outono Oculto, um chá mais velho, integralmente cultivado apenas no outono, depois queimado pelo sol até que a doçura interior seja liberada. Propriedades opostas, dependendo de como desejo abordar o desafio. Dou uma olhada nos outros aditivos. Crisântemo, jasmim, amelanqueiro e açafrão seco. Huáng qí também é uma possibilidade interessante, suas propriedades fortalecedoras já conhecidas por mim de usos anteriores.

Lian e eu discutimos o modo como ela imbuiu seu tônico de magia fortalecedora, então, embora não seja minha especialidade, conheço os princípios básicos. Kang também poderia se beneficiar de uma ampliação da consciência — mas não tão intensa a ponto de se desligar do ambiente, como eu mesma experimentei com o Leão Verde. Ou, talvez, eu precise lhe dar algo para entorpecer a dor do confronto. Mas o problema é que meu conhecimento de estilos de luta é lamentavelmente falho, pois jamais participei de um torneio. Posso apenas arriscar um palpite sobre os pormenores das habilidades dos campeões.

Faço minha escolha entre três ingredientes: bagas de goji, para a percepção; o amargo yù jīn, para melhorar a circulação e aliviar a dor; e cogumelo roxo, para aumentar a resistência. Uma xícara de chá digna de desafiar os representantes dos deuses.

A primeira rodada começa assim que a vareta de incenso se transforma em cinzas, e o chanceler revela o conjunto de instruções seguinte.

— Vocês terão a duração da queima de um incenso espiral para preparar e oferecer sua seleção em seguida para o seu campeão derrotar o desafiante. *Derrotar.* Não haverá empate nem segundas chances. O desafiante deve se render. Deixar o círculo é um fracasso. Ser o primeiro a ter o sangue derramado, fracasso.

Quantas incógnitas. Estudo os ingredientes, já questionando minhas escolhas.

— Os juízes classificaram os competidores restantes por suas atuações até agora. Primeiro a começar, Chen Shao de Jia. — O chanceler acena para o arauto, que acende o incenso em espiral, e a competição começa.

Shao avança a fim de preparar sua xícara, e as ervas mergulham na água, liberando os aromas. O cheiro latente de magia arranha o fundo da minha garganta. Kang aceita o chá com uma reverência, bebe o líquido sem hesitação, depois pisa na arena da competição.

Os criados cobriram o chão com esteiras de palha. A Tartaruga se move de modo lânguido, empunhando o cajado como uma extensão do próprio corpo. Kang se move com rapidez, esquivando-se dos golpes. Sempre que o cajado golpeia o chão, é o suficiente para sacudir as pedras sob nossos pés. Eventualmente, o cajado encontra a espada com um estrondoso baque, e Kang escorrega para trás com a violência do choque, quase caindo para fora do círculo. Ele se endireita outra vez, e a batalha recomeça. A madeira verga, então se endireita, a espada bloqueando e devolvendo os golpes enquanto os oponentes se chocam, se separam e se reencontram. Kang gira e finta, curvando o corpo para evitar ser esmagado pelo arco do bastão.

Shao se senta na cadeira, gotas de suor brotam em sua testa com o esforço. Os lábios se movem em silêncio, comungando com os deuses, assim como quando minha mãe lutava contra uma doença particularmente difícil. Eu me pergunto se Kang pode ouvir a voz de Shao sussurrando em sua mente.

Dez movimentos depois, a espada de Kang está na garganta da Tartaruga, e o grande homem se curva, admitindo a derrota.

A sala se enche de aplausos. O público fica encantado, apesar da reticência inicial em relação ao campeão.

— Muito bem! — gritam. Shao enxuga o rosto com um lenço, o sorriso habitual desapareceu. Ele se levanta com pernas trêmulas e faz uma reverência, apoiando-se no braço da cadeira.

— Lin Wenyi, acólito de Yĕliŭ — anuncia o arauto. O Chanceler Zhou gesticula para que Wenyi prossiga. A figura alta se move com uma elegância que denuncia seu treinamento. Movimentos limpos e concisos. Nada de esforço exagerado para entreter o público. Sou atraída para dentro do ritual, apesar da proximidade do meu próprio teste.

Ele usa uma tigela de pedra no lugar de uma xícara, as laterais mais altas que as usadas em refeições. Quando inclina a tigela para o lado, a água quente se derrama e acompanha a curvatura, criando a ilusão de ondas encrespadas. Usando a mão para balançar suavemente a tigela, ele se certifica de que a água cubra todos os ingredientes, assumindo o tom dourado exigido de uma boa infusão.

Ele coloca o dān debaixo da língua, então entrega a tigela a Kang, que a aceita com um aceno de cabeça e despeja o chá na boca. Enquanto engole, faz uma careta. O gosto devia ser forte. Kang entra na arena com o Tigre Preto, e, com o riscar de um fósforo, a rodada seguinte tem início.

O Tigre move seus pés em movimentos amplos, circulando para trás e para a frente, sem um claro sentido de direção. Kang se afasta, estudando seus movimentos, tentando determinar onde ela vai pisar em seguida. Com apenas uma ligeira flexão de joelhos, a mulher salta, varrendo com facilidade o espaço entre ambos. Usando os punhos, rápida como relâmpago, ela o faz recuar, colocando-o na defensiva. Kang bloqueia e usa a espada embainhada para afastá-la, mas ainda não a saca. Ela recupera o equilíbrio, então se apoia nos calcanhares, olhos cintilando na luz.

Um grito estridente irrompe de sua garganta quando ela salta de novo, agora desembainhando as espadas das costas em dois arcos prateados. Eu havia reparado nos punhos únicos, com a guarda terminada em um ponta afiada, mas as lâminas também são diferentes de tudo o que já vi. O aço é uma curva fina, com ganchos de aparência perversa na ponta. Kang usa a própria bainha para bloquear o ataque, empurrando-a para trás com força, então saca a espada em um movimento suave, metal se chocando contra metal.

O ataque prossegue. O Tigre cruza as espadas e, então, avança com movimentos giratórios, as espadas parecendo rodopiar em círculos. Às vezes, a mão direita golpeia em uma direção enquanto a esquerda mergulha em vez de subir, tentando romper a guarda de Kang. Ele bloqueia todos os ataques, mas a velocidade da mulher a coloca em vantagem. Os pés de Kang escorregam e vacilam enquanto ele tenta resistir à força dos golpes, mas o Tigre continua a empurrá-lo cada vez mais para perto do limite do círculo.

Demoro muito a perceber que existe algo de errado com os movimentos de Kang. A ponta de sua espada parece se mover muito devagar, e, cada vez que tenta ajustar seus golpes para combinar com a intensidade dos ataques, ele tropeça um pouco. Não exibe a mesma força com que reagiu à Tartaruga. Na verdade, ele parece estar apenas se defendendo contra o ataque das lâminas duplas.

Com os arcos crescentes das espadas formando dois círculos, os ganchos agarram a arma do campeão de Jia e o Tigre a puxa. A espada é arremessada na direção da multidão de oficiais, e eles se espalham como peixes em um lago.

A ponta da espada crava no chão, o punho balançando no ar.

O salão cai em silêncio. Kang aperta o ombro, sangue escorrendo por entre os dedos, pingando no tapete abaixo de seus pés.

Ele se curva ao Tigre, reconhecendo a derrota.

Capítulo Quarenta

— Parece que fracassou no desafio — declara o Chanceler Zhou a Wenyi, embora a voz não soe indelicada.

Mas Wenyi não se dirige a ele. Em vez disso, encara a princesa e a cumprimenta com o punho fechado contra a palma. Uma saudação de deferência, acompanhada por uma profunda mesura.

— Embora não seja digno, peço permissão para me dirigir a você, Vossa Alteza. — Há uma aspereza em seu tom, e, de onde estou, posso ver suas pernas tremendo. Nunca o vi perder a compostura em todo o tempo em que convivemos no palácio. Devia ter prestado mais atenção ao que ele fazia, em vez de ficar encantada pela luta de Kang contra o Tigre Preto.

Zhen gesticula.

— Fale.

— Sabotei a competição, princesa — confessa Wenyi, mas sem contrição, sem desculpa. No lugar de abaixar a cabeça em deferência, ele olha diretamente para ela, em uma postura de desafio.

— O que você fez? — As palavras do chanceler rasgam o ar.

Wenyi cai sobre um dos joelhos em um movimento ágil, o manto esvoaçando atrás de si.

— Preparei para o seu campeão uma mistura de chá que esgota as forças e rompe o equilíbrio interior. Esperava que o Tigre o cortasse ao meio. Não consegui me forçar a ajudar o... o traidor do império.

Preciso de toda a minha força de vontade para não olhar na direção de Kang.

— Está me dizendo que colocou algo na bebida de Kang? — A princesa se inclina para a frente, franzindo a testa, a preocupação pelo noivo evidente. A conexão dos dois deve ser mais forte do que acreditei a princípio, forjada na infância.

— Me recuso a usar veneno. — A boca de Wenyi se curva com desdém, e ele aponta um dedo trêmulo para Kang. — Essa é a arma da sua família.

A acusação paira no ar, uma nuvem de tempestade à espera de devastar a terra abaixo. O ódio distorce as belas feições em uma carranca.

A Princesa Zhen se recosta no assento.

— A identidade dos responsáveis pelos envenenamentos é um problema ainda não resolvido pelo Ministério da Justiça — argumenta ela com um tom arrastado, depois se volta para os oficiais, que ainda assistem ao desenrolar da cena, hesitantes. — A menos que o Ministro Hu... Há algo mais que você não me relatou?

Um dos ministros se adianta e faz uma reverência, o chapéu caindo para o lado na pressa de se apresentar diante da princesa.

— O Ministério da Justiça determinou que é meu tio quem está por trás dos envenenamentos? Existe algo de que eu deveria estar ciente? — A voz de Zhen ganha um tom insinuante, perigoso. É evidente que seu temperamento se inflama, seja pela insolência do comportamento de Wenyi ou pela contínua exibição de divergência na corte.

Nada resta de sua insegurança... Eis uma imperatriz em ascensão.

O Ministro Hu cai de joelhos, tocando a testa no chão.

— Não, não, Vossa Alteza. Ainda não determinamos quem é o responsável pelo chá envenenado.

— Minha família é de uma cidade perto de Lùzhou. — Wenyi levanta a voz, nada disposto a ceder. — Houve uma onda de desaparecimentos em nossa cidade. Pessoas recrutadas à força pelo exército, arrancadas de suas famílias. Quem se recusa acaba envenenado. Por favor, imploro que investigue, Alteza...

Um borrão de movimento e um lampejo de metal. Wenyi cai no chão, ofegante, golpeado onde estava. O Ministro da Guerra exibe a espada desembainhada, apontada para a nuca de Wenyi.

— Como ousa exigir qualquer coisa da princesa? — rosna ele. Dois dos guardas do palácio avançam, flanqueando-o. — Levem-no embora.

Os guardas passam os braços de Wenyi sobre os ombros e o arrastam para longe.

Wenyi olha para os juízes e os oficiais, mas nenhum rosto simpático o encara em resposta, apenas aqueles cheios de medo e incerteza. De um modo sinistro, a cena lembra as ocasiões em que minha vila testemunhou a crueldade do governador. Todos sentiam muito medo de desafiar seu poder, temendo pelas próprias famílias. É aquele tipo de tirania que estou apoiando? É aquela a mudança que a princesa prometeu?

Percebendo que não há nenhuma conexão a ser encontrada na multidão, nenhuma simpatia por sua causa, de repente Wenyi começa a se debater nos braços dos guardas, aos gritos.

— Cuidado! Todos vocês! As sombras seguirão em breve!

Ele é arrastado pela soleira, gritando o tempo todo.

Quando as portas se fecham, as palavras sinistras da profecia ainda pairam no ar, pesando sobre todos na sala. A atmosfera descontraída e festiva desapareceu.

— A competição deve continuar. — O Ministro Song se levanta novamente na frente dos oficiais, tentando manter a compostura. Mas seus dedos alisam o manto, traindo o nervosismo.

A Princesa Zhen fica de pé para enfrentar a corte, a expressão severa.

— Não permitiremos que as ações de um dissidente perturbem este evento, e iremos prosseguir, apesar de sua tentativa de causar inquietação. Os inimigos de Dàxī não nos verão intimidados.

Quando ela volta a seu lugar, o restante dos oficiais murmura entre si, mas também encontram as próprias cadeiras, apaziguados por ora.

— Está bem o suficiente para prosseguir? — O Chanceler Zhou pergunta a Kang, que dá um aceno rígido. Então o chanceler se vira para mim. — E você?

Muito embora prefira me esconder em vez de falar, tenho de assegurar que não fui colocada em desvantagem.

— Chanceler, vai me permitir tomar o pulso do campeão? Para saber se os efeitos negativos do chá de Wen... quero dizer, do Competidor Lin... afetarão seu desempenho?

O Chanceler Zhou olha para a Princesa Zhen, que inclina a cabeça em concordância. Ela não exibe nenhum sinal de reconhecimento, nenhum indicativo de familiaridade. Como se eu não tivesse segurado sua mão enquanto ela chorava por sua aia nem discutido com entusiasmo sobre as divisões dentro do império. O chanceler assente, permitindo que eu me aproxime.

Kang me encara com cautela, os cílios abaixados, focado em algum ponto em meu ombro em vez de sustentar meu olhar. Um médico real já enfaixou seu braço, e ele não cambaleia quando está de pé. Mas preciso ter certeza.

— Como você...

— Você pode...

Nós tentamos falar ao mesmo tempo, depois caímos em um silêncio constrangedor. Eu me atrapalho ao arregaçar as mangas, enquanto ele pigarreia, ainda evitando meu olhar.

Gesticulo para que se sente em um dos bancos logo atrás, e ele obedece, a imagem do desconforto. Peço que coloque o cotovelo na mesa e estenda o braço em minha direção.

Fechando os olhos, permito que os murmúrios dos oficiais da corte desapareçam ao fundo, me concentrando somente na sensação da pele sob meus dedos, fingindo que ele é só mais um paciente sem rosto. Devo confiar apenas nos sentidos. A voz do meu pai continua a me castigar através do império. *Use todos os seus sentidos. Foco, Ning!*

Meço o pulso lento de Kang, ainda afetado pelo que quer que Wenyi lhe deu. Mas está quente ao toque. Um cheiro pungente emana de sua pele, quase como pimenta. Finalmente, ergo o olhar e encontro seus olhos, observando seu rosto corado, a expressão decididamente infeliz, e noto a dilatação das pupilas. Todos os sinais apontam para um calor excessivo que emana de seu corpo.

Wenyi usou os ingredientes para revigorar em excesso o sangue de Kang, deixando-o tonto e instável, impulsivo e facilmente irritável. Solto sua mão, e ele se afasta de imediato, levantando-se, como se não pudesse suportar minha presença nem mais um segundo.

Eu me retiro para ficar ao lado do baú de ingredientes, esperando instruções.

— Você está pronta, Competidora Zhang? — pergunta o Chanceler Zhou. — Como precisou combater a sabotagem do concorrente anterior, você pode trocar um dos ingredientes já selecionados. Escolha sabiamente.

Quando completo a troca, digo:

— Estou pronta.

O fósforo é riscado e o incenso aceso, e eu começo meu último teste.

Capítulo Quarenta e Um

Sei que o tempo está contra mim, então me movo com rapidez. Derramo o suave chá Outono Oculto sobre meu ingrediente substituto — botões de lírio-d'água, um apelo à humilde flor que falou comigo e desistiu do dān em seu coração. Eu lhe peço que me conceda suas propriedades depurativas a fim de combater a poção de Wenyi e fortalecer os efeitos remanescentes do chá revigorante de Shao.

Coloco a xícara nas mãos de Kang. Sem desviar o olhar, ele a levanta com as duas mãos. Seus olhos são como piscinas escuras me chamando para mais perto, e devo resistir à atração.

Confie em mim, pediu ele certa vez. Agora é a vez de Kang acreditar em mim.

Coloco o dān na boca. À medida que os sabores doce e amargo penetram em minha língua, a magia se desvela dentro de mim em resposta. Salta facilmente de mim para ele, lembrando-se de Kang com um suspiro quase audível. Mais uma vez, estamos envoltos no perfume de camélia, como se estivéssemos cercados por minhas amadas árvores de chá.

Voltamos àquele lugar oculto revelado apenas pela Transmutação. Eu o vejo, com o contorno dourado ao redor do corpo, a marca gravada a ferro em brasa acima do coração. Mas também posso me ver em seus olhos, uma garota de cabelo preto e pele amarelo-clara, olhos escuros o encarando com tristeza. A magia ondula entre nós, fios como doce de malte, extraindo o calor gerado por ele e derramando-o sobre mim, até que posso sentir seu peso no corpo como um manto sólido.

Kang abre a boca para dizer algo, mas me forço a dar meia-volta e sentar na cadeira de competidor. Ele me observa virar, e sinto seu arrependimento fluir em ondas. É apenas um momento, um mero sopro na realidade, mas, naquele lugar de magia e sonho, a conexão é uma agonia prolongada. Um lembrete de tudo o que compartilhamos e do pouco que nos resta.

Vá, digo a ele, mesmo quando hesita e enfim se vira para se juntar ao campeão na arena. Seus passos estão mais leves, os pensamentos fluem com mais facilidade. Sinto a umidade do suor já se formando sob meus braços, a languidez se apossando dos meus membros.

O homem de branco fica parado, a espada às costas, enquanto Kang o saúda com uma reverência. Quase como se ouvissem uma campainha invisível, os dois se movem ao mesmo tempo. Circundam o anel, espelhando um ao outro com passos cuidadosos e deliberados.

Até que a Garça desembainha a espada em um movimento ágil e a curva graciosa da lâmina é revelada. Ele empunha o dao de gume único, diferente da lâmina dupla e esguia de Kang. A Garça Branca levanta um dos braços, segurando a espada acima da cabeça, e ergue a perna oposta, até que assume a aparência de um pássaro. Mantém a postura apenas por um segundo, reunindo a força interior, então explode para a frente com uma torrente de golpes.

A arma deve ser pesada, mas em suas mãos parece leve como uma pluma, girando no ar com a facilidade de uma flecha. Sinto a contração dos músculos de Kang ecoando dentro dos meus enquanto ele se move para bloquear, a espada em riste para encontrar a outra lâmina, o impacto reverberando em nossos ouvidos. Os dois então unidos em uma dança frenética de lâminas.

O suor começa a escorrer do cabelo para os meus olhos devido ao esforço de afastar de Kang as influências negativas. Os vestígios da magia de Wenyi são como as ágeis pernas de centenas de aranhas rastejando em busca de propósito. Elas querem morder e se deliciar com a essência de ouro que flui através do corpo de Kang, o alvo desejado. Mas porque não o podem ter, me devoram em seu lugar, sugando minha energia até meus olhos ameaçarem se fechar.

Eu me belisco nos pontos sensíveis entre os dedos, me forçando a ficar acordada. A batida do coração de Kang pulsa ao ritmo do meu, ecoando em meus ouvidos. Meu corpo continua a queimar, implorando por alívio para o calor implacável.

A luta à minha frente continua em um turbilhão. Encorajo os poderes do cogumelo roxo, imbuindo Kang da capacidade de resistir aos repetidos ataques da Garça. O yù jīn alivia a dor em seus membros. Minha mão agarra a mesa, mesmo enquanto posso sentir a espada na mão de Kang, como seu corpo se move pela memória das posturas que aprendeu desde pequeno. Ele praticou na chuva e na escuridão da noite, em meio a ventos cortantes na encosta de um penhasco ou com os olhos vendados na neve, quando as pedras escorregadias ameaçavam desequilibrá-lo.

Todo seu treinamento é liberado naquele único momento, intensificado pelos efeitos do botão de lírio-d'água. Uma quebra no padrão da Garça, mudando o aperto da mão para assumir outra posição. Kang gira em um lampejo, chicoteando o fio de sua espada na direção oposta, bloqueando a lâmina desalinhada do oponente. O homem tropeça, pego de surpresa. Com outra investida, Kang corta o ar, e um pedaço de tecido branco flutua até o chão.

A Garça Branca para, coloca a espada na frente do corpo e se curva. Os retalhos esfarrapados da manga deslizam pelo braço, revelando um claro filete de sangue. Derrota.

Cuspo a bola medicinal na tigela, quebrando nossa conexão. Não suporto continuar em sua mente nem mais um instante, o fardo insuportável para meu corpo. Enfim as ondas cedem, o calor diminui até que consigo respirar, até que me sinto um pouco mais eu mesma outra vez, menos como ele.

Está feito. A rodada final, e ainda estou ali.

Os oficiais demoram a aplaudir, mas, uma vez que começam, um som estrondoso varre o salão. Reconheceram a proeza que realizei e, pela primeira vez, posso aceitar o poder que estou desenvolvendo. Que me tornarei digna do legado da minha mãe.

— Espere! — grita uma voz, interrompendo o brilho do meu sucesso. Estimado Qian, o antigo shénnóng-shī da corte, dá um passo à frente. — Vossa Alteza, é com grande pesar que devo informar que há algo errado.

Eu o encaro, sem entender. Completei a tarefa em questão. O que poderia ter feito de errado?

— Fale — ordena a Princesa Zhen, apesar de parecer relutante em ouvir as palavras seguintes.

Depois de uma reverência apressada, o homem se endireita e junta as mãos às costas.

— Como um shénnóng-shī experiente, testemunhei muitos testes, muitas cerimônias. Tinha minhas desconfianças, mas, hoje, depois de assistir à rodada final, veio a confirmação de tudo o que suspeitava.

Estimado Qian para na frente da minha mesa, perto demais para o meu gosto. Quero me afastar, mas minhas pernas ainda estão muito fracas para me sustentar, e temo cair diante dos olhos de toda a corte.

— A garota de Sù. — Ele se vira para me encarar, seu ódio tão evidente quanto o desdém de Wenyi por Kang. Ele levanta o braço e aponta um dedo para o meu rosto e outro na direção de Kang. — E o filho do Príncipe Exilado. Eles tinham uma conexão antes dessa rodada final da competição. Uma pérfida aliança.

Sons gaguejantes saem da minha boca, sem sentido. É a princesa que se recupera primeiro, falando depressa:

— Fui informada de um encontro anterior entre Xu Kang e alguns dos concorrentes. Zhang Ning também se apresentou por vontade própria e transmitiu suas preocupações em particular. No entanto, ela não conhecia a identidade do campeão na rodada final, escolhido apenas horas atrás. Não creio que tivessem intenção de enganar a corte.

A princesa é uma mentirosa muito melhor que eu, apresentando o fato como um mal-entendido, nada mais, explicando pouco sobre nossa associação. Ela levanta o queixo, quase desafiando o homem mais velho a discordar.

O shénnóng-shī faz outra mesura, que beira a zombaria em sua tentativa de deferência.

— Não discordo, Alteza, se o laço é tão superficial quanto alega. Um encontro casual. Mas minhas suspeitas ganharam força quando conduzi minhas próprias investigações e descobri uma conspiração ainda maior do que poderia ter imaginado.

Uma sensação de formigamento percorre o caminho dos meus braços até atrás das orelhas, como as criaturas rastejantes da magia de Wenyi.

— A garota se atreveu a confraternizar em público com o noivo da princesa, compartilhando uma xícara numa casa de chá — Estimado Qian continua.

— Como isso é relevante? — indaga o Ministro Song. — Talvez Kang tenha lhe comprado uma xícara de chá porque estava curioso sobre as habilidades da moça, e ela desconhecia seu papel na rodada final. Só os juízes sabiam que ele estaria presente, e nenhum de nós compartilharia a informação, eu lhe asseguro.

Olho para ele surpresa, sem esperar que algum deles me defendesse.

— Para aqueles que não são educados na arte Shénnóng, talvez pareça um encontro inocente. Mas para um shénnóng-shī, o fato tem maior significado — explica, gesticulando com ênfase. — Um vínculo shénnóng-shī é muito fortalecido por encontros anteriores, como qualquer shénnóng-tú que treina há algum tempo saberia.

"Eu já estava ciente do... comportamento da competidora Zhang na rodada anterior, de algumas de suas escolhas não convencionais. Por isso analisei com mais rigor sua história. Os resultados da investigação só me foram divulgados hoje cedo."

Uma gavinha de medo rasteja em minhas costas. Ele deve ter mandado interrogar minha família. Seu mensageiro falou com meu tio, que se ressentia da minha mãe? Ou com os aldeões, que se lembravam de como ela voltou para a vila em vergonha?

— Perguntei na vila de Xīnyì sobre seu mentor. As respostas foram unânimes: sua irmã, Zhang Shu, era a aprendiz sob a tutela da mãe. Zhang Ning mentiu sobre seu treinamento. Não era digna de apresentar o pergaminho e participar desta competição.

As palavras soam como golpes de martelo, me fustigando.

— Na verdade, ela estava estudando sob a orientação de um médico imperial... Um médico imperial *desonrado*, que fugiu do palácio anos atrás em vergonha, depois de engravidar uma das criadas.

— Isso é verdade? — A Princesa Zhen me olha com uma expressão inescrutável.

Todas as mentiras que contei, as escolhas que fiz, todas as coisas que realizei para chegar àquele ponto e, no final, é *isso* o que me arruína. A vergonha da família. Uma menina nascida de uma mãe solteira.

Quero gritar com ela, contar a verdade sobre meu passado. Que minha mãe amava meu pai e que eles arriscaram a vida, deixando tudo para trás a fim de recomeçar juntos.

Mas só o que consigo fazer é assentir. O marquês bufa de satisfação ao lado da monarca. Finalmente vai se livrar de mim.

— Então é com pesar que anuncio que, embora tenha se destacado e demonstrado suas habilidades... — Sinto as palavras seguintes de Zhen tão dolorosas como uma facada no estômago. — Você está desclassificada da competição.

Depois de tudo. Depois de tanto tempo.

Eu falhei.

— Os juízes proclamam Chen Shao, de Jia, o vencedor! — anuncia o Ministro Song, as palavras arrancando estrondosos aplausos da corte. — Esta noite, celebraremos com um banquete realizado em sua honra, enquanto a Corte de Oficiais reconhece nosso novo shénnóng-shī.

Shao é cercado por ministros e oficiais, que lhe oferecem suas congratulações. Sou posta de lado, já esquecida. Suponho que deveria agradecer por não ter sido jogada nas masmorras. No entanto, ainda me sinto como uma casca, oca. Fiz tudo humanamente possível e ainda assim não foi o bastante. Estimado Qian me lança um último sorriso de desprezo antes de girar nos calcanhares e se postar ao lado de seu aprendiz e desfrutar da adoração. Jamais conseguirei dominar as intrigas da corte.

A princesa havia me dado sua palavra de que me ajudaria com Shu, mas não tenho como forçá-la a cumprir a promessa. Percebo agora quão patéticas foram minhas tentativas de tentar forçar a mão da futura governante de Dàxī. Ela balançou o prêmio na minha frente, sabendo que eu estaria ansiosa para obedecer a todos os seus caprichos, então me descartou com a mesma facilidade.

Abro caminho até o fundo da sala, me lembrando da carta do meu pai. Devo voltar para casa e enfrentar sua decepção. Em seguida, com crescente horror, percebo que chamei a atenção do palácio para o que aconteceu anos antes. Seria fácil para o Ministério da Justiça retomar a investigação sobre seu desaparecimento. Posso também ter condenado minha família.

De súbito, a sala parece sufocante. Esbarro em um dos oficiais, murmurando um pedido de desculpas. Posso ver Kang tentando chegar até mim, o maxilar cerrado, enquanto outros se esforçam para falar com ele, para reconhecer sua nova e elevada posição na corte. Não temos mais nada a dizer um ao outro, e toda vez que me lembro de que está prometido a outra, acho difícil respirar. Os guardas abrem as portas, e as atravesso às pressas, mergulhando, enfim, na noite.

Não sei como voltei à Morada da Harmonia Primaveril, só sei que minhas mãos juntam e dobram minhas roupas, enfiando-as sem cuidado em uma sacola de pano. Preciso encontrar o baú de shénnóng-shī da minha mãe... Talvez eles o devolvam para mim se eu puder escrever uma carta cuidadosamente redigida à princesa, quando estiver de volta a Sù e segura de que minha família está fora de perigo.

Quando termino, vejo por mim mesma o pouco que acumulei durante meu tempo em Jia. Toda a elegância que me cerca parece zombar de mim agora. Ousei cobiçar tudo aquilo, acreditando que um dia poderia viver numa grande residência. Uma ilusão, tão falsa quanto o dragão que Shao criou a partir de vapor. Um lembrete da minha presunção.

Eu me permito deixar um pensamento sombrio se desenrolar nos mais profundos recônditos da mente: e se eu pegasse tudo e bancasse uma viagem para longe de Sù e de Jia? Poderia desaparecer nos desfiladeiros montanhosos de Yún ou me tornar outra andarilha em busca de um recomeço na Cidade do Jasmim. Escolher um novo nome, encontrar um velho médico para terminar meu aprendizado. Cultivar um pequeno jardim e praticar a arte de Shénnóng em segredo, sem o peso da história dos meus pais... E levar comigo por toda a eternidade a culpa pela morte da minha irmã.

Pego o bordado de Shu e o seguro com mãos trêmulas. Em uma estranha paisagem, a lua cheia se debruça sobre o mar, algo nascido dos sonhos vívidos da minha irmã. Aquilo me lembra de como vou voltar para casa de mãos vazias, reabrindo velhas feridas do passado dos meus pais. Enfio o pano de volta na faixa de cintura.

Lágrimas correm quentes em minhas bochechas. Minhas mãos se atrapalham para remover os grampos do cabelo. Quando não cedem, eu os arranco, puxando os fios do couro cabeludo com minha falta de cuidado. Desenrolo a faixa de cintura, despindo as roupas finas até mais uma vez vestir minha túnica caseira, voltando ao meu antigo eu.

Jamais poderia abandonar minha irmã.

Essa sou eu.

A garota de Sù.

Capítulo Quarenta e Dois

Há uma batida hesitante na porta do alojamento, seguida de um rangido baixo quando ela se abre. Seco os olhos com a manga, envergonhada por ter sido flagrada em um estado tão deplorável. Para minha surpresa, a pessoa na soleira é Mingwen. Ela me olha com simpatia.

— As criadas estão esperando do lado de fora — avisa, baixinho. — Vão ajudá-la a vestir as roupas do banquete quando se sentir pronta.

A outrora austera Mingwen se tornou uma pessoa querida para mim, e percebo que há aqueles no palácio de quem sentirei falta quando estiver de novo em casa.

— Estou partindo — informo. — Não há razão para ficar no palácio.

Mingwen assente.

— A Governanta Yang estava preocupada. Ela me mandou procurá-la. Se não vai ao banquete, então pelo menos venha até as cozinhas para se despedir.

Vendo minha relutância, ela acrescenta:

— A capital não é um lugar seguro para uma jovem vagar por aí à noite.

É um aviso familiar, como os que papai costumava me dar sobre a capital. Com um peso no coração, percebo que deveria tê-lo ouvido. Mas agora é tarde demais.

— Vamos nos certificar de que encontre o caminho para a balsa em segurança pela manhã. — Ela repousa a mão em meu ombro em um gesto tranquilizador. — Agora venha. Vamos comer.

Cedo à tentação de uma última refeição no palácio e ao relutante reconhecimento de que ela está certa: eu deveria dizer adeus às pessoas que foram gentis comigo.

As criadas mandaram uma túnica para eu vestir nas cozinhas. Enquanto me lavo, a mente retorna repetidas vezes às revelações do Estimado Qian, meus fracassos anunciados. A incerteza me cerca como um peixe em um aquário pequeno demais.

— Ning! — exclama Qing'er, quando entro na cozinha ao lado de Mingwen. O menino abraça minha cintura e me forço a abrir um sorriso para que ele não sofra com minha aflição.

— Você não vem nos ver há um tempo. — O menino sorri para mim. — Pensei que você e Lian tivessem se esquecido de nós.

Hesito, me lembrando da promessa à Governanta Yang de ficar longe do seu pessoal. Mas agora que a competição terminou para mim, não há razão para os oficiais me acusarem de subterfúgio. Encaro Mingwen, que faz um gesto de encorajamento em direção à cozinha.

Aperto a mão do menino.

— Me mostre onde posso ajudar.

Qing'er me leva até uma das enormes mesas, e a equipe da confeitaria me recebe com um coro de saudações. Ombro a ombro com eles, ajudo na montagem de grandes travessas para o banquete. Acho mais fácil fingir que a comida é para algum anônimo oficial da corte e que não passo de mais uma criada cumprindo os deveres habituais.

Ajudo a desenformar pequenos caranguejos, os moldes preenchidos na noite anterior com a carne do crustáceo e ovas misturadas com arroz. Depois que são fritos até dourar, nós os espalhamos sobre um ninho de lámen crocante polvilhado com gergelim. Na estação seguinte, um dos *chefs* usa hashis para colocar cuidadosamente delicados bolinhos no formato de peixe entre os caranguejos a fim de dar a ilusão de que estão mergulhando e saltando de um lago.

O prato seguinte eu também chamaria de obra de arte em vez de uma travessa de comida destinada a ser devorada. Tampas de bambu são erguidas para revelar *gao* rosa cozido no vapor e em formato de flor, as pétalas pontilhadas com feijão vermelho para indicar o sabor do recheio. Os *gao* são arrumados em buquês em torno de uma fênix esculpida em rabanete branco, decorada com lascas de cenoura.

Não há tempo para pensar, não há tempo para se afligir ou se preocupar com meu eventual destino. Minhas mãos estão ocupadas em arrumar cada item à perfeição, posicionando artisticamente as criações de modo a não destruir o trabalho duro de outra pessoa. Absorvo a energia frenética do local, inalo os doces aromas que nos cercam como uma nuvem, sedimentados em nossas mãos e pele.

Até que, finalmente, nossas tarefas estão concluídas. O último prato é enviado e as chamas da cozinha, apagadas. Puxamos bancos e juntamos mesas, muitos de nós suspirando quando nos sentamos e descansamos as pernas doloridas. Tigelas cheias de arroz fofinho são distribuídas. Diante de nós, há restos do banquete da noite que não passaram pelo crivo do Pequeno Wu: bolinhos desfeitos e doces deformados. Os funcionários do Departamento da Carne se juntam a nós, trazendo os próprios bancos e contribuições para o jantar. Adicionam fatias de linguiça vermelha gorda e linguiça preta seca, nacos brilhantes de carne de porco assada e pedaços de frango com pele crocante.

Enquanto estou cercada por risos e conversas, a cozinha parece um lar, um outro tipo de família.

Dei apenas algumas garfadas na tigela quando ouvimos o tropel de pés no caminho de pedra do lado de fora das cozinhas. Um jovem aparece primeiro, vestido com um uniforme semelhante ao do pessoal da cozinha. Ele se inclina, arfando, sem fôlego. As pernas da cadeira raspam no piso conforme Pequeno Wu e os outros se levantam dos assentos, a conversa cessando de repente.

O jovem engole uma golfada de ar, então grita:

— Algo... Algo aconteceu! No banquete... Há alguma coisa errada com a comida!

A princípio, as palavras saem em um jorro incompreensível, depois a implicação do que ele revelou nos atinge de uma só vez.

A Governanta Yang aparece na entrada, fios de cabelo escapam do coque em geral impecável, o colarinho torto pela corrida e a boca franzida. Seus olhos pousam em mim antes que a mulher diminua a distância entre nós em um instante.

— O que ainda está fazendo aqui? — pergunta, com rispidez. Olho para ela, sem entender.

— Você me disse para vir. Você enviou Mingwen.

A expressão da Governanta Yang se altera, passando de incerteza para fúria. Ela olha por cima do meu ombro. Sigo seu olhar até Mingwen, que parece trêmula.

— Eu disse a ela para *tirar* você daqui — argumenta a Governanta Yang, a voz baixa. — Disse a ela que você deveria ficar o mais longe possível do palácio.

As peças começam a se encaixar, alinhando-se no tabuleiro. Alguém me queria na cozinha durante o banquete.

A mulher mais velha balança a cabeça.

— Eu deveria ter suspeitado quando ela se ofereceu tão ansiosamente.

— Por favor, vocês precisam entender! — Mingwen se agarra à criada ao seu lado, mas todos a afastam, deixando-a sozinha. Ela implora, as mãos estendidas à frente. — Eles ameaçaram minha família! Disseram que todos nós seríamos executados por roubo, por causa dela! — A voz se eleva, histérica, gesticulando em minha direção. — *Ela* me deu o grampo de cabelo! Era dela!

— Governanta Yang — sussurro. — O que aconteceu no banquete?

Ela não responde por um momento, mordendo o lábio. Quase posso ouvir o ábaco em sua cabeça novamente, calculando possibilidades e números, tentando descobrir uma solução.

— Ouçam com muita atenção. Provavelmente temos apenas alguns minutos para salvar nossa pele — a governanta diz para todos na sala. — Nenhum de vocês vai admitir ter visto Ning aqui, estão me ouvindo?

Cabeças assentem enquanto a Governanta Yang distribui ordens com rapidez, espalhando a equipe em diferentes direções. Ela me conduz por outro conjunto de portas circulares, mais ao fundo das cozinhas. Passamos apressadas por prateleiras repletas de ingredientes, potes e panelas prontos para a manhã seguinte, e por fornos apagados com carvão em brasa nas aberturas.

É perto dos aposentos das mulheres que vemos movimento adiante, e a Governanta Yang me empurra em outra direção, para um corredor lateral, mas outros passos se aproximam por trás. Há gritos à distância, então uma fileira de corpos com armadura e lanças bloqueia o final do corredor, nos encurralando.

— O que significa isso? — A Governanta Yang ainda mantém a compostura, mas os guardas permanecem em silêncio. — Exijo falar com o Capitão Liang!

Eles nos ignoram, mas se recusam a se dispersar quando nos aproximamos, nos mantendo bloqueadas. Não precisamos esperar muito até que, na entrada do pátio, alguns deles abram caminho para um homem. A figura conhecida para diante de mim, me cumprimentando com um sorriso radiante.

— Olá, Ning — diz ele, em sua voz rica, profunda.

É uma voz que abomino, uma que me lembra de quando eu tinha dez anos, encolhida de medo.

Wang Li, o governador de Sù.

Com ombros largos e cintura fina, exibe o cabelo preso em um coque firme, o uniforme feito sob medida para enfatizar sua altura. Veste um manto preto forrado de verde, um pingente de jade pendurado na bainha. Minha tia sempre considerou a figura imponente como bonita e impressionante, mas, para mim, aqueles que pensam assim são tolos. Não veem como ele saboreia o medo de suas vítimas quando sai à caça.

Agora reconheço que *eu* sou a presa.

— Este é um governador de Dàxī! — rosna um dos soldados da escolta. — Não conhecem seu lugar?

A Governanta Yang ainda agarra meu braço, e posso senti-la trêmula ao meu lado. Lentamente, ela se ajoelha diante do governador, e eu a imito. Minha mente gira, minhas duas vidas colidindo naquele exato momento.

Sei o que significa quando o governador veste as cores do ministério, quando solta sua matilha de cães para acompanhá-lo. Quando acaricia o punho da espada como se implorasse por um motivo para desembainhá-la.

O Governador Wang fala, a voz pairando sobre as cabeças dos guardas, para que todos ouçam e testemunhem:

— Zhang Ning de Sù, você é suspeita de conspirar com rebeldes apontados como inimigos do império, do assassinato da criada pessoal da princesa, de envolvimento na trama para envenenar os funcionários da corte nos festejos desta noite e de fugir da cena do banquete comemorativo. Será levada pelo Ministério da Justiça para interrogatório, pois foi considerada um perigo para o público.

Ruyi... Ruyi está morta?

A última vez que Zhen falou da aia, comentou sobre sua recuperação. Mas Ruyi não foi vista em nenhuma das rodadas subsequentes, muito embora sempre costumasse ficar ao lado da princesa. Meu coração queima ao pensar na perda de tantas vidas, uma delas a da minha paciente, que eu acreditava ter salvado.

Todos os olhares estão sobre mim, e só consigo murmurar algumas palavras:

— Não é verdade.

— Não importa. — O governador Wang bebe do meu sofrimento com óbvio deleite e gesticula para que os guardas às suas costas se aproximem. — Certifiquem-se de reunir o restante dos ratos das cozinhas.

Capítulo Quarenta e Três

Meus braços são torcidos para trás com violência e amarrados com uma corda, então sou erguida por um dos homens de armadura. Os guardas pessoais do governador são poucos, vestidos com mantos semelhantes, o mesmo pingente de jade pendurado no punho da espada. Os soldados cercam Wang enquanto ele caminha à nossa frente, conduzindo a procissão. Os demais que cumprem suas ordens vestem o preto da guarda da cidade, diferente da impressionante armadura vermelha dos guardas do palácio, à qual me acostumei.

Marchamos de volta pelas cozinhas, acompanhados por outros soldados, responsáveis pela captura de mais criados, que tentam se desvencilhar. Sou forçada a andar depressa para acompanhá-los e, não muito depois de deixarmos a ala dos empregados, sou separada dos demais, empurrada para seguir o governador enquanto os outros são levados para outro lugar.

— Para onde vão leva-la? — Ouço as vozes do Pequeno Wu e da Governanta Yang erguidas em protesto. Sinto um nó na garganta com a constatação: eles se importavam comigo, mesmo correndo o risco de se expor ao perigo. Só consigo dispensar um rápido olhar à comoção atrás de mim, três homens lutando para conter Pequeno Wu, antes de ser empurrada para a frente. Nós nos movemos para oeste, em direção ao centro do palácio.

Lágrimas quentes ameaçam escorrer pelo meu rosto, mas pisco para afastá-las e as engulo. Mingwen pode ter desistido de mim, mas, mesmo em minha amargura, não posso culpá-la. Sabendo que tem filhos pequenos, sabendo o que agora sei sobre todos eles. São pessoas com famílias, dentro e fora do palácio... agora implicadas naquele perverso esquema do qual não tenho certeza se posso me livrar.

Pense, Ning!, digo a mim mesma, aproveitando as lições tanto da minha mãe quanto do meu pai. Um me ensinou a limpar a mente e usar a inteligência, o outro me mostrou como observar e lembrar.

Quanto tempo se passou após as últimas travessas do banquete saírem das cozinhas? A confeitaria ficou encarregada das sobremesas, então aquilo teria sinalizado o último prato. O banquete só começou tarde da noite, pois eu já tinha ouvido os pregoeiros anunciando a segunda hora quando deixei o alojamento com Mingwen. Passei pelo menos uma hora na cozinha, senão mais, e agora, com a silhueta da lua alta no céu, ligeiramente fora de centro, devemos estar na Hora dos Fantasmas.

O governador nos conduz por corredores que não reconheço, e me dou conta da mudança em nossas fileiras. Parece que estamos crescendo em número, acompanhados por mais guardas da cidade vestidos de preto, o que é peculiar. Quando cumprimentam os guardas do palácio nos portões, noto mais uma peculiaridade: em vez de engolir palavras, como Shao, típico da capital, aqueles guardas soam como Wenyi, com seu sotaque do norte. Detalhes que eu jamais teria percebido antes, morando em Sù.

Paramos diante de outro portão, maior e mais imponente, nossa entrada bloqueada por guardas. O portão é bem iluminado por tochas em cada um dos lados.

— Ajoelhe-se — exige um dos guardas. Antes mesmo que possa responder, ele me empurra de joelhos. As cordas que prendem meus braços às costas são cortadas, e engulo um grito de dor ao sentir o fluxo de sangue de volta aos dedos. Agora forçam minhas mãos à frente do corpo, prendendo meus pulsos e tornozelos com correntes.

— Para onde acha que posso fugir? — pergunto, desinteressada.

— Quieta! — rosna o guarda que me escolta, brandindo a espada.

É ali, sob a luz das tochas, que um lampejo no punho chama minha atenção. Observo o fulgor prateado embutido na madeira, igual ao brilho dos murais entalhados nas paredes do templo. Igual ao desenho gravado na adaga que Kang me deu.

A pérola negra que saiu de moda, declarada sem valor por um imperador ciumento.

Aquela ainda reverenciada e estimada, desafiadoramente, pelos habitantes de Lùzhou.

Mordo o lábio para permanecer em silêncio, para esconder o choque com o que havia percebido. Continuamos esperando admissão no pátio, e, com olhares furtivos, presto atenção aos soldados ao redor, e percebo... Vejo em todos os lugares. O cintilar de um pingente, um reflexo na borda de um broche.

Estou cercada por soldados adornados com pérolas negras, e estão todos vestidos com a armadura da guarda da cidade, seguindo as ordens do governador de Sù.

De repente, meu coração martela dentro do peito, com o firme pulsar de um aviso. Algo parece terrivelmente errado.

— Entrem! — chama um oficial do outro lado, e sou conduzida através do portão.

O pequeno pátio é cercado por muros altos. No centro há um jirau, e em cada um dos cantos, um braseiro com chamas bruxuleantes. O caminho para a plataforma está cheio de guardas, um estranho lembrete da primeira rodada, quando me senti ignorante e esperançosa, em vez de ansiosa e assustada.

Em vestes pretas, o Chanceler Zhou espera por mim atrás da mesa, usando seu chapéu *futou* de juiz. O broche de jade no centro me encara com um olhar de reprovação, representando os céus, sempre vigilantes. Desfraldada às suas costas, a bandeira de Dàxī, símbolo do alcance do imperador. Dois outros oficiais em trajes de gala também estão presentes, testemunhas do meu julgamento.

Sou empurrada à frente por mãos ásperas para subir na plataforma por mim mesma, a madeira rangendo sob meus pés.

— Zhang Ning. — O rosto do chanceler na sombra me lembra a estátua ao Deus do Inferno no templo, presidindo sobre os habitantes do submundo e seus castigos. Ele é muito mais imponente que o magistrado do nosso condado, um homem sorridente que sempre se encolheu diante dos desvarios do Governador Wang, mais interessado em salvar a própria pele do que garantir o cumprimento da justiça.

— Curve-se diante de seus superiores.

O soldado de guarda na plataforma me força a cair de joelhos, me machucando. Nada de almofadas ali. O gosto de sangue inunda minha boca do corte onde um dente arranhou o interior da bochecha. Ainda assim, lentamente levanto meu corpo até uma posição mais digna, mesmo ainda ajoelhada e trêmula.

— Está sendo julgada perante nós, representantes da corte de Dàxī, um papel que nos foi confiado pelo divino, para enfrentar seus crimes. Há evidências de que você conspirou contra o império. Colaborou com aqueles que buscam criar inquietação.

Não há familiaridade naqueles olhos escuros.

— Sua lista de acusações... — Ele abre um pergaminho preto. O dragão ainda rosna do dorso, mas, em vez da ferocidade habitual, parece mais uma careta desapontada. — Mentir para um oficial da corte sobre seu treinamento como shénnóng-tú. Ocultar os laços de sua família com inimigos do Estado. Continuar com a farsa mesmo enquanto progredia na competição. Infiltrar-se nas cozinhas e recrutar criados para sua causa revolucionária, resultando na morte da leal aia da princesa quando esta descobriu seus planos. Envenenar membros da Corte de Oficiais quando não ganhou a posição desejada, e tentar fugir da cena do crime.

O choque dá lugar à incredulidade diante daquela lista de acusações. Encaro o homem que parecia gentil, que me advertiu a respeito do marquês. Ele ficou ao lado da princesa e me ajudou a avançar na competição.

O chanceler abaixa o pergaminho, olhando para mim com uma expressão séria.

— Você parecia ser uma simples garota de Sù, que cometeu o erro honesto de recitar um poema escrito por um revolucionário. Você declarou inocência, mas deveríamos tê-la enviado para as masmorras pela insolência. Eu deveria ter ouvido o marquês em vez de permitir que prosseguisse. Agora ele descansa com seus ancestrais, e estamos carentes de sua sabedoria. Falhei em meu dever de proteger o império.

Então o marquês está morto. Uma de minhas supostas vítimas.

— Você destruiu a vida de muitos, Ning de Sù — prossegue. — Eu me recuso a imaginar o estrago que teria causado ao império se tivesse sido nomeada shénnóng-shī da corte, se seu ardil se concretizasse.

Ele pega outro pergaminho e continua minha lista de crimes.

— Fang Mingwen, criada sênior. Encontrada com uma joia de cabelo roubada em sua posse, a auxiliou a sair do alojamento dos competidores e a entrar nas cozinhas. Condenada a sessenta chibatadas com uma bengala.

Engasgo. Vinte golpes são o bastante para quebrar a perna de um homem. Quarenta são suficientes para causar sangramento interno. Sessenta... sessenta chibatadas a matariam. Quando coloquei aquele grampo de cabelo em sua mão, poderia muito bem tê-la condenado à morte eu mesma. Mas quem foi que a instruiu a me levar para as cozinhas? Quem a ameaçou com a vida de sua família?

— Yang Rouzi, governanta-chefe do Departamento de Cozinha. Acusada de ter escondido o conhecimento sobre seu passado. Conspirou com você para obter e distribuir o veneno no banquete comemorativo. Condenada à morte por enforcamento. Seus familiares serão despojados de suas funções e banidos para as minas, onde servirão Dàxī pelo resto da vida.

Meu coração para, as palavras me falham completamente. *Chunhua, Qing'er...*

Eu me esforço para ficar de pé. Um punho pesado cai em meu ombro a fim de me forçar de joelhos mais uma vez, mas o chanceler balança a cabeça, gesticulando para que o homem se afaste. O guarda obedece.

Cuspo o sangue da boca na plataforma, deixando respingos vermelhos na madeira, e olho para ele, sentado tão alto acima de mim — para me lembrar do meu status de plebeia, da facilidade com que podem fabricar mentiras.

— Quero falar com a princesa — exijo, feliz por minha voz se manter firme.

Os dois oficiais atrás do chanceler se entreolham e sussurram, mas o rosto de Zhou permanece impassível.

— Que assunto você poderia ter com ela?

— Tenho informações apenas para os ouvidos da princesa.

O chanceler me dispensa com um aceno.

— Ela me deu autoridade para conduzir este processo, para julgá-la como acharmos adequado. Não está interessada no que tem a dizer.

Meus ouvidos trovejam de raiva, como se o espírito do Tigre Preto rugisse dentro de mim. Achei que podia confiar na princesa. Segurei em minhas próprias mãos o coração pulsante da sua amante e lhe arranquei uma promessa. Um único favor. Eu me considerava uma negociadora perspicaz, mas tudo o que desenvolvi foi minha habilidade para crueldade.

Mentirosos, ladrões, traidores. Todos naquele lugar. Inclusive eu.

— Não fui a única a tocar na comida das cozinhas — argumento, mesmo ciente de que nada significaria para aqueles que já determinaram minha culpa. — Deveria estar atrás do verdadeiro assassino.

Os lábios do Chanceler Zhou se comprimem em uma linha fina, triste.

— Acredita que eu seria tolo a ponto de levá-la a julgamento sem provas?

Um criado se aproxima e esvazia no chão o conteúdo do saco em suas mãos. Mas no lugar das roupas com que eu o havia enchido quando tentei sair do palácio, caiu uma variedade de joias e moedas. Em seguida, livros sobre veneno, da seção restrita da biblioteca, os que tinha deixado no quarto. E então... os cacos do baú de shénnóng-shī da minha mãe. Todos os pós e ervas e flores secas que ela coletou com tanto cuidado... Tudo arruinado.

Deixo escapar um grito estrangulado e tento dar um passo à frente, salvar o que puder, mas o guarda me puxa de volta.

— Mantenha-a longe desses ingredientes — avisa o chanceler, conforme os braços fortes do guarda me detêm. — Quem sabe o que ela poderia trazer à luz com sua magia?

Ele retoma o julgamento, cada prova mais um tijolo em minha prisão.

— Contrabando de tesouros roubados do palácio. Livros sobre veneno. Não tem vergonha?

Lembro de como Wenyi continuou falando, embora ninguém o ouvisse, enquanto era arrastado para longe do Salão da Luz Eterna. Ele queria salvar Dàxī, salvar Jia. Lembro do que Lian disse sobre como a capital queimou. A escuridão dentro de mim se enfurece... *Deixe-os queimar.*

Mas, ainda assim, continuo lutando. Por Shu.

Preciso sair daquele lugar e voltar para ela.

— Se já interrogou a Governanta Yang — digo a ele —, então sabe que ela queria que eu deixasse a capital imediatamente depois do meu fracasso na rodada final. Alguém pediu a Fang Mingwen para me manter no palácio.

O Chanceler Zhou parece não acreditar que eu ainda tenha argumentos.

— Você...

Levanto a voz para abafar a dele.

— Os soldados de Lùzhou estão no palácio. Estão com o governador de Sù.

— Você perdeu o juízo! — exclama, mas olha por cima do ombro e avalia as expressões preocupadas dos outros oficiais. Seu olhar dispara para os soldados atrás de mim, e, enquanto tenta recompor a própria máscara, percebo tarde demais o que eu deveria ter visto o tempo todo.

Ele já sabe.

Não desfilei na frente dos cidadãos de Jia e recebi a humilhação de um julgamento público. Pensei que era porque ele queria fazer de mim um exemplo rápido, mas agora vejo seu verdadeiro objetivo: um cadáver não pode mais falar.

Grito o mais alto que posso:

— Chamem ajuda! Os traidores estão no palácio! Traidores leais ao Príncipe de Dài!

— Silencie-a — sibila o chanceler.

— Quero falar com...

Uma mão enluvada cobre minha boca, e sou erguida.

— Jogue-a nas masmorras — ordena o Chanceler Zhou. — Eu a sentencio à morte com trezentas chibatadas, pena a ser cumprida à primeira luz. Os astrônomos consultaram as estrelas e viram que seu sangue vai apaziguar os deuses. Espero que os deuses sejam gentis com sua alma.

Lanças são erguidas ao ar e um coro de vozes clama:

— Vida longa à memória do imperador!

Enquanto sou arrastada pela escada, não consigo evitar o riso que brota da minha garganta.

Um momento auspicioso para uma execução. Um momento auspicioso para assassinato.

Amanhã eu vou morrer.

Capítulo Quarenta e Quatro

As masmorras do palácio ficam no subterrâneo, ao fim de uma série de degraus, cercadas por muros de pedra. O ar é mofado, úmido, como se o lugar não fosse usado há algum tempo. De modo fugaz, me lembro do comentário do oficial que, em um primeiro momento, me considerou digna de entrar no palácio: que os acusados de personificar um shénnóng-tú foram mandados embora. Pensei que meu pior destino era ser rejeitada pelo palácio, mas agora sei que há coisas bem piores à minha espera.

O braseiro em um canto da sala é novamente aceso com a bruxuleante tocha do guarda. As celas ficam nos fundos. São menos do que eu imaginava. É óbvio que algumas estão sendo usadas para armazenamento e contêm apenas teias de aranha e móveis quebrados.

As correntes caem dos meus braços e das minhas pernas com um clangor, então sou empurrada para uma cela vazia. A porta se fecha atrás de mim e sou deixada ali, massageando as linhas vermelhas na pele, examinando os arredores. Há uma esteira de palha trançada e algumas almofadas questionáveis no canto, assim como um penico para eu me aliviar. Os guardas voltam para seu espaço depois da esquina, e eu me retiro para o outro lado da cela, feliz por ficar sozinha.

Depois daquela primeira onda de riso histérico, minha mente agora parece estranhamente calma.

Minha última noite no mundo, deixando para trás promessas vazias e muitos erros.

Ouço vozes de homens e o tilintar de dados batendo em uma tigela. Para os guardas, não passo de uma presença fugidia em suas vidas —

em um momento ali, no outro, não mais. Inclino a cabeça para trás e a encosto na parede com um suspiro.

— Ning? — Ouço uma voz áspera.

Uma que reconheço.

— Wenyi! — Pulo para as barras que separam nossas celas. Seu corpo, que eu tinha confundido com um monte de trapos, jaz encolhido em um canto.

Ele se levanta, meio sentado, e exclamo, incapaz de conter meu horror. Wenyi foi brutalmente espancado a ponto de suas feições se tornarem quase irreconhecíveis — exceto pela cabeça raspada, uma raridade na capital. Metade do rosto está roxa e inchada. Ele tenta se arrastar em minha direção, mas só consegue avançar um pouco antes de deitar novamente, chiando. O cobertor desliza de suas pernas, agora deformadas, quebradas em tantos pontos que ele nunca mais voltará a andar.

— O que aconteceu com você? — sussurro.

— Eles... — Engole em seco. — Eles me jogaram aqui. Acusado de encenar o que fiz na rodada final como um protesto, um ataque à autoridade do império. — Cada poucas palavras são acompanhadas por um sibilar. Temo que seu pulmão possa ter sido perfurado. Wenyi precisa de cuidados médicos e, em vez disso, foi descartado como lixo.

"Eles tentaram... tentaram ver se eu me voltaria contra aqueles que me enviaram. E então, quando o plano falhou, me bateram para descobrir para quem eu estava trabalhando. — Ele sorri, mostrando dentes quebrados, ensanguentados. — Eu os decepcionei."

— Quem torturou você? — pergunto.

— Homens que trabalham para o chanceler — responde ele, fechando os olhos.

Pressiono a testa contra as barras de ferro, deixando a frieza penetrar em minha pele, um doloroso ponto de foco. Claro que foi o chanceler. Ele deve estar por trás de tudo, fingindo lealdade à princesa enquanto trabalha contra ela ao lado do Príncipe Exilado.

— Eu o ouvi falando sobre seus planos, sobre o *general*. Admitindo que foi ele quem envenenou o imperador. Acho que percebeu que eu não era mais um risco. — Wenyi tenta rir, mas acaba tossindo em vez disso. Sangue surge em sua manga, deixando manchas contra o tecido.

Seus olhos brilham na penumbra, fixos nos meus.

— A princesa... Você precisa falar com ela, avisá-la.

Wenyi se atrapalha com as roupas, puxando dali dois quadrados dobrados de papel. Ele rasteja em minha direção de novo, dessa vez se esticando o suficiente para que os bilhetes toquem meus dedos. Eu os guardo com cuidado na bolsa na minha faixa de cintura, certificando-me de que estão seguros.

— Uma carta é da minha família. Descreve todas as atrocidades que o General de Kǎiláng cometeu em Lùzhou na busca de poder. Minha mãe tem uma casa de chá na cidade de Ràohé, na fronteira entre Lùzhou e Yún... A outra carta é pra ela. — Ele hesita. — Deixe-a saber o que aconteceu comigo... Por favor?

— Vou... Vou tentar entrar em contato. Casa de chá. Cidade de Ràohé — repito em resposta. — Se você for o único a sobreviver, sou filha do Dr. Zhang, da vila de Xīnyì. Avise à minha família que não sou uma traidora.

Wenyi assente.

— Dr. Zhang. Vila de Xīnyì.

E, então, sua expressão ganha uma intensidade ardente. Ele pigarreia, antes de perguntar:

— Você envenenou a corte? Ouvi os guardas dizerem que o marquês e o Estimado Qian estavam entre os mortos.

Sinto um nó na garganta. Ainda que Estimado Qian fosse um tolo arrogante que havia me expulsado da competição, não teria lhe desejado um fim tão doloroso.

— Não — respondo, sarcástica. — É contrário à arte de Shénnóng e ao caminho do médico... "Me recuso a usar veneno".

Wenyi abre um sorriso fraco, reconhecendo as próprias palavras.

— Preciso lhe contar algumas coisas — continua ele, em meio à dor, embora pareça estar em agonia. Gostaria de ter algo para aliviá-la um pouco. — Suspeito de que com a posse iminente de Shao como shénnóng-shī da corte, sua lealdade se voltará para o chanceler.

A família está muito enredada na corte para Shao se arriscar a ir contra o Chanceler Zhou. Não confie nele.

"E cuidado com a Academia Hánxiá — alerta. — Quando deixei Yěliǔ, havia rumores de que as lealdades estavam mudando, que estavam descontentes com as recentes restrições impostas pelo imperador quanto ao acesso aos chás de homenagem. Mas os monges em Yěliǔ ainda podem ajudá-la se você apresentar minha carta e meu nome..."

Balanço a cabeça.

— Não diga isso. Vou implorar à princesa para lhe conseguir um médico. Vou convencê-la a ver você por si mesma. Assim como sua família, sua cidade natal. Vai vê-los de novo.

Wenyi me encara por um longo tempo antes de me dar um pequeno aceno de cabeça.

— Ele tentou falar em meu favor... — murmura, quase como que para si mesmo.

— Quem?

— O filho do Príncipe Exilado — responde. — Pensei que talvez tivesse ouvido a voz dele...

As palavras morrem quando seus olhos se fecham.

— Wenyi? — sussurro, com urgência. — Wenyi!

Tento alcançá-lo através das barras, mas ele está muito longe para que eu consiga tocá-lo. Observo seu corpo até distinguir a subida e descida do peito, para me assegurar de que ele ainda está respirando, antes de soltar lentamente os dedos das barras.

Acordo com um sobressalto, percebendo que caí no sono. A exaustão ainda pesa em minhas pálpebras, tentando convencê-las a se fechar, mas o cheiro de algo familiar provoca meu nariz.

O som dos dados e a conversa dos guardas cessaram. Eu me esforço para ouvir alguma coisa, qualquer coisa, mas não há sinal de outra presença na sala ao lado. Mas, então, noto um movimento na luz bruxuleante lançada pelas tochas.

Uma sombra longa e escura, projetada ao longo da parede, se aproximando.

Minha mente para. Talvez o chanceler tenha decidido que me deixar viva, mesmo que apenas até de manhã, é muito arriscado. Pego o penico, a única coisa que posso usar para me defender, mesmo que um cheiro desagradável emane da abertura.

A figura que se revela veste preto e se move tão rápido que fico em dúvida se talvez eu não esteja sonhando. Cheira a incenso e madeira queimada. A porta da cela se abre, a fechadura caindo no chão com um estrondo. Recuo, o penico ainda em mãos. Eu me pergunto se deveria acertar o corpo ou despejar o conteúdo na cabeça.

A figura de preto hesita, e os dedos se movem sob a máscara de madeira, afastando-a. Olhos escuros, por entre cílios longos, me encaram, cansados. O corte em sua garganta, meio cicatrizado... aquele que talhei.

Ruyi. Aia da princesa, presumivelmente morta. De pé diante de mim, cheirando a magia.

— Devo minha vida a você — declara. — Pode abaixar isso. Não lhe desejo mal.

Hesito, então lentamente pouso o penico aos meus pés.

— Me disseram que você tinha morrido. — Achei que aquilo explicasse a ausência de Zhen naquela noite. Imaginei que estivesse cega pela dor. Não acredito em fantasmas, mas ela está bem ali, diante de mim.

— Zhen mentiu. Ela me mandou embora para me recuperar e iniciar os preparativos. — Ruyi avança, franzindo o cenho. — Mas antes de continuarmos, preciso perguntar: onde está sua lealdade?

Sua mão repousa sobre o punho da espada. Uma promessa e uma ameaça.

Sustento seu olhar. Suponho que poderia mentir, dizer algo bonito e inútil, como deseja ouvir. Mas sempre fui uma péssima mentirosa, e já estou cansada de mentir.

— Minha lealdade está com o governante que protegerá seu povo do mal — afirmo. — Com alguém que não use vidas humanas como peões.

Ruyi me encara por um momento, então sorri, a mão se afastando da espada.

— Ela estava certa. Você não se esquiva da verdade. Mesmo que já devesse ter morrido dez vezes, por algum motivo as estrelas brilham sobre você.

Eu discordaria, considerando minha situação atual.

— Onde está a princesa? — pergunto então.

— Confinada em seus aposentos — revela Ruyi. — O Chanceler Zhou alega que é para mantê-la segura, mas provavelmente é para mantê-la alheia a sua execução sumária ao amanhecer.

Se Zhen não apoia o chanceler, significa que está despreparada para o que virá.

— Você precisa tirá-la do palácio — aviso, com urgência. — Os soldados das Ilhas Esmeralda estão na capital.

Magia ondula ao seu redor.

— Você os viu?

— Vieram com o governador de Sù. Ele me encontrou não muito tempo depois do envenenamento dos oficiais.

— Você deve vir comigo — avisa Ruyi, os olhos brilhantes, mesmo no escuro.

— Não posso. Você tem que tirá-lo daqui. — Balanço a cabeça e gesticulo para a silhueta de Wenyi na outra cela. — Peça ajuda para ele, depois volte por mim.

O rosto de Ruyi se contorce, seu aborrecimento evidente.

— Não temos tempo pra isso — rosna, mas se vira e segue para a outra cela, agachando-se diante da forma inconsciente de Wenyi. Coloca a mão em seu ombro, e espero que ele se mova, que reconheça que cumpri minha promessa.

Mas Ruyi estreita os olhos. Seus dedos vão para o pescoço do monge, à procura da pulsação.

A aia ergue o olhar e, com um leve aceno de cabeça, me diz tudo o que preciso saber.

Estou entorpecida demais para gritar, mas o guardo na memória: outro nome para acrescentar à lista. Mais uma vida inocente perdida para aqueles jogos da corte.

Um dia vou vingar todos eles.

Capítulo Quarenta e Cinco

Tento esvaziar o conteúdo do estômago naquele penico, mas sinto apenas ânsias de vômito. Ruyi volta para o meu lado e coloca a mão em meu ombro, uma presença tranquilizadora. Posso sentir a magia pulsando para fora da aia, no calor da mão que atravessa até mesmo as camadas da minha túnica. Ela parece vibrar por dentro, uma corda esticada demais.

Eu me levanto e coloco a mão em sua testa. Ruyi tenta se encolher para longe, mas já senti como sua pele queima. Alguém a encheu com magia demais e aquilo a está consumindo por dentro. Há algo familiar, porém, no cheiro... e no modo como a magia dentro de mim o reconhece em resposta.

— Lian enviou você — constato, e ela assente.

— Venha comigo. Não há nada pra você aqui. — Ela me oferece o manto e eu o aceito, ajustando-o ao redor do corpo. Lanço um último olhar para o corpo de Wenyi e murmuro uma frase dos ritos fúnebres, na esperança de que uma parte de sua alma encontre o caminho de volta a Ràohé, de volta a sua família.

Tento ignorar os corpos dos guardas, o sangue se acumulando sob eles. Mas, ainda assim, a pontada de culpa persiste. Mais sangue, mais morte. Eu trouxe Ruyi de volta à vida apenas para vê-la drenar a alma de outros.

Vida de quem? E morte de quem?

Eu me concentro em colocar um pé à frente do outro ao atravessar os túneis do palácio. Quanto mais avançamos, mais Ruyi apoia o peso em mim, tentando se manter de pé. Embrenhadas nas voltas e mais voltas dos túneis, nós nos arrastamos, mas ela tropeça com mais frequência do que deveria, e sei que não lhe resta muito tempo.

A aia parece ciente da própria situação e se apressa até pararmos diante de outra série de anéis na parede. Ela os puxa em uma sequência, então uma pequena porta desliza à frente. Aos tropeços, estamos de volta a uma residência familiar, a Imperatriz Viúva Wuyang nos observando com reprovação da parede.

A Princesa Zhen se levanta quando nos vê cambaleantes. Veste roupas simples, apropriadas para uma viagem.

— Está tudo pronto? — pergunta, já ao lado da aia.

Ruyi assente.

A princesa toca a testa de sua guarda-costas, a preocupação evidente.

— Você está queimando — repreende ela.

A maneira como Ruyi encara a princesa é muito íntima, e me afasto, não querendo invadir sua privacidade. As duas trocam mais algumas palavras em voz baixa antes de Zhen me chamar.

— Pode fazer algo por ela? Não tenho certeza se Ruyi consegue viajar neste estado.

— Estou bem. — Ruyi a afasta, mas depois se esforça para endireitar o corpo. — Deveríamos ter simplesmente partido.

— Ning salvou sua vida. Eu lhe fiz uma promessa. — Os olhos de Zhen encontram os meus. — Não esqueço minhas dívidas.

Já estou vasculhando suas gavetas e prateleiras.

— Ela está no limite. Preciso de algo para extrair a magia de seu corpo.

Zhen assente.

— Qualquer coisa de que precise. Você encontrará uma variedade de folhas de chás aí.

Afasto para o lado tecidos e papéis, então pego o maior número de frascos e potes possível. Abro um por um, cheirando o que há no interior, devolvendo aqueles de que não preciso.

— Ning! — Eu me viro e vejo Ruyi oscilar, Zhen lutando para ampará-la. Depressa, ajudo a princesa a sentá-la em uma cadeira. Ruyi geme e passa a mão pela boca, os dedos agora tingidos de sangue.

É desconcertante ver uma mulher destemida parecer tão insegura e, com uma pontada no peito, penso em Lian em algum lugar distante, ancorando a magia. Espero que esteja segura.

— O que há de errado com ela? — pergunta a princesa.

— A habilidade de Lian — explico rapidamente, continuando a preparar o ritual. — Sempre tem um custo. Depende da habilidade do shénnóng-shī que a conjura, bem como da distância e da duração. Se o receptor força demais os limites, a magia se volta contra ele também.

— Ela cavalgou um cavalo até a morte, de Kallah ao palácio, depois que recuperou força suficiente para se mover... — Zhen alisa o cabelo ao redor do rosto de Ruyi. — Chegou logo antes do banquete. Queria que eu partisse, mas quando soube da ordem para sua execução, pedi que a libertasse.

Conto à princesa sobre minhas descobertas enquanto espero o chá descansar. Sobre o governador e seus companheiros de Lùzhou. A violação dos guardas da cidade. Mas a reação de Zhen não é a que eu esperava. Ela parece resignada.

— Aconteceu mais cedo do que o esperado, mas eu sabia que estavam vindo. Sabia que o chanceler estava envolvido quando Ruyi foi atacada enquanto conduzia uma investigação em meu nome, atingida por uma flecha envenenada. Ele era a única outra pessoa ciente de sua missão. Então a mandei embora para ele pensar que eu estava desprotegida, mais fácil de manipular. Agora é a hora do ataque, de eles terminarem o que meu tio começou.

Sirvo o chá, bem forte, a fragrância pairando acima do copo. Jasmim-do-imperador e cascas de tangerina, cristalizadas, começam a se desmanchar na água. Quando fica pronto, eu o despejo na boca de Ruyi, que, daquela vez, aceita sem hesitar. Elas confiam em mim, mesmo com todas as acusações, e sou grata por tamanha confiança.

A Transmutação acontece facilmente agora, fortalecida pelo contato anterior e pela disposição de Ruyi. Um eco da magia de Lian, contida dentro da aia, responde à minha. Como se aparasse um arbusto rebelde, pego um pouco da magia, transferindo uma fração do incrível poder para mim, a velocidade e a força, aliviando o peso sobre o corpo de Ruyi.

Seus olhos perdem o foco, mas ela respira com mais facilidade.

— Consegue se levantar? — pergunto a ela. Ruyi assente e fica de pé, trôpega. — Você vai se sentir fraca até descansar uma noite inteira. Não pode se esforçar novamente, nem mesmo para defender a vida de Zhen de um assassino.

Inclino a cabeça em direção à princesa, e a aia consegue abrir um pequeno sorriso.

— A magia pode se embrenhar ainda mais, cavar algum lugar que eu talvez não seja capaz de alcançar — acrescento, mas duvido que ela vai se atentar a meus avisos se a vida de Zhen estiver em jogo.

— Vou ajudá-la. — Zhen coloca o braço de Ruyi sobre o ombro e a ampara, enquanto enlaço seu cotovelo para firmá-la do lado oposto.

A princesa afasta uma seda decorativa e pressiona os painéis ocultos até mecanismos rangerem atrás da parede. Então acende uma tocha, usando o braseiro, e a passa para mim. Amparamos Ruyi através dos túneis em um progresso lento, mas constante. Fazemos uma curva após outra até Zhen erguer a mão, nos fazendo parar. Do outro lado da parede, ouvimos movimento — o tropel de botas, metal roçando metal em meio à marcha. Suspeito de que talvez sejam capazes de ouvir o martelar violento do meu coração contra o peito. Mas com o tempo, seus passos logo se afastam, sem gritos de alarme, e continuamos até chegar a uma porta que leva a um bosque de bambu. Os aposentos dos criados. Descarto a tocha em um barril de água da chuva, sem querer que a luz atraia atenção ao ar livre.

Uma carroça nos espera no portão, carregada de enormes potes, com um burro sonolento amarrado a ela. Zhen joga Ruyi no vagão e embarco ao lado da aia. Farejando o ar, sinto o aroma de vinho.

Uma cabeça aparece debaixo do cobertor. Mal consigo abafar um grito de surpresa, e até mesmo Zhen puxa uma adaga e aponta para a figura no escuro.

— Sou eu, sou eu! — sussurra Qing'er, acenando com o braço acima da cabeça.

Eu o puxo para mim em um abraço esmagador, me recusando a aceitar seus protestos.

— Como os guardas não encontraram você? — Eu o seguro pelos ombros, examinando-o da cabeça aos pés para ter certeza de que não está ferido.

— Pequeno Wu me obrigou a me esconder no galinheiro e criou um grande tumulto para afastar os guardas — explica Qing'er, fungando. — Só tinha espaço suficiente para eu me esconder, mais ninguém. Fiquei muito quieto e então... encontrei o Guarda Hu. Vovó sempre diz que posso confiar no Guarda Hu — afirma, com a confiança das crianças pequenas. — Ele me disse para me esconder aqui, que a princesa viria me encontrar. E agora aqui está você.

Ele tenta sorrir para Zhen, mas não consegue.

Olho para a princesa por cima da cabeça do menino, e ela assente, confirmando que o Guarda Hu é quem fez os preparativos para a fuga do palácio.

— Você fez muito bem — elogio.

Seu lábio inferior treme, e posso ver que ele está tentando ao máximo se recompor.

— A vovó vai ficar bem? — sussurra ele.

Zhen se aproxima e se ajoelha até que esteja na altura de seus olhos.

— Precisamos deixar o palácio agora. Sua segurança depende disso. Mas prometo que farei de tudo para garantir que sua avó fique segura também.

— Obrigado. — Qing'er engole em seco, enxugando as lágrimas, tentando parecer o mais digno possível.

Eu o aperto de novo, só para ele ter certeza de que não está sozinho.

Partimos para o distrito das casas de chá com apenas o tropel dos cascos do burro por companhia. A carroça nos leva por entre negócios fechados e casas silenciosas. Mas mesmo agora, perto da Hora do Ladrão, as casas de chá ainda resplandecem, iluminadas. Entrando em um beco, amarramos o burro a um poste atrás da Casa da Peônia e subimos a escada dos fundos. Estou ciente de que nós quatro somos um grupo conspícuo, e não posso deixar de olhar repetidas vezes por cima do ombro.

Zhen bate em um par de portas no segundo andar, e somos admitidos em uma sala privada. Olhando em volta, posso ver que é uma discreta sala de recepção, mas decorada com bom gosto. Um homem e uma mulher são os únicos ocupantes, e ambos se curvam para nos cumprimentar.

O homem não é muito mais velho do que meu pai, com linhas ao redor dos olhos, prova de uma vida cheia de sorrisos. A mulher de aparência ansiosa ao seu lado, com certeza a esposa, me lembra do modo como a mamãe cercava o papai quando acreditava que ele estava fazendo algo imprudente. Com nossa aparência esfarrapada, Ruyi quase à beira do colapso, posso ver que somos um motivo razoável para alarme.

Zhen logo gesticula para que eles se levantem, descartando a necessidade de cumprimentos corteses. Qing'er e eu conduzimos Ruyi até um banco, onde a aia se senta com dificuldade.

— Oficial Qiu. — Ela o cumprimenta com um aceno de cabeça. — Madame Sun.

A atenção do oficial se volta para mim.

— E esta é?

— Ela se tornará a shénnóng-shī quando eu recuperar minha corte — responde Zhen.

Muito embora eu saiba que a princesa pode não ter um império para governar se tudo desmoronar nas semanas seguintes, a declaração mostra que ainda se lembra de sua promessa.

— Entendo. — Ele assente, em seguida volta para o assunto em questão: — A pessoa que você pediu para encontrar a aguarda na sala ao lado.

— Mais uma coisa — diz Zhen. — Sei que pedi mais do que você é obrigado a dar, mas nossos esforços colocaram esse menino em perigo. Temos de afastá-lo do palácio para sua própria segurança. Pode colocá-lo sob sua proteção?

Qing'er olha para o Oficial Qiu, tentando manter a compostura; é bem-sucedido, exceto pelo lábio inferior trêmulo.

— É claro! — A esposa dá um tapa no braço do marido, nem mesmo esperando sua resposta. — Ficamos com ele. Uma criança deve sempre ter uma casa. Venha comigo. A titia vai te dar algumas guloseimas.

Ela coloca a mão no ombro de Qing'er e o menino olha para mim em busca de permissão. Eu lhe dou um aceno de cabeça. Mesmo que desejasse poder seguir com ele, sei que há estradas mais perigosas adiante.

— Vá em frente. — Eu o encorajo. — Vejo você em breve.

Ele a segue, e fico feliz que, pelo menos, será bem cuidado.

— Agora, se me acompanharem... — O Oficial Qiu afasta a pesada tapeçaria, revelando uma porta. — Vamos falar com o astrônomo.

Capítulo Quarenta e Seis

O HOMEM QUE NOS ESPERA DO OUTRO LADO TEM BARBA RALA E veste uma túnica branca simples. Um pingente de jade branco balança na faixa de cintura quando ele se levanta e faz uma mesura.

— Astrônomo Wu. — Zhen aperta suas mãos com calorosa familiaridade, e ele retribui a saudação com um sorriso afetuoso.

— Por favor, sente-se. — Ele gesticula para uma mesa redonda cercada por bancos.

Faço menção de voltar à sala ao lado para ajudar Ruyi, mas o astrônomo me chama.

— Você deveria ouvir também, filha de Shénnóng.

Hesitante, eu me empoleiro na beira de um banquinho, sem ter certeza de por que minha presença foi solicitada. O número de astrônomos no império é menor do que os shénnóng-shī listados no *Livro do Chá*, mas ninguém sabe ao certo quantos estão em suas fileiras. Jamais pensei que me seria permitido ficar na presença de um, muito menos assistir a uma de suas leituras.

— Estou grata por ter se dado ao trabalho de me encontrar, mesmo se colocando em risco — agradece Zhen. — Não será esquecido.

— Você tem um caminho difícil pela frente, criança — anuncia Astrônomo Wu com grande solenidade. — Não tenho certeza se será uma gentileza com você saber o que as estrelas lhe reservam. Confesso que cogitei encorajá-la a trilhar um caminho mais fácil.

Zhen zomba da ideia.

— Sou uma filha da família Li. Não escolherei o caminho mais fácil apenas para salvar minha própria vida.

— Embora não sejamos como os shénnóng-shī, capazes de ver os fios do possível futuro de uma pessoa a partir de uma única xícara — diz ele, me lançando um olhar —, podemos ver o curso de reinos e impérios. Contemplamos o caminho de multidões, cada vida afetando a outra, e escolher uma estrela é impossível. Mas há momentos dentro do fluxo onde os caminhos se desviam para a incerteza. Você está no precipício, um ponto entre tantos que brilha no centro de tudo. Uma sombra se aproxima do império. Uma escuridão nascida do coração de Dàxī.

A cada palavra pronunciada sou capaz de distinguir fios sendo desenrolados, estrelas percorrendo o céu noturno. Uma magia diferente da qual estou acostumada, mas magia mesmo assim.

— Como podemos impedir? — Zhen se inclina para a frente, determinada a encontrar respostas.

— Há luz no norte, mas pode ser facilmente sufocada pelas trevas.

— As palavras são enigmáticas, difíceis de entender. — Mas se você não deixar a cidade esta noite, seu caminho acaba aqui. As estrelas não deixam dúvidas: fique em Jia e será aniquilada.

A princesa esfrega a têmpora com frustração evidente.

— Para onde vou? Para onde as estrelas me levam?

— O caminho nunca é simples — responde Astrônomo Wu em um tom de desculpa, acariciando a barba. — Destinos individuais estão muito entrelaçados uns com os outros. Uma combinação de centenas, milhares de opções. Podemos apenas fornecer orientação, sugerir o melhor curso possível e torcer. Torcer pelo futuro do império. Torcer pela paz.

— E a orientação para mim é... partir. Deixar minha casa. Deixar meu povo para trás. — Zhen se vira, a expressão sombria. — Fugir.

De repente, a princesa olha em minha direção.

— O que você faria no meu lugar, Ning? Ficaria e lutaria pelo que tem, embora talvez fracassasse? Ou partiria?

Levo em conta as várias interpretações dos enigmas do astrônomo antes de partilhar minha opinião.

— Se ficar, seu nome será registrado nos livros de história como uma princesa que lutou pelo trono e pereceu. Você me disse que seu tio é um exímio estrategista, e, no momento, Vossa Alteza está despreparada.

Ele esperou por uma oportunidade. Eu faria o mesmo. Reagrupar e voltar quando for a hora certa.

Zhen pondera sobre meu conselho por um momento, então assente.

Astrônomo Wu parece satisfeito, e, por um instante, me sinto como se fosse eu no precipício da mudança que citou. As estrelas se desviando, reorganizando o curso do império com aquela única decisão.

As sombras seguirão.

A princesa é o alvo da escuridão ou sua origem?

— Você nos daria a honra de nos servir um chá? — pergunta Astrônomo Wu, apontando para o jogo de chá sobre uma mesa à direita. A água já está aquecida em um braseiro, pronta para infusão.

As folhas de chá cheiram a fumaça e pinho, um odor especialmente pungente. A água libera ainda mais sabores, uma leve doçura que lembra popa de olho de dragão e especiarias aromáticas. Uma mente em turbulência prepara uma bebida amarga, então me permito me perder no processo mais uma vez.

Ainda lamento a perda do lindo baú de sequoia da minha mãe, e algum dia terei a habilidade de recriá-lo, montar uma seleção para chamar de minha. Mas, por enquanto, guardo algumas folhas de chá na bolsinha na minha faixa de cintura, junto das outras peças que compilei nos últimos dias. Não sei o que nos espera na jornada para longe da capital, mas sei que, inevitavelmente, terei que recorrer à magia no caminho.

Levo as xícaras até a mesa. Com agradecimentos murmurados, eles bebem o chá e posso sentir a magia já intuindo do que mais necessitam. Aliviando a tensão de pescoço e ombros, suavizando as linhas do rosto.

— Obrigado. — O astrônomo pousa sua xícara com um suspiro.

— Para você, eu sugeriria o contrário.

Eu o encaro, sem entender.

— Você deveria parar de fugir. Volte para onde tudo começou. Talvez encontre as respostas que procura.

Antes que eu possa pedir uma explicação, ouve-se uma batida na porta. O Oficial Qiu entra, linhas de preocupação sulcadas em sua testa.

— Perdoem minha interrupção, mas há soldados reunidos na casa de chá abaixo. Não creio que estejam cientes de sua presença, Alteza, mas é melhor que parta antes de ser reconhecida por alguém.

Zhen assente e se levanta para encarar o Astrônomo Wu, oferecendo uma profunda mesura.

— Agradecemos sua orientação. — Ele também se levanta, cumprimentando-a em resposta.

Quando voltamos para a outra sala, recebemos uniformes. Nos vestimos atrás do biombo, trocando as roupas dos criados do palácio pelos uniformes dos soldados. Consigo fazer uma imitação razoável de um coque.

— Sua companheira... — Ouço a conversa entre a mulher do Oficial Qiu e Zhen. — Eu a fiz descansar na cama enquanto se reuniam com o estimado astrônomo. Quer que a preparemos também? Podemos vesti-la com o uniforme de nossas criadas. Ela... não parece bem o bastante para viajar.

Zhen puxa o cabelo para trás com força e enfia o elmo debaixo do braço.

— Não — afirma, com brusquidão. — Ela irá conosco.

— Tem certeza, princesa? — pergunta Oficial Qiu. — Você deve seguir depressa até as docas. A balsa não vai esperar.

Zhen se vira para ele, os olhos ardentes como brasas.

— Ela é minha família, e tentaram me atingir através dela. Tentei mandá-la embora para sua própria proteção e ela atravessou todo o império para me salvar. Jamais a deixarei de novo.

É difícil manobrar um corpo quase inconsciente escada abaixo, mas, de alguma forma, Zhen e eu conseguimos equilibrar Ruyi entre nós e levá-la de volta à carroça. Ajeito o cobertor sobre ela enquanto Zhen cuida do burro, preparando o animal para a viagem.

— Vocês aí! — grita uma voz rouca atrás de nós.

Com um sobressalto, dou meia-volta, verificando às pressas se todo o corpo de Ruyi está coberto. Um homem sai do interior iluminado da casa de chá. Um soldado.

— O que vocês estão fazendo com essa carroça?

Deixo escapar a primeira coisa em que consigo pensar:

— Pegando outro jarro de vinho como me pediram.

Ele franze a testa.

— Vinho?

Pego uma das enormes ânforas da parte de trás do vagão, apoiando o peso nas coxas.

— Sim, fomos enviados em uma missão para encontrar mais vinho. Apenas o melhor!

Espero que os jarros do palácio não estejam marcados de uma maneira única ou todo aquele estratagema cairá por terra. Ele ainda me olha com suspeita, verificando o rótulo para ter certeza. Minhas pernas tremem como se fossem feitas de água, capazes de vacilar a qualquer momento.

— Tudo bem — rosna ele, afinal. O homem gesticula para Zhen, que abaixa a cabeça, escondendo o rosto nas sombras. — Você aí, pegue outro jarro. Vamos nos assegurar de que nosso convidado de honra seja servido da melhor maneira.

— Quem está vindo? — sussurro para Zhen, que carrega outra ânfora ao meu lado enquanto subimos a escada dos fundos.

Ela balança a cabeça e olha para a frente.

— Não sei. Vamos largar os potes em algum lugar e nos despedir.

Somos conduzidas pelas cozinhas, onde as pessoas correm de um lado para o outro entre torres de cestos fumegantes. Um homem empunha dois woks, salteando legumes habilmente sobre um fogo crepitante, enquanto um menino, agachado ao seu lado, alimenta as chamas.

Seguimos até a sala de jantar. Dezenas de corpos amontoam o andar principal da casa de chá. Alguns vestem o preto da guarda da cidade, outros usam os uniformes marrons do exército.

— Mais vinho! — ruge o soldado que nos levou para dentro, jogando os braços sobre nossos ombros.

Os soldados aplaudem. Somos obrigadas a tirar os elmos para não despertar suspeitas. A possibilidade de escaparmos discretamente diminui a cada passo. Os pesados jarros são tirados de nós, os lacres quebrados com rapidez. O vinho é servido em tigelas redondas, grande parte derramada pelas laterais. Em algum lugar da sala, um grupo de homens puxa uma canção estridente.

— Há mais de onde veio! — O soldado nos solta, rindo. Ele coloca a tigela na boca, vinho pingando pelo queixo.

— Saúde! — Eles erguem as tigelas em nossa direção, e, antes que possamos protestar, somos forçadas a nos sentar em banquinhos à mesa. Zhen e eu trocamos olhares desconfortáveis, mas continuamos a desempenhar o papel. O vinho flui livremente à medida que a conversa fica mais alta e as piadas, cada vez mais vulgares. Um dos soldados conta histórias de guerra para uma plateia atenta, enquanto à esquerda, um jogo de bebida envolvendo rápidos gestos de mão e insultos está em andamento.

Mantenho um sorriso falso no rosto enquanto falo com Zhen pelo canto da boca:

— O que faremos?

— Entramos no jogo — responde ela, e pega uma tigela da mesa, esvaziando-a em um gole. O homem ao seu lado solta uma gargalhada e lhe dá um tapa nas costas.

Um guarda da cidade levanta a tigela para o céu.

— As coisas estão mudando, meus amigos! Nada de patrulhas. Chega de perseguir ladrões insignificantes. Logo estaremos ganhando a vida decentemente!

— Vou beber a isso! — grita seu companheiro, e eles entornam mais vinho.

Outro soldado cambaleia, um arremedo de bigode sobre o lábio.

— Vou ser famoso! — Ele coloca o pé em um tamborete. — Vão me chamar de Conquistador!

— Você está bêbado, seu tolo! — ruge um soldado com barba grisalha entre risos, atirando-lhe um copo na cabeça. O jovem soldado se abaixa, o copo atinge um homem às suas costas. Ele se vira e olha para a nossa mesa, que irrompe em estrondosas gargalhadas.

Sinto, antes mesmo de ver, uma repentina mudança na atmosfera.

Ao redor, os soldados ficam atentos. A princípio, é o baque de um único punho em uma mesa, então se torna um ritmo constante, todos batendo os punhos em sincronia.

Zhen coloca a mão em meu braço, em antecipação.

— Não — sussurra ela, tão perto que o hálito roça minha nuca.

Eu me viro e vejo um homem com uma presença imponente parado à entrada da casa de chá.

— General! — alguém grita, e outros ecoam o título com reverência.

Ele avança como se esperasse que multidões se abrissem para ele, como se soubesse que seria obedecido.

Percebo com horror quem deve ser.

O Príncipe Exilado. O General de Kăiláng.

Capítulo Quarenta e Sete

Quando ele vira a cabeça, consigo ver o desenho preto-azulado em seu rosto. No centro, o ideograma para exílio. A tatuagem é uma punição imperial, para que todos vejam a marca de sua traição. Mas da palavra emerge um padrão desafiador, linhas curvas em torno da testa e pelo queixo. Os guardas ao seu lado exibem tatuagens semelhantes e as ostentam com orgulho, honrados por serem marcados com a mesma arte que seu general.

— Ele vai me reconhecer — sussurra Zhen, segurando meu braço, enquanto todos começam a aplaudir e gritar suas boas-vindas. — Se ele me vir, estou morta.

Deslizamos de nossos bancos para ficar de pé com o restante dos homens. Atrás de mim não existe um caminho livre para as cozinhas, a multidão intransponível não nos permitirá escapar.

— Companheiros! — chama o general. A voz soa calorosa, retumbante sobre as cabeças da multidão. — Há dez anos, fui banido da capital por meu próprio sangue. Tenho me desesperado com a desonra do nome Li, com as lutas do povo. Mas chegou a hora de eu e vocês, minha verdadeira família, retornarmos para restaurar Dàxī à antiga glória!

Fico perplexa com sua imprudência. Ele se atreve a entrar em uma das casas de chá mais proeminentes da capital, a mostrar seu rosto nas ruas da cidade, despreocupado.

O astrônomo estava certo. A escuridão se aproxima.

Algo frio toca meu braço, e baixo o olhar para ver que Zhen desembainhou uma adaga, a lâmina plana pressionando minha pele.

— Pare — sibilo para ela, enquanto o general começa a abrir caminho entre seus soldados, cumprimentando muitos pelo nome. Com crescente alarme, percebo que está servindo uma bebida a cada pessoa, adicionando algo do cantil pendurado na lateral do corpo. As histórias sempre contaram que ele facilmente comandava a lealdade de seus batalhões, e está evidente no modo como trata os soldados, com respeito e reconhecimento.

— Não é possível que pense que seria capaz de sair viva daqui se tentasse matá-lo — sussurro para Zhen, pousando a mão sobre a lâmina.

— Foi ele que orquestrou o envenenamento do meu pai — grunhe ela. — Vou vê-lo sangrar com minha faca em seu peito.

Quanto a mim, quero viver. Quero encontrar o antídoto para minha irmã. Quero ver as planícies de Kallah com Lian. Quero me postar diante dos Portões do Céu e contemplar um reino diferente.

O general está se aproximando, e me apego à única coisa que tenho: minha magia. Tiro a bolsa da faixa de cintura. Com um golpe de mão, derrubo minha tigela na mesa, entornando a maior parte da bebida. Pego o negligenciado bule de chá, ainda quase cheio. Poucos parecem interessados em chá com a oferta tão abundante de vinho. Melhor assim.

Quebro os pedaços de casca de tangerina e também uso a unha para ralar lascas de raiz dourada no chá. O general está a vinte passos e se aproxima rapidamente. Dou uma cotovelada em Zhen, forçando-a a baixar o punhal. Despejo metade da minha tigela de chá na dela e pego sua mão. As tigelas começam a aquecer sob minhas mãos, e Zhen pula ao meu lado, prova de que está sentindo o mesmo que eu.

— Faça. O. Que. Eu. Fizer — digo a ela entre dentes, rezando para que obedeça.

O general está diante de nós. Baixo o olhar para minhas mãos.

— Amigos. — Ele assente, despejando algo do cantil em nossas tigelas. Uma pitada de um desconhecido pó fino. Não sei o que é ou se vai interferir com minha magia, mas não há outra escolha.

Bebemos.

Provo primeiro o pó, deslizando-o contra a língua. Há um toque de nozes, rapidamente lavado pelo sabor do chá. A magia desperta, pulsando com força dentro de mim, mais poderosa do que jamais experimentei. Penso em animais agachados atrás de folhas. Penso na névoa, obscurecendo nossas feições. *Parecemos familiar, mas não alguém que possa nomear.*

— Você. — Os olhos do general se estreitam e sua atenção é atraída para o rosto de Zhen. — Eu reconheço você.

— Estamos honradas em conhecê-lo — cumprimento, a magia alterando meu tom de voz, tornando-o mais grave. Pareço dez anos mais velha. Ao pressionar o braço contra o corpo de Zhen, posso sentir a magia zumbindo através de nós duas. Mudando nossas feições, transformando-as naquelas que o general quer ver.

O General de Kăiláng encontra meu olhar, e posso me ver refletida em seus olhos. Uma garota. Uma mulher. Aterrorizada. Calma. O líquido em minha tigela começa a se mover, embora ele não perceba. A bebida serpenteia na figura de uma cobra de três cabeças ondulando na superfície. Sussurros fantasmagóricos se juntam ao hediondo presságio. Eu me esforço para suavizar minhas feições, para manter a cabeça imóvel e não procurar a fonte do barulho.

— Que o mar esteja disposto. — Consigo forçar as palavras da bênção de Kang mesmo quando os sussurros ganham volume, e meu desconforto se aprofunda. Algo assovia ao longe. Uma nota longa e perversa.

O general pestaneja. Meu reflexo desaparece de seus olhos, e ele sorri.

— Que o mar esteja disposto — repete, e então se afasta.

Quase desabo no banquinho enquanto a orgia de bebida ao redor recomeça. Um homem tropeça em mim, um frasco do mesmo pó que o general nos deu rolando do bolso. Para perto do meu pé. Eu o pego, notando o tom acinzentado. Aquele deve ser o pó de pérola de que Kang falou, reverenciado entre seu povo.

— Vinho? Mais vinho? — outra pessoa grita.

— Vamos buscar mais. — Zhen se levanta, a voz ainda alterada pela magia soa como a de um soldado experiente. Um bruxulear de feições e a ilusão se funde ao seu rosto. Rezo para que dure tempo suficiente para sairmos, e enfio o frasco na bolsa com minhas outras coisas.

Atravessamos o calor das cozinhas, e sorvo uma golfada do gélido ar noturno quando saímos pela porta dos fundos. Sei que escapamos da morte por pouco.

— Precisamos chegar à balsa — avisa Zhen, mantendo a compostura muito melhor do que eu. — Não há mais tempo. Nosso transporte partirá na Hora do Galo.

— Me ajude a colocá-la sentada. — Enquanto Zhen ajeita Ruyi na posição, abro o lacre de uma das jarras de vinho e espirro a bebida sobre seu corpo imóvel. Antes que a princesa possa protestar, eu a tranquilizo: — Vamos fingir que somos bêbados.

Amparando a aia, cambaleamos em direção ao porto, nos movendo o mais rápido que ousamos. Saindo do distrito do mercado, cruzamos com uma procissão de guardas do palácio a cavalo. No centro, um jovem cavalga sua montaria, postura ereta e vestido com uma armadura cujo impressionante padrão brilha em preto e dourado. Ao passar, não consigo evitar, mas levanto a cabeça para admirá-lo, apenas para vê-lo me observando de volta.

Não... Não pode ser...

Abaixo a cabeça rapidamente. Reconheço aqueles olhos, aquela boca. O filho do Príncipe Exilado, que em breve se reencontrará com o pai.

Estamos tão perto, e Kang poderia facilmente despertar a atenção dos guardas, ordenar que nos perseguissem.

Posso sentir seu olhar queimando minha nuca. Mas o som de cascos não nos segue até o cais, e ninguém mais se incomoda em parar três soldados fedendo a vinho e balbuciando bobagens.

Chegamos ao barco no momento em que os pregoeiros anunciam a Hora do Galo, e depois de um vislumbre do selo oficial de Qiu, o capitão permite nosso embarque.

— Partiremos imediatamente — instrui Zhen. — Mova-se para o sul ao longo do Rio Jade até receber outras ordens.

O capitão assente, e logo depois zarpamos do porto. Para longe de Jia. Longe de Kang.

Capítulo Quarenta e Oito

Somos levadas aos nossos aposentos, no nível inferior do navio, e deitamos Ruyi no leito estreito. Zhen afunda no banco, toda sua força esvaída.

— Para onde vamos? — sussurra ela. — O que eu faço?

Ela se parece menos com uma princesa e mais com uma garota assustada. Não é muito mais velha do que eu. Havia me esquecido de que tem apenas 19 anos.

Também me sento, tentando encontrar palavras para encorajá--la, mas nenhuma me ocorre. Tudo o que tenho a oferecer são mais notícias difíceis, mais presságios. Em nossa pressa de deixar a cidade, omiti uma única informação que, me dou conta agora, ainda preciso dividir com ela, e tenho esperança de que, pelo menos, a ajude a manter o foco.

— Conversei com Wenyi nas masmorras — revelo, puxando a bolsa da minha faixa. — Ele me disse que Yěliŭ ainda é leal ao imperador, mas que Hánxiá talvez tenha se aliado à rebelião.

Coloco os itens na pequena mesa entre nós. O frasco. O bordado de Shu. A carta do meu pai. O nó da minha mãe. Algumas pétalas de jasmim-do-imperador e fios de folhas de chá. Pego os dois quadrados de papel de Wenyi e desdobro um deles. Ao ler rapidamente as palavras, confirmo que a carta se refere aos desaparecimentos citados por ele, então a passo para a princesa.

— Wenyi? Por que não o trouxe com você? — Zhen lê as palavras com renovado interesse. — Ele poderia ter sido um trunfo para nossa causa.

— Tenho certeza de que Wenyi gostaria de ter sido capaz de lhe contar pessoalmente, mas ele... não sobreviveu à noite.

A princesa me encara, a expressão se suaviza.

— Você arriscou tudo, Ning, e, por isso, sou grata.

Enquanto Zhen lê, pego o bordado de Shu mais uma vez, correndo o dedo sobre os pontos. A beleza da peônia me lembra a casa de chá de onde fugimos, e também a artista que me ajudou na segunda rodada da competição. Jamais consegui descobrir seu nome. A lua me simboliza, tenho certeza; o amor da minha irmã costurado naquele tecido.

— Devemos ir para Yěliŭ — decide Zhen, a preocupação curvando o canto de seus olhos, depois de assimilar o que foi revelado na carta de Wenyi. — Se falarmos com os monges de lá, talvez possam nos fornecer mais informações sobre o que ele compartilhou conosco. Se o que disse é verdade, então o veneno deve ter se originado em Hánxiá.

Ainda tenho mais perguntas do que respostas, mas Zhen me instrui a descansar um pouco. Ela se deita ao lado de Ruyi enquanto me acomodo no banco. A vela crepita perto de mim e lança longas sombras bruxuleantes na parede conforme pensamentos inquietos invadem minha mente.

Meu coração está dilacerado, ciente da decisão que devo tomar no dia seguinte, quando o navio continuar rumo ao sul e depois virar a oeste de Nánjiāng. Vamos passar por Sù, e perto da minha vila.

Sigo a princesa, sabendo que as brilhantes mentes de Yěliŭ talvez tenham as respostas que me levarão ao antídoto? Ou ouço os apelos do meu pai e volto para casa?

O chanceler afirmara ter certeza de que um shénnóng-shī era o culpado por trás dos tijolos de chá, mas seria mentira? E como ele conseguiu a flecha mágica que envenenou Ruyi? Vi a cobra de três cabeças outra vez quando compartilhei o chá com o general. O que Shénnóng está tentando me dizer? Se o veneno é de Hánxiá, então por que um de seus componentes é uma alga marinha de Lùzhou?

O sono continua a me escapar e eu me sento de novo, com um rosnado baixo de frustração. Olho para minha mão e vejo que amassei o bordado de Shu no punho, segurando-o perto do coração como um talismã. Aliso o tecido e meus olhos captam a peculiar cor da grama mais uma vez. Ondulando de modo estranho, como se... se movesse na água. Então os pontos nos galhos atrofiados das árvores. Buracos.

Não árvores... Coral.

Reconheço agora. Algas marinhas. O reflexo da lua. O poema. Tinha entendido tudo errado! A lua está na água. O bordado não é um lembrete de casa pelas mãos da minha irmã. Shu sabia que meu pai não lhe permitiria continuar os experimentos para encontrar o antídoto, então me enviou um esboço de suas descobertas.

O bordado é uma receita.

Varrendo os pergaminhos da mesinha, encontro tinta e papel e começo a escrever.

Acordo ao som de vozes sussurradas, o rosto descansando nas anotações sobre a mesa. Limpo a saliva do canto da boca com a manga da camisa enquanto as palavras nadam diante dos meus olhos.

À medida que o sono recua, o pânico se instala, vibrando por mim enquanto corro até a escotilha, o papel junto ao peito, com medo de ter viajado longe demais. Vejo o porto movimentado onde agora estamos ancorados. Dormi o dia todo enquanto descíamos o rio. A torre à distância, fulgurosamente iluminada contra a noite, é uma que reconheço: Nánjiāng. Sinto algo ceder dentro de mim com alívio e me apoio na parede. Não é tarde demais.

— Ning? — Eu me viro e flagro Zhen e Ruyi me observando com preocupação. Mostro a elas o que descobri. Os achados de Shu e como acredito que talvez esteja de posse da última peça do antídoto. Elas se entreolham, em uma comunicação silenciosa, então Zhen se vira para mim com um aceno de cabeça. — Vamos ajudá-la como pudermos.

Pensei que Zhen insistiria em parar primeiro em Yěliǔ, a fim de agir com base nas informações da carta de Wenyi, ou que Ruyi seria aquela a duvidar das minhas habilidades, mas as duas continuam a me surpreender.

— Obrigada — agradeço, a voz rouca de emoção.

Estou voltando para Sù. Chegou a hora de ir para casa.

No caminho de volta para casa, reflito sobre o estranho rumo que minha vida tomou: montada a cavalo na garupa do temível Sombra, meu suposto inimigo, e leal a uma princesa que, em breve, pode ser herdeira de nada.

Minha agitação cresce à medida que nos aproximamos da vila. O que me aguarda em casa me aterroriza mais do que a espera da morte nas masmorras. Devo alcançar Shu antes que seja tarde demais, e o antídoto precisa combater o veneno. Não consigo imaginar outra possibilidade.

Pegamos a estrada ao redor da vila, evitando o máximo de pessoas possível. Deixo Zhen e Ruyi no bosque de pomelos da minha mãe, certa de que seu espírito as protegerá.

Ergo as saias e disparo pela estrada familiar, subindo a Colina do Filósofo, a lua iluminando o caminho de casa. Quando atravesso o jardim de chá, as árvores me dão as boas-vindas. Ao ouvi-las agora, sei que não é imaginação infantil.

Rápido, rápido. Seus sussurros me perseguem rumo à próxima colina, até que vejo a curva do nosso telhado. Minha mão aperta com firmeza a curva do frasco que contém o pó de pérola.

A porta se abre sob minha mão, batendo com estrondo contra a mesa. Meus passos trovejam pela sala da frente. Afasto a cortina de contas e vejo meu pai erguendo o olhar do rosto de Shu, que enxuga com um pano úmido, e perco o ar. O instante de hesitação me permite discernir as emoções no rosto do papai: alívio, tristeza, arrependimento.

Sob o fraco luar se infiltrando pelas janelas, meu pai parece muito mais velho do que quando o deixei. Linhas de cansaço sulcam profundas fendas em seu rosto. Ele parece pior do que depois do enterro da mamãe, como se não tivesse dormido desde que parti.

— Ning? — pergunta, e sua voz é tão selvagem quanto sua aparência. — Você é um fantasma?

Eu me ajoelho ao seu lado, pegando a mão de Shu na minha. Sua cabeça está voltada para o outro lado, mas ela parece sentir minha presença. Ela se vira para me encarar, os olhos vidrados e cegos.

— Mãe? — fala, rouca. Posso sentir o cheiro da doença em seu hálito. Seus lábios estão rachados e sangrando.

— Sou eu — digo a ela. — Ning. Eu voltei.

— Mãe. — Ela começa a chorar. — Você voltou... Senti tanto sua falta.

Olho para papai, alarmada.

— Há quanto tempo ela está assim?

— Há alguns dias — responde ele, balançando a cabeça. — Entra e sai do estupor. Tento baixar a febre, mas logo volta. Houve noites em que a encontrei vagando do lado de fora. Precisei amarrá-la para impedi-la de sair... — Ele engole um soluço.

É quando olho para os pulsos da minha irmã e vejo as marcas vermelhas. Uma onda de raiva me invade, então noto os olhos avermelhados, as manchas de sangue e vômito e sabe-se lá o que mais em sua túnica.

Eu me forço a canalizar a fúria para o veneno. Meu pai não foi a causa de seu sofrimento, e todas as palavras de raiva no mundo não trarão minha mãe de volta. Mas talvez eu ainda consiga salvar minha irmã.

— Acho que tenho o antídoto — anuncio. — Posso expurgar o veneno.

— Diga. — Ele agarra meu braço, alguma clareza retornando ao seu olhar. — Me diga o que fazer. Vou ajudar. — Ele não me questiona, como é seu costume. Apenas se levanta, à espera de instruções.

— Preciso de lí lú e raiz de alcaçuz — informo. — E das folhas do chá de primavera da mamãe. — Sei que temos folhas de chá de colheitas mais recentes, mas não há nada que se compare às folhas que ela preparou com as próprias mãos.

Meus utensílios de chá ainda estão na prateleira da sala principal, cobertos por uma camada de poeira. Ao voltar para o quarto, observo nossa casa com novos olhos. Comparada aos luxos do palácio, os cômodos parecem desgastados e cansados. Nada de biombos delicadamente talhados, nenhum incenso queimando em braseiros que podem ser acesos dia e noite.

Mas o nó tecido por mim para dar sorte ainda está pendurado na janela, desbotado pelo sol. A rachadura no espelho, da vez que Shu e eu brincávamos de pega-pega e caí sobre ele, derrubando-o. O padrão desgastado na porta onde a cortina de contas roça a moldura, aquele que Shu sempre imaginou ter a forma de um dragão, chamando-o de guardião da soleira. Algo se contrai em meu peito.

Uma mão afasta a cortina de contas mais uma vez quando meu pai entra, trazendo tudo o que pedi da despensa.

Toco meus próprios utensílios. O bambu, a madeira, o bule com minhas digitais na curva e a tampa torta que nunca se encaixa direito. Mas é tudo meu. É minha origem. Eu tinha de voltar antes que pudesse seguir em frente, disse o astrônomo.

Coloco os ingredientes na tigela. *A lua refletida no mar*. Cada componente do veneno tem o próprio espelho no antídoto.

Lí lú seco, fios finos, cheirando a terra. Acalma o coração, opondo-se às propriedades revigorantes da raiz da peônia branca, enfraquecendo a garra do veneno.

Alcaçuz, cortado em pedaços finos. Mitiga a toxicidade do kūnbù amarelo.

Pó de pérola, o componente que faltava. Shu havia pensado que era coral, para equilibrar e estabilizar o antídoto, difícil de obter tão longe do litoral. Mas era algo ainda mais raro e inesperado. Pois as pérolas caíram em desuso, e o General de Kǎiláng projetou um veneno que não prejudicaria o próprio povo. Eu o provei na taça compartilhada, reconheci seu poder em fortalecer magias ocultas.

Deixo tudo em infusão e me dedico ao preparo do chá, erguendo a tampa do bule. Cheira a primavera, como brotos emergindo do solo em busca da gota de chuva seguinte. Eu o derramo sobre os ingredientes medicinais. Quando levo a tigela aos lábios, quase posso sentir o roçar de asas brancas contra a bochecha.

O calor reconfortante desce pela garganta e se espalha pelo corpo inteiro.

A Transmutação vem facilmente, sem necessidade do dān, mesmo enquanto Shu está perdida em seus sonhos. Porque ela é minha irmã — eu estava presente no dia em que nasceu, nossa conexão construída sobre o alicerce de vidas entrelaçadas. Posso vê-la nas últimas semanas, debruçada sobre os livros do papai, a mão no queixo. Colhendo ervas do jardim em segredo, à espera de que eu e papai apareçamos no topo da colina. Rabiscos furtivos em pedaços de papel, jogados em uma gaveta ou enfiados debaixo de uma cesta. *Nem jasmim, nem ginseng. O veneno não responde ao sangramento...*

Mas Shu encontrou algo que invocou o pequeno pedaço de lí lú ingerido, então suspeitou de que a raiz da peônia branca fosse a culpada. Não havia como me avisar sem despertar as suspeitas do papai, então ela bordou a mensagem no tecido.

O veneno a deixou confusa, dificultou o foco. Às vezes via imagens estranhas, ouvia sussurros em uma sala vazia. Figuras emergiam da névoa, sonhos colidiam com a realidade: pássaros com pernas humanas, borboletas com olhos piscando nas asas. Uma serpente gigante com escamas douradas sibilando seu nome.

O pó de pérola percorre meu corpo como um relâmpago, me enviando através de suas memórias e até o presente, onde a encontro vagando por um bosque de árvores.

— Shu! — chamo, mas ela não parece me ouvir. Eu a sigo névoa adentro, correndo atrás da minha irmã pela floresta como fiz tantas vezes antes. As árvores são sombras, farfalhando ao nosso lado enquanto a persigo.

Minha irmã para na base da nossa árvore favorita e se vira, gesticulando para que eu me aproxime. Ela já está escalando o tronco quando a alcanço, subindo com rapidez. Costumávamos brincar assim quando crianças, desafiando a outra a ir mais alto. Posso ver seus pés balançando acima de mim.

Shu acena.

— Estou aqui em cima!

Eu toco a casca. Parece real contra minhas mãos. Começo a subir, encontrando o galho seguinte, erguendo-me cada vez mais alto. Mas ela continua um passo à frente, fora de alcance. Sei, com a consciência da deusa sussurrando em meu ouvido, que se ela romper o dossel de folhas, estará perdida para sempre. Subo mais rápido.

Ouço um assovio, como os ventos de uma tempestade iminente. Aquela nota dissonante e aguda que ouvi quando me vi refletida nos olhos de um general.

Acima de nós, uma sombra escura desce. À medida que se aproxima, se agrupa em uma forma escura e ondulante. Uma serpente com uma longa língua bifurcada e presas curvas nos cantos da boca. Os olhos, duas contas vermelhas, sangram sua fome.

Shu se empoleira em um galho à direita, paralisada de medo diante daquela criatura que a assombra desde que parti.

Eu deveria estar ali para protegê-la.

Galhos e folhas caem ao nosso redor como chuva.

Sinto o roçar da fome da serpente contra minha mente, como a da cobra de três cabeças que arranquei de Ruyi. A criatura paira no alto, os olhos vermelhos como orbes polidos — posso ver meu reflexo em seu interior. A cobra me vê e se pergunta o que sou.

Você..., sibila em reconhecimento. Não fala em voz alta — pelo contrário, sua voz ecoa em minha mente. *Já a vi antes. No palácio.* Cada palavra que pronuncia é como uma incisiva alfinetada de gelo cravada em meu crânio.

Mas quando fala, fornece vislumbres do que é também. Aquela coisa anexou um pedaço de si mesma à flecha que perfurou o flanco de Ruyi, criando o monstro de três cabeças que se banqueteou com sua essência.

Encontro as respostas para as perguntas que venho fazendo desde o início — por que o veneno era indetectável mesmo pelos mais experientes shénnóng-shī, por que os médicos reais não conseguiram encontrar o antídoto.

É porque aquele veneno foi criado por algo completamente distinto. Algo milenar e paciente, à espera da hora certa.

Shénnóng..., rosna a criatura, exibindo as presas afiadas. Ela odeia Shénnóng e todos os seus seguidores. Despreza os deuses antigos e toda a humanidade, tudo o que representam.

A cobra se lança na direção de Shu, querendo engoli-la inteira para satisfazer a fome que sente depois de ter sido iludida repetidas vezes.

Não hesito, e me jogo no caminho da serpente. Suas presas afundam na minha pele e eu grito.

— Ning! — exclama Shu, então pega minha mão. Nossos dedos se encontram, se entrelaçam, e ela me puxa para si. Meu braço é arrancado das garras da serpente, e caímos da árvore, os galhos quebrando sob nosso peso, açoitando e lambendo a pele exposta. Eu a seguro com força, protegendo-a com meu próprio corpo.

A serpente desce pela árvore, em perseguição.

Fecho meus olhos, nós duas tensas, esperando o inevitável impacto... e volto ao meu próprio corpo, o rosto molhado de lágrimas.

— Ning? — Shu luta para se sentar. Ao nosso lado, papai também chora, soluçando como nunca o vira fazer antes.

Corro para a cabeceira da minha irmã, segurando a tigela contra seus lábios. Ela bebe com os olhos ainda em mim, incrédula.

— Eu sonhei... — diz ela, atônita. — Sonhei que você foi me encontrar.

Sorrio em meio às lágrimas.

— Prometi a você que voltaria, não prometi?

Há uma sombra rodeando Dàxī, e uma princesa à minha espera em um bosque de pomelos. Mas, naquele instante, nada mais importa. Minha irmã está viva.

Então papai de repente está ao meu lado, segurando meu braço.

Dois rastros de sangue tingem minha pele no ponto em que foi dilacerada pelas presas da serpente. Gavinhas escuras rastejam ali, como hera venenosa, asfixiante.

A tigela escorrega da minha mão e cai no chão com um estrondo.

O rosto de Shu é a última coisa de que me lembro enquanto a escuridão me domina.

AGRADECIMENTOS

AO PROSSEGUIR EM MINHA JORNADA COMO ESCRITORA, HÁ MUITAS pessoas a quem tenho de agradecer e homenagear por me ajudarem a chegar até aqui.

Obrigada à minha editora, Emily Settle. Pelas modificações inspiradoras e pela ajuda para encontrar o coração da história. Este livro não teria se tornado a história que eu queria contar sem a sua orientação.

Obrigada à minha copidesque, Valerie Shea, e às editoras de produção, Kathy Wielgosz e Avia Perez, pela atenção aos detalhes e por lidar com minha preocupação a respeito dos caracteres especiais.

Obrigada ao restante da equipe da Feiwel and Friends, por acreditar neste livro e ajudar em sua publicação.

Obrigada ao meu capista, Rich Deas, e à artista da capa, Sija Hong, por dar vida a Ning tão lindamente.

Obrigada à minha agente, Rachel Brooks, que nunca desistiu de mim e é infinitamente paciente com todos os meus pensamentos aleatórios e e-mails. Por estar sempre disponível e entusiasmada com o meu trabalho.

Ao grupo de aprendizes do Pitch Wars de 2016, obrigada pelo apoio contínuo, especialmente minhas queridas amigas Suzanne Park, Rebecca Schaeffer e Sasha Nanua. Estou animada para todos os seus livros e projetos futuros.

Obrigada aos meus mentores, Axie Oh e Janella Angeles, que me apresentaram à comunidade de escritores e me forneceram tanta orientação para navegar o mundo editorial.

Para Nafiza Azad e Roselle Lim, estou muito feliz por termos nos conectado. Aprecio muito o espaço seguro para nossas conversas francas e nosso amor compartilhado pela boa comida.

Muito obrigada aos autores que abriram caminho antes de mim. Ver seus livros nas prateleiras das livrarias me fez acreditar que era possível escrever minha própria fantasia de inspiração asiática/chinesa: Cindy Pon, Julie C. Dao, Ellen Oh e Joan He.

Para Kat Cho e Deeba Zargarpur, obrigada por suas primeiras leituras e seu apoio à minha escrita.

Muito obrigada a Zhui Ning Chang, pelo feedback atencioso.

Obrigada à minha irmã, Mimi Lin, que leu meus primeiros rascunhos e aguentou minhas mensagens de fim de noite e me animou.

Finalmente, agradeço ao meu marido e parceiro, Aaron, por seu incentivo e amor contínuos.

Nota da Autora

Os ingredientes medicinais chineses usados neste livro são inspirados na medicina tradicional chinesa, tanto em textos modernos quanto nos antigos. Tomei liberdades com o uso desses ingredientes para o desenvolvimento da trama, e não há vínculos com as técnicas atuais dos praticantes de MTC.

A pergunta do filósofo (人之初, rén zhī chū) é o início do *Clássico Trimétrico* (三字經), um milenar texto chinês da dinastia Song. A resposta subsequente no verdadeiro clássico é que as pessoas nascem fundamentalmente boas, mas no Império de Dàxī é uma pergunta.

As linhas bordadas no poema de Shu foram escritas por 賈 島 (Jiǎ Dāo, 779-843), um poeta da dinastia Tang. Abaixo, o poema completo:

海底有明月，圓於天上輪。
得之一寸光，可買千里春。

A lua cheia brilha no mar
como uma roda-gigante no firmamento.
Para uma primavera eterna assegurar,
faça sob o luar o seu lavramento.

Este livro foi composto na tipografia Minion Pro,
em corpo 11,5/15, e impresso em
papel off-white no Sistema Cameron da
Divisão Gráfica da Distribuidora Record.